Charlie Higson
James Bond
Zurück kommt nur der Tod

Von Charlie Higson ist im Arena Verlag erschienen:
James Bond – Stille Wasser sind tödlich (Band 50820)
James Bond – GoldenBoy (Band 50822)
James Bond – Reden ist Silber, Schweigen ist tödlich (Band 50823)
James Bond – Der Tod kennt kein Morgen (Band 50824)

Die gleichnamigen Hörbücher sind bei Arena audio erschienen.

Charlie Higson
lebt in London und ist in England bekannt geworden als erfolgreicher Autor von Thrillern für Erwachsene sowie als Darsteller und Mit-Erfinder der beliebten BBC-Comedy-Show »The Fast Show«. Als er von Ian Fleming Publications darauf angesprochen wurde, eine Buchreihe über James Bond als Jugendlichen zu schreiben, war er gleich begeistert. James Bond, der berühmteste Spion der Welt, war auch für ihn ein Idol. Sorgfältigste Recherchen und eine genaue Abstimmung mit den Romanen von Ian Fleming führten Charlie Higson zu seiner Figur des 13-jährigen James Bond.

CHARLIE HIGSON

JAMES BOND

Zurück kommt nur der Tod

Aus dem Englischen
von Petra Koob-Pawis

Arena

MIX
Papier aus verantwortungsvollen Quellen
FSC® C110508
www.fsc.org

Die Originalausgabe erschien 2006 unter dem Titel
»BloodFever« bei Puffin/Penguin Books Ltd. London.

1. Auflage als Sonderausgabe 2015

Aus dem Englischen von Petra Koob-Pawis
Umschlaggestaltung: Frauke Schneider
Umschlagtypografie: KCS GmbH · Verlagsservice & Medienproduktion,
Stelle/Hamburg
Gesamtherstellung: Westermann Druck Zwickau GmbH
ISSN 0518-4002
ISBN 978-3-401-50821-4

www.arena-verlag.de
Mitreden unter forum.arena-verlag.de

Inhalt

Für Jim

*Mein Dank geht an Michael Meredith
und Nick Baker in Eton für ihre große Hilfe.*

Der Madjar

Amy Goodenough war das glücklichste Mädchen auf der Welt. Sie war hier, auf dem Mittelmeer, auf der wundervollen Jacht ihres Vaters, während sie eigentlich in der Schule hätte sein sollen. Das Wetter war herrlich an diesem Tag. Abgesehen von einer langen schwarzen Rauchfahne, die im Süden stand, strahlte der Himmel in einem tiefen, makellosen Blau. Sie legte den Kopf in den Nacken, um die warme Sonne in ihr Gesicht scheinen zu lassen, holte tief Luft und lächelte. Ja wirklich, sie hätte gar nicht hier sein dürfen. Ein Feuer hatte einige Gebäude an ihrer Schule zerstört, woraufhin man sich gezwungen gesehen hatte, sie früher als sonst für den Sommer zu schließen. Viele der Mädchen waren Hals über Kopf in andere Schulen geschickt worden, damit sie dort das Schuljahr beendeten, nicht so Amy. Sie hatte ihren Vater mühelos überreden können, sie auf seine alljährliche Frühjahrskreuzfahrt in die Ägäis mitzunehmen, wenn auch nur unter der Bedingung, dass ein Privatlehrer sie begleitete. Seit ihre Mutter vor zwei Jahren an Scharlach gestorben war, fühlte sich ihr Vater sehr einsam, und so freute er sich, dass seine Tochter ihm Gesellschaft leistete.

Die Vormittage verbrachte Amy unter Deck mit ihrer Lehrerin, Grace Wainwright, aber für den Rest des Tages konnte sie tun, was ihr gefiel. Grace, eine ernste und etwas nervöse junge Frau aus Leeds, hatte es anfangs sehr genau genommen, doch das lei-

se Glucksen der Wellen am Schiffsrumpf und die milde, aromatische Luft der griechischen Inseln hatten auch sie allmählich in ihren Bann gezogen. Die Unterrichtstunden wurden mit jedem Tag kürzer, die Sorgenfalten in dem Gesicht der jungen Frau glätteten sich, und ihre Augen leuchteten heller.
An diesem Vormittag hatten sie den Unterricht um elf Uhr beendet. Grace hatte geseufzt und das Buch mit französischer Grammatik, mit der sie sich gerade abquälten, beiseite gelegt, dann hatte sie sehnsüchtig durch ein Bullauge auf einen makellos blauen Ausschnitt des Himmels geschaut.
»Genug für heute«, hatte sie erklärt. »Aber erzähl es nicht deinem Vater.«

Amy stieg zum Schanzkleid hinauf und schaute über die Reling ins Wasser. Es war leuchtend türkis und glasklar. Sie konnte die Ankerkette sehen, um die sich ein Schwarm winziger Fische drängte; die schmalen Leiber blitzten im Licht der schräg ins Wasser fallenden Sonnenstrahlen.
Sie streckte ihren langen, schlanken Körper und wollte gerade ins Wasser springen.
»Solltest du um diese Zeit nicht lernen?« Es war die Stimme ihres Vaters, aber Amy tat so, als hörte sie ihn nicht, stellte sich auf die Zehenspitzen, federte in den Knien und sprang elegant von Bord der Jacht. Einen Augenblick lang schwebte sie zwischen Himmel und Erde, das kristallklare blaue Wasser der Ägäis breitete sich wie ein funkelnder Teppich unter ihr aus. Dann tauchte sie ein und das Meer schäumte hoch, um sie zu begrüßen. Es war ein perfekter Sprung gewesen, er hatte fast keine Wellen verursacht; das Nächste, was sie spürte, war, dass sie mit den Fischen in einer Wolke silberner Luftbläschen schwamm. Sie schoss an die Oberfläche und schwamm von der Jacht weg auf die nahe gelegenen Felsen zu, die wie eine Mauer schützend um den kleinen

Naturhafen lagen, in dem das Schiff ankerte. Nach einer Weile drehte sie sich um und sah ihren Vater, der an der Reling stand und ihr zuwinkte.
»Amy, ich habe gefragt: Solltest du um diese Zeit nicht lernen?«, rief er erneut.
»Grace hatte Kopfschmerzen, Vater«, schwindelte sie. »Wir machen später weiter, wenn es nicht mehr so heiß ist.«
»Sehr gut . . . aber haltet euch auch daran.«
Ihr Vater versuchte, streng zu sein, aber bei diesem Wetter, in dieser wundervollen Umgebung und bei diesem Faulenzerleben war es für ihn genauso schwierig wie für Grace, Disziplin zu wahren. Außerdem, dachte Amy, während sie wieder hinabtauchte und einen Schwarm von Schnappern aufscheuchte, hatte sie es noch immer geschafft, ihren Vater zu überreden. Mark, ihr älterer Bruder, hatte es da schon schwerer. Wenn es an seiner Schule gebrannt hätte, wäre er ganz bestimmt sofort auf eine andere Schule geschickt worden; es war undenkbar, dass er in diesem Fall nach Griechenland gekommen wäre.
Ihr Vater, Sir Cathal Goodenough, war Seemann mit Leib und Seele. Mit sechzehn war er zur Marine gegangen und hatte unter Jellicoe an der Schlacht vor Jütland teilgenommen, bevor er 1917 selbst zum Admiral befördert wurde. Für seine Verdienste im Ersten Weltkrieg – er hatte Schiffskonvois im Atlantik vor U-Boot-Angriffen geschützt – war er in den Adelsstand erhoben worden. Nachdem seine Frau gestorben war, hatte er den Dienst in der Marine quittiert, aber das Meer ließ ihn dennoch nicht los. Er hasste es, auf dem Trockenen zu leben, und er nutzte jede Gelegenheit, auf einer seiner drei Jachten zu sein: auf der *Calypso*, die vor den Westindischen Inseln festgemacht hatte, oder auf der *Circe*, seinem Rennboot in Portsmouth, oder auf dieser hier, die er am meisten liebte, der *Sirene*, die den Winter über in Nizza festmachte.

Die *Sirene* war ein Dreimastschoner, der Platz bot für zehn Passagiere und acht Besatzungsmitglieder. Amy betrachtete das Schiff, das majestätisch vor Anker lag. Sein strahlend schwarzer Rumpf spiegelte sich im Wasser. Die Jacht war hier zu Hause, und das galt auch für Amy. Sie konnte schon schwimmen, als sie noch kaum laufen konnte, und manchmal blieb sie mehrere Stunden lang ununterbrochen im Wasser. Eine Bademütze brauchte sie nicht, denn vor Kurzem hatte sie, sehr zum Kummer ihres Vaters, die langen Locken abgeschnitten und sich eine modischere Frisur zugelegt. Manchmal wurde sie daher für einen Jungen gehalten, aber das störte sie nicht. Sie wusste, wer sie war.
Sie erreichte die Felsen, zog sich aus dem Wasser und setzte sich, um sich aufzuwärmen. Es war Ende Mai, also noch so früh im Jahr, dass gelegentlich eine kalte Strömung im Meer zu spüren war.
Amy schüttelte die funkelnden Wassertröpfchen von ihrer sommersprossigen Haut und schaute zum Strand hinüber. Ein dichter dunkelgrüner Zypressenwald erstreckte sich fast bis an den kleinen Sandstrand, wo sie gestern Abend Tische aufgestellt und ihr Abendessen unter dem Sternenhimmel eingenommen hatten. Die Insel, eine der Kykladen, die sich im Meer südlich von Athen erstrecken, war winzig und unbewohnt und auf den meisten Karten nicht einmal verzeichnet.
Sie hatte sich, bevor sie vom Schiff gesprungen war, ein Tauchermesser ums Bein gebunden und ein Netz um die Taille geschlungen. Das Messer gehörte Louis, dem großen Ersten Maat aus Frankreich; er hatte ihr gezeigt, wie man Muscheln von den Felsen bricht. Im Netz wollte sie die Muscheln sammeln. Sie saß auf dem Felsen und fühlte sich wie Robinson, eine Million Meilen entfernt von England und ihrer langweiligen Schule. Sie war das glücklichste Mädchen auf der Welt. So musste es im Paradies sein.

Sie hörte das Schiff, noch bevor sie es sah; es war ein dumpfes, dröhnendes Geräusch, aber sie dachte sich nichts dabei. Jahrhundertelang schon wurde das Mittelmeer so dicht von Schiffen befahren wie an Land eine Autobahn. Sie suchte eifrig nach Muscheln und nahm nur am Rande wahr, dass das Maschinengeräusch immer näher kam. Daher erschrak sie, als sie das herantuckernde Trampschiff bemerkte, dessen kurzer Schornstein schwarzen, stinkenden Qualm ausstieß. Sie beobachtete, wie es längsseits der *Sirene* anlegte und geräuschvoll die Anker setzte. Amy sah, wie sich einige Besatzungsmitglieder auf dem Deck zu schaffen machten. Die Männer waren sonnenverbrannt, und ihre Kleidung war schmutzig und fleckig.

Neben den schnittigen, klaren Umrissen der Jacht wirkte das Dampfschiff plump und hässlich. Amy las den Namen des Schiffs, der in roter, abblätternder Farbe an der Seite stand: *Charon*.

Der Wind drehte sich. Er schob die schwarze Rauchwolke vor die Sonne und tauchte den Hafen in Schatten. Einen Moment lang wurde es Amy, die knietief im Wasser stand, kalt und sie fröstelte.

Vom Deck der *Sirene* aus beobachtete ihr Vater neugierig die Ankunft des Dampfschiffs. Außer dem Namen konnte er keine Flaggen oder sonstige Signale ausmachen, und er fragte sich, weshalb es gerade hier, in diesem verborgenen und einsamen Hafen, angelegt hatte.

Die nahe liegende Antwort war, dass das Schiff in Schwierigkeiten geraten war.

»Hallo, *Sirene!*«

Goodenough blinzelte über das Wasser und konnte die Gestalt eines untersetzten blonden Mannes mit akkurat geschnittenem Bart erkennen.

»Ahoi«, rief er zurück. »Ist alles in Ordnung bei Ihnen, Sir?«

»Maschinenschaden, fürchte ich«, lautete die Antwort.

Goodenough versuchte herauszufinden, mit welchem Akzent der Mann sprach, aber der Zungenschlag war so fremdartig, dass er ihn nicht genau einordnen konnte.
»Kann ich irgendwie helfen?«, rief er. Jeder Seemann war ja verpflichtet einem anderen Seemann, der in Not geraten ist, beizustehen. Noch während er das rief, sah er, dass das andere Schiff bereits ein Ruderboot zu Wasser gelassen hatte. Wortlos schwang sich der blondhaarige Mann mit einer ungewöhnlich waghalsigen Bewegung vom Schiff und landete elegant in dem Boot.
Sechs kräftige Seeleute legten sich in die Riemen, und der Kutter kam rasch auf die *Sirene* zu.
Goodenough runzelte die Stirn. Irgendetwas stimmte nicht. Er betrachtete die sechs Besatzungsmitglieder. Zwei Chinesen waren darunter sowie zwei Männer mit afrikanischem Aussehen; hinzu kamen ein dünner blasser Mann mit einer gebrochenen Nase sowie ein hünenhafter, halb nackter und tätowierter Südseeinsulaner, der eine dicke Zigarre rauchte und einen Strohhut trug, der ursprünglich einer Dame gehört haben musste.
Der blonde Kapitän stand am Heck des Boots und grinste, wobei er seine Zähne entblößte. Seine muskulösen Arme, die beinahe so dick waren wie seine Beine, hatte er vor der Brust verschränkt. Er trug kniehohe Stiefel, und um seine weite Tunika hatte er einen breiten Gürtel geschlungen.
Erleichtert registrierte Goodenough, dass zumindest keiner von ihnen bewaffnet war.
Das Boot kam längsseits, und der Kapitän kletterte so behände die Leiter hoch, als nähme er mehrere Treppenstufen auf einmal. Er sprang an Deck und verbeugte sich leicht. Seine Augen waren geradezu verblüffend. Die Iris war völlig blass, beinahe farblos, und von einem Grau eingefasst, das wie Silber glänzte.
»Erlauben Sie bitte, dass ich mich vorstelle«, sagte er. »Ich bin Zoltan, der Madjar.«

»Ein Ungar?«, fragte Goodenough überrascht. »Ein Seemann aus einem Land, das gar keine Küste hat?«

»So ist es, Sir«, sagte Zoltan.

»Die Ungarn sind nicht gerade als Seefahrernation bekannt«, sagte Goodenough. »Es ist ungewöhnlich, einen Ungarn zu treffen, der ein Schiff befehligt.«

»Wir sind auch ein ungewöhnliches Schiff, mit einer Mannschaft, die aus vielen Ländern kommt. Ist Ihnen aufgefallen, dass wir keine Flaggen getoppt haben? Das liegt daran, dass wir ein Schiff der ganzen Welt sind.« Zoltan breitete die Arme aus und drehte sich langsam um die eigene Achse, wie um in alle Himmelsrichtungen zu zeigen. »Ich liebe das Meer«, sagte er. »Es erinnert mich an *Az Alföld*, die große Ebene in Ungarn. Weiter Himmel und sonst nichts, soweit das Auge reicht.«

Die Mannschaft aus dem Boot war inzwischen vollzählig an Bord und hatte sich um Goodenough versammelt. Er blickte in ihre düsteren, ausdruckslosen Gesichter, und sie reagierten mit äußerstem Desinteresse. Er machte einen Schritt auf den Ungarn zu und streckte ihm die Hand zur Begrüßung entgegen.

»Willkommen an Bord«, sagte er. »Ich bin der Kapitän der *Sirene*, Sir –«

»Ich weiß, wer Sie sind«, sagte der Ungar grinsend. »Sie sind Cathal Goodenough.« Er tat sich schwer damit, das ›th‹ auszusprechen, und es klang eher wie »Kessel«.

»Genau genommen, spricht man den Namen ›Cahill‹ aus«, sagte Goodenough automatisch, hielt dann jedoch inne. »Aber woher kennen Sie mich . . .?«

»Mit Verlaub«, unterbrach ihn Zoltan ruhig, aber bestimmt, »ich spreche den Namen aus, wie ich will.«

»Entschuldigen Sie«, erwiderte Goodenough verärgert. »Aber es gibt überhaupt keinen Grund, unhöflich zu sein. Ich habe Ihnen meine Hilfe angeboten und –«

»Tut mir leid«, unterbrach ihn der Ungar erneut und verbeugte sich diesmal leicht spöttisch sogar noch etwas tiefer. »Sie haben recht. Es gibt keinen Grund für irgendwelche Unhöflichkeiten. Meine Leute werden einfach das mitnehmen, was wir wollen, und dann wieder gehen.«

»Verzeihen Sie, aber ich verstehe nicht recht«, sagte Goodenough. »Was wollen Sie mitnehmen?«

Louis, der Erste Maat, und zwei andere Besatzungsmitglieder, alle in blendend weißen Uniformen, kamen vorsichtig an Deck.

»Dieses Gespräch langweilt mich allmählich«, erklärte Zoltan. »Es ist so öde wie eine Einladung zum Tee in England. Ich war einmal in England. Das Essen war trostlos, das Wetter war trostlos, und die Leute waren langweilig.« Er klatschte in die Hände. »Und nun, da meine Leute alle bereit sind, kann ich mit dieser Plauderei aufhören und an die Arbeit gehen, Sir Goodenough.«

»Man sagt nur Goodenough«, berichtigte ihn der Engländer gereizt. »Man sagt zwar Sir Cathal, niemals aber Sir Goodenough.«

»Ich sage, was ich will«, schnauzte Zoltan. »So und nun gehen Sie mir bitte nicht länger auf die Nerven. Ich versuche ruhig und höflich zu bleiben wie ihr Engländer, denn wenn ich ärgerlich werde, tue ich manchmal Dinge, die ich später bereue. Also bitte, ich habe zu tun . . .«

Indem er das sagte, klatschte er erneut in die Hände, und sofort kamen hinter dem Deckhaus mehrere Leute hervor.

Entsetzt erkannte Goodenough, dass, während er und seine Leute abgelenkt worden waren, ein anderes Ruderboot vom Dampfschiff aus übergesetzt hatte und weitere Seeleute an Bord gekommen waren. Diese aber *waren* bewaffnet – mit Messern, Entermessern und Gewehren, die sie schnell an ihre Kumpanen weitergaben.

Dem hünenhaften Südseeinsulaner gaben sie eine Walfangharpune, die er spielerisch in seiner tätowierten Pranke wiegte. Mit

der anderen Hand nahm er die Zigarre aus dem Mund und spuckte die Tabakreste aufs Deck.
»Was soll das bedeuten?«, fragte Goodenough außer sich – dabei wusste er nur allzu gut, was das bedeutete.
Es waren Seeräuber, und es gab nichts, was er hätte tun können. Für Notfälle hielt er zwei Gewehre und eine Vorkriegspistole in seiner Kajüte unter Verschluss, aber bis zum heutigen Tag hatte er sie noch nie aus dem Waffenschrank geholt.
Und jetzt war es zu spät.
Louis, der Erste Maat, machte eine Bewegung, doch Goodenough warf ihm einen warnenden Blick zu, sodass er innehielt. Für einen Kapitän war es entsetzlich, wenn man ihm das Kommando auf diese Weise nahm, aber jeder Versuch, sich zu wehren, wäre der schiere Wahnsinn gewesen.
Es war am besten, das Ganze so schnell wie möglich hinter sich zu bringen.
»Dies hier ist ein Privatboot«, erklärte Goodenough so ruhig wie möglich. »Wie haben keine Ladung. Wir haben keinen Berg von Schätzen. Es gibt nur einen kleinen Safe, in dem sich etwas Geld befindet, nicht viel . . .«
Der vierschrötige Anführer achtete nicht auf Goodenough und brüllte einige Anweisungen in Ungarisch. Ein paar seiner Männer stürmten unter Deck.
»Sie haben zwei Möglichkeiten«, sagte Zoltan und trat näher. »Entweder sagen Sie mir die Zahlenkombination Ihres Safes oder ich lasse ihn mit Äxten aus Ihrem wunderschönen Boot herausschlagen.«
Wieder machte Louis einen Schritt nach vorne, aber mit einer blitzschnellen, äußerst geschickten Bewegung zog Zoltan eine Pistole aus seiner Jacke und zielte auf ihn.
Goodenough erkannte die Waffe: Es war eine italienische 9-mm-Beretta, wie man sie auch bei der Marine hatte. Diese Leute wa-

ren keine heruntergekommenen, chaotischen Opportunisten, diese Leute waren knallharte Profis.
Rasch teilte er dem Anführer die Safe-Kombination mit, woraufhin Zoltan seinen Leuten einen weiteren Befehl erteilte.
In diesem Moment erschollen Schreie von unten und gleich darauf wurde Grace Wainwright an Deck geschleift. Ihr folgte der blasshäutige Seemann mit dem Inhalt des Safes. Zoltan betrachtete zuerst Grace, danach die Beute, dann kratzte er sich am Kopf.
Mit einem tiefen, kehligen Grunzen warf der tätowierte Riese etwas quer über das Deck. Zoltan fing es auf, und seine Miene wurde heiterer.
Es war eine kleine Bronzestatue.
»Danke, Baumstark«, sagte er.
Baumstark lächelte und paffte eine Wolke Zigarrenrauch in die Luft.
Zoltan nahm die Statue mit beiden Händen und küsste sie.
»Lassen Sie das!«, schrie Goodenough, der seinen Zorn jetzt nicht mehr bändigen konnte. »Das ist für Sie völlig nutzlos. Dieses Kunstwerk ist in Fachkreisen bestens bekannt. Sie können es nirgendwo verkaufen . . . Und falls Sie es einschmelzen wollen, wäre das eine entsetzliche Tragödie.«
Zoltan grinste, drehte sich langsam zu Goodenough um und fixierte ihn mit stählernem Blick.
»Ich bin kein Einfaltspinsel«, sagte er. »Und auch kein dummer Gulaschfresser. Ich weiß genau, was ich will. Ich will diese Bronzestatue, Sir Kessel.«
»Cahill, Mann! Es heißt Cahill!«
»Halt die Klappe, verfluchter Engländer.«
»Sie haben keine Ahnung, wie wertvoll diese Statue wirklich ist«, protestierte Goodenough.
»Ich weiß, dass sie von Donato di Betto Bardi ist«, sagte Zoltan.

»Besser bekannt als Donatello. Florenz, fünfzehntes Jahrhundert. Die Statue war ursprünglich ein Modell für einen Brunnen, der jedoch niemals gebaut wurde.« Er drehte die Statue in den Händen. »Es ist eine Gestalt aus der griechischen Mythologie. Eine Sirene. Eben jene Sirene, nach der auch dieses Schiff benannt ist. Die Sirenen waren Ungeheuer, halb Frau, halb Vogel. Mit ihrem wunderschönen Gesang lockten sie die Schiffe auf die Felsen und verschlangen die Besatzung.« Er schaute Goodenough an. »Frauen, Sir Goodenough. Man muss sich vor ihnen stets in Acht nehmen. Sie sind gefährlich.«

»Die Statuette gehörte meiner Frau«, sagte Goodenough ruhig.

»Die Statuette hat Napoleon dem Herzog von Florenz gestohlen«, sagte Zoltan. »Und ein Vorfahre Ihrer Frau hat sie nach Waterloo Napoleon gestohlen. Jetzt bin ich mit dem Stehlen an der Reihe.«

Goodenough griff hastig nach der Bronzefigur; der Ungar schlug mit der Hand nach ihm, so beiläufig, als wollte er eine Fliege verscheuchen, aber es reichte, dass Goodenough aufs Deck stürzte. Einen Moment lang lag er benommen da.

Louis stieß einen Fluch aus und sprang auf Zoltan zu, doch plötzlich blieb er stehen, schnappte nach Luft und fiel hintenüber. Baumstark hatte seine Harpune mit solcher Wucht nach ihm geschleudert, dass sie hinten wieder aus dem Rücken des Franzosen austrat. Einige Augenblicke lang zuckte sein Körper noch, dann bewegte er sich nicht mehr.

»Ich wollte heute kein Blutvergießen«, sagte Zoltan. »Aber Sie haben mich dazu gezwungen.«

Goodenough richtete sich taumelnd auf und starrte ihn an. »Sie sind ein barbarisches Schwein, Sir. Ein gemeiner Pirat.«

Zoltan gab die Bronzefigur an den tätowierten Riesen weiter und packte Goodenough am Kragen.

»Passen Sie auf, dass ich nicht wütend werde«, zischte er.

Goodenough schaute ihm in die Augen; die blasse Iris schien mit einem Mal viel dunkler geworden zu sein.
»Nehmen Sie, was Sie wollen«, flehte er den Ungarn an, »aber, bitte, lassen Sie mir den Donatello. Er bedeutet mir sehr viel.«
Zoltan stieß Goodenough beiseite und nahm die Statue wieder von Baumstark entgegen.
»Nein«, sagte er nur.
Goodenough verlor die Fassung und packte ihn. »Sie werden sie nicht mitnehmen! Es ist mir egal, was Sie tun; meinetwegen reißen Sie mir die Statue aus den Händen, wenn ich tot bin, aber bis dahin werde ich darum kämpfen.«
Er bekam die kleine Figur zu fassen und warf sich mit aller Kraft gegen Zoltan, der rückwärts gegen ein Schott fiel. Sie kämpften eine halbe Minute lang, bis plötzlich ein dumpfer Knall zu hören war und es nach versengtem Fleisch und Stoff roch. Goodenough taumelte nach hinten und presste eine Hand auf den Bauch.
»Sie haben auf mich geschossen«, keuchte er und sank auf die Knie.
»Das haben Sie sehr treffend bemerkt, Sir Goodenough. Ich habe Sie davor gewarnt, mich wütend zu machen.«
»Dafür sehe ich Sie in der Hölle verrecken.«
»Das möchte ich sehr bezweifeln. Sie werden in ein paar Minuten tot sein. Einen schönen Tag noch.«
Während er das sagte, kletterte Zoltan, der Madjar, von Bord in das wartende Boot. Blitzschnell waren seine Ruderer zur Stelle, und sie kehrten rasch zurück zu ihrem Dampfschiff. Sobald sie es erreicht hatten, ging Zoltan an Deck, betrachtete die Statuette und sog die Luft tief durch die Nase ein. Trotz einiger kleinerer Schwierigkeiten war es für ihn ein erfolgreicher Morgen gewesen. Er strich mit dem Finger über den wohlgeformten Körper der Sirene und lächelte. In gewisser Weise war es sogar zu einfach gewesen.

Als er sich umwandte, um unter Deck zu gehen, spürte er plötzlich einen schneidenden Schmerz in seiner linken Schulter. Er ließ die Bronze zu Boden fallen, wirbelte herum und sah sich einem Mädchen von ungefähr vierzehn Jahren gegenüber. Es hatte kurze Haare und trug einen Badeanzug. Wasser tropfte von ihrem schmalen Körper. In ihrem jungen Gesicht lag eine Mischung aus Zorn und Angst.

Zoltan blickte an seiner Tunika hinunter. Sie war mit dunklen Flecken übersät, die von seinem eigenen Blut stammten. Er presste seine rechte Hand auf die Stelle seiner Schulter, an der ein kalter, dumpfer Schmerz pochte. Ein Messer hatte sich bis zum Gelenk hineingebohrt. Ihm war halb zum Lachen, halb zum Weinen zumute. Dieses Mädchen hatte zweifellos Courage. Hätte er sich nicht im letzten Moment umgedreht, würde das Messer jetzt ganz dicht neben seiner Wirbelsäule stecken.

Sein linker Arm hing kraftlos herab; der Schmerz und der Blutverlust hatten ihn geschwächt.

»Dir wird es noch leidtun, dass du mich nicht getötet hast«, sagte er ruhig.

»Eines Tages werde ich das nachholen«, erwiderte das Mädchen scharf.

Die Mannschaft war inzwischen herbeigestürmt, alle schrien und brüllten in Panik durcheinander. Drei Männer hielten das Mädchen fest.

»Macht Platz, und bringt mir Wein«, knurrte Zoltan. »Stierblut!« Einer gab ihm eine Flasche; er nahm einen tiefen Schluck, und der dunkelrote Wein tropfte von seinem Kinn herab. Dann gab Zoltan sich einen Ruck und zog sich mit einem wilden Schrei das Messer aus der Schulter.

»Versenkt das Schiff«, befahl er und schleuderte das Messer ins Meer. »Nehmt die Frau und das Mädchen mit . . . und tötet alle Männer.«

Das Messer trudelte in die Tiefe und versank in der stillen See, die alles Blut von ihm wegwusch. Es sank auf den Meeresgrund und blieb dort im Sand stecken wie ein Kreuz auf einem unterseeischen Grab.

Die Gefährliche Gesellschaft

Nichts hasste James Bond so sehr wie das Gefühl, eingesperrt zu sein. Egal, wo er war, er musste immer die Gewissheit haben, dass es einen Weg hinaus gab. Am besten mehr als nur einen Weg.

Er lag in seinem winzigen Zimmer in Eton, direkt unter dem Dachgebälk, und stellte sich vor, wie alle in dem Gebäude schliefen. Im Geiste durchwanderte er den düsteren Irrgarten aus Korridoren und Treppen, aus denen Haus Codrose bestand. Es gab mehrere Türen, die nach unten führten, aber nur eine davon durften die Jungen benutzen, und diese war nachts verschlossen. Aber das machte ihm keine Sorgen. Er hatte seine eigene Methode, wenn er das Haus betreten oder verlassen wollte, er hatte seinen eigenen Geheimweg, von dem niemand etwas wusste.

Frei zu sein, das Leben nach eigenen Vorstellungen zu meistern, das war für James das Allerwichtigste. In Eton mit seinen unzähligen Regeln und jahrhundertealten Gebräuchen eckte er überall an, aber selbst Eton konnte ihn nicht einsperren.

Regungslos lag er auf seinem schmalen, unbequemen Bett und achtete auf das leiseste Geräusch. Nichts. Alles war mucksmäuschenstill. Er kroch unter seiner Bettdecke hervor und huschte hinüber zu seinem Polsterschemel. Aus dem unordentlichen Haufen, der darauflag, zog er eine schwarze Hose, ein dunkelblaues Rugby-Hemd und ein Paar Turnschuhe heraus; dabei lauschte er angestrengt. Die Kleider zog er über den verhassten Pyjama. Wie sehr wünschte er sich, diesen niemals mehr tragen zu müssen – besonders in einer heißen, stickigen Nacht wie dieser, wenn die Luft bleischwer im Zimmer stand und kein Lüftchen durch das geöffnete Fenster drang. Aber der Leiter des Hauses, Cecil Codrose, bestand darauf, dass alle Jungen in seiner Obhut zum Schlafen Pyjamas anzogen, die bis zum Hals zugeknöpft sein mussten.

Seit im Jahre 1903 ein Feuer eines der Häuser bis auf die Grundmauern zerstört hatte und zwei Schüler dabei umgekommen waren, hatte die Schule »Nachtwächter« eingeführt, ältere Damen und Herren aus der Stadt, die nachts über die Korridore schlurften und nach Brandgeruch schnüffelten. Wegen der Nachtwächterin in seinem Hause, einer zierlichen alten Dame namens Florence, machte sich James keine Gedanken. Ihr konnte man leicht aus dem Weg gehen. Bei Codrose selbst war das schon schwieriger. Er liebte es geradezu, zu jeder Tages- und Nachtzeit durch das Haus zu schleichen und Jungen aufzulauern, die sich nicht an die Regeln hielten, und so war James auf die Idee verfallen, Zucker auf die blanken Dielenbretter zu streuen, der knirschte, wenn man drauftrat, und jeden verriet, der ihm auflauern wollte.

Aber nichts knirschte. Nicht die geringste Bewegung im ganzen Haus. Im Moment jedenfalls war er sicher.

Sobald er sich angezogen hatte, entfernte er ein Stück der Fußbodenleiste und zog einen losen Stein aus der Wand. Dahinter befand sich das Versteck, in dem er seine Wertsachen aufbewahrte. Er nahm sein Taschenmesser und eine Taschenlampe heraus und steckte beides in die Hosentasche. Dann verschloss er das Versteck wieder und öffnete vorsichtig die Zimmertür. Er rieb Türangeln und Klinke immer mit einer Speckschwarte ein, sodass sie sich geräuschlos öffnen ließ. Plötzlich war ein Knarren zu hören. James hielt inne. Aber es war nur das zweihundert Jahre alte Gebäude, das ächzte. Er schaute links und rechts den Korridor entlang, der von einem dämmrigen elektrischen Licht an jedem Ende beleuchtet wurde. Auch das war eine der Ideen von Codrose. Der Gang war leer, abgesehen von einem großen braunen Nachtfalter, dessen riesiger Schatten über die mattgrünen Wände huschte.

James' Zimmer lag im obersten Stockwerk. Rechts davon befand sich eine schmale Treppe entlang der Wand, die den Bereich der Schüler von Codroses eigener Wohnung trennte. Am anderen Ende des Gangs war ein Abstellraum, dessen Tür mit einem massiven, rostigen Schloss fest verschlossen war. In der Mitte des Gangs lag der Waschraum, und rechts und links davon reihten sich völlig gleich aussehende Türen. Hinter jeder dieser Türen schlief ein Junge. Aber während die anderen Jungen von Flucht nur träumten, floh James tatsächlich.

Er stieg über die Zuckerspur hinweg und gelangte so geräuschlos bis zum Waschraum. Auch hier hatte er die Türangeln eingefettet. Er schlich hinein und zog die Tür hinter sich zu.

Das Licht einzuschalten, wagte er nicht. Zwar hätte er seinen Weg auch mit geschlossenen Augen gefunden, aber es fiel genügend Mondlicht durch die Fenster, sodass er die Reihe von Zinkwannen erkennen konnte. Es waren vier große Badewannen, und am entgegengesetzten Ende befanden sich die Toiletten. Auf Zehenspitzen huschte er über den gefliesten Fußboden bis zur letzten Toilettenkabine und ging hinein.

James angelte sein Taschenmesser aus der Hosentasche, klappte es auf, kauerte sich auf den Boden und hob eine Fliese an, sodass die Bodenbretter darunter zum Vorschein kamen. Im Nu hatte er drei weitere Fliesen abgedeckt und konnte ein säuberlich ausgeschnittenes Bretterquadrat hochheben.

Zwei Nächte hatte er gebraucht, um die Fliesen zu lockern, er hatte dafür geschuftet mit Werkzeugen, die er aus der Werkstatt mitgehen ließ. Und es hatte ihn eine weitere Woche gekostet,

die Bretter, die darunter lagen, mit seinem Taschenmesser durchzuschneiden, denn eine Säge hätte zu viel Lärm gemacht. Zweimal wäre er fast erwischt worden. Beim ersten Mal hatte er draußen Schritte gehört, aber es war niemand hereingekommen. Beim zweiten Mal jedoch wurde die Tür geöffnet. James hatte gerade noch genügend Zeit, um die Fliesen wieder an ihren Platz zu legen, wie ein Affe die Toilettenwand hochzuklettern und sich auf den Wasserkasten zu quetschen, bevor die Lichter angingen und das vertraute Geräusch von Codroses trockenem Husten durch die Nacht schallte.
James hatte gehört, wie er durch den Raum geschlurft war und dann in die Kabine geschaut hatte. Einen kurzen Augenblick lang sah er Codroses struppiges graues Haar und seine blasse Haut, ehe der Hausvater erneut hustete und wieder hinausging.
Seither war James nicht wieder gestört worden, und nun konnte er das Gebäude, wann immer es nötig war, durch diesen Geheimgang verlassen.
Unter dem Fußboden war ein Hohlraum, gerade groß genug, dass sein schlanker Körper hineinpasste. James entfernte die Bretter, stieg dann selbst hinunter und legte die Bretter über sich wieder an ihren Platz.
Jetzt konnte er es wagen, die Taschenlampe zu benutzen. Er knipste sie an, und sie erleuchtete einen sehr schmalen Gang, der sich über die ganze Länge des Gebäudes durch das Gebälk zog. Der Gang war schmutzig und staubig, und überall hingen schwarze Spinnweben. Mühsam kroch James auf dem Bauch vorwärts und versuchte, dabei nicht zu viel Lärm zu machen. Über ihm und unter ihm schliefen Jungen, aber selbst wenn sie jemals etwas hören sollten, würden sie niemandem etwas verraten.
James krabbelte weiter, bis er direkt unterhalb des abgeschlossenen Lagerraums am Ende des Gangs angekommen war. Er dachte an die Nacht, in der er zum ersten Mal so weit gekommen

war, und an die Erleichterung, als er feststellte, dass einige der Dielen locker und kaputt waren. Es hatte ihn nur wenige Minuten gekostet, bis er zwei davon aufgestemmt hatte. Jetzt schob er sie einfach beiseite und zwängte sich nach oben in den Raum.

Er legte die Dielen wieder an ihren Platz, stand auf, klopfte sich den Staub von seinen dunklen Kleidern und nieste. Alles war unverändert seit seinem letzten Besuch hier. In dem Raum stapelte sich altes Gerümpel, kaputte Schultische und Stühle, vergammelte Feldbetten, uralte Sportgeräte und Kisten mit vergilbten Büchern und Papieren. Im Dach war ein winziges Fenster, das so von Staub, Schmutz und Vogeldreck verklebt war, dass kaum noch ein Lichtschein hindurchfiel. James kletterte auf einen Stapel Kisten und schob das Fenster auf, hielt sich am Rahmen fest und zog sich hoch. Augenblicklich befand er sich auf dem Dach an der frischen Luft, und ganz Eton lag zu seinen Füßen.

Es war eine wunderschöne klare Sommernacht, und es war beinahe Vollmond. Über die Dächer hinweg konnte James bis zur Themse sehen und bis zu Windsor Castle auf der anderen Seite des Flusses. Es war kurz vor Mitternacht, aber immer noch herrschte Leben auf der Straße, dann und wann fuhr ein Auto, Licht brannte in den Fenstern, ein Lastkahn fuhr flussaufwärts in Richtung Maidenhead.

James hatte alles sorgfältig geplant. Ihm war aufgefallen, dass die Tür zum Abstellraum offenbar niemals geöffnet wurde. Um das zu überprüfen, hatte er ein Haar über dem Schlüsselloch angebracht und es mit zwei winzigen Tropfen Schmiere fixiert. Eine Woche, zwei Wochen vergingen, und immer noch war das Haar an seiner Stelle. Dann hatte er sich draußen umgeschaut und das Fenster bemerkt und damit einen möglichen Weg auf das Dach. Also musste er nur noch herausfinden, wie man in den Raum selbst gelangen konnte. Aber auch dieses Problem löste

sich, als er den Zwischenraum unter den Dielen entdeckte. Zu dieser Zeit war nämlich ein Rohr im Waschraum undicht geworden und musste repariert werden.
James schaute sich ein letztes Mal um, ob die Luft rein war, dann stieg er über die Dachziegel auf die Spitze des Dachs. Er hielt sich an den Schornsteinen fest, kletterte den Giebel entlang und rutschte auf der anderen Seite hinunter bis zu einem flachen Dachabschnitt. Hier wölbte sich eine lange, ovale Glaskuppel. James machte sich so klein er konnte, damit sich seine Silhouette nicht vor dem Nachthimmel abhob, und schlich weiter bis zu der Stelle, von der aus er in Codroses Arbeitszimmer sehen konnte. Fast immer saß der Hausvater nachts hier oben, schrieb mit seiner kleinen, krakeligen Schrift in seine Bücher und trank heimlich Gin.
James drückte sich eng an die Dachziegel, schlängelte sich weiter und schaute dabei durch das trübe Glas. Natürlich war Codrose da. Er war dünn, hatte einen kurz gestutzten Vollbart und die kalten, toten Augen eines Fischs. Viele der Hausleiter in Eton waren bei den Schülern beliebt, nicht so Codrose. Er war knauserig, verstand keinen Spaß und tischte das übelste Essen in der ganzen Schule auf.
James beobachtete ihn eine Weile, wie er mit einer Feder vor sich hin kritzelte, und er fragte sich, was Codrose wohl zu schreiben hatte. Hier oben zu sein, zu sehen, aber nicht gesehen zu werden, gab James ein Gefühl von Macht. Dennoch schlich er bald weiter. Es gab Wichtigeres zu tun.
Als er das andere Ende des Dachs erreicht hatte, kletterte er über den First und rutschte weiter, bis er zu einer breiten steinernen Abflussrinne kam. Wie ein Seiltänzer lief er auf dieser Rinne weiter, streckte die Arme zur Seite, um das Gleichgewicht zu halten, und gelangte zur Hausecke. Jetzt kam der schwierigste Teil, denn er musste über einen schmalen, gepflasterten Durchgang

auf das gegenüberliegende Haus springen. James blickte nach unten, um sich zu vergewissern, dass niemand in der Nähe war, ehe er einige Schritte auf der Rinne zurückging, um Anlauf zu nehmen.

James holte tief Luft, rannte bis zur Dachkante und sprang. Er landete sicher und nutzte den Schwung, um über ein schmales Flachdach zu eilen. Dann sprang er erneut über eine kleinere Lücke. Das war der Teil des Wegs, den James am meisten mochte: Hier konnte er ohne Schwierigkeiten über die Dächer laufen, springen, klettern, bis er schließlich zu einer langen, mit Blei verkleideten Regenrinne gelangte, die auf das Dach des Hauses führte, zu dem er wollte. Er kletterte pfeilschnell hinauf und turnte zwischen den Schornsteinen herum, bis ihn die Stimme eines Jungen stoppte, der in die Dunkelheit zischte: »Wer da?«

»James Bond.«

»Dann komm.«

Das Dach ähnelte dem von Haus Codrose, auch hier gab es flache Abschnitte zwischen den Kaminen, allerdings war es kleiner und in nichts mit der beeindruckenden Glaskuppel von Codrose vergleichbar. Abgesehen von einer kleinen Wartungsklappe in der Mitte hatte es keinerlei Besonderheiten. Aber es war ein perfektes Versteck für eine Gruppe von Jungen, die sich selbst die Gefährliche Gesellschaft nannte.

In Eton gab es viele Gesellschaften – die Musikalische Gesellschaft, die Filmgesellschaft, die Naturwissenschaftliche Gesellschaft und die Archäologische Gesellschaft. Aber die Gefährliche Gesellschaft war etwas anderes. Es war ein Geheimbund von Jungen, die alle die Gefahr liebten. Sollte die Gefährliche Gesellschaft je entdeckt werden, säßen die Mitglieder ziemlich in der Patsche.

James, der sein erstes Jahr in Eton verbrachte, war das jüngste Mitglied; ein Freund namens Andrew Carlton, der zwei Jahre älter war, hatte ihn eingeführt. Sie hatten einander im vergangenen Halbjahr kennengelernt. Andrew hatte bemerkt, dass James genau so war wie er selbst – ein Junge, den die Schulroutine langweilte und der etwas Aufregung im Leben liebte.

In den Klub aufgenommen zu werden, war einfach. Man musste nachts einfach auf dieses Dachversteck klettern, ohne gesehen zu werden. James hatte eine ganze Weile gebraucht, um herauszufinden, wie er das bewerkstelligen konnte, aber er hatte nicht aufgegeben, und nun nahm er schon zum fünften Mal an der Versammlung teil.

Er sah Andrew und zählte rasch, wie viele Mitglieder bereits da waren.

»Fünf«, sagte er. »Wer fehlt noch?«

»Gordon Latimer«, antwortete Andrew. »Er kommt immer zu spät. So wie ich ihn kenne, schläft er tief und fest.«

»Und was ist mit Mark Goodenough?«, fragte James. »Er ist für gewöhnlich als Erster hier.«

»M-Mark wird heute Nacht wohl nicht kommen«, erklärte Perry Mandeville, der Gründer und Anführer der Gesellschaft. »Er hat schlechte Nachrichten von zu Hause erhalten. Nicht weil irgendjemand eine Erkältung bekommen hätte oder so, nein, wirklich ganz schlechte Nachrichten, und ich fürchte, er wird für den Rest des Schuljahrs nicht mehr kommen.«

Perry war ein tollkühner Bursche, der die anderen stets zu noch abenteuerlicheren Eskapaden anspornte. Er konnte niemals still sitzen und redete so wahnwitzig schnell, dass sein Gehirn kaum mit seinem Mundwerk Schritt halten konnte und er deshalb stotterte.

»Was ist passiert?«, fragte James, der sich hingesetzt hatte und mit dem Rücken an der Wand lehnte.

»Seine Familie ist auf dem Meer verschollen«, sagte Perry und gab seiner Stimme einen dramatischen Tonfall. »Im M-Mittelmeer . . .«

»Trag nicht so dick auf«, warf Andrew ein. »Niemand weiß genau, was wirklich passiert ist.« Er setzte sich neben James und bot ihm ein Stück Schokolade an. »Sie waren auf einem Segeltörn, und ihr Schiff wird vermisst.«
»Es klingt viel besser, wenn man sagt ›auf dem Meer verschollen‹«, sagte Perry ungeduldig. »Es klingt wie in einem Abenteuerroman, vielleicht sind sie g-gestrandet, auf einer verlassenen Insel oder so, oder sie wurden von Haien gefressen, es gibt Haie im M-Mittelmeer, wenn auch nur kleine.«
»Ja«, sagte Andrew. »Das klingt beinahe so, als würdest du hoffen, dass sie von Haien gefressen wurden.«
»Das ist nicht fair«, protestierte Perry. »M-Mark ist mein Freund.«
»Genau«, sagte Andrew. »Und das hier ist das wirkliche Leben und kein Abenteuerroman. Wir waren auch alle nett zu dir, als bei euch eingebrochen wurde.«
»Eingebrochen?«, hakte James nach.
»Passierte im vergangenen Halbjahr«, erklärte Perry. »Bevor du zu uns in die Gefährliche Gesellschaft gekommen bist. Einbrecher sind in unser Haus in London eingestiegen und haben einen ganzen Berg Gemälde geklaut. Zum Glück waren m-meine Leute gerade nicht zu Hause, aber einer der Diener wurde übel zusammengeschlagen; meiner Mutter und meinem Vater steckt der Schrecken noch gehörig in den Gliedern.«
»Genau«, erwiderte Andrew. »Und nun stell dir vor, sie wären in diesem Augenblick zu Hause gewesen und verletzt worden. Das würdest du nicht mehr witzig finden, oder?«
»Tut mir leid«, sagte Perry. »Aber ihr m-müsst zugeben, dass das alles sehr aufregend klingt.«
Andrew seufzte und blickte zum Himmel. Andererseits war Aufregung aller Art ja der Zweck dieser Gesellschaft. Sie trafen sich einmal wöchentlich, wobei die jeweiligen Nächte per Los bestimmt wurden, sodass für einen Außenstehenden keine Regel

erkennbar war. Wirklich viel unternahmen sie allerdings nicht; das Entscheidende war, überhaupt zu kommen. Wenn alle versammelt waren, saßen sie einfach nur da, redeten, rauchten Zigaretten und sprachen über ihre Pläne. Aber obwohl die Mitglieder der Gefährlichen Gesellschaft alle sehr gelassen wirkten, wussten sie, dass es ernsthafte Folgen haben würde, wenn man sie erwischte. Das machte ihre Treffen so aufregend. Auch wenn es schon spät und James eigentlich müde war, fühlte er sich stets hellwach und genoss es, nachts hier draußen zu sein.

Seit er nach Eton gekommen war, hatten sich die Ereignisse für James überschlagen. Zu Ostern war er in die größenwahnsinnigen Umtriebe von Lord Randolph Hellebore, dem Vater eines Mitschülers, hineingeraten. Fast hätte man ihn umgebracht, und er hatte Sachen mit ansehen müssen, die er niemals wieder sehen wollte. Nachdem er sich von all dem erholt hatte, beschlich ihn jedoch hin und wieder das Gefühl, dass das Leben manchmal sehr fad war.

Er hatte sich vorgenommen, ein ganz normaler Schuljunge zu sein, aber das, was er mit Hellebore erlebt hatte, unterschied ihn für immer von seinen Mitschülern, und wie sehr er sich auch bemühte, es gelang ihm nicht, das alles zu vergessen.

Abgesehen davon, dass er vom Dach fallen konnte, war der Ausflug in dieser Nacht nicht wirklich gefährlich, und es war allemal besser, als im Bett zu liegen und nicht einschlafen zu können. Natürlich würde der Unterricht morgen darunter leiden, aber das spielte keine Rolle: Es gab mehr im Leben als lateinische Grammatik. Wenn sich James die restliche Woche etwas stärker ins Zeuge legte, würde er das sicher wieder aufholen. Mr Merriot, sein Lateinlehrer und Betreuer, tadelte ihn oft, weil er sich nicht mehr anstrengte, aber James war von Natur aus clever, und er konnte mit den anderen Jungen mithalten, daher hatte er keinen Grund, sich allzu viele Sorgen zu machen.

»Hört mal zu«, sagte Perry. »Ich schlage vor, wir machen eine Spritztour; es ist doch verrückt, ein Auto zu haben und es stehen zu lassen, bis es verrottet ist. Was würdet ihr dazu sagen, wenn Andrew und ich eines Nachts damit nach London fahren? Das wäre etwas, was man erzählen könnte.«

»Klingt gefährlich«, sagte James.

»Aber darum geht es doch in unserer Gesellschaft«, sagte Perry. »Ein bisschen Risiko m-macht mir gar nichts aus.«

»Ich habe nicht an dich gedacht«, sagte James. »Was du machst, ist mir ganz egal, Perry. Ich dachte eher an das Auto.«

Das Auto war einer der Gründe, weshalb James, obwohl der Jüngste, in der Gefährlichen Gesellschaft so beliebt war. Es hatte seinem Onkel gehört, der ihm auch das Fahren beigebracht hatte. Nach seinem Tod hatte er es James vermacht. James hatte seine Tante, die auch sein Vormund war, überredet, ihm zu erlauben, das Auto nach Eton mitzunehmen, indem er ihr weismachte, dass es in der Schule bliebe und die anderen Schüler etwas über Mechanik lernen könnten, natürlich nur unter der strengen Aufsicht eines Lehrers.

Tatsächlich aber war es in einer Garage in einer Nebenstraße von Windsor versteckt. Die Garage gehörte Perry, und der dachte ständig darüber nach, was man mit dem Auto – einem 1,5 Liter Bamford-&-Martin-Sportwagen – anstellen könnte. Aber man musste äußerst vorsichtig sein. Auto fahren verstieß nicht nur gegen die Schulordnung, es verstieß auch gegen die Gesetze.

Sie waren gerade mitten im Streit über Perrys Vorschlag, als sie plötzlich eilige Schritte hörten und Gordon Latimer sich über den Dachfirst schwang und sich zu ihnen hinunterrollen ließ.

»Gelungener Auftritt«, sagte Andrew lachend.

»Psst!«, zischte Gordon und kniete sich hin. Er war völlig außer Atem; seine Kleidung war zerrissen und unordentlich. »Sie sind hinter uns her.«

»Wer ist hinter uns her?«, fragte James und schaute sich um.
»Ich weiß es nicht genau«, erwiderte Gordon mit hoher, gepresster Stimme. »Sie haben mich gesehen. Sie haben mir aufgelauert.«
»Wer? Die Polizei?«, fragte Andrew.
»Lehrer, glaube ich«, sagte Gordon. »Ich bin über das ganze Gelände gerannt, um sie abzuschütteln. Ein Suchtrupp hat sich in diese Richtung aufgemacht. Wir müssen hier verschwinden.«
Kaum hatte Gordon das gesagt, hörten sie laute Rufe von der Straße.
»Teilt euch auf«, rief Andrew und war auch schon verschwunden.
Im Nu waren alle Jungen auf den Beinen und rannten in verschiedene Richtungen davon.
James zögerte keinen Augenblick. Er sprang auf die Füße, schwang sich über den Dachfirst. Sein Herz hämmerte wie wild gegen seinen Brustkorb.
Er hatte sich ja Gefahr gewünscht – nun hatte er sie.

Zwei M

James versuchte, nicht daran zu denken, was passieren würde, wenn man ihn erwischte. Ganz sicher würde man ihn schlagen, aber was noch schlimmer war, man würde ihn wahrscheinlich von der Schule weisen. Er sorgte sich nicht so sehr um sich selbst, viel unangenehmer war ihm der Gedanke, seine Tante Charmian zu enttäuschen.

James' Eltern waren beim Bergsteigen verunglückt, als er elf Jahre alt war, und seit dieser Zeit war er von Charmian großgezogen worden. Er wollte ihr keinen Kummer machen.

Aber ihm war klar, dass er früher hätte darüber nachdenken sollen, bevor er in diesen Schlamassel geraten war.

Er wollte die übliche Route zurück nehmen, aber auf halbem Weg bemerkte er, dass das unmöglich war. Die Verfolger hatten eine Leiter an die Wand eines der Gebäude gelehnt und ein großer, fetter Mann war gerade dabei heraufzuklettern.

James beschloss, einen unbekannten Weg einzuschlagen; er wandte sich zur Seite, spurtete über mehrere Giebel und rutschte an einem Regenrohr bis zum Boden hinunter. Er fand sich in einem Gewirr von niedrigen Gebäuden und Schuppen wieder. Hier war es sehr dunkel, und es dauerte nicht lange und er hatte sich verlaufen. Er irrte umher und versuchte, einen Weg zurück in eine vertrautere Gegend zu finden, als er einen Suchtrupp kommen hörte. Rasch kletterte er an der Seite eines eingerüsteten Hauses hoch und versteckte sich hinter einem großen, gemauerten Schornstein, bis seine Verfolger weg waren. Er glaubte die Häuser in der Nähe zu kennen, deshalb huschte er am Dachrand entlang und sprang zum benachbarten Giebel hinüber. Als er aufkam, brach unter ihm ein Ziegel weg und fiel klirrend auf das Straßenpflaster. Er hörte schwere Schritte, und irgendjemand ganz in der Nähe rief etwas, das in den leeren nächtlichen Straßen widerhallte.

So schnell er konnte, eilte James das Dach hinauf und auf der anderen Seite wieder hinunter. Doch jetzt war er vom Pech verfolgt. Zwei weitere Ziegel lösten sich, und plötzlich rutschte er unaufhaltsam auf die Dachkante zu. Gleich würde er in die Dunkelheit hinabstürzen.

Auf dem Dach wuchs Efeu. James bekam einige Ranken zu fassen, aber sie rissen ab. Er rutschte über den Dachvorsprung und ruderte wild mit den Armen. Glücklicherweise war der Efeu, der an der Mauer wuchs, dicht und üppig, und James gelang es, Halt zu finden. Die beiden Dachziegel rutschten weiter und zersprangen laut klirrend auf dem Gehweg unter ihm. Dann war es still.

James hing mitten im Efeu und versuchte, seinen rasenden Puls zu beruhigen.

Es machte Spaß, in der Gefährlichen Gesellschaft zu sein, aber dieser Spaß war es nicht wert, das eigene Leben aufs Spiel zu setzen.

James überdachte seine Situation. Er war zerkratzt und mit blauen Flecken übersät, doch im Augenblick war er sicher.

Forschend schaute er sich um. Er befand sich etwa fünfundzwanzig Fuß über einem Innenhof und war von Ranken umgeben, die so dick waren wie die Äste eines Baums – mehr konnte er nicht sagen. Der Platz wirkte ungepflegt und verwahrlost und war so dicht mit Efeu bewachsen, dass man sich nicht vorkam wie in Eton, sondern wie in einem verlassenen Urwaldtempel.

James überlegte gerade, ob er hinunterklettern sollte, als ein

Licht in einem Fenster im Erdgeschoss anging. Gleich darauf wurde eine Tür geöffnet, und er hörte Stimmen.
In dem schwachen Lichtschein konnte er nicht erkennen, was vor sich ging, aber im aufflackernden Licht eines Streichholzes erkannte er die dunklen Umrisse zweier Männer. Einer der beiden rauchte eine Zigarette – James sah die Glut, die von Zeit zu Zeit aufleuchtete, und roch den Tabakrauch.
Die Männer schauten sich kurz um und entdeckten die zerborstenen Dachziegel. James konnte ihre blassen Gesichter erkennen, als sie nach oben blickten. Zum Glück bemerkten sie ihn nicht, denn er war gut versteckt in dem dichten Efeugestrüpp, zudem schützte ihn seine dunkle Kleidung.
Einer der Männer musste wohl ein Stück Dachziegel aufgehoben haben, denn James hörte, wie es scheppernd zu Boden fiel. Der Mann mit der Zigarette lachte.
Eine Zeit lang standen sie im Hof beieinander und unterhielten sich. Der dichte Efeubewuchs an den Wänden dämpfte ihre Stimmen. James lauschte angestrengt, aber sosehr er sich auch bemühte, er konnte ihr Gespräch nicht verstehen. Es dauerte eine ganze Weile, bis er bemerkte, dass sie sich in einer fremden Sprache unterhielten. Er lauschte noch angestrengter.
War es Spanisch?
Nein.
Vielleicht Italienisch . . .?
Nein.
Irgendwie kam ihm die Sprache bekannt vor.
James kannte sich mit Fremdsprachen aus. Er war in der Schweiz aufgewachsen und sprach fließend Französisch und Deutsch. Also weshalb bereitete es ihm Schwierigkeiten, diese Sprache zu identifizieren?
Und dann traf ihn die Erkenntnis wie ein Blitz. Die beiden sprachen Latein.

Die eigenartigen Wörter und Sätze sprangen ihm förmlich ins Ohr. *Tutus est:* Es ist sicher; *navis:* Schiff und *sanguis:* Blut.
James war verblüfft. Latein war eine tote Sprache, die heutzutage niemand mehr sprach. Was, wenn es die einzige Sprache war, die beide Männer gemeinsam beherrschten? Das war zwar unwahrscheinlich, aber immerhin eine Möglichkeit. Oder vielleicht waren es zwei Lateinlehrer, die ihre Sprachfertigkeiten übten und voreinander angeben wollten. Das leuchtete schon eher ein. Der eine hatte tatsächlich etwas Schulmeisterliches an sich.
Der Raucher lachte wieder. Es war ein raues, brutales Lachen. Er drückte seine Zigarette aus, und die beiden Männer kehrten ins Haus zurück. Eine Minute später, vielleicht auch zwei, wurde das Licht ausgeknipst, und der Hof war wieder dunkel und still. James wartete ab und lauschte. Schließlich hörte er etwas unten auf der Straße, es klang wie eine Haustür, die ins Schloss fiel.
Er war in einer Zwickmühle: Sollte er wieder nach oben steigen und den Weg über die Dächer wagen, oder sollte er hinunterklettern und versuchen, einen Fluchtweg durch das Gebäude zu finden?
Beide Wege waren gefährlich.
Während er noch überlegte, wurde ihm die Entscheidung abgenommen, denn der Efeu begann, sich mit einem knirschenden Geräusch von der Wand zu lösen. So schnell er konnte, kletterte James hinunter und schaffte es, wieder Boden unter die Füße zu bekommen, ohne abzustürzen.
Nun konnte er die Einzelheiten des Hofes deutlicher erkennen. Die eine Hälfte war gepflastert, die andere war mit altem eingestürztem Mauerwerk bedeckt. Ein rundes Gemäuer deutete darauf hin, dass hier vielleicht einmal ein Brunnen gewesen war, daneben befanden sich die Überreste einiger Säulen, eine ver-

schüttete Grube und ein Mauerstück mit kaputtem Zierwerk. Alles war zerfallen und efeuüberwuchert, sodass es unmöglich war zu sagen, was dies früher einmal gewesen war, aber James' erster Eindruck, in einer Art Tempel gelandet zu sein, war nicht ganz falsch.

Er rüttelte an den Türen und Fenstern. Alle waren verschlossen. Er spielte mit dem Gedanken, wieder hinaufzuklettern, als ihm in Fußhöhe ein Fenster auffiel, das vom Efeu halb verdeckt wurde. Es stand einen Spaltbreit offen und schien in einen Keller zu führen. Er kauerte sich auf den Boden und wollte es mit seinem Messer aufstemmen, stellte aber fest, dass es bereits so morsch war, dass er es ganz leicht aufbrechen und sich hindurchzwängen konnte.

Er schloss das Fenster hinter sich und schaltete seine Taschenlampe ein. In der Tat befand er sich in einem Keller. Zwei oder drei große Ölgemälde lehnten an der Wand und mitten im Raum standen einige Packkisten, die jemand als provisorischen Tisch benutzt hatte. Im Halbdunkel konnte James darauf eine Landkarte von Italien erkennen, die unter einem Stapel Bücher lag.

Auf die Seite einer Kiste waren zwei große rote Buchstaben gestanzt – zwei M –, und James bemerkte, dass eines der Bücher das gleiche Emblem auf dem Einband trug. Er nahm es in die Hand und schlug es auf: Es war engzeilig in Latein geschrieben. Aber er hatte jetzt keine Zeit, Bücher zu lesen. Er musste schleunigst hier raus.

James legte das Buch zurück und wandte sich zum Gehen. Gleich darauf machte er entsetzt einen Satz zurück und unterdrückte gerade noch einen Schrei.

Eine bleiche, geisterhafte Gestalt stand in der Dunkelheit neben der Tür und winkte ihn zu sich.

Ein Mensch, so bleich wie der Tod. Und dieser Mensch starrte ihn an.

James brauchte einen Augenblick, um zu erkennen, dass er lediglich ein weiteres Gemälde vor sich hatte.

Er atmete tief aus. »Das war nicht nett von dir«, sagte er ruhig und hoffte, auf diese Weise seiner Aufregung Herr zu werden. »Du hast mich fast zu Tode erschreckt.«

Er massierte seinen Nacken, und nachdem sein Herz zu pochen und seine Beine zu zittern aufgehört hatten, trat er näher und betrachtete das Bild genauer.

Es zeigte einen Mann in Lebensgröße, der mit einer römischen Toga bekleidet war. In gebieterischer Pose stand er da, einen Arm hatte er auf eine Marmorsäule gestützt, den anderen Arm streckte er dem Betrachter entgegen. Das kurz geschnittene Haar war weiß, und die kalkfarbene Haut wirkte beinahe durchscheinend. James fühlte sich nicht wohl bei dem Anblick, die Augen schienen den Betrachter direkt anzustarren.

Unten am Rahmen waren die vier Buchstaben *UCMM* eingraviert; weitere Hinweise, um wen es sich auf dem Bild handeln könnte, gab es nicht.

»Bis später«, sagte James und öffnete schnell die Tür.

Der Weg war durch einen schweren Vorhang versperrt. Er schob ihn beiseite und ging weiter. Ähnelte der Hof draußen einem Tempel, so schien dieser Raum hier eine Kapelle zu sein. Die Wände waren kahl, und ein grober Holztisch stand wie ein Altar an einer Seite.

Aber es war keine christliche Kapelle.

Ein Bild, das über dem Tisch hing, zeigte einen Mann in römischer Rüstung, der ein Schwert in den Nacken eines Stiers bohrte. Aus der Wunde spritzte ein großer Schwall dunkelrotes Blut.

Auf dem Tisch standen zwei Schüsseln, gewöhnliche Schüsseln, wie man sie beim Kochen benutzte, aber in der einen lag der Kopf eines jungen Hahns, die andere war halb gefüllt mit einer zähen braunen Flüssigkeit, die am Rand zu klumpen begann.

James roch daran, und sofort fiel ihm eines der lateinischen Wörter ein, die er aufgeschnappt hatte: *sanguis*, Blut.
Irgendetwas stimmte hier nicht. Mit einem Mal bekam er es mit der Angst zu tun und wollte so schnell wie möglich weg. James rannte zur Tür am anderen Ende der Kapelle und stieß sie auf. Sie führte zu einer kleinen Treppe. Lautlos stieg er hinauf und war wieder im Erdgeschoss. Er befand sich in einem kleinen Korridor mit einem Fenster, dessen Läden geschlossen waren. James stieß die Fensterläden auf und schaute nach draußen. Die Straße wirkte verlassen. So leise wie möglich öffnete er das Fenster, kletterte auf den Sims und ließ sich auf den Gehweg hinuntergleiten.
Er war sich nicht sicher, wo genau er war, deshalb suchte er Deckung und ging vorsichtig weiter in die Richtung, in der er Haus Codrose vermutete. Schon fürchtete er, sich verlaufen zu haben, dann bog er um eine Hausecke und wäre beinahe an die Leiter gestoßen, die die Männer der Suchmannschaft an die Wand gelehnt hatten. Noch immer war niemand zu sehen, aber in der Ferne hörte er Rufe und hastige Schritte. Ohne zu zögern, kletterte James die Leiter hinauf, wobei er zwei Sprossen auf einmal nahm.
Minuten später war er wieder auf dem Dach von Haus Codrose und schaute durch die Glaskuppel in das Zimmer des Hausvaters hinab – keinen Augenblick zu früh, wie er erkannte. Der dicke Mann vom Suchtrupp war da und redete aufgeregt auf Codrose ein, der daraufhin aufstand, seine Jacke anzog und den Raum verließ.
Ganz offensichtlich hatte er vor, einen Kontrollgang durch die Zimmer der Jungen zu machen.
James stieß einen Fluch aus. Es war ein Wettlauf gegen die Zeit. Er musste wieder in seinem Zimmer sein, ehe Codrose feststellte, dass es leer war. James flog förmlich über das Dach und

zwängte sich durchs Oberlicht hindurch. Rasch zog er die Dielenbretter weg und sprang durch die Öffnung. Er verschwendete keine Zeit damit, die Bretter wieder an ihren Platz zu legen; er würde wiederkommen und das nachholen, jetzt war nur eines wichtig: rechtzeitig im Bett zu liegen.
Er stellte sich vor, was Codrose und der Dicke gerade taten. Bestimmt würden sie in den unteren Stockwerken anfangen und sich nach oben vorarbeiten, dabei würden sie alle Türen, an denen sie vorbeikamen, öffnen.
Wie lange würden sie dafür brauchen?
Nicht lange genug.
James schlängelte sich durch den Hohlraum und gelangte zurück in den Waschraum. Er warf einen Blick in den Korridor. Von Codrose war nichts zu sehen, dem Himmel sei Dank. James huschte zurück und legte geschwind die Dielen an ihren Platz. Dann ging er vorsichtig zur Tür des Waschraums. Diesmal hörte er Stimmen und Schritte. Er stieß die Tür einen Spaltbreit auf, genug, um eine Seite des Gangs überblicken zu können. Er erspähte Codrose, den Dicken und Miss Drinkell.
Miss Drinkell half Codrose im Haushalt. Sie war mittleren Alters, sah stets müde aus und wirkte immer so, als sei sie von etwas enttäuscht. Wahrscheinlich von ihrer Arbeit bei Codrose.
Die drei betraten gerade eines der Zimmer. Sobald sie drinnen waren, stürzte James davon und schaffte es gerade noch, in sein Zimmer zu hechten, bevor die Suchmannschaft den Raum wieder verließ.
James riss sich das Hemd vom Leib, schleuderte es unter das Bett und kroch unter die Decke. Im selben Augenblick hörte er ein kurzes, schnelles Klopfen, die Tür wurde aufgestoßen, und Codrose kam herein.
Das Licht ging an, James setzte sich auf, blinzelte und bemühte sich, unsicher und verstört zu wirken.

»Sir?«, fragte er.

»Haben Sie heute Nacht irgendetwas gehört, Bond?«, fragte Codrose und schaute sich misstrauisch im Zimmer um. »Von Schülern, die ausgebüxt sind?«

»Nein, Sir. Ich habe geschlafen, Sir.«

Der Dicke watschelte ins Zimmer und starrte James an. »Habe ich Sie nicht schon einmal gesehen?«, fragte er.

»Ich glaube nicht, Sir«, sagte James.

»Entschuldigen Sie die Störung, James«, sagte Mrs Drinkell. »Heute Nacht hat es hier ein wenig Aufregung gegeben.«

Codrose rümpfte nur die Nase, dann löschte er das Licht und schlug die Tür zu.

James ließ sich auf sein Bett zurückfallen, erschöpft und erleichtert zugleich.

Er hatte es gerade noch einmal geschafft, aber er fragte sich, ob die anderen Mitglieder der Gefährlichen Gesellschaft ebenso viel Glück gehabt hatten. Und falls man einen von ihnen erwischt hatte, würde er den Mund halten?

Der vierte Juni

Wann war das?«

»Am vergangenen Donnerstag.«

»Und du hast nie ein Wort davon erzählt?«

»Ich konnte es nicht riskieren, darüber zu sprechen. Ich wollte niemanden mit hineinziehen. Erst musste ich sicher sein, dass ich aus dem Schneider bin.«

»Und? Bist du aus dem Schneider?«

James zuckte mit den Schultern. Es war der vierte Juni, und er war in seinem Zimmer, zusammen mit seinem Freund Pritpal Nandra. Der Tag hatte angefangen wie alle anderen – Morgenschule, dann Frühstück und das Morgengebet –, aber jetzt waren die Jungen in ihre Zimmer zurückgekehrt, um sich umzuziehen, denn der Rest des Tages war frei.

»Ich weiß es nicht«, sagte er. »Ich glaube schon. Alle konnten fliehen, alle außer Gordon Latimer. Sein Hausvater hat schon auf ihn gewartet, als er zurückkam. Pech. Er bekam eine Tracht Prügel, aber er hat dichtgehalten. Wie er es geschafft hat, nicht von der Schule zu fliegen, ist mir allerdings ein Rätsel.«

»Wahrscheinlich ist sein Vater entfernt mit dem König verwandt«, mutmaßte Pritpal.

Pritpal war einer der beiden Jungen, mit denen James »zu Tisch saß«, wie es in Eton hieß. Das bedeutete, sie aßen abwechselnd in einem ihrer Zimmer und kümmerten sich auch sonst umeinander. Pritpal und Tommy Chong, der andere Junge, waren die bei-

den einzigen Menschen im ganzen Haus, die wussten, dass James etwas mit der Gefährlichen Gesellschaft zu tun hatte.
Pritpal war ein kluger, etwas dicklicher Junge aus Indien, der mit Vergnügen zuhörte, wenn James von seinen Abenteuern erzählte, der aber nicht einmal im Traum daran gedacht hätte mitzumachen.
»Und wo genau war dieses mysteriöse Haus mit den zwei unheimlichen Gestalten, die Latein redeten?«, fragte er, während er sich in den Korbstuhl setzte und ein Staubkorn von seinen polierten Schuhen wischte.
»Ich bin mir nicht sicher«, gab James zurück. »Ich bin ein paar Mal zurückgegangen und habe versucht, es wiederzufinden, vergeblich. Es war stockdunkle Nacht, und sie waren hinter mir her, deshalb kann ich nicht genau sagen, wo es war.«
Pritpal pfiff durch die Zähne. »Du bist schon ein Glückspilz, James«, sagte er.
»Wirklich?« James lachte. »Wenn ich tatsächlich so ein Glückspilz wäre, hätten sie mich gar nicht erst gejagt.«
James betrachtete sich in dem kleinen Spiegel, der auf dem Kaminsims stand. Zu sehen war ein schlanker Junge mit graublauen Augen und einer widerspenstigen schwarzen Haarlocke, die immer in die Stirn fiel, wie sehr er auch versuchte, sie zurückzukämmen. Er strich sie mit der Hand zurück. Das musste für diesmal reichen.
»Bist du fertig?« Pritpal hatte es eilig wegzukommen. Er schaute auf seine Taschenuhr und trommelte ungeduldig mit den Fingern gegen das Uhrglas.
»Ich denke schon«, erwiderte James und betrachtete sich ein letztes Mal im Spiegel.
Die meisten Jungen im ersten Schuljahr trugen kurz geschnittene Eton-Blazer und alberne Hemden mit einem riesigen, steifen Eton-Kragen. Die Jacken wurden gemeinhin nur »Arschkühler«

genannt – aus nahe liegenden Gründen –, und die Hemden waren unbequem. Aber sobald ein Junge größer war als fünf Fuß und vier Inch, durfte er die Schuluniform der Älteren tragen – eine schwarze Jacke mit langen Schößen, ein Hemd mit einem weniger auffälligen Kragen und eine kleine weiße Krawatte mit einem aufwändig gebundenen Knoten.

Die Hausdame hatte James vor Kurzem gemessen und dabei hatte sich herausgestellt, dass er gerade so die erforderliche Größe erreichte hatte. Wie es der Brauch war, hatte er bis zum heutigen Tag – dem vierten Juni – damit gewartet, seine neue Schuluniform anzuziehen. Im Jahreslauf von Eton war dies einer der bedeutendsten Tage, ja der einzige Tag überhaupt, an dem sich die jüngeren Schüler herausputzen durften.

Pritpal, der nur knapp über fünf Fuß groß war, trug noch immer seinen kurzen Blazer, aber er hatte eine hübsche graue Weste angezogen und einen Stehkragen mit abgeflachten Spitzen.

Die älteren Schüler, die in Eton Aufsicht führten, die *Pops*, waren auf Anhieb zu erkennen; sie trugen grellbunte Westen und eng zusammengerollte Schirme. Alle anderen Jungen in Eton durften ihre Regenschirme für gewöhnlich nicht einrollen. Außer heute; am vierten Juni durften alle Schüler ihre Schirme zusammengerollt tragen.

Aber es sah nicht nach Regen aus, und James hatte wahrlich keine Lust, einen Schirm mit sich herumzuschleppen, nur weil es heute erlaubt war, ihn zusammenzurollen. Er wollte sich eine Blume kaufen und sie ins Knopfloch stecken, mehr nicht. Er verspürte nicht den Wunsch, die neckische Aufmachung der Pops nachzuäffen.

Schließlich drehte er sich zu Pritpal um. »Wie sehe ich aus?«

»Sehr erwachsen, keine Frage«, sagte Pritpal und stand auf. »Jetzt komm schon. Lass uns gehen und Blumen besorgen, ehe sie alle ausverkauft sind.«

Nur etwas fehlte noch. Mit säuerlicher Miene sah James auf seinen frisch gebürsteten Zylinder, der auf dem Bett lag. Wie er diesen Hut hasste! Er sehnte sich nach dem Tag, an dem er ihn in den Mülleimer werfen konnte und ihn nie mehr sehen musste. Aber die Regeln in Eton waren eisern.

Er nahm den Hut, und die beiden Jungen machten sich auf den Weg.

Draußen schlossen sie sich einer Gruppe aufgekratzter Jugendlicher an, die durch die Stadt zum Fluss hinuntergingen. Am vierten Juni war Tag der offenen Tür in Eton, und auf den Straßen wurde es allmählich immer lebhafter. Später würden die Straßen noch voller werden, verstopft mit Eltern, Brüdern und Schwestern, Tanten und Onkeln, Einheimischen, Touristen, Ehemaligen und Scharen von Pressefotografen, die unbedingt alles fotografieren wollten.

Eton war die angesehenste Schule im ganzen Land, und viele der bekanntesten Männer Englands hatten hier die Schulbank gedrückt. Henry IV. hatte sie vor fast fünfhundert Jahren gegründet, und seit dieser Zeit hatten sich zahllose exzentrische Traditionen herausgebildet, die auf Außenstehende faszinierend und abschreckend zugleich wirkten. Faszinierend und abschreckend wirkten sie auch auf James, und er fragte sich, ob er das alles jemals begreifen würde.

Doch heute fühlte er sich sorglos und gelöst. Es war ein schöner, sonniger Morgen, und er genoss die Ferienstimmung. Seit der Nacht auf dem Dach war er ständig auf der Hut gewesen, aber langsam fiel die Anspannung von ihm ab.

Eine Gruppe Jungen hatte sich um eine alte Frau geschart, die auf der Barnes-Pool-Brücke einen Blumenstand hatte. James und Pritpal drängten sich hinzu, und James wollte gerade bezahlen, als er von hinten gepackt und weggezogen wurde. Er drehte sich wütend um und erblickte einen verstörten Jungen, dessen fleckigem Gesicht man ansah, dass er geweint hatte.

»Lass mich los, du Idiot«, rief er und stieß die Hand des Jungen weg.
»Ich brauche die Schlüssel, James«, stieß der Junge hervor.
Jetzt erst erkannte James ihn. Es war Mark Goodenough, der Junge aus der Gefährlichen Gesellschaft, der beim letzten Treffen nicht kommen konnte. Der Junge, dessen Familie vermisst wurde.
»Oh, du bist es, Mark«, sagte James. »Ist alles in Ordnung mit dir?«, fügte er hinzu, obwohl man deutlich sehen konnte, dass nichts in Ordnung war.
»Ich brauche die Schlüssel«, wiederholte Mark.
»Welche Schlüssel?«, fragte James, gleichermaßen verwirrt und besorgt. »Ich weiß nicht, wovon du sprichst.« Die Leute begannen, sich nach den beiden umzudrehen.
»Die Schlüssel für die Garage«, sagte Mark. »Ich brauche das Auto.«
James legte die Hand auf Marks Arm und führte ihn zur Seite.
»Mark«, sagte er ganz ruhig. »Ich kann dir das Auto nicht geben. Nicht heute. Nicht in deiner Verfassung.«
Mark war älter als James und mehr als einen Kopf größer. Er riss sich von ihm los und starrte ihn mit solch wutblitzenden Augen an, dass James fürchtete, er würde ihn verprügeln, aber schließlich stieß er nur einen Fluch aus und stürmte davon.
»Ich werde Perry suchen«, rief er zurück. »Er wird sie mir geben.«
James und Perry waren die einzigen Mitglieder der Gesellschaft, die einen Schlüssel zur Garage hatten.
»Was zum Teufel hatte das zu bedeuten?«, fragte Pritpal und nestelte eine Blume in sein Knopfloch. »Von welchem Auto hat er gesprochen?«
»Das tut nichts zur Sache«, sagte James, den eine schlimme Vorahnung beschlich. »Er ist aufgeregt. Vergiss es einfach.«
James hatte niemandem außerhalb der Gesellschaft auch nur ein Wort von dem Auto gesagt. Pritpal hatte er zwar in einige seiner

Geheimnisse eingeweiht, aber nicht in alle – auch die besten Freunde konnten einmal petzen.
»Ob er sich wohl wieder beruhigt?«, fragte Pritpal.
James beobachtete, wie Mark auf der Brücke verschwand und alle Jungen, die ihm in die Quere kamen, zur Seite stieß. »Ich weiß es nicht«, sagte er und bemühte sich, gelassen zu klingen. »Aber ich hoffe es.«

Zwei Stunden später bummelte James mit seiner Tante Charmian und versuchte, durch das Gedränge einen Blick auf das Cricket-Match zu erhaschen, das auf *Agar's Plough* zwischen der Schulmannschaft und den *Eton Ramblers*, einem Altherren-Team, ausgetragen wurde. In der Nähe, beim *Upper Club*, einem der ältesten Schulgebäude, spielte eine Schützenkapelle schwungvoll auf, aber ihre Musik ging beinahe unter in dem Stimmengewirr der vielen herumspazierenden Menschen, denn die Eltern tauschten den neuesten Klatsch aus und prahlten voreinander damit, wie gut ihre Jungs in der Schule wären.
James sah Andrew Carlton, der gelangweilt und ungeduldig dastand, während seine Eltern auf einen Bischof einredeten. Charmian kannte keinen Menschen hier, aber sie genoss das Schauspiel und beobachtete es mit dem distanzierten Blick eines Außenstehenden, und James machte es Spaß, ihr alles zu zeigen.
Charmian war Anthropologin; sie war in der ganzen Welt herumgereist und hatte fremde Völker und Kulturen studiert. So hatte sie beispielsweise bei den Eskimos in Grönland gelebt, bei den Tuareg in der Sahara, den Schlammmenschen von Mindima in Papua-Neuguinea und den Bergstämmen der Paduang in Burma, deren Frauen sich Messingringe um den Hals legten, damit er länger würde. Aber nie hatte sie etwas Fremdartigeres gesehen als diese Zusammenkunft in Eton.
»Ich sollte wirklich wissen, was dies alles zu bedeuten hat«, sagte

sie mit einem amüsierten Lächeln. »Aber ich fürchte, ich weiß es nicht.«

»Das ist zu Ehren des Geburtstags von George III.«, erklärte James.

»Warum, um alles in der Welt, sollte jemand den Geburtstag von Georg III. feiern wollen?«, fragte seine Tante mit einem leisen Lachen.

James stimmte in ihr Lachen ein. »Nun, er war ein großer Förderer der Schule. Er war sehr oft hier und hat sich mit den Schülern unterhalten.«

»Das hat ihm sicher nicht geschadet«, sagte Charmian.

Windsor Castle lag genau gegenüber am anderen Ufer der Themse, und seit den Tagen Henrys VI. hatten die englischen Könige stets, wenn auch unterschiedlich stark, Anteil am Schulleben genommen. Ein Schüler aus Eton hatte einst der Queen das Leben gerettet, als ein Wahnsinniger versucht hatte sie vor dem Bahnhof zu erschießen. James hatte den jetzigen König, George V., zu verschiedenen Anlässen gesehen und er hatte sich oft gefragt, wie der König wohl lebte hinter diesen dicken Schlossmauern.

Charmian lud James zum Mittagessen in ein Restaurant auf dem Fluss ein, danach gingen sie zu den Uferwiesen, die als die *Brocas* bekannt sind. Hier hatte sich schon eine große und lärmende Menschenmenge versammelt, die auf den Höhepunkt des Tages, die Bootsparade, wartete.

Die Sonnenstrahlen glitzerten auf dem Wasser und tauchten die Themse, die sonst trübe und schlammig dahinfloss, in ein bezauberndes, mit Silber durchsetztes Hellblau.

»Wie kommst du im Unterricht voran?«, fragte Charmian und hielt ihr Gesicht in die Sonne.

»Ich denke nicht, dass ich sehr viel Lob einheimsen werde«, gab James zur Antwort. »Ich versuche zwar mich für alles zu interes-

sieren, aber manchmal zweifle ich, wozu Latein eigentlich gut sein soll.«
Charmian lachte. »Mich darfst du nicht fragen. Zu meiner Zeit haben Mädchen in der Schule nur gelernt, wie man sich einen Ehemann angelt. Und ich fürchte, gerade in diesen Stunden habe ich nicht aufgepasst. Aber, mein Gott, was ist das?«
Das erste Boot kam unter der Eisenbahnbrücke hervor; es wurde von einer Jungenmannschaft gerudert, die altmodische Matrosenanzüge aus der Zeit von Admiral Nelson trug – weiße Hose, gestreiftes Hemd, blaue Jacke und Strohhut, an dem ein großer Blumenstrauß steckte. Ein kleiner Steuermann in Admiralsuniform saß im Heck.
Als die Boote das Ende der *Brocas* erreichten, standen die Ruderer auf und streckten ihre Ruder neben sich senkrecht in die Höhe, ein verzwicktes und wackeliges Manöver. James hoffte wie viele andere Jungen, die zuschauten, dass einer ins Wasser fallen würde, doch heute passierte nichts.
Als die nächsten Boote vorbeifuhren, wandte Charmian sich an James.
»Jetzt fällt es mir ein, worüber ich mit dir noch sprechen wollte«, sagte sie. »Über die Ferien.«
»Willst du immer noch verreisen?«, fragte James.
»Oh ja. So eine Gelegenheit bekomme ich nie wieder. Eine Expedition an den Oberlauf des Amazonas. Wir werden auf Indianerstämme stoßen, die noch nie einen Weißen gesehen haben. Die so leben wie vor Tausenden von Jahren . . .« Sie hielt einen Moment inne und legte ihren Arm um James. »Es tut mir leid, dass ich dich allein lasse«, sagte sie. »Aber vielleicht fällt uns ja ein Verwandter ein, der nicht beißt und zu dem wir dich schicken können.«
»Das wird sich schon finden«, sagte James.
»Da bin ich mir sicher«, sagte Charmian.

James ging einen Schritt zurück, um die Boote besser sehen zu können; dabei trat er jemandem auf den Fuß. Er drehte sich um und wollte sich entschuldigen.

Es war Mr Merriot, James' Lateinlehrer.

»Immer schön sachte, James«, sagte er mit einem Lächeln. Merriot war groß gewachsen und hatte struppige graue Haare; seine Arme und Beine waren lang und schlaksig wie die eines Insekts. Wie üblich schaute eine kalte Pfeife unter seiner Adlernase hervor.

James machte ihn mit seiner Tante bekannt, und Merriot stellte nun seinerseits den Mann vor, der neben ihm stand.

»Mein Kollege, Mr Cooper-ffrench.«

Cooper-ffrench war ein untersetzter Mann mit stechendem Blick; auf dem Kopf hatte er einen Homburger, und er trug graue Wildlederhandschuhe. Er hatte eine große, platte Nase, eine puterrote Haut und einen gezwirbelten Spitzbart.

»Cooper-ffrench ist der Präsident der Lateingesellschaft hier in Eton«, erklärte Merriot.

»James hat mir gerade erzählt, dass er sich fragt, wozu Latein gut ist«, sagte Charmian, während Schweißtropfen auf James' Stirn traten.

»Oh, wirklich?« Merriot riss die Augen mit gespieltem Erstaunen auf.

James bemühte sich, nicht rot zu werden.

»Und ich fürchte, ich muss ihm recht geben«, sagte Charmian.

»Quatsch!«, bellte Cooper-ffrench; seine Stimme krächzte und klang hart. »Ich habe nicht erwartet, dass Sie das verstehen, Madam. Aber ich kann Ihnen versichern, dass Latein der Ursprung und die Grundlage unserer geliebten englischen Sprache ist. Wie kann ein junger Mensch hoffen, ohne tieferes Verständnis des Lateinischen je über wirkliche Beredsamkeit zu verfügen? Es mag für Frauen, die sich mit derlei Angelegenheiten nicht befassen müssen, nicht so wichtig sein, aber für einen Mann, der in der Welt vorankommen möchte, ist das Studium des Lateinischen absolut unerlässlich. Niemand darf sich für gebildet halten, der nicht fließend Latein spricht.«

»Oh, bitte, verstehen Sie mich nicht falsch«, erwiderte Charmian höflich. »Ich bin überzeugt davon, dass das Erlernen von Sprachen eine gute Sache ist. Ich selbst spreche fünf Sprachen und habe auf meinen Reisen durch die ganze Welt so viele Sprachen gefunden, dass ich sie nicht zählen kann, und jede einzelne hat mich auf ihre Art fasziniert.« Sie machte eine kleine Pause und lächelte den Lehrer an, der betreten dreinsah. »Aber sagen Sie doch selbst, Mr Cooper-ffrench, sind Sie wirklich der Ansicht, dass in unserer Zeit Latein das Wichtigste ist, was ein Junge in der Schule lernen kann?«

»In der Tat, Madam«, schnarrte Cooper-ffrench, und sein Gesicht rötete sich von Minute zu Minute mehr. »Wenn es nach mir ginge, würden die Jungen nichts anderes lernen.«

»Würden Lateinkenntnisse James helfen, wenn er einen Schiffbruch erleidet?«, fragte Charmian. »Oder wenn er aus einem brennenden Haus fliehen muss? Was würde ihm Latein nützen, wenn er Verbrechern, Diamantenschmugglern oder einem Verrückten mit einer Bombe gegenübersteht?«

»Wirklich, Miss Bond«, sagte Cooper-ffrench mit einem gönnerhaften Lächeln. »Sie sollten Ihre weibliche Fantasie etwas zügeln. Wir sind hier in Eton. Ich glaube nicht, dass unser Schüler James Bond ein übermäßig abenteuerliches Leben führen wird. Wohl eher wird er in einer Bank arbeiten oder bei einer Versicherung oder vielleicht als Jurist – und in diesen Bereichen sind Lateinkenntnisse unverzichtbar. Nebenbei bemerkt, ich meine nicht nur die Sprachkenntnisse, sondern auch die Geistesbildung, die die lateinische Kultur bewirkt.«

»Aber, Mr Cooper-ffrench«, gab Charmian überfreundlich zurück,

»die klassischen Texte sind randvoll mit Geschichten von Göttern, die verkleidet auf die Erde kommen und Frauen verführen. Aber womöglich sind Sie ja der Meinung, das ist alles, wozu wir Frauen gut sind?«

»Das ist eine krasse Fehlinterpretation der klassischen Antike«, sagte Cooper-ffrench.

»Die Römer waren ein durch und durch verkommener Haufen«, fuhr Charmian ungerührt fort. »Ihre Kaiser haben nichts anderes getan, als sich gegenseitig umzubringen. Allein in den fünfzig Jahren zwischen 235 und 285 nach Christus haben sie zwanzig von ihnen verschlissen. Deshalb glaube ich nicht, dass sie die Richtigen sind, die uns zivilisiertes Benehmen beibringen können.«

»Nun«, antwortete Cooper-ffrench verächtlich, »ich möchte mich mit Ihnen nicht streiten. Ich bin aber überzeugt, dass derjenige, der gesagt hat, Bildung schade Frauen, völlig recht gehabt hat. Guten Tag!«

Er verbeugte sich leicht und stolzierte beleidigt davon.

Merriot lachte. »Ich fürchte, unser guter Cooper-ffrench versteht keinen Spaß.«

Merriot selbst nahm Latein weit weniger wichtig, er war alles in allem ein ziemlich umgänglicher Mensch. Er und Charmian waren auch sogleich in ein angeregtes Gespräch vertieft und kümmerten sich nicht weiter um die Bootsparade.

James hörte nur mit einem Ohr zu, denn er war in der Nachmittagssonne schläfrig geworden. Plötzlich sah er Perry Mandeville durch die Menschenmenge auf sich zukommen, er wirkte beunruhigt und war außer Atem.

»Hast du M-Mark gesehen?«, fragte er.

»Ich habe ihn vor einer Weile gesehen, ja«, erwiderte James. »Es ging ihm nicht gut.«

»Er hat mich geschlagen«, sagte Perry beleidigt. »Ganz schön fest, sogar. Ich glaube, er ist verrückt geworden. Er wollte m-mir die Schlüssel zur Garage abnehmen, und als ich sie ihm nicht geben wollte, da hat er m-mir einen Schlag versetzt, einen ganz schönen Schlag, hörst du, und dann rannte er weg und sagte, dass er einbrechen wird.«

»Wie lang ist das her?«, fragte James und schaute nervös zu Merriot und seiner Tante hinüber, die immer noch in ihr Gespräch vertieft waren.

»Ungefähr fünf M-Minuten«, sagte Perry. »Vielleicht auch m-mehr. Ich habe dich überall gesucht. Was sollen wir jetzt machen? Es war, als ob man einem Wilden gegenübersteht, ich hab richtig Schiss gekriegt.«

»Wir verschwinden besser«, sagte James.

Er raunte Charmian hastig eine Entschuldigung zu und rannte dann mit Perry auf und davon.

»Wir müssen zur Garage und ihn aufhalten«, sagte er, während er eine beleibte Dame mit Pelzstola aus dem Weg rempelte. »Wenn er in seinem Zustand mit dem Auto fährt, garantiere ich für nichts.«

Außer Kontrolle

Wie es aussieht, hat man das Schiff seines Vaters gefunden«, sagte Perry. »Ziemlich üble Geschichte, im Meer treibende Wrackteile und Leichen und so weiter. Offenbar hat es ein Feuer an Bord gegeben.«

James und Perry zwängten sich mitten durch die ziellos umherwandernden Horden, ohne dabei auf die Beschwerden und Rufe der zur Seite gestoßenen Besucher zu achten.

»Haben sie seine Familie gefunden?«, fragte James.

»Ich weiß es nicht«, antwortete Perry. »Es ist wohl ein riesiges Durcheinander. Als der Hausvater ihm die Nachricht überbrachte, hat M-Mark die Fassung verloren.«

Etons schmale Straßen waren nicht für den Automobilverkehr geeignet und an Tagen wie diesem, wenn alle Leute mit dem Wagen ankamen und danach zu Fuß unterwegs waren, kam der Verkehr fast zum Erliegen. Daher verließen die beiden Jungen die Gehwege und eilten mitten auf der Straße weiter, wo sie schneller vorankamen als die Fahrzeuge.

»Aber wozu braucht er den Wagen?«, rief James und hastete an einem großen schwarzen Daimler vorbei.

»Um dem Rummel aus dem Weg zu gehen, vermutlich«, rief Perry zurück. »Ich nehme an, er erträgt den Anblick der anderen Jungen mit ihren Eltern nicht.«

Sie überquerten die Themse und erreichten Windsor. Dort ging es ruhiger zu, obgleich der Verkehr in Richtung Eton sich bis hierher zurückstaute. Jetzt waren sie nur noch bestrebt, möglichst rasch vorwärtszukommen, und verzichteten auf jede weitere Unterhaltung. Sie erreichten das Schloss, bogen in die Peascod Street ein und verließen die Hauptstraße. Nach wenigen Minuten gelangten sie in ein etwas heruntergekommenes Stadtviertel. Sie rannten eine schmutzige Gasse entlang, vorbei an schmalen Fabrikgebäuden und Warenhäusern, und ihre Schritte hallten von den hohen grauen Mauern wider.

Schließlich erreichten sie einen kleinen Hinterhof und gingen auf eine Reihe alter, verwitterter Gebäude zu. Früher, als man Lasten noch mit Pferdefuhrwerken transportierte, hatten sich hier Stallungen befunden, doch vor langer Zeit schon hatte man sie in Garagen für motorisierte Fahrzeuge umgewandelt.

Auf den ersten Blick wurde ihnen klar, dass Mark bereits vor ihnen da gewesen war. Er war da gewesen und sofort wieder verschwunden. Das Garagentor stand weit offen, und das aufgebrochene Vorhängeschloss lag auf dem Kiesweg.

Die Garage selbst war leer.

»Wir kommen zu spät«, sagte Perry kopfschüttelnd und warf James einen besorgten Blick zu. »Wenn er einen Unfall baut, ist dein W-Wagen futsch.«

»Das wäre nicht das Schlimmste«, erwiderte James. »Wenn Mark einen Unfall baut, ist er selbst futsch.«

»Und wie können wir das verhindern?«, fragte Perry und starrte in die leere Garage.

»Allzu weit kann er noch nicht sein«, sagte James und sog prüfend Luft in die Nase. »Ich kann das Auspuffgas noch riechen. Er ist erst vor wenigen Minuten weggefahren. Mitten durch das Zentrum von Windsor nach Eton zu fahren, wird er nicht wagen, auf den Straßen ist zu viel los. Außerdem ist es zu riskant; falls ein Lehrer ihn sieht, wird er ihn sofort anhalten. Der schnellste Weg, um von hier aus die Stadt zu verlassen, ist die Albert Road in Richtung Staines.«

»Dann haben wir noch eine Chance«, sagte Perry. »Er wird nur langsam vorwärtskommen. Du hast ja selbst gesehen, wie verstopft die Straßen sind.«
»Denkst du, wir können ihn einholen?«, fragte James.
»Einen Versuch ist es wert«, sagte Perry. »Ich kenne eine Abkürzung. Komm mit!«
Perry führte James zurück in den Hof und von dort aus über schmale Stufen in eine dunkle, verwinkelte Gasse an der Rückseite einer Reihe von Geschäften. Auf halbem Weg bog Perry ab, schlich in den Hinterhof eines Pubs und schwang sich dort über eine Mauer. James folgte ihm und fand sich in einer Art Schrebergarten wieder. Perry eilte voran, vorbei an ordentlichen Reihen mit Bohnen und Kohl, bis er eine lang gezogene, von Linden gesäumte Seitenstraße erreichte. Die beiden Jungen rannten auf dem Fußweg weiter und stießen gerade in dem Augenblick auf die Hauptstraße, als ein Auto abbremste und langsam auf die Kreuzung zufuhr.
Der schwarz-weiße Bamford & Martin war nicht zu übersehen. Es handelte sich um einen schnittigen Sportwagen mit offenem Verdeck. Ebenso unverkennbar war der Junge, der mit tränenüberströmtem Gesicht und windzerzausten Haaren hinter dem Steuer saß.
»Da ist er«, schrie James und legte an Tempo zu.
»Sei vorsichtig«, rief Perry ihm hinterher, während James über die Straße rannte und sich dem entgegenkommenden Fahrzeug in den Weg stellte, woraufhin das Auto ruckelnd zum Stehen kam.
Mark drückte auf die Hupe und fluchte laut. In seinem Blick lag blanke Wut. Seine Hände umklammerten das Lenkrad so fest, dass die Fingerknöchel weiß hervortraten.
»Aus dem Weg, James«, sagte er. Sein Gesicht war zu einer hässlichen Fratze verzerrt.

»Nein«, entgegnete James. »Du musst umkehren. Das ist Wahnsinn.«
»Aus dem Weg«, wiederholte Mark. »Oder ich fahr dich über den Haufen.«
»Das wirst du nicht tun«, widersprach James, doch noch während er dies sagte, beschlichen ihn leise Zweifel.
»Geh weg«, schrie Mark und trat dabei so heftig aufs Gaspedal, dass der Motor aufheulte.
»Nein, das werde ich nicht«, sagte James und wich vorsichtig ein paar Schritte zurück. »Sei nicht dumm, Mark. Lass uns den Wagen wieder zurückbringen.«
Aber Mark legte den Gang ein, und das Auto machte einen Satz nach vorn. James schaffte es gerade noch, zur Seite zu springen. Als das Fahrzeug an ihm vorbeischoss, zögerte er nicht lange und hechtete über die Tür hinweg auf den Beifahrersitz.
Mit laut dröhnendem Motor raste das Auto die Straße entlang. Mark Goodenough war kein versierter Fahrer und fuhr in einem viel zu niedrigen Gang, sodass sich der Wagen jaulend beschwerte. Wenn er so weiterfuhr, würde der Motor bald überhitzt sein.
»Schalte höher«, sagte James. »Sonst brennt der Motor durch.«
Mark trat grob auf das Pedal und wechselte den Gang. Die Schaltung knirschte laut. Das Motorengeräusch wurde leiser, doch das Auto war deshalb noch lange nicht unter Kontrolle. Es schlingerte, und Mark versuchte vergebens, die Gewalt über das Fahrzeug zu erlangen. Ein warnendes Hupen ertönte, als ein anderer Wagen ihnen entgegenkam und sie gefährlich nah an ihm vorbeifuhren.
»Fahr langsamer«, sagte James. »Sonst bringst du uns beide um.«
»Was kümmert mich das?«, schrie Mark. »Habe ich dich etwa gebeten einzusteigen?«
Sie schlidderten um die Kurve, schossen über die Mitte der Straße und bogen dann nach rechts ein. Wäre in diesem Moment ein

anderes Fahrzeug gekommen, hätte es einen Frontalzusammenstoß gegeben.
»Falls du es vergessen hast«, sagte James und versuchte, dabei weder wütend noch ängstlich zu klingen, auch wenn ihm genau so zumute war, »aber das hier ist mein Wagen.«
»Hast du nicht gehört? Es ist mir egal«, erwiderte Mark. »Mir ist alles egal.«
James sah ihn an. Marks Gesicht war tränenüberströmt, und der Wind blies ihm heftig ins Gesicht. Mark blinzelte und schüttelte den Kopf, um wieder klar sehen zu können, denn offenbar verschwamm alles vor seinen Augen.
»Wo willst du hin?«, fragte James.
»Weg . . . irgendwohin . . . ist mir egal. Vielleicht, wenn ich genug Tempo draufhabe, gegen die erstbeste Mauer, damit das zu Ende ist.«
»Das wäre sehr dumm«, sagte James.
»Halt den Mund«, rief Mark. »Halt einfach nur den Mund, ja?«
Mittlerweile hatten sie Windsor hinter sich gelassen und fuhren über Land. Zum Glück waren die Straßen wenig befahren, nur hin und wieder rasten sie an einem aufgeschreckten Autofahrer vorbei. Mark fuhr immer schneller, und auch wenn er seinen Plan, gegen eine Mauer zu fahren, aufgegeben zu haben schien, so war er doch weit davon entfernt, das Fahrzeug unter Kontrolle zu haben, und jeden Augenblick bestand die Gefahr, dass der Wagen von der Straße abkam. James klammerte sich an seiner Seite des Wagens fest.
»Also schön, Mark«, sagte er schließlich. »Du magst vielleicht sterben wollen, aber ich nicht. Halt sofort an, und lass mich aussteigen.«
»Nein«, sagte Mark.
»Dann fahr wenigstens langsamer«, bat James. »Ich hab Angst. Du bist völlig verrückt.«

»Und wennschon!«, schrie Mark. »Ist mir doch egal. Egal, egal, egal . . .«
»Es ist wegen deiner Familie, nicht wahr?«, sagte James. Ruckartig drehte Mark den Kopf zu James.
»Was weißt du schon davon?«, rief er mit heiserer Stimme. »Du hast doch nicht die geringste Ahnung.«
»Meine Eltern sind ums Leben gekommen, als ich elf Jahre alt war«, sagte James schroff.
Wieder warf Mark ihm einen Blick zu. Diesmal runzelte er die Stirn, wirkte unsicher. Aber dieser kurze Moment der Unaufmerksamkeit reichte. Denn als er wieder nach vorne blickte, sah er, dass ein Bus direkt auf sie zukam. Mark erstarrte. James packte das Lenkrad, drehte es mit aller Kraft nach links, und sie schleuderten gerade noch um den Bus herum. Nur verschwommen nahm James das große Fahrzeug war, spürte den heißen Luftzug, das warme Metall, viel zu nah und viel zu laut. Aus den Augenwinkeln sah er die angstvollen Gesichter an den Fenstern, dann war der Bus auch schon vorbeigefahren. Mark griff ins Lenkrad und drängte James weg, aber seine Bewegung war viel zu hastig. Der hintere Teil des Wagens rutschte weg, und das Auto brach aus. Sie rasten in einen Acker, nur haarscharf an einer großen Eiche vorbei. Das Auto drehte sich zwei-, dreimal um die eigene Achse, die Reifen wirbelten Erde auf, und dann kam es mit einem Ruck zum Stehen.
Die plötzliche Stille war unnatürlich laut. James atmete tief aus. Er schmeckte Blut, er hatte sich auf die Zunge gebissen. Mark war über dem Lenkrad zusammengesackt, sein ganzer Körper bebte; er schluchzte unkontrolliert und fluchte in einem fort, stieß die schlimmsten Flüche hervor, die ihm in den Sinn kamen.
»Schon gut«, sagte James und legte die Hand auf Marks Schulter. »Wir sind am Leben, und auch das Auto ist noch heil.«

Mark hob den Kopf. Sein Gesicht war mit Rotz und Speichel verschmiert. Er hatte sich den Kopf angeschlagen, und über einer Augenbraue breitete sich rasch eine rote Schwellung aus. Seine Augen waren gerötet, aber das wilde Feuer war aus ihnen verschwunden, und er blickte beschämt drein.
»Es tut mir leid«, sagte er leise. »Das mit deinen Eltern habe ich nicht gewusst.«
»Ich spreche nicht darüber«, sagte James. »Aber vielleicht möchtest du . . . na ja, darüber reden, was passiert ist . . .«
»Ein Fischer von Rhodos . . .«, begann Mark schniefend und starrte ins Weite. »Er hat das Wrack entdeckt, im Meer treibende verbrannte Schiffsteile . . . Leichen im Wasser . . . meinen Vater . . .«
»Tot?«
»Ja.«
»Und deine Schwester? Hat man sie gefunden?«
»Noch nicht.«
»Also ist sie vielleicht noch am Leben?«
»Es ist jetzt zehn Tage her«, stieß Mark hervor. »Wenn es Überlebende gäbe, hätte man sie mittlerweile gefunden.«
»Nicht unbedingt«, widersprach James. »Es gibt immer noch Hoffnung.«
Mark drehte sich zu ihm um, und James suchte in Marks Blick vergebens nach einem Funken Hoffnung.
»Es tut mir leid«, sagte er.
Mark rang sich ein mühsames Lächeln ab. »Danke, James«, sagte er. »Vielleicht habe ich nur jemanden zum Reden gebraucht. Aber ich kann einfach nicht begreifen, was passiert ist . . .«
»Ich weiß genau, was du meinst«, sagte James ruhig. »Und jetzt sollten wir besser umkehren, ehe uns jemand sieht.«
»Ja.« Mark schniefte noch einmal und setzte sich aufrecht hin. »Glaubst du, mit dem Auto ist alles in Ordnung?«

»Es gibt nur einen Weg, das herauszufinden ... Aber du solltest besser mich ans Steuer lassen. Wir fahren nur bis zum Stadtrand und stellen den Wagen irgendwo ab, wo ihn niemand sieht. Danach können wir uns überlegen, wie wir ihn später zurück in die Garage bringen, wenn nicht mehr so viele Leute unterwegs sind.«

Mark nickte stumm. Jede Lebensenergie schien aus ihm gewichen zu sein, und er wirkte dumpf und erschöpft. Sie tauschten die Plätze, und James fuhr behutsam zurück nach Windsor.

»Ich konnte es nicht ertragen«, sagte Mark tonlos. »All die anderen zu sehen, wie sie mit ihren Müttern und Vätern durch Eton schlenderten. So glücklich, so normal. Es war schon schlimm genug, als meine Mutter starb, aber das jetzt ... Mein Vater wollte heute hier sein. Er war immer rechtzeitig zurück, um am vierten Juni hier zu sein, jedes Jahr. Aber das ist vorbei ... Er kommt nie wieder.«

»Hör zu, Mark«, sagte James. »Ich weiß nicht, wie ich dir helfen soll, aber wenn es etwas gibt, was ich für dich tun kann, egal was, dann mache ich das auch, okay? Das ist ein Versprechen.«

»Danke«, sagte Mark so leise, dass seine Stimme über dem Motorengeräusch kaum zu hören war.

Als sie den Stadtrand erreichten, hielten sie sich abseits der großen Straßen und waren noch mehr auf der Hut als zuvor. James schöpfte gerade Hoffnung, dass sie ungeschoren davonkämen, als er hinter sich ein lautes Hupen hörte. Er drehte sich um und sah ausgerechnet einen *Beak*. So nannte man scherzhaft die Lehrer in Eton. Der Lehrer war noch jung und trug eine schwarze Robe. Er saß in seinem Wagen und forderte sie mit verärgerter Geste auf, sofort anzuhalten.

»Vorsicht«, murmelte James. »Ein Beak. Das könnte Schwierigkeiten geben.«

Leise vor sich hin fluchend, hielt er am Straßenrand an und stieg aus.
Wie es aussah, war heute alles andere als ein Glückstag.
Der Lehrer fuhr einen schicken grünen Lagonda-Sportwagen. Er stieg aus und schlug die Tür so fest zu, dass die Federung des Wagens ruckelte. »Was zum Teufel treibt ihr beiden hier eigentlich?«, rief er.
James blieb am Straßenrand stehen. »Das Auto gehört meiner Tante«, sagte er und bemühte sich, selbstbewusst zu klingen.
»Ich verlange eine Erklärung«, forderte der Lehrer.
»Das Auto musste weggefahren werden, Sir«, sagte James mit festem Blick. »Es versperrte den Weg. Ich konnte meine Tante nicht finden, daher habe ich den Wagen selbst weggefahren.«
»Und was habt ihr in Windsor zu suchen?« In der Stimme des Mannes schwang ein bedrohlicher Ton mit.
»Eton war überfüllt, Sir«, sagte James. »Ich war auf der Suche nach einem vernünftigen Parkplatz. Dabei habe ich mich wohl verfahren ... Meine Tante hat mir erlaubt, den Wagen zu nehmen, Sir ...«
James ging langsam die Luft aus. Er wusste genau, dass seine Geschichte ziemlich unglaubwürdig klang, aber etwas Besseres fiel ihm auf die Schnelle nicht ein.
Forschend betrachtete er sein Gegenüber. Der Lehrer war jünger als die meisten seiner Kollegen, vielleicht so um die dreißig, hatte eine athletische Figur und trotz seiner Verärgerung ein freundliches, offenes Gesicht. Er erinnerte James ein wenig an den amerikanischen Filmstar Gary Cooper.
»Wie heißen Sie?«, fragte der Lehrer. Er war noch immer wütend, schien sich jedoch, wie James erleichtert registrierte, langsam zu beruhigen.
»Bond. James Bond.«
»Nun gut, Mister Bond. Das reicht nicht, meinen Sie nicht auch?«

»Nein, Sir.«
»Abgesehen von der Tatsache, dass Sie zu jung sind, um Auto zu fahren, steht hier auch der Ruf der Schule auf dem Spiel.«
»Ja, Sir. Ich weiß, Sir, es war sehr dumm von mir. Aber das Auto versperrte die Straße und . . .«
»Sie wiederholen sich«, unterbrach der Lehrer ihn unwirsch. »Und wer ist der andere Junge im Wagen? Was hat er mit der Sache zu tun?«
»Sein Name ist Mark Goodenough, Sir, er ist . . .«
»Goodenough?« Der Lehrer schien für einen Augenblick schockiert, gleich darauf glättete sich seine Miene, und er wirkte verlegen. Er trat an das Auto heran und erfasste mit einem Blick, in welcher Verfassung Mark war.
»Ist alles in Ordnung mit Ihnen, Mark?«, fragte er.
»Ja, danke, Mister Haight.«
James schloss die Augen und atmete langsam aus. Offenbar kannten sich die beiden. Das konnte von Vorteil sein.
Mr Haight beugte sich über die Autotür und legte die Hand auf Marks Schulter. »Ich habe von dem . . .« Er hielt inne und suchte nach den passenden Worten. » . . . von dem Unfall gehört. Es tut mir sehr leid.«
»Vielen Dank, Sir. Mir geht es gut, kein Grund zur Besorgnis. Bond hat mir geholfen, Sir . . . Ich wollte nur . . .« Weiter schaffte er es nicht. Er verstummte und sank erneut in sich zusammen.
Mr Haight wirkte unschlüssig. Er schaute die Straße in beide Richtungen hinunter, dann schien er eine Entscheidung getroffen zu haben, denn er kehrte zu James zurück, um mit ihm zu reden, ohne dass Mark ihn hören konnte.
»Also gut, Bond. Ich weiß nicht, was Sie beide im Schilde führen, und vielleicht ist es ja das Beste, wenn ich erst gar nicht versuche, es herauszufinden. Aber eines ist sicher: Mark hat es ziemlich schlimm getroffen. Da bei ihrer Spritztour offenbar niemandem

ein Schaden entstanden ist, lasse ich Sie diesmal ungeschoren davonkommen.« Haight hielt inne und nickte in Richtung Auto. »Wie hat er es aufgenommen?«, fragte er sanft.

»Es geht ihm nicht gut, Sir«, sagte James. »Ich denke, man sollte ihn jetzt nicht allein lassen.«

»Wie ich gehört habe, ist sein Großvater bereits von seinem Landsitz in Yorkshire hierher unterwegs. In der Zwischenzeit werde ich ein wachsames Auge auf Mark haben. Ich bringe ihn in die Krankenstation und bleibe bei ihm, bis sein Verwandter angekommen ist. Sie, Bond, lassen den Wagen hier stehen, und wir verlieren kein Wort mehr über die Angelegenheit.«

»Ja, Sir, danke, Sir.«

»Und Bond . . .« Mr Haight sah ihn forschend an. »Sie machen einen verwegenen Eindruck . . . Nehmen Sie sich besser in Acht.« Mit einem grimmigen, schmallippigen Lächeln drehte er sich auf dem Absatz um und kehrte zum Auto und zu Mark zurück.

Die Gräber der Riesen

Guten Abend«, sagte Mr Haight. »Es freut mich sehr, dass Sie so zahlreich erschienen sind. Ich hoffe, Sie sind nicht allzu enttäuscht, wenn ich Ihnen zunächst mitteile, dass der Vortrag des heutigen Abends zwar den Titel trägt: ›Auf den Spuren sardischer Banditen‹, tatsächlich jedoch nicht unbedingt etwas mit Banditen zu tun hat.«

Unter den versammelten Studenten wurden hier und da Buhrufe und unwilliges Murren laut.

James war zusammen mit Pritpal und Perry in die sogenannte *Upper School* gekommen, eines der ganz alten Schulgebäude. Die Bank, auf der sie saßen, war unbequem und kalt. James hoffte, dass Haights Vortrag unterhaltsam war, andernfalls würde es ein langer, sehr ungemütlicher Abend werden.

Perry war es gewesen, der ihn überredet hatte, hierher zu kommen. Als James am vierten Juni zur Garage zurückkehrte und ihm berichtete, was vorgefallen war, pries Perry den Lehrer in höchsten Tönen und versicherte, dass Haight ein toller Hecht und sehr beliebt bei den Schülern sei.

»Wir nennen ihn *Love-Haight«,* hatte Perry lachend erklärt. »Ich habe ihn in Geschichte. Mit den Römern kennt er sich bestens aus. Er beherrscht seinen Stoff, vor allem kann er ihn sehr gut vermitteln, was noch wichtiger ist. Er interessiert sich ohnehin für alles Mögliche – Kunst, Architektur, M-Musik –, und sein Unterricht macht richtig Spaß. Ich sag dir was, ich wünschte, er würde Kunst unterrichten, ich liebe Kunst, da kann ich wirklich ins Schwärmen geraten. Ich habe sehr an unserer Gemäldesammlung zu Hause gehangen, bevor irgendein Schurke die Bilder gestohlen hat. Haight hält an diesem Wochenende einen Vortrag vor der Archäologischen Gesellschaft. Warum kommst du nicht einfach mit, es wird bestimmt sehr interessant.«

James hatte sich zunächst geweigert, aber da es sich um einen Sonntagabend handelte und er nichts Besseres vorhatte, willigte er schließlich ein. Pritpal hatte sich ihnen angeschlossen, obwohl er bis zum nächsten Morgen noch jede Menge zu tun hatte. Und so saßen sie nun zusammen mit einer Horde Jungen in der Upper School. Mr Haight war erst in diesem Jahr neu an die Schule gekommen, hatte es jedoch in kürzester Zeit geschafft, eine Fangemeinde um sich zu scharen.

»Wenn Sie ganz ehrlich sind«, fuhr Haight fort, »wie viele unter Ihnen wären heute Abend gekommen, wenn ich meinen Vortrag ›Auf der Suche nach den antiken Nuraghen-Denkmälern Sardiniens‹ überschrieben hätte?« Erneut waren Buhrufe zu hören. »Genau das dachte ich mir«, sagte Haight. »Aber keine Angst, Banditen kommen sehr wohl vor. Banditen sind ein wichtiger Teil der sardischen Geschichte. Wovon ich Ihnen jedoch in erster Linie berichten will, sind die außergewöhnlichen prähistorischen Denkmäler, die auf der ganzen Insel verstreut sind. Ja, hören Sie nun also staunend zu, während ich Ihnen Schlossruinen und Türme zeige, die tausend Jahre vor Christi Geburt erbaut wurden, insbesondere *Le Tombe dei Giganti* – die Gräber der Riesen! Doch zunächst . . . Wer von Ihnen weiß etwas über Sardinien?« Er blickte in die aufmerksamen, aber verdutzten Gesichter. »Irgendjemand? Nein? Nichts? Wusste ich's doch!« Haight klatschte in die Hände. »Wir kennen zwar Korsika als Heimat Napoleons und haben von den wilden Banditen dort gehört. Auch kennen wir Sizilien, den ›Fußball‹ vor Italiens Stiefelspitze, mit seinen Vulkanen und römischen Ruinen . . . und, ja, wilden Banditen. Aber was ist mit Sardinien? Unterhalb von Korsika gelegen, auf halber Höhe zwischen Europa und Afrika ... Wie kommt es, dass diese Insel dem Rest der Welt weitgehend unbekannt ist? Denn es handelt sich um ein faszinierendes Fleckchen Erde mit einer nicht minder faszinierenden Geschichte und ...«, er hielt inne und ließ den Blick über seine Zuhörer schweifen, »... und den wildesten Banditen in Europa, den *Barbati* ...«

James hörte zu, während Haight von Invasionen und Kriegen erzählte, die einen hohen Blutzoll forderten, und davon, wie die Bewohner Sardiniens immer weiter landeinwärts gedrängt wurden, ins Bergland, wo ihr Leben von Bandentum und Fehden geprägt war. Und er sprach von der geheimnisvollen alten Zivilisation, die sich vor Tausenden von Jahren auf der Insel entwickelt und außerordentliche steinerne Denkmäler hinterlassen hatte, die man als die Nuraghen kannte.

James fiel es nicht leicht, still zu sitzen, und so ließ er, während Haight redete, den Blick durch den Raum wandern. Unter den Schülern war es Tradition, nach Abschluss der Schule hier den eigenen Namen einzugravieren, und tatsächlich war über die Jahrhunderte hinweg alles vollgekritzelt worden: Die Holzvertäfelung an den Wänden, die Bänke, die Tische, ja sogar der Holzklotz, auf dem der Schuldirektor die Jungen zu züchtigen pflegte, waren mit Namen übersät. Es waren Hunderte und Aberhunderte, neue Namen waren einfach über die älteren geschrieben.

James hatte die Namen zweier Premierminister entdeckt, Pitt und Walpole, ebenso wie den Schriftzug des Dichters Shelley sowie, an der Holzvertäfelung, mindestens achtundzwanzig Vertreter der Gosling-Familie.

An einer Wand, unmittelbar neben einer Reihe von Marmorbüsten, hatten einige Lehrer Platz genommen. Die Beaks saßen beieinander, nickten beifällig und rauchten. James erhaschte einen flüchtigen Blick auf sie und entdeckte das purpurrote Gesicht

von John Cooper-ffrench, jenem Lehrer klassischer Sprachen, den Charmian beim Festakt zum vierten Juni geneckt hatte. Er trug ein abgewetztes Tweedjackett und eine gestreifte Krawatte und saß mit vor der Brust verschränkten Armen da.
Wie es wohl kam, dachte James, dass man jemandem, kaum hatte man ihn kennengelernt, ständig über den Weg zu laufen schien.
Als der Vortrag zu Ende war, eilte Pritpal davon, um den Rest seiner Schularbeiten zu machen. Haight gesellte sich zu James und Perry, die noch miteinander plauderten.
»Haben Sie es schon gehört?«, sagte er und schlug Perry auf die Schulter. »Es hat wieder einen Einbruch gegeben.«
»Wurden noch m-mehr Bilder gestohlen?«, fragte Perry. »Wen hat es denn diesmal erwischt?«
»Tatsmere House. Es gehört der Familie eines Jungen, den ich betreue. Nicholas Cresswel, ein Cricket-Spieler. Glaube kaum, dass Sie ihn kennen. Er hat es mir auf dem Weg hierher erzählt. Die Diebe haben fette Beute gemacht, das muss man leider sagen. Zwei Gainsboroughs, ein Tizian und ein Canova.«
»Meinen Sie, es handelt sich dabei um ein und dieselbe Bande?«, wollte Perry wissen. »Eine Bande von K-Kunstdieben?«
»Wäre durchaus denkbar«, erwiderte Haight. »Zum Glück haben diese Schurken bisher noch niemanden umgebracht. Sie sollten alle Ihre Freunde warnen. Keiner unserer alten Herrensitze ist ausreichend abgesichert. Daher heißt es, *en garde* zu sein!« Bei diesen Worten zog Haight ein imaginäres Schwert und rempelte prompt Cooper-ffrench an, der gerade zur Tür hinauswollte.
Cooper-ffrench verlor das Gleichgewicht und wäre fast gestürzt. Haight brachte eilig eine Entschuldigung hervor, woraufhin Cooper-ffrench irritiert schnaubte und leise etwas von tollpatschigem Gebaren vor sich hin murmelte.
Plötzlich sah James aus den Augenwinkeln etwas silbern glitzern. Auf dem Boden vor ihm lag ein schmales Armband.

»Was ist das?«, fragte er und hob es auf. Er drehte es hin und her und entdeckte zu seiner Verblüffung, dass die Buchstaben *MM* auf dem Schmuckstück eingraviert waren.

»Jemand hat das Armband verloren«, sagte Haight und blickte sich suchend um.

»Vielleicht war es Mister Cooper-ffrench«, überlegte James. Aber Cooper-ffrench war schon längst gegangen.

»Ich werde es vorerst aufbewahren«, sagte Haight und nahm es James ab. »Mal sehen, ob jemand es vermisst . . .«

»Das doppelte M, Sir«, platzte James heraus.

»Wie bitte?«

»Auf dem Armband sind zwei M eingraviert. So etwas habe ich schon einmal gesehen.«

Haight betrachtete stirnrunzelnd das Schmuckstück. »Oh ja«, sagte er schließlich. »Jetzt sehe ich es auch.«

Aber James hütete sich, noch ein weiteres Wort zu sagen. Da er Haight ja wohl kaum von der Jagd über die Dächer und dem Einbruch in das Haus erzählen konnte, hielt er es für besser, das Thema zu wechseln.

»Wie geht es Mark Goodenough, Sir?«, fragte er. »Gibt es irgendwelche Neuigkeiten?«

»Er ist bei seinem Großvater und scheint sich langsam mit seinem Verlust abzufinden«, antwortete Haight. »Ob er allerdings noch in diesem Halbjahr an die Schule zurückkehrt, kann ich nicht sagen. Kein Wunder, es war ja ein schwerer Schlag für ihn.«

Einen Augenblick lang verdüsterte sich Haights Miene, und er wirkte gedankenverloren, dann jedoch riss er sich zusammen und lächelte James an.

»Dachte mir doch gleich, dass ich Sie von irgendwoher kenne«, sagte er. »Der rasende Autofahrer, James Bond.«

»Das ist richtig, Sir«, sagte James.

»Dann verraten Sie mir eins, mein Junge«, sagte Haight. »Interessieren Sie sich für Sardinien?«

»Wenn ich mich nicht täusche, hat ein Verwandter von mir dort ein Haus«, sagte James. »Bis zum heutigen Abend wusste ich jedoch nicht allzu viel über die Insel.«

»Habe ich es nicht gesagt?«, erwiderte Haight triumphierend. »Niemand weiß über Sardinien Bescheid. Umso entschlossener bin ich, diese Wissenslücke bei einigen meiner Schüler zu schließen. Gegen Ende des Sommers habe ich eine Exkursion auf die Insel geplant. Vielleicht haben Sie ja Lust, daran teilzunehmen? Unser Ziel sind die Gräber der Riesen.«

»Schon möglich«, sagte James. »Ich habe bisher noch keine konkreten Pläne für die Ferien . . .«

»Wenn das so ist, tragen Sie sich doch einfach in die Liste ein, die im Schulhof aushängt. Sie sind doch auch mit von der Partie, nicht wahr, Perry?«

»Ich denke, schon, Sir. Vorausgesetzt, mein alter Herr hat sich bis dahin von dem Schrecken erholt. Seit dem Einbruch fühlt er sich nicht mehr sicher.« Perry wandte sich an James. »Sie haben nämlich nicht nur die Gemälde mitgehen lassen, sondern auch massenweise Schmuck, Silber und so weiter. Aber ich schätze, ich bin dabei, wenn es Richtung M-Mittelmeer geht. Schließlich will ich mir diese neurotischen Denkmäler oder so mal aus der Nähe ansehen. Was sagst du dazu, James? Komm doch einfach mit!«

Noch ehe James antworten konnte, spürte er, wie jemand ihn am Ärmel zupfte. Er drehte sich um und sah einen kleinen, milchgesichtigen Jungen vor sich.

»Du solltest besser mitkommen«, sagte er. »Dein Freund Pritpal ist in Schwierigkeiten.«

James ging mit ihm nach draußen und stieß auf eine Horde Jungen, die singend und johlend die High Street entlangrannten. Er

folgte ihnen, und als er sie eingeholt hatte, hörte er die Worte, die sie skandierten.
»Werft Nandra in den Fluss! Werft Nandra in den Fluss!«
James gesellte sich zu einem Nachzügler, der hinter der Schar hertrottete, einem dürren Burschen, dessen Gesicht mit Sommersprossen übersät war.
»Was habt ihr vor?«, fragte er ihn.
»Wir werfen Nandra in den Fluss«, antwortete der Junge.
»Warum?«, fragte James.
»Keine Ahnung«, sagte der Junge. »Aber die Idee ist doch gut.«
Die Jungen verließen die Straße und liefen nun in Richtung *Fellows Eyot* bis zur Themse. Dort hielten sie an. James kämpfte sich nach vorne und blickte in Pritpals angstverzerrtes Gesicht. Von den anderen umzingelt, stand er zitternd am Flussufer und umklammerte seinen Hut.
Drei der größten Jungen traten auf ihn zu. »Komm, kleiner Angsthase«, sagte einer von ihnen. »Rein mit dir!«
»Hört auf damit!«, schrie James.
Feixend drehten die drei sich um.
James baute sich vor ihnen auf. »Was tut ihr hier eigentlich?«, sagte er und blickte einen nach dem anderen an.
James kannte den Anführer, einen großen Jungen mit strähnig herabhängenden Haaren, der nicht unansehnlich gewesen wäre, hätte er nicht abstehende Ohren und eine lange Nase gehabt. Auf seinem Gesicht lag ein Ausdruck arroganter Überheblichkeit, wie ihn nur die wahrhaft Dummen zeigten. Jeder an der Schule kannte ihn. Er hieß Tony Fitzpaine und war ein Herzog oder Earl oder was auch immer.
»Wir werfen Nandra in den Fluss«, sagte er gedehnt, als handelte es sich dabei um das Selbstverständlichste von der Welt.
»Was hat er euch getan?«
»Er ist keiner von uns«, sagte Fitzpaine kalt. »Er ist ein Eindring-

ling, und wir werfen ihn zurück ins Meer, wie es bei Haights sardischen Banditen üblich war.«
»Wir waschen ihn in der Themse!«, rief jemand laut.
James machte einen Schritt nach vorn und stellte sich schützend zwischen seinen Freund Pritpal und die Jungen. »Lasst ihn in Ruhe!«, sagte er. »Er ist besser als ihr alle zusammen.«
»Ha!«, schnaubte Fitzpaine. »Weißt du eigentlich, wen du vor dir hast, du dreckiger kleiner Plebejer?«
»Ja«, sagte James. »Aber selbst wenn du der König von England wärst, würde mich das wenig kümmern. Pritpal ist mein Freund, und du wirst ihn *nicht* in den Fluss werfen.«
»Wenn du mir nicht sofort aus dem Weg gehst«, drohte Fitzpaine, »werfe ich *dich* hinein.« Er sah seine Freunde an und wieherte vor Lachen wie ein Esel.
»Nein, das wirst du nicht tun«, sagte James tonlos.
Fitzpaine runzelte die Stirn.
Die beiden standen da und maßen sich mit feindseligen Blicken. Fitzpaine war es nicht gewöhnt, dass man ihm widersprach. Sein Vater war ein einflussreicher, mächtiger Mann und in Eton bedeutete dies, dass auch Fitzpaine einflussreich und mächtig war. Einen Moment lang wirkte er verwirrt, dann setzte er wieder seine arrogante Miene auf. Seiner Ansicht nach gab es eine bestimmte Rangordnung in der Welt, und diese Rangordnung schien im Augenblick in Gefahr zu sein. Er kannte James nicht, und das hieß, dass James nicht wichtig war. Und mit unwichtigen Menschen konnte man umspringen, wie es einem beliebte.
Fitzpaine fletschte die Zähne und grinste überheblich.
»Na schön, du hast es nicht anders gewollt«, sagte er und versetzte James einen heftigen Stoß, damit er rückwärts ins Wasser fiel. Aber James hatte mit so etwas gerechnet und hielt dem Angriff stand. Noch ehe der ältere Junge recht begriff, was vor sich ging, verpasste James ihm einen Schlag auf den Mund.

Von James' Attacke überrumpelt, kam Fitzpaine ins Stolpern. Sein Blick war getrübt, die Knie zitterten, und er war wacklig auf den Beinen.

Die anderen Jungen sagten kein Wort, niemand rührte sich.

Wortlos ging James um Fitzpaine herum und schubste ihn in den Fluss.

Fitzpaine verfing sich prustend im Uferschilf. Seine zwei Freunde eilten ihm zu Hilfe.

James drehte sich zu den anderen Jungen um. Was nun? Würden sie ihn zur Strafe lynchen?

Da fing einer an zu lachen.

»Die Vorstellung war echt gut«, rief jemand, und ehe James sich's versah, wurde er gepackt und unter lautem Johlen und Singen im Triumphzug auf den Schultern davongetragen.

»Was soll das?«, fragte er.

»Oh«, erklärte einer der Jungen, »uns war es egal, wer in den Fluss geworfen wird, Hauptsache wir hatten unseren Spaß. Und Fitzpaine kann ohnehin niemand leiden.«

Nun wurde auch Pritpal auf die Schultern gehoben und ebenso wie James wie ein siegreicher Champion durch die High Street getragen. In einer Seitenstraße setzte man sie schließlich ab. In Windeseile stoben alle davon, und ihr Gelächter hallte von den Mauern wider.

Pritpal wollte James danken, aber der wehrte ab.

»Das hätte ich für jeden anderen auch getan«, sagte er. »Leute wie Fitzpaine meinen, sie können tun und lassen, was sie wollen, allein aufgrund dessen, was der Vater ist.«

»Mein Vater ist ein Maharadscha«, erwiderte Pritpal. »Aber das heißt noch lange nicht, dass ich durch die Gegend laufe und Leute köpfe.«

»Vielleicht solltest du das aber«, sagte James. »Dann hätten die Leute mehr Respekt vor dir.«

»Du hast es gut, James«, wandte Pritpal ein. »Dir kommt niemand in die Quere. Du kannst auf dich selbst aufpassen, aber wenn du so weitermachst und andere einfach flachlegst, wirst du eines Tages in Schwierigkeiten kommen.«

»Ich weiß«, gab James zu. »Das hätte ich nicht tun dürfen. Aber du musst zugeben, er hat sehr lustig ausgesehen, wie er da im Fluss saß.«

Pritpal lachte. »Komm jetzt. Wir müssen uns sputen«, sagte er mit einem besorgten Blick auf die Armbanduhr. »Sonst stehen wir vor verschlossenen Türen.«

»Einen Moment noch«, sagte James, dessen Aufmerksamkeit auf ein bestimmtes Gebäude gerichtet war.

»Was gibt's da zu sehen?«, fragte Pritpal.

»Das Haus.«

»Das Haus«, wiederholte Pritpal. »Welches Haus? Hier stehen reihenweise Häuser.«

»Das Haus, von dem ich dir erzählt habe«, sagte James. »Wo die beiden Männer Latein redeten.«

»Bist du sicher?«, fragte Pritpal.

»Absolut. Jetzt, wo es dunkel ist, erkenne ich es zweifelsfrei wieder.«

»Wir haben keine Zeit mehr«, drängte Pritpal. »Wir müssen nach Hause.«

»Geh du schon vor«, sagte James. »Ich sehe mich nur kurz um.«

»Meinetwegen«, sagte Pritpal und trottete los. »Aber beeil dich!«

James sah sich das Haus genauer an. Von außen wirkte es unscheinbar. Die Fenster waren geschlossen und es schien menschenleer zu sein. Keinerlei Anzeichen deuteten darauf hin, dass hier jemand wohnte. Abgesehen davon sah es aus wie ein ganz gewöhnliches Haus in Eton. Außer dass sich im Keller eine Kapelle befand, die irgendeiner seltsamen Gottheit geweiht war.

Er drückte sich die Nase an einem Fenster platt, als er versuchte durch den schmalen Schlitz zwischen den Jalousien zu spähen, und stellte verwundert fest, dass sich sehr wohl jemand im Haus aufhielt. Gedämpftes Licht war zu sehen, und im Halbdunkel erhaschte James einen Blick auf Schultern, die in einer Tweedjacke steckten, eine weiße Hemdbrust und eine schwarz-rot gestreifte Krawatte. Die Kleidung kam James irgendwie bekannt vor. Dann bewegte sich der Mann, und James sah ein rotes Gesicht mit Schnurrbart.

Cooper-ffrench. Es konnte sich nur um ihn handeln.

James spähte angestrengt weiter, als er plötzlich hörte, wie sich die Haustür öffnete.

Rasch bückte er sich und tat so, als müsste er die Schnürsenkel binden, doch er spürte geradezu, wie sich ein prüfender Blick in seinen Rücken bohrte, und stand auf.

Auf der Türschwelle stand ein Mann in Hemdsärmeln. Er hatte strähnige rote Haare. Zwei lange Narben zogen sich von jedem Mundwinkel bis zum Ohr. Es sah aus, als lächelte er, doch der ausdruckslose Blick, mit dem der Mann James musterte, wirkte feindselig und bedrohlich. Der Fremde zog an einer Zigarette und inhalierte tief, bevor er den Rauch langsam ausstieß. Dabei ließ er James nicht aus den Augen. Die Hand, in der er die Zigarette hielt, war tätowiert. Ein grobes rotes M war auf den Handrücken geritzt, und auf der anderen Hand entdeckte James das gleiche Zeichen.

Die Buchstaben auf den Packkisten fielen ihm ein. MM. Seine Neugier war geweckt, aber jetzt war nicht der geeignete Zeitpunkt, Fragen zu stellen. Mit einem höflichen Lächeln schlenderte James so gelassen wie möglich die Straße entlang und war sich dabei des stechenden Blicks bewusst, der ihm folgte.

»Oh, das ist eine ausgezeichnete Idee!«

Es war drei Wochen später. James hatte ein langes Wochenende, was bedeutete, dass er von Freitagmorgen bis Montagabend Ausgang hatte. Viele seiner Mitschüler waren zum alljährlichen Cricket-Match Eton gegen Harrow gegangen, aber James hatte die Gelegenheit genutzt, um einmal von allem, was mit Schule zu tun hatte, wegzukommen – insbesondere, was die steife Schuluniform und den Zylinder anging. Er war zu seiner Tante nach Kent gereist und verbrachte das Wochenende in ihrem Cottage, sonnte sich im Freien und trug ausschließlich bequeme alte Hemden und Hosen.

Er und Charmian hatten es sich für ein Picknick im Schatten eines alten Apfelbaums gemütlich gemacht, und James hatte seiner Tante von der geplanten Exkursion nach Sardinien berichtet.

»Einen Teil der Ferien verbringst du mit mir, bis ich nach Brasilien abreise«, schlug Charmian vor und schnitt eine Portion Schweinspastete ab. »Dann schipperst du mit Mister Haight übers Mittelmeer. Wie lange soll die Reise eigentlich dauern?«

»Drei Wochen, soviel ich weiß«, sagte James. »Allerdings bin ich mir nicht sicher, ob ich die ganze Zeit zwischen antiken Ruinen verbringen will.«

»Dann bleib einfach so lange dort, wie es dir gefällt, und danach verschwindest du in Richtung Capo d'Orso und besuchst deinen Cousin. Ich bin überzeugt, Mister Haight ist damit einverstanden. Du kannst bis zum Ende der Ferien bei Viktor bleiben.« Sie reichte James den Teller. »Na also«, sagte sie. »Jetzt haben wir ja doch noch einen Plan. Es wird dir bestimmt gut tun, einmal aus dem langweiligen England herauszukommen.«

»Schon möglich«, sagte James. »Um ehrlich zu sein, interessieren mich nuraghische Denkmäler nicht sonderlich, aber Mister Haight ist sehr unterhaltsam, außerdem ist einer meiner besten Freunde mit dabei. Und du bist sicher, dass Viktor mich bei sich aufnimmt?«

»Du hast ihn früher schon einmal besucht, weißt du nicht mehr?«

»Doch«, sagte James. »Aber das ist Jahre her, und außerdem hatte er damals noch sein altes Haus in Italien.«
James erinnerte sich nur vage an seinen Cousin. Viktor war um einiges älter als James und daher eher so etwas wie ein Onkel für ihn.
»Nun ja«, fuhr Charmian fort. »Nach allem, was man so hört, scheint er mit zunehmenden Alter immer exzentrischer zu werden. Ich werde ihm einen Brief schreiben und sehen, was er dazu sagt.«
»Einverstanden«, sagte James lächelnd und trank einen Schluck Wasser. »Tante Charmian«, fuhr er nach einer kurzen Pause fort, »du kennst dich doch mit Tätowierungen aus, nicht wahr?«
»Tätowierungen? Ja, ein wenig. Warum?«
»Ach, nur so. Ich habe in Eton einen tätowierten Mann gesehen, und das hat mich neugierig gemacht. Kannst du mir sagen, was ein tätowiertes M bedeutet? Zwei M, um genau zu sein. Auf jeder Hand eins.«
»Aus dem Stegreif leider nicht«, erwiderte Charmian. »Es könnte sich dabei um Initialen handeln. Oder die Zahl zweitausend.«
»Zweitausend?«, fragte James. »Was meinst du damit?«
»Nun ja, M ist das römische Zeichen für tausend. Zwei M – zweitausend.«
»Aber aus welchem Grund lässt sich jemand diese Zeichen in die Haut ritzen?«
»Oh, da gibt es verschiedene Gründe«, sagte Charmian. »In der Regel zeigen Tätowierungen die Zugehörigkeit zu einem Stamm oder einer Bande an. Dieser Brauch geht zurück bis ins alte Ägypten.«
»Was sind das für Leute, die sie sich so etwas machen lassen?«, fragte James.
»Du meinst, hier bei uns? Nun, diesen besonderen Schmuck haben Seeleute, die mit Captain Cook durch die Südsee segelten,

schon im achtzehnten Jahrhundert nach England gebracht. Sie ahmten das nach, was sie bei den Eingeborenen gesehen hatten, und nach kurzer Zeit waren alle ganz versessen darauf. Wusstest du eigentlich, dass sogar König George eine Tätowierung hat?«
»Tatsächlich?« James war skeptisch.
»Aber ja doch«, sagte Charmian. »Er und sein Bruder haben beide einen Drachen auf dem Arm. Das rührt von ihrem Vater her, dem alten König. Er hatte sich im Heiligen Land das Jerusalemkreuz auf den Arm tätowieren lassen, als er noch Prinz von Wales war. Woraufhin jeder, der etwas auf sich hielt, es ihm nachmachte. Eine Tätowierung gehörte in der besseren Gesellschaft praktisch zum guten Ton. König Edward ließ noch weitere Tätowierungen anfertigen und schickte schließlich seine beiden Söhne nach Japan, um sie dort von dem berühmten Meister Hori Chiyo tätowieren zu lassen . . . Aber das alles fand 1891 ein Ende.«
»Warum? Was war passiert?«, wollte James wissen.
»Ein Mann namens Samuel O'Riley hatte ein mechanisches Tätowiergerät erfunden, und mit einem Mal konnte sich alle Welt diese Art Körperverzierung leisten. Über Nacht wurde aus dem Schmuck der Aristokratie ein Merkmal des gemeinen Mannes. In anderen Kulturen sind Tätowierungen und rituelle Bemalungen immer noch ein Symbol für Männlichkeit.«
»Was bedeutet es, wenn man eine Narbe vom Mundwinkel bis zum Ohr hat?«, fragte James und deutete einen Schnitt auf seinem Gesicht an. „Handelt es sich dabei auch um ein rituelles Zeichen?«
»Nein«, sagte Charmian. »Das brandmarkt dich als Informanten. Das ist ein Krimineller, der seine eigenen Leute an die Polizei verpfeift und dabei von der Bande erwischt wird. Es ist eine Strafe unter Gaunern, noch dazu eine ziemlich grausame, wie ich finde. Man zieht ein langes Messer quer durch den Mund des Verräters und schlitzt beide Wangen auf.« Sie führte es vor und schnitt

dabei eine schreckliche Grimasse. »So jemand ist für den Rest seines Lebens gezeichnet, verstehst du? Jeder kann sehen, dass er seine eigenen Leute verraten hat. In der Welt der Verbrecher tummelt sich schon ein besonders liebenswerter Menschenschlag, nicht wahr? Wo wir gerade davon sprechen, in der *Times* habe ich heute Morgen einen Bericht über die Familie deines Freunds Mark Goodenough gelesen.«

»Irgendwelche Neuigkeiten?«, fragte James.

»In dem Artikel stand nicht viel mehr als das, was ich ohnehin von dir weiß. Offenbar geht man davon aus, dass es sich um einen Piratenüberfall handelte. Man hat die Leichen sämtlicher Besatzungsmitglieder gefunden, aber von dem Mädchen und seiner Lehrerin fehlt noch immer jede Spur und es wird befürchtet, sie könnten als weiße Sklaven verkauft werden.«

»Ich hätte nicht geglaubt, dass es tatsächlich noch Piraten gibt«, wunderte sich James. »Wenn ich an Seeräuber denke, fällt mir die Karibik ein und Captain Kidd, Blackbeard, Long John Silver . . .«

»Seit die Menschen zur See fahren, gibt es Piraten«, sagte Charmian. »Und es wird sie auch weiterhin geben. Wir haben eine romantische Vorstellung von ihnen, James, aber in Wahrheit sind sie ganz einfach Verbrecher, die sich um keinen Deut von gemeinen Dieben unterscheiden, abgesehen davon, dass sie meist noch viel skrupelloser sind. Lass uns hoffen, James, dass du außer in einem Abenteuerroman nie einem von ihnen von Angesicht zu Angesicht gegenüberstehst.«

Der Seemann, der das Meer fürchtete

Die *Charon* wurde von den Wogen hochgehoben und stürzte dann zurück in ein Wellental. Die See hämmerte gegen ihren Rumpf, und sie schüttelte sich wie ein Hund. Auf der Brücke stand Baumstark und schaute durch die dicken Glasscheiben nach draußen, dabei kaute er auf einer Zigarre herum. Der hünenhafte, tätowierte Samoaner hatte gelbes Ölzeug an und einen Pelzhut, der sicher einmal einer Dame gehört hatte, tief in die Stirn gedrückt.

Das war der schlimmste Sturm, den er seit vielen Jahren im Mittelmeer erlebt hatte. Die Wellen türmten sich sechs, sieben Meter hoch, Regenschauer prasselten gnadenlos auf das Meer, peitschten es auf und versprühten Nebel von Salz. Jegliche Farbe war aus dem Tag gewichen, Meer und Himmel waren gleichermaßen in ein hässliches Schiefergrau getaucht. Obwohl es erst vier Uhr nachmittags war, war es fast so dunkel wie in der Nacht. Und es war kühl wie im Winter.

Kurz gesagt, es war ein scheußlicher Tag.

Schon wieder türmte sich eine Welle auf, das Schiff stemmte sich ihr entgegen, und eine Wand aus Wasser ergoss sich über den Bug.

Jeder andere Mensch hätte die kochende See für eine formlose Masse gehalten, aber der Samoaner konnte darin lesen. Als er vier Jahre alt war, hatte er gelernt, wie man ein Kanu steuert, als er elf Jahre alt war, hatte er auf einem Walfänger angeheuert. Durch seine Adern floss Salzwasser. Er kannte das Meer in- und auswendig und konnte dessen Eskapaden erahnen. Eine noch größere Welle erfasste jetzt das Schiff, und der Samoaner musste sich festhalten, als die *Charon* unter seinen Füßen wegsackte; zuerst schien sie einen Augenblick lang in der Luft zu schweben, dann krachte sie hart nach unten auf die Wasseroberfläche. Baumstark steuerte leicht dagegen und schob seine Zigarre in den anderen Mundwinkel. Der böige Wind kam nun aus einer anderen Richtung, und der Regen prasselte wie Kieselsteine gegen die Fenster.

Baumstark kratzte sich unter der Achsel und gähnte. Dem Schiff machte das Wetter gar nichts aus. Die *Charon* war so gebaut, dass sie jedem Ansturm der Elemente widerstehen konnte. Sie war klein und widerstandsfähig, trotzte dem Sturm mit Leichtigkeit und tuckerte unbeirrt durch die brodelnde See. Aber sie kamen nur langsam voran. Baumstark kämpfte schon seit mehreren Stunden gegen den Sturm, und so wie es aussah, würde er noch weitere Stunden auf der Brücke verbringen müssen. Kaum waren sie etwas vorwärts gekommen, wurden sie auch schon wieder zurückgeworfen, und dabei verbrauchten sie Mengen von Treibstoff.

Der Wind heulte ohrenbetäubend um das Schiff, rüttelte an den Wänden, als wollte er sie beiseiteschieben. Aber durch die Kakofonie hindurch hörte der Samoaner, wie die Schiffsmaschine tief unten zuverlässig wie ein Uhrwerk stampfte. Dieses Geräusch flößte Vertrauen ein. Von außen sah die *Charon* wie ein ausgemusterter alter Kutter aus, aber dieser Eindruck täuschte. Sie hatte einen starken Dampfturbinenmotor und erreichte eine Höchstgeschwindigkeit von 35 Knoten. Die Turbine hätte leicht ein doppelt so großes Schiff antreiben können. Die *Charon* wirkte zwar behäbig, langsam und robust, aber sie konnte es beinahe mit jedem Schiff auf den Weltmeeren aufnehmen.

Auf der Eisentreppe hinter Baumstark waren Schritte zu hören.

Er blickte sich um und sah Davey Day, den Ersten Maat, ins Steuerhaus kommen; er sah blass und verfroren aus.
Davey spähte auf die tobende See hinaus und schnaubte verächtlich. »Das ist übel«, sagte er.
»Mistwetter«, erwiderte Baumstark und spuckte auf den Boden.
»Wie lang schätzt du, brauchen wir noch?«, fragte Davey fröstelnd.
Baumstark warf einen kurzen Blick auf die Kompassnadel, die in ihrem Gehäuse hüpfte und tanzte. »Es sieht nicht gut aus«, sagte er. »Das Wetter wird uns den ganzen Weg begleiten.«
»Werden wir es vor morgen nach Tunis schaffen?«, fragte Davey.
»Nein. Wenn es noch schlimmer wird, müssen wir Malta ansteuern und warten, bis sich der Sturm selbst wegbläst«, entgegnete Baumstark.
»Willst *du* es dem Boss sagen, oder soll *ich* es tun?«, fragte Davey.
»*Ich* gehe«, sagte Baumstark. »Übernimm du das Ruder.«
Zögernd übernahm Davey das Steuer. Baumstark kletterte die Stufen hinab unter Deck. Er war so groß und so breit, dass er fast im Gang stecken blieb; er stieß rechts und links gegen die Wände und fluchte bei jedem Atemzug.
Er klopfte an die Kapitänskajüte und platzte hinein, ohne auf das Herein zu warten. Zoltan saß mit dem Mädchen am Tisch. Seine kurzen blonden Haare waren verklebt, und die merkwürdig silbergrauen Augen waren feucht, als würde er jeden Augenblick in Tränen ausbrechen. Ganz offensichtlich ging es ihm nicht gut. Blut durchtränkte an seiner Schulter das Hemd.
Zoltan hörte zu, als Baumstark ihre Lage schilderte, doch er schien sich keine Sorgen zu machen.
»Wir halten unvermindert Kurs«, sagte er. »Wir haben schon Schlimmeres überstanden als das.«
Baumstark nickte und ging wortlos hinaus.
Zoltan schenkte sich von dem schweren Rotwein ein. Dabei hielt er das Glas mit seiner geschwächten linken Hand fest.

Seine Kajüte war klein und dunkel, nur von einer wild schwankenden Öllampe erhellt, die von der Decke baumelte und spuckend auf kleiner Flamme brannte. Hier unten dröhnte der Schiffsmotor sehr laut. Es war, als befände man sich im Bauch eines großen Tieres, direkt neben seinem schlagenden Herzen.
Ihm gegenüber am Tisch saß Amy Goodenough. Sie war blass und ungepflegt, im Dämmerlicht flackerten ihre dunklen Augen wie im Fieber.
»Und du willst bestimmt nichts mit mir trinken?«, fragte Zoltan und stellte die Flasche zurück in den Schrank. Amy erwiderte kein Wort, sie schüttelte nur fast unmerklich den Kopf. Von dem Mann, der ihren Vater getötet hatte, wollte sie nichts annehmen.
»Wenn du im Auge eines Sturms bist, hilft nur noch trinken«, erklärte Zoltan und hob sein Glas. »Stierblut«, sagte er. »Weißt du, warum das so heißt?«
Amy starrte ihn verdrossen an, erwiderte aber nichts.
»Ich werde es dir erzählen«, sagte Zoltan. »Solche Zeiten sind wie gemacht fürs Erzählen.« Das Schiff bekam plötzlich heftige Schlagseite, und beide wurden zur Seite geschleudert. Zoltan versuchte instinktiv sich mit seinem verletzten Arm festzuhalten. Er keuchte vor Schmerz. »Vor vielen Hundert Jahren«, sagte er, als er sich aufrichtete und sein Glas nahm, »herrschte ein erbitterter Krieg zwischen den Ungarn und den Türken. Die Ungarn waren schwach und wurden besiegt, aber dann gab ihnen ihr Anführer Wein, und plötzlich hatten sie einen solchen Mut, dass die Türken flohen. Sie dachten, die Ungarn hätten Stierblut getrunken, das ihnen übermenschliche Stärke verlieh.« Zoltan lachte, zuckte dabei aber vor Schmerz zusammen und griff sich an den Arm. Amys Messer hatte ihn zwischen Schlüsselbein und Schulterblatt genau ins Gelenk getroffen. Ein Arzt in Istanbul hatte versucht, die Wunde zu versorgen, aber vor Kurzem war sie wieder aufgebrochen und schien sich nun entzündet zu haben.

An all dem war ein Mädchen schuld, ein vierzehnjähriges Mädchen. Die Kleine hatte einen trotzigen Blick, für den er sie – trotz allem, was sie ihm angetan hatte – bewunderte.
Er lachte und zündete sich unbeholfen eine Zigarette an. »Du hältst mich für einen menschenfressenden Oger, nicht wahr, Amy?«
Amy schwieg noch immer.
»Weißt du, woher das Wort *Oger* stammt?«
Amy schüttelte den Kopf.
»Von dem Wort *Ungar* . . .« Er lachte wieder und nahm einen Schluck Wein. »Wir Ungarn stammen von den Völkern ab, die aus dem Osten nach Europa eingedrungen sind, zuerst die Hunnen, dann die Magyaren. Überall haben wir Festungen gebaut und die Menschen in Angst und Schrecken versetzt. Wir waren Oger. In den Märchen werden wir als Riesen mit übergroßen Zähnen beschrieben. Wir haben Kinder gefressen. Aber die Oger waren eigentlich Menschen wie ich – Ungarn. Vielleicht bin ich ja wirklich ein Oger. Aber ich bin auch ein Mensch.«
»Ha!«, war alles, was Amy darauf erwiderte. Sie trug ein ausgebeultes Hemd und Hosen, die dem Kleinsten aus Zoltans Crew gehörten. Seit Wochen hatte sie die Kleidung nicht mehr gewechselt. Die Sachen rochen unangenehm und passten nicht, aber Amy war zu erschöpft, als dass es sie gestört hätte. Seit dem Angriff auf die *Sirene* kam ihr alles wie ein böser Traum vor.
Das Schmuggeln war Zoltans Hauptgeschäft, mehr noch als die Piraterie, und in den vergangenen Wochen waren sie kreuz und quer über das Mittelmeer geschippert; zuerst in die Türkei, dann nach Zypern und Beirut, dann nach Alexandria in Ägypten, dann wieder in die Türkei. In jedem Hafen hatte Zoltan etwas von seiner Beute verkauft und andere Sachen eingekauft: Opium, Haschisch, Wein, Schnaps, Waffen. Aber niemals hatte er Amy an Land gebracht. Jedes Mal, wenn sie in einem Hafen anlegten,

wurden sie und ihre Lehrerin Grace in einem Verschlag eingesperrt. Dort wurde sonst die Schmuggelware versteckt. Es gab weder Licht noch Bullaugen.

Sie und Grace hatten gegen ihre Verzweiflung angekämpft. Zusammengedrängt in der stickigen Hitze, hatten sie sich gegenseitig Mut gemacht, aber jedes Mal, wenn sie wieder nach unten gebracht wurden, wuchsen Graces Angst und Verzweiflung.

Am schlimmsten war es in Alexandria gewesen. Amy hatte immer davon geträumt, Ägypten zu besuchen, die Pyramiden, die Sphinx und Karnak zu sehen, aber sie hätte sich niemals vorstellen können, dass sie, in einem finsteren Schmugglerverlies eingesperrt, dort ankommen würde. Die Hitze war unerträglich gewesen, und in dem Schiffsbauch war ihr und Grace jedes Gefühl für Zeit und Raum verloren gegangen. Nicht einmal Geräusche drangen bis in ihr teuflisches Gefängnis vor. Das Schlimmste aber war, dass sie nicht wusste, was als Nächstes passieren würde. Sie hatte schreckliche Befürchtungen, aber Grace gegenüber, die nahe daran war, sich aufzugeben, schwieg sie.

Von der Türkei aus waren sie durch die Ägäis nach Athen gefahren, dann weiter nach Otranto, in die uralte Stadt an der Ferse des italienischen Stiefels. Hier endlich hatte Zoltan ihr erlaubt, an Land zu gehen.

»Deine Lehrerin bleibt hier«, hatte er ihr erklärt. »Wenn du etwas Unüberlegtes tust, wird sie dafür bestraft.«

»Nicht in dieses Versteck«, hatte Amy gebettelt. »Sie dürfen sie nicht wieder in dieses Versteck sperren.«

»In Ordnung. Aber sie muss unter Deck bleiben.«

Zoltan hatte Amy durch die verwinkelten mittelalterlichen Straßen zur Kathedrale geführt. Deren Fußboden bestand aus einem wundervollen Mosaik, das den Baum des Lebens darstellte, der von fremdartigen Tieren und mythologischen Gestalten bevölkert wurde. Aber Zoltan wollte ihr etwas anderes zeigen. In einem Seitenschiff, etwas versteckt gelegen, befand sich eine kleine Kapelle, an deren Wänden sich Hunderte vergilbte Totenschädel und menschliche Knochen stapelten.

»Das sind Märtyrer«, erklärte er. »Die Stadt war einst von Korsaren, moslemischen Piraten, angegriffen worden. Die achthundert Menschen, die überlebt hatten, sollten verschont werden, wenn sie zum Islam übertraten. Aber sie weigerten sich und wurden geköpft. Es gibt viele Dinge, für die man sein Leben opfern kann, aber Gott gehört nicht dazu.«

»Warum haben Sie mich hierher gebracht?«, fragte Amy. Ihr war schwindelig. Die Kirche roch nach Weihrauch und brennenden Kerzen, es war dunkel und bedrückend.

»Ich dachte, es würde dich interessieren«, sagte Zoltan.

»Es ist schrecklich«, entgegnete Amy verärgert. »Weshalb glauben Sie, dass mir so etwas gefällt? Was haben Sie mit mir vor?«

»Du bist kostbar, Amy«, sagte Zoltan. »Du wirst mir noch sehr viel nützen.«

»Ich bin also nicht viel mehr als der Schmuggelkram auf Ihrem Schiff, nicht wahr?«, sagte Amy. »Ein Gegenstand, den man kauft und wieder verkauft.«

»Ich habe deine Familie benachrichtigt und Lösegeld gefordert«, sagte Zoltan.

Amy wusste nicht, was sie sagen sollte. Sie wusste nicht, ob sie sich über diese Nachricht freuen sollte, die ihr neue Hoffnung auf Heimkehr gab, oder ob sie empört über diesen Handel sein sollte.

»Mein Großvater wird nicht bezahlen«, sagte sie. »Er wird Sie jagen. Er wird so lange hinter ihnen her sein, bis er Sie getötet hat.«

»Er wird mich niemals finden«, erwiderte Zoltan. »Er wüsste gar nicht, wo er mit dem Suchen anfangen sollte. Wir haben keine Spuren hinterlassen. Es wird zwar eine Zeit lang dauern, aber ich werde mein Geld bekommen. Als Erstes wird er natürlich einen Beweis verlangen, dass ich dich tatsächlich in meiner Gewalt habe. Was, denkst du, sollte ich ihm schicken? Einen Finger? Ein Ohr? Deine Nasenspitze?«

»Sie sind widerlich«, sagte Amy und Zoltan lachte.

»Ich habe nur Spaß gemacht, Amy«, sagte er. »Ich würde dir niemals wehtun. Ich mag dich. Ich möchte mich mit dir unterhalten. Die Gesellschaft von Männern geht mir auf die Nerven. Du bist gebildet. Unterhalte dich mit mir.«

Und seit diesem Tag hatte Zoltan Amy bei jeder Gelegenheit in seine Kajüte geholt und sich, so wie heute, zu ihr an den Tisch gesetzt, Wein getrunken und mit ihr gesprochen.

»Ich glaube, es ist kein Zufall, dass du hier bist, Amy«, sagte er. »Du bist mein Schicksal. Glaubst du, ich muss sterben? Glaubst du, dein Plan, mich zu töten, wird am Ende doch noch Erfolg haben?«

»Ich hoffe es«, sagte Amy und Zoltan lächelte.

»Ich fürchte mich nicht vor dem Tod«, sagte er. »Ich fürchte mich vor gar nichts – außer vor dem Meer.«

»Vor dem Meer?«, fragte Amy. Ohne es zu wollen, war sie neugierig geworden.

»Ja. Wenn ich an dich denke, Amy, dann denke ich an eine Meerjungfrau, die aus den Fluten steigt. An eine Nixe, die kommt und mich holt. Du bist ein Meergeist, und ich habe immer gewusst, dass das Meer einmal mein Tod sein wird.«

»Aber Sie sind ein Seemann. Wie kann sich ein Seemann vor dem Meer fürchten?«

»Ein Seemann sollte sich vor dem Meer fürchten. Er sollte Achtung davor haben.«

»Ich liebe das Meer«, sagte Amy. »Ich schwimme gern im Meer.«

»Ich kann nicht schwimmen«, sagte Zoltan.

»Sie können nicht schwimmen?«

»Oh ... Viele Seeleute können nicht schwimmen. Sie sagen, das bringt Unglück. Sie glauben, es heißt, sein Schicksal herauszufordern.«

»Aber das ist doch so gefährlich«, entgegnete Amy.

»Man darf nur nicht hineinfallen«, sagte Zoltan, und zum ersten Mal seit langer Zeit lächelte Amy.

»Ich werde niemals schwimmen«, fuhr Zoltan fort. »Ich kämpfe mit dem Meer. Ich habe das Meer bezwungen. Ich steuere mein Schiff auf dem Meer, aber ich werde mich selbst niemals hineinstürzen. Das Meer ist für die Fische, für die Krabben, die Hummer und Tintenfische. Ich war schon sechzehn, da habe ich das Meer zum ersten Mal gesehen. Ich habe den Hof zu Hause verlassen, um mich der österreichisch-ungarischen Armee anzuschließen. Die ganze Welt war damals im Krieg. Mich hat man an die italienische Front geschickt, aber ich habe bald gemerkt, dass das alles Unsinn war. Unsere jungen Männer kämpften gegen die jungen Männer aus Italien, und wofür? Um ein Stück Land zurückzuerobern, von dem die Italiener behaupteten, es gehört ihnen, und wir behaupteten, es gehört uns. Das war nichts für mich. Das war nicht nach meinem Geschmack. Ich lief davon und schlug mich über Albanien nach Griechenland durch. Dort bin ich an Schmuggler, Piraten, Mörder und Deserteure geraten. In dem Drunter und Drüber, das im Krieg herrscht, hat man viele Möglichkeiten, wenn man klug ist. Kaum war der Kapitän unglücklicherweise über Bord gefallen und ertrunken, hatte ich mein eigenes Schiff.«

»Gefallen oder gestoßen worden?«, fragte Amy.

»Er war alt und schwach«, sagte Zoltan. »Ich habe ihn nur von seinem Leiden erlöst – wie einen kranken Hund. Eines Tages, wenn auch ich alt und krank bin, wird einer von meiner Besatzung bestimmt das Gleiche mit mir machen. Das ist der Grund, warum ich durchhalte, Amy. Das ist der Grund, warum ich mich nicht ins

Bett lege und abwarte, bis mich deine Wunde umbringt. Meine Leute dürfen mich nicht schwach sehen.« Er hielt inne und schenkte sich Wein nach. »Aber ich hoffe trotzdem, dass ich auf diesem Schiff nicht alt werden muss«, fuhr er nach einer Weile fort. »Ich werde bald reich genug sein, um dieses Leben hinter mir zu lassen, um mir Land und ein schönes Haus zu kaufen und mich zur Ruhe zu setzen.«

»Glauben Sie wirklich, mein Großvater zahlt so viel für mich?«, fragte Amy verächtlich.

»Es hängt nicht nur von dir ab«, sagte Zoltan. »Es hat auch mit dem zu tun, was sich unten in meinem Versteck befindet. Keine Angst, ich habe es genau geplant. Sobald wir in Sardinien sind, wird alles anders.«

Terror firma

Der Turm stand schon seit dreitausend Jahren hier. Er war aus massiven schwarzen Steinquadern erbaut, von denen manche über zwei Meter breit waren. Wie die Menschen sie damals hierher schaffen und aufeinandertürmen konnten, war James ein Rätsel. Dieser Ort war ebenso geheimnisumwittert wie Stonehenge.

»Er wird *Nuraghe Sant' Antine* genannt«, erklärte Peter Haight mit einer weit ausholenden Armbewegung. »Wir wissen nicht viel über die sogenannten Nuragher, die Erbauer dieser Türme, und auch nicht, weshalb sie sie gebaut haben. Sehr wahrscheinlich waren es Schutzburgen gegen die vielen Eindringlinge, die das Land heimsuchten. Vielleicht dienten sie auch einem kultischen Zweck. Hier auf Sardinien gibt es mehr als siebentausend Nuraghen, doch diese Anlage hier ist eine der größten und beeindruckendsten. Der Hauptturm war ursprünglich drei Stockwerke hoch, gut siebzig Fuß, aber ein Bürgermeister aus der Gegend hat im neunzehnten Jahrhundert das oberste Stockwerk abtragen lassen, um mit den Steinen einen Brunnen zu bauen.«

Sie befanden sich im *Valle dei Nuraghe* – im Tal der Nuraghen, einer ausgedehnten vulkanischen Ebene, die in der brennenden Sonne flirrte. Das Land war übersät mit den Kegeln längst erloschener Vulkane, und als James den Blick schweifen ließ, sah er, dass einige dieser geheimnisvollen, verfallenen Türme wie Zahnstümpfe aufragten.

Vor fünf Tagen hatten sie Dover verlassen, den Kanal auf einer

Fähre überquert, dann waren sie mit dem Zug nach Genua gefahren, wo sie einen Dampfer bestiegen hatten, der sie nach Sardinien brachte.

Im Hafen von Terranova hatte ein Bus auf sie gewartet, dazu Quintino, ein stämmiger sonnenverbrannter Sarde, der ihr Fahrer und Reiseführer war.

Sie waren nach Westen über die Insel gefahren, nach Torralba, durch eine wilde und offene Landschaft, in der nirgends eine menschliche Ansiedlung zu sehen war. Schafe und Ziegen, die von Hirten, gekleidet in ärmellose Schaffelljacken, bewacht wurden, schienen die einzigen Bewohner zu sein.

Sie hatten in einer Dorfschule übernachtet und auf Feldbetten aus Armeebeständen unter staubigen Moskitonetzen geschlafen. Am Morgen waren sie dann zu dem Denkmal aus der Steinzeit aufgebrochen, das von einem gnomenhaften Mann bewacht wurde. Er trug die überlieferte einheimische Tracht: ein weißes Hemd mit weiten Ärmeln, darüber eine schwarze Weste, weite weiße Kniebundhosen, die dicht unter den Knien mit schwarzen Bändern gebunden waren, und einen breiten Gürtel, von dem etwas herunterhing, das aussah wie eine schwarze Schürze. Auf dem Kopf hatte er eine schwarze Kappe. Den Nackenschutz, der normalerweise über dem Rücken herunterbaumelte, hatte er nach vorn über die Stirn gezogen, um seine Augen nicht der brennenden Sonne auszusetzen.

Der Ort wurde von dem riesigen Hauptturm beherrscht, aber drum herum und umgeben von einer niedrigen Lehmziegelmauer, standen anscheinend die Überreste eines ganzen Dorfs, bestehend aus meist runden, kleinen Häusern und Hütten.

Haight erklärte, dass die Jungen dabei mithelfen sollten, ein mit einem Seil abgetrenntes Stück Land jenseits der Mauer auszugraben. Ihre Aufgabe war es, den Staub mit kleinen Schaufeln abzutragen und durchzusieben. Zwischen Disteln und Maispflanzen war ein provisorisches Sonnendach aus Segeltuch errichtet worden, darunter standen zwei lange Tische. Haight zeigte seinen Schülern die verschiedenen Funde, die man bisher geborgen hatte – Tonscherben und kleine Figürchen.

»Diese Überreste lagen jahrhundertelang verborgen unter der Erde«, sagte er und drehte vorsichtig eine Tonscherbe zwischen den Fingern. »Ich glaube zwar nicht, dass wir etwas Weltbewegendes zutage fördern werden, aber ich möchte Ihnen allen einen Eindruck von der Archäologie vermitteln.«

Ein ernster junger Mann aus dem örtlichen Museum überwachte die Arbeiten; er schwitzte heftig in seinem dunklen Anzug und wirkte nervös. Der Gedanke daran, dass die ungeschickten jungen Leute etwas kaputt machen könnten, schien ihm Unbehagen zu bereiten.

Als James sich bückte, um einen der Gegenstände näher zu betrachten, gab ihm jemand von hinten einen Stoß, sodass er der Länge nach über den Tisch auf die Figurine fiel.

Der Museumsmitarbeiter schüttelte missbilligend den Kopf. James drehte sich wütend um.

Wie erwartet, schaute er in das grinsende Gesicht von Tony Fitzpaine.

Fitzpaine war der arrogante Junge aus besserem Hause, den James nach Haights Vortrag in der Archäologischen Gesellschaft in den Fluss geworfen hatte. Es war ein schwerer Schlag für James gewesen, als er entdeckte, dass Fitzpaine ebenfalls an der Exkursion teilnahm, und seit sie sich auf der Kanalfähre begegnet waren, bemühte sich James, ihm aus dem Weg zu gehen. Er hatte beschlossen, Fitzpaine zu ignorieren. Es war viel zu heiß, um sich mit etwas Unnötigem zu beschäftigen.

Haight ermahnte die Jungen, besser aufzupassen, und teilte sie in drei Gruppen ein.

Ein paar Stunden lang war James eifrig bei der Sache; er kniete

im Staub neben Perry Mandeville, und während er arbeitete, hatte er den Kopf frei, um nachzudenken.
In der vergangenen Nacht, als er seinen Koffer auspackte, hatte er einen Brief gefunden. Charmian hatte ihm das Schreiben hineingelegt, bevor er das Cottage verließ, aber in der Aufregung hatte er es ganz vergessen.
Am Abend jedoch hatte er sich auf sein Feldbett gesetzt, den Umschlag aufgerissen und ein unordentlich gefaltetes Notizpapier herausgenommen. Die Handschrift hatte er sofort wiedererkannt, es war die dünne, schräge und krakelige Handschrift von Mr Merriot, seinem Lateinlehrer.

Lieber James,
entschuldigen Sie, mein Junge, dass ich Ihnen in den Ferien schreibe. Ich bin überzeugt, Schule ist das Letzte, woran Sie im Augenblick erinnert werden wollen, aber ich dachte, vielleicht interessiert Sie das Folgende. Vor einigen Tagen haben Sie mich in einer privaten Angelegenheit gefragt, ob die römischen Zeichen MM eine besondere Bedeutung hätten. Damals ist mir keine eingefallen, aber gestern Abend habe ich mit meinem Kollegen, Mr Cooper-ffrench, zu Abend gegessen. Nebenbei bemerkt, ich glaube nicht, dass er Ihre famose Tante schon vergessen hat.
Wir kamen wie so oft auf die römische Geschichte zu sprechen und Cooper-ffrench erwähnte dabei eine italienische Geheimgesellschaft, die sich Millennaria nennt.
Wenn Sie mir eine kurze Geschichtslektion gestatten, dann berichte ich Ihnen, was es mit dieser Gesellschaft auf sich hat. Wir lernen zwar viel über alte römische Geschichte, aber wir haben wenig Platz in unseren armen, gemarterten Hirnen für die jüngere italienische Geschichte. Um es kurz zu machen, vor hundert Jahren gab es kein Land Italien, so wie wir es heute kennen. Das Gebiet, das wir heute als Italien bezeichnen, bestand aus Stadtstaaten, die sich gegensei-

tig bekämpften, viele davon wurden von ausländischen Herrschern regiert. Dann entstand in der ersten Hälfte des 19. Jahrhunderts eine Nationalbewegung. Ihr Ziel war es, das ganze Land zu einem Staatsgebilde zu vereinen und alle ausländischen Herrscher davonzujagen.

Nun, die Italiener haben von jeher Geheimgesellschaften, Spione und auch sonst so manche Gaunereien geliebt, weshalb die Nationalisten, anstatt einfach eine Armee aufzustellen, lieber eine große Anzahl von Freikorps schufen, die das Ziel hatten, den Einheitsgedanken zu verbreiten und überhaupt Unruhe zu stiften. Meistens verlief das im Sande, bis es einer Bewegung, Risorgimento genannt, unter dem berühmten General Garibaldi in den Siebzigerjahren des neunzehnten Jahrhunderts gelang, das Land zu einen. Sie schufen das, was wir heute als Italien kennen, ein Land unter einem König – Vittorio Emanuele von Sardinien (wo Sie sich, wenn ich mich nicht irre, gerade aufhalten).

Aber einigen Italienern war das nicht genug. Warum haltmachen?, fragten sie. Rom hatte einst die gesamte bekannte Welt beherrscht. Könnte das nicht wieder so sein? Für sie war die Einigung Italiens erst der Anfang, das Endziel aber sollte die Wiederauferstehung des Römischen Reiches sein.

So entstand eine andere Geheimgesellschaft – die Millennaria – die Intrigen spann und Komplotte in die Welt setzte.

Komm schon, du alter Stümper, spann mich nicht auf die Folter, höre ich Sie schon stöhnen, was hat das alles mit den beiden M zu tun? Nun, das geheime Erkennungszeichen der Millennaria war das doppelte M, das für zweitausend Jahre steht. Ich habe versucht, Ihnen einiges Wissen über Latein und die römische Geschichte einzubläuen, deshalb erinnern Sie sich vielleicht, dass Julius Caesar im Jahre 100 vor Christus geboren wurde. Julius Caesar war, wie allgemein bekannt, der erste römische Kaiser und deshalb eine passende Galionsfigur für eine Gemeinschaft, die es sich zum Ziel gesetzt hatte, an den Glanz des antiken Rom anzuknüpfen. MM. Zweitausend Jahre.

Genau zweitausend Jahre nach der Geburt von Julius Caesar, im Jahre 1900, begann die Millennaria mit ihren Aktivitäten. In den ersten Jahren gab es einige Geplänkel, viel Lärm und Getue, aber es passierte nicht viel. Der einzige bemerkenswerte Vorfall war, dass eines ihrer Mitglieder die Mona Lisa aus dem Louvre stahl und sie wieder nach Italien bringen wollte. Dann brach der Krieg aus, und Italien wurde in die ungeheuren Auseinandersetzungen von 1914 verwickelt. Nach dem Krieg sprach niemand mehr von der Millennaria, denn nun kamen Mussolini und seine Faschisten an die Macht. Einige glauben, dass Mitglieder der Millennaria ihm dabei geholfen haben; ohne Zweifel hat er einige seiner Ideen und auch sein Auftreten von ihnen abgeschaut. Wie dem auch sei, falls sie ihn tatsächlich unterstützt haben sollten, hat Mussolini es jedenfalls geschafft, sie schnell wieder loszuwerden. Er wollte seine Macht mit niemandem teilen.

Und nun hat sich Mussolini selbst zu einer Art Imperator erklärt und ist eifrig dabei, den Rest der Welt nach seinen Vorstellungen zu gestalten!

Ich fürchte, Ihre Tante hatte recht, James. Die alten Römer sind kein leuchtendes Vorbild. Sie hatten einen krankhaften Drang nach Macht, Ruhm und Blutvergießen.

Ich hoffe, meine Ausführungen waren für Sie von Interesse. Wie ich schon sagte, verzeihen Sie mir die Geschichtsstunde, aber vielleicht beantwortet dies Ihre Frage . . .

Als er den Brief in der vergangenen Nacht zum ersten Mal gelesen hatte, musste James lächeln. Es war sehr freundlich von Mr Merriot, ihm zu schreiben, aber dass eine obskure italienische Geheimgesellschaft, die es seit Jahren nicht mehr gab, etwas mit dem unscheinbaren Haus, dem efeuüberwucherten Innenhof und dem narbengesichtigen Mann mit den zwei M auf der Hand zu tun haben könnte, war mehr als unwahrscheinlich.

Auf der Rückseite des Briefs stand ein eilig hingekritzelter Zusatz:

PS: Interessant ist noch, dass in den geheimen Zusammenkünften der Millennaria Latein gesprochen wurde und die Mitglieder es als neue Weltsprache propagierten; das ist auch der Grund, weshalb sich Mr Cooper-ffrench für sie interessiert. Wie Sie wissen, wäre es ihm am liebsten, wenn wir alle Latein sprächen!

Während er nun in der Sonne saß, die von einem strahlend blauen Himmel schien, und kräftig schwitzte, spielte James in Gedanken mit den wenigen Puzzlestücken, die er hatte, und überprüfte, ob sie zusammenpassten. Er kam sich vor wie ein Archäologe, der versuchte, zufällig gefundene Tonscherben wieder zusammenzufügen.
Da waren die undurchsichtigen Gestalten, die im Hof des alten Hauses Latein gesprochen hatten. Dann die Kisten mit der Aufschrift MM. Die Kapelle, die Schale mit der dunklen Flüssigkeit, der tote Hahn. Das verlorene Armband. Der narbengesichtige Mann, der hinter geschlossenen Fensterläden mit Mr Cooper-ffrench gesprochen hatte.
Das alles passte nicht zusammen. Aus diesen Scherben konnte man keinen Topf mehr machen. Was sollte eine italienische Geheimgesellschaft mit einem Stützpunkt in Eton? Es ergab keinen Sinn.
Der Tag zog sich hin, die Sonne stieg höher. James wurde es schwindelig, und er fühlte sich überhitzt. Dort, wo sie gruben, war nirgendwo Schatten, und der Staub vermischte sich mit dem Schweiß und klebte an seinem Körper. Das Interessanteste, das er an diesem Morgen ausgegraben hatte, waren einige scharfkantige Basaltsteine und ein Ameisennest. Schließlich stand er auf, nahm den Strohhut ab, den man ihm gegeben hatte, schüt-

telte sich die Schweißperlen aus dem Haar und warf sein Handtuch zu Boden.
»Was ist los?«, fragte Perry. »Macht es dir keinen Spaß mehr, ein Steineklopfer zu sein?«
»Das ist nicht ganz das, was ich mir vorgestellt hatte«, gab James zur Antwort. Sein Mund war ausgetrocknet und ihm fiel ein, dass er seit dem Frühstück noch nichts getrunken hatte.
Kaum hatte er sich hingesetzt, tauchte ein Schatten über ihm auf. James schaute blinzelnd hoch und sah Tony Fitzpaine neben sich.
»Glaub bloß nicht, dass ich dich vergessen habe«, sagte Fitzpaine hämisch. »Ich warte nur auf die passende Gelegenheit. Ich muss schon sagen, Bond, es freut mich sehr, dass du auf diesen Ausflug mitgekommen bist, denn hier sind wir weit weg von Eton und den Aufpassern, und nirgends kannst du dich verstecken. Du solltest gut auf deinen Arsch aufpassen, Plebejer.«
»Hau ab, Fitzpaine«, sagte James. »Du langweilst mich.«
»Denk ja nicht, dass du so mit mir reden kannst«, erwiderte Fitzpaine.
James lachte. »Wie belieben Eure Majestät denn, angeredet zu werden?«, spottete er.
»Du wirst dich in Eton nicht mehr blicken lassen können«, platzte der ältere Junge heraus.
»Tatsächlich?«, höhnte James. »Nun, damit werde ich leben müssen. Aber, wie du so schön gesagt hast, wir sind hier nicht in Eton.« James stand auf und baute sich vor Fitzpaine auf. »Wir sind hier nicht einmal in England. Hier kannst du niemanden mit deinem Namen beeindrucken. Wir sind einfach zwei Jungen auf einer sehr heißen Insel im Mittelmeer . . . Vielleicht bist *du* es, der auf seinen Arsch achtgeben sollte.«
»Willst du mir drohen?«, fragte Fitzpaine.
»Ja«, erwiderte James. »Ich glaube schon.«

James lächelte Fitzpaine an und machte sich auf die Suche nach etwas zu trinken.
Unter dem Sonnensegel fand er einen Behälter mit einem Rest warmem Wasser. Er spritzte sich etwas davon in den Mund und spülte ihn aus, dann trank er einen Schluck.
»Na, ist dir warm geworden?« Haight war aus dem unbarmherzigen Sonnenlicht in den Schatten gekommen. Wie immer hatte er seine große Schultertasche bei sich.
»Ich musste aus der Sonne gehen«, gab James zu.
»Wir machen bald Schluss für heute«, sagte Haight und wischte sich mit einem Handtuch übers Gesicht. »Mehr als ein paar Stunden hält man das nicht aus.«
Er stellte die Tasche auf den Tisch. Sie enthielt alles, was man auf diesem Ausflug brauchte: sämtliche offizielle Schreiben, eine Erste-Hilfe-Ausrüstung, Karten und Beschreibungen der verschiedenen Nuraghen und einige zusammengerollte Leinwandstücke, auf denen man Skizzen anfertigen konnte. Seit der Abfahrt aus England hatte er die Tasche nicht mehr aus den Augen gelassen. Er zog eine Karte daraus hervor und breitete sie auf dem Tisch aus.
»Das ist ein wildes Land«, sagte er. »Banditenland.«
»Wirklich?«, fragte James erstaunt und betrachtete die Karte.
»Ja«, sagte Haight. »Siehst du diese Dörfer?« Er wies auf zwei, drei Dörfer auf der Landkarte und zeigte dann ins Tal hinunter. James erkannte in der Ferne die Umrisse einiger Steinhäuser, die sich an die Flanken der sie umgebenden Berge schmiegten.
»Diese Orte sind sehr schwer zu erreichen und so gut wie uneinnehmbar«, erklärte Haight. »Die Leute dort wurden nie richtig zivilisiert. Auch wenn Italien im vergangen Jahrhundert vereint wurde, das Herz von Sardinien ist eine Welt für sich.«
»Gestern Abend habe ich etwas darüber gelesen«, sagte James und dachte an Merriots Brief. »Darf ich Sie fragen, Sir, ob Sie je

etwas über eine italienische Geheimgesellschaft gehört haben, die sich Millennaria nennt?«

»Eine Geheimgesellschaft, sagst du?«, fragte Haight. »Nicht, dass ich wüsste. Warum?«

»Es ist nur . . . Erinnern Sie sich an das Armband, Sir?«

»Welches Armband?« Haight runzelte fragend die Stirn.

»Wissen Sie das nicht mehr? Nach Ihrem Vortrag habe ich es auf dem Fußboden gefunden. Sie wollten Mr Cooper-ffrench fragen, ob es ihm gehört.«

»Ach herrje, Sie haben aber ein gutes Gedächtnis. Ich muss zugeben, ich habe das Armband ganz vergessen.« Haight durchsuchte seine Tasche und zog eine weitere Landkarte hervor. »Ich habe es Cooper-ffrench gezeigt, aber er versicherte mir, es gehörte ihm nicht. Danach habe ich es in irgendeiner Schublade verstaut, wo es vermutlich immer noch liegt. Ich bezweifle, dass es sehr wertvoll ist, James. Ich würde mir an Ihrer Stelle nicht allzu viele Gedanken machen.«

»Nein«, versicherte James. »Es ist nur . . . dieses Symbol auf dem Armband. Das doppelte M.«

»Stimmt, ich erinnere mich«, sagte Haight. »Ich hielt die beiden Zeichen für Initialen. Aber sosehr ich mein Hirn auch angestrengt habe, mir ist niemand eingefallen, der so heißt. Ich habe daraus geschlossen, dass das Armband wohl schon länger dort gelegen hatte. Ich fürchte, ich verstehe nicht ganz, was das alles mit dieser Geheimorganisation zu tun hat?«

»Das doppelte M, Sir. Es ist das Zeichen der Millennaria.«

Haight lachte. »Als Nächstes erzählen Sie mir noch, diese Leute hätten in Eton einen Unterschlupf und planten, den neuen Schuldirektor zu entführen und an seiner Stelle Mussolini einzusetzen!«

Jetzt musste auch James lachen. Die Sache kam ihm mittlerweile selbst lächerlich vor. »Ich hätte keinerlei Gedanken daran ver-

schwendet, wenn ich nicht eines Tages in Eton einen Mann gesehen hätte, auf dessen beiden Händen ein M tätowiert war.«
»M für Mutter, vermutlich«, sagte Haight trocken. »Wie hat er ausgesehen? Trug er eine Maske, hatte er einen Dolch bei sich, wie bei Attentätern so üblich?«
»Nein . . . aber eine auffallende Erscheinung war er trotzdem. Er hatte Narben auf beiden Wangen.«
»Soso«, sagte Haight und rollte die Landkarten zusammen. »Ich wusste ja gar nicht, was für ein abenteuerlicher Ort Eton ist.«
James nahm seine Feldflasche und führte sie an den Mund, aber es kamen nur ein paar Tropfen heraus. Danach war er durstiger als zuvor.
»Hier, bitte, nehmen Sie doch von mir einen Schluck.« Haight steckte die Landkarten in seine Tasche, wühlte kurz darin herum und brachte dann eine Wasserflasche zum Vorschein.
»In dieser Tasche haben Sie bestimmt alles bei sich, was Sie brauchen, nicht wahr?«, sagte James.
»Das hoffe ich, schwer genug ist sie jedenfalls«, erwiderte Haight.
James nahm einen Schluck aus der Flasche. Das Wasser schmeckte salzig und bitter.
»Wundern Sie sich nicht über den Geschmack«, sagte Haight lächelnd. »Ich benutze stets Wasserreinigungstabletten. Man kann hier draußen gar nicht vorsichtig genug sein.« Er nahm James die Flasche ab und stöpselte sie zu. »Falls Sie es satt haben, immer nur in der Erde zu buddeln, schlage ich vor, Sie schauen sich den Turm etwas genauer an. Er ist sehr interessant, aber vor allem ist es dort angenehm kühl.«
»Danke, Sir«, sagte James. »Das werde ich gerne tun.«
»Die Karthager versuchten im fünften Jahrhundert vor Christus die Anlage einzunehmen«, erklärte Haight. »Aber es hätte wohl einer ganzen Armee bedurft, um den Turm niederzureißen. In

der Tat, ein ganz erstaunliches Bauwerk. Wussten Sie, dass man weder Zement noch Mörtel benutzte, um die Steine miteinander zu verbinden? Man meißelte die Steine lediglich glatt und setzte sie einfach übereinander. Die Erbauer wussten damals sehr genau, was sie taten, sonst würde der Turm heute nicht mehr stehen. Schauen Sie sich gründlich um. Das Panorama oben vom Turm aus ist atemberaubend. Wir sehen uns später, wenn Sie wieder zur *terra firma* zurückgekehrt sind.«

James trat hinaus ins grelle Sonnenlicht und machte sich auf den Weg. Als er sich dem Turm näherte, sah er, dass dieser von einer etwas höher gelegenen Terrasse umgeben war, auf der sich niedrigere Türme mit einem dreieckigen Grundriss erhoben.

Er ging durch den Eingang der dicken Außenmauer und betrat eine Art Innenhof, in dessen Mitte sich die Überreste eines Brunnens befanden. Türen führten zu den einzelnen Türmen. James überlegte nicht lange, sondern wählte eine davon aus. Er gelangte in einen runden Raum und von dort in eine Art dunklen Korridor. Einen Moment lang war James wie blind, aber nach einer Weile hatten sich seine Augen an die Dunkelheit gewöhnt. Die Mauern des langen Gangs waren aus gigantischen Steinen zusammengesetzt und verjüngten sich nach oben hin. Langsam tastete er sich voran. Die Turmanlage war verwirrend und anders als alles, was er bisher besichtigt hatte. Es gab Mauern innerhalb von Mauern. James ging weiter in der kühlen Finsternis, bis er auf eine fensterlose, kuppelförmige Kammer stieß, die etwa zwanzig Fuß breit und ebenso hoch war. Das musste das Herz der Anlage sein, das Fundament des Hauptturms. Durch die Türöffnung fiel Licht herein, ein gleißend helles, rechteckiges Feld, doch es reichte nicht aus, um den Raum dahinter auszuleuchten. Immerhin sah James, dass das schwarze Vulkangestein rötlich glänzte, als sei es von Rost bedeckt, und er stellte sich vor, der Turm sei in Wirklichkeit aus Eisen und nicht aus Stein. Es war gespenstisch still, und ihn überkam das verrückte Gefühl, er sei zurück in die Vergangenheit gereist, zurück in eine vorgeschichtliche Zeit. Der Gedanke, in diesem alten Gemäuer könnten die Geister längst verstorbener Menschen wohnen, machte ihn nervös. Die Welt draußen, die moderne Welt, schien unendlich weit weg zu sein.

Eine Welle der Übelkeit erfasste ihn, und der Raum fing an, sich zu drehen. James glaubte, Stimmen zu hören, aber ebenso gut konnte es auch nur das Rauschen des Bluts in seinen Ohren sein. Er schloss die Augen, presste die Stirn gegen die Steine und nahm die wohltuende Kühle in sich auf.

Ganz plötzlich hatte er ein schreckliches Bild vor Augen. Blut, das in einer Schale gerann. Er riss die Augen auf und wandte sich um. Der Raum war voller Menschen. Sie trugen primitive Kleider und schauten ihn aufmerksam an. Einige von ihnen waren mit blitzenden Messern bewaffnet. Er schrak zurück, aber erst als er den kalten Stein in seinem Rücken spürte, begriff er, dass er sich das alles eingebildet hatte und die Gestalten in Wirklichkeit nur Schatten an den schwarzen Wänden der Kammer waren. Er war hundemüde, und ihm war schwindlig. James verspürte nur den einen Wunsch, hinauszugehen an die frische Luft, aber er brachte es irgendwie nicht fertig, durch das grelle Lichtviereck der Tür zu gehen. Der bloße Gedanke daran bereitete ihm Kopfschmerzen.

Es gab noch vier weitere Ausgänge. Alle führten in einen Gang, der die runde Kammer umgab. Dann entdeckte er eine Treppe hinauf ins nächste Geschoss. James ging die Stufen hoch und stellte fest, dass das Obergeschoss in drei separate Räume eingeteilt war. Er stieg noch weiter hinauf und erreichte schließlich die obere Plattform des Turms. Blinzelnd trat er ins Freie. Ein Geier kreiste über ihm in der Luft. Die Spitzen seiner Flügel sahen vor dem hellen Himmel aus wie lange schwarze Finger.

James beobachtete, wie der Vogel im Gleitflug dahinsegelte, ehe er im Dunst der blauen Berge am Horizont verschwand.
Er atmete tief ein, aber es half nichts. Die Luft brannte in seinen Lungen, und das Schwindelgefühl wollte einfach nicht weichen.
Als er Schritte hörte, trat er an die Brüstung und sah hinunter. Fünfzig Fuß unter ihm erstreckte sich der Innenhof mit dem eingestürzten Brunnen. James hatte das Gefühl, als starrte er geradewegs in ein abgrundtiefes schwarzes Loch. Er merkte, dass er langsam die Kontrolle über sich verlor. Der Boden unter seinen Füßen schien wegzubrechen, und James verspürte den Drang, sich vom Turm in die Tiefe zu stürzen. Er kämpfte dagegen an, wankte unsicher. Punkte tanzten vor seinen Augen. Sein Blick verschleierte sich, und in seinen Ohren summte es. Er fürchtete, ohnmächtig zu werden. Kurzzeitig verlor er die Orientierung, doch nach einer Weile wich dieses Gefühl, und auch sein Blick wurde wieder klar. Da erst bemerkte er, dass am Fuß des Turms jemand stand.
James starrte in rote blutunterlaufene Augen, und diese starrten mit zorniger Verachtung zurück.
Es konnte sich nur um eine Wahnvorstellung handeln. Bestimmt bildete er sich alles nur ein.
Das Gesicht gehörte Cooper-ffrench. Die dunkelrote Gesichtsfarbe, der kleine Spitzbart – es gab keinen Zweifel.
Doch das war unmöglich . . .
Wieso sollte er plötzlich hier auftauchen?
James war von der Gestalt am Fuß des Turms wie hypnotisiert. Es war, als wollte sie ihn dazu bringen hinabzuspringen. James überkam ein quälender Brechreiz. Er machte einen unsicheren Schritt nach vorn. Das Dröhnen in den Ohren schwoll an, wurde lauter und lauter . . .
James kniff die Augen zu. Hinter sich nahm er eine Bewegung wahr. Jemand stürzte auf ihn zu. Cooper-ffrench rief ganz laut

seinen Namen, und der Klang wurde in alle Richtungen getragen, ehe er in einem lauten Feuerwerk explodierte.
Wieder machte James einen Schritt vorwärts.
Und dann fiel er und fiel und fiel . . . hinein in einen gähnenden schwarzen Schlund.

Die Flucht

Als James erwachte, blendete ihn die Sonne, und der besorgt dreinblickende Peter Haight wischte ihm mit einem feuchten Handtuch übers Gesicht.

»Alles in Ordnung, mein Junge?«, fragte er, als er bemerkte, dass James wieder bei Bewusstsein war.

»Ich denke schon«, krächzte James. Sein Mund und seine Kehle waren staubtrocken, als habe man jeden Tropfen Flüssigkeit aus ihm herausgepresst. Er stützte sich auf die Ellbogen. »Es tut mir leid«, sagte er. »Aber ich kann mich nicht erinnern, was passiert ist.«

James schaute sich um. Er war noch immer oben auf dem Turm.

»Zum Glück habe ich Sie gerade noch erwischt«, sagte Haight grimmig. »Sie sollten besser achtgeben und nicht zu nahe an den Rand gehen; diese alten Ruinen sind alles andere als sicher.«

»Ich weiß. Ich habe mich einen Augenblick lang nicht wohlgefühlt«, sagte James. »Es geht mir auch jetzt noch nicht gut, Sir.«

Haight legte eine Hand auf James' Stirn. »Sie fühlen sich auch ganz heiß an.«

James wollte Haight gerade um etwas zu trinken bitten, als der Lehrer den restlichen Inhalt der Wasserflasche auf sein Gesicht schüttete. »Das tut bestimmt gut«, sagte er und half James beim Aufstehen. »Und jetzt machen wir uns auf den Rückweg, okay?«

James war sehr wackelig auf den Beinen, und Haight musste ihn stützen, damit er nicht hinfiel. James schüttelte den Kopf, ließ sich aber von Haight helfen, während sie langsam die Wendeltreppe nach unten gingen. Auf halbem Weg trafen sie Cooper-ffrench, der ihnen entgegenkam. Er schwitzte noch stärker als vorhin und schaute ganz verwirrt drein.

»Geht es ihm gut?«, fragte er.

»Es ist nichts Schlimmes passiert«, sagte Haight, »aber ich möchte ihn nach unten in den Schatten bringen. Vermutlich ein leichter Sonnenstich.«

Cooper-ffrench folgte ihnen nach draußen und quer über den Platz bis zu dem Sonnensegel. Eine kleine Gruppe neugieriger Jungen scharte sich um sie und wollte sie ausfragen, aber Haight scheuchte sie weg. James setzte sich. Er fühlte sich hundemüde, sein Magen rebellierte und er glaubte, sich jeden Moment übergeben zu müssen.

»Er hätte nicht alleine dahinauf gehen dürfen«, sagte Cooper-ffrench.

James fiel ein, wie wütend Cooper-ffrench ihn vom Hof aus angesehen hatte. »Warum haben Sie gerufen?«, fragte er. »Sie haben meinen Namen gerufen.«

Cooper-ffrench warf Peter Haight einen unsicheren Blick zu. »Ich wollte Sie warnen«, sagte er. »Es sah so aus ... Ich habe geglaubt, Sie würden jeden Augenblick stürzen.«

»Ja«, sagte James. »Mir war einen Moment lang sehr schwindelig.«

»Hauptsache, Ihnen ist nichts passiert«, sagte Haight. »Ich möchte nämlich keinen meiner Schützlinge verlieren.«

»Wichtig ist vor allem, dass so etwas nicht wieder passiert«, sagte Cooper-ffrench schroff.

»Lassen Sie ihn in Ruhe, John«, sagte Haight ungeduldig. »Der Junge hat heute schon genug durchgemacht.«

»Schon gut ...«, murrte Cooper-ffrench. Er ging weg und wischte sich mit einem schmuddeligen Tuch den Schweiß aus dem Nacken.

Als sie an diesem Abend zurück in Torralba waren, wollte James gleich ins Bett gehen. In diesem Augenblick kam Haight mit einer Tasse starkem Tee zu ihm.

»Na, wieder ganz der Alte, James?«

»Ja, Sir«, sagte James. »Mir geht es gut.«

»Eine Tasse Tee?«

»Nein danke, Sir, ich trinke keinen Tee.«

»Kann ich sonst etwas für Sie tun?«

»Nein, mir geht es wirklich gut, Sir. Es ist vorbei. Ich weiß nicht, was über mich gekommen ist. Vielleicht war es, weil Mr Cooper-ffrench so unerwartet aufgetaucht ist. Das hat mich ziemlich erschreckt.«

»Diese Wirkung hat er öfter«, sagte Haight, und beide mussten lachen. »Im Ernst, ich war auch sehr überrascht. Ich hatte nicht die geringste Ahnung, dass er schon eingetroffen war.«

»Aber was macht er hier?«, fragte James.

»Offensichtlich schreiben die Regeln in Eton vor, dass auf solchen Exkursionen mindestens zwei Lehrkräfte anwesend sind. Das wusste ich nicht, ich bin ja noch neu an der Schule und habe nicht sämtliche Bestimmungen im Kopf.«

»Das kann ich gut verstehen«, sagte James.

»Kurz bevor wir losfuhren, teilte er mir mit, dass er uns begleiten wird«, sagte Haight. »Aber er bekam nur noch ein Ticket für eine spätere Überfahrt. Eigentlich bin ich ganz froh, dass er nun hier ist. Ich dachte schon, ich müsste allein auf die Rasselbande aufpassen. Es ist immer gut, wenn man Unterstützung hat. Cooper-ffrench interessiert sich besonders für römische Geschichte, und davon gibt es ja eine ganze Menge hier auf der Insel. Die Sarden sprechen einen italienischen Dialekt, der viel näher am ursprünglichen Latein ist als die restlichen italienischen Dialekte. Haus heißt hier beispielsweise *domus* und nicht *casa* wie im übrigen Italien.«

James überlegte, ob er Haight noch einmal auf die Millennaria ansprechen sollte oder ob er sich damit nur lächerlich machen würde. Er hatte nicht viel in der Hand, und selbst wenn Mr Cooper-ffrench irgendetwas mit der geheimen Gesellschaft zu tun hatte, wen würde das interessieren?
Haight jedenfalls schien nicht sonderlich interessiert zu sein, deshalb beschloss James, von nun an den Mund zu halten. Aber eines wusste er ganz sicher: Es war ein Fehler gewesen, auf diesen Ausflug mitzukommen. Nun war er hier, meilenweit von Eton entfernt, und immer noch mitten zwischen Lehrern und Mitschülern.
Er musste weg von hier.
Daher borgte er sich Notizpapier von Perry und schrieb in aller Eile einen Brief an seinen Vetter Viktor, in dem er anfragte, ob er ihn früher als abgemacht besuchen könne.

Vier Tage später, als sie in der Kleinstadt Abbasanta ankamen, um die *Nuraghe Losa*, einen weiteren verfallenen Steinturm, zu besichtigen, wartete in ihrem Gästehaus bereits ein Antwortschreiben auf James. Er riss den Umschlag auf und las gespannt den Brief, aber er hätte sich keine Sorgen machen müssen: Es war genau die Antwort, die er erhofft hatte.
An diesem Abend lud Haight die Jungen in ein Restaurant zum Essen ein. Alle waren in einer ausgelassenen Ferienstimmung. Haight trank vom starken Wein dieser Gegend, und er hatte sogar den steifen Cooper-ffrench dazu überredet, ein Glas mitzutrinken.
»Ich kann es einfach nicht glauben, dass du von Bord gehst, du treulose Tomate.« Neben James saß Perry, der sich beim Reden den Mund mit Spaghetti vollstopfte.
»Es ist wegen Cooper-ffrench«, sagte James. »Seit neulich in Sant' Antine weicht er mir nicht mehr von der Seite, wie ein übereifri-

ger Wachhund. Ich kann ihn nicht mehr sehen, sein aufgedunsenes rotes Gesicht, sein borstiger kleiner Schnurrbart . . .«
»Die großen dunklen Flecken unter seinen Achseln«, ergänzte Perry.
»Genau«, sagte James.
Er musste immer daran denken, wie der Mann im Hof in Sant' Antine mit mörderischem Blick zu ihm hochgestarrt hatte. Er hatte immer noch das Gefühl, dass Cooper-ffrench ihn irgendwie hypnotisiert hatte, damit er auf den Rand des Turms zuging. Hatte er es deshalb getan, weil James ihn zusammen in Eton mit dem tätowierten Mann gesehen hatte?
Nein. James hatte niemals mit ihm darüber gesprochen.
Aber er hatte mit Mr Merriot darüber gesprochen, und Mr Merriot hatte mit Cooper-ffrench über die Millennaria gesprochen. Und kurz darauf hatte Cooper-ffrench verkündet, er würde ebenfalls mit nach Sardinien fahren wollen.
Nun, aus welchem Grund auch immer er hier war, James würde ihn sehr bald los sein.
»Du kannst mich doch nicht mit diesem fürchterlichen Fitzpaine allein lassen«, beschwerte sich Perry. »Er wird jeden Tag schlimmer. Dieser Kerl ist ein M-Monster.«
»Beachte ihn einfach nicht«, sagte James. »Ich habe gelernt, dass man sich nicht von Jungen herumschubsen lassen darf, die denken, sie sind etwas Besseres.«
»Du hast leicht reden«, sagte Perry. »Du kannst auf dich selbst aufpassen.«
Er hörte auf zu essen und schaute von seinem Teller hoch. »Was denkt denn der gute alte Haight darüber, dass du so einfach abhaust?«
»Er weiß es noch nicht«, sagte James. »Ich warte auf die passende Gelegenheit, um es ihm zu sagen.«
»Jetzt oder nie«, sagte Perry, und bevor James ihn zurückhalten

konnte, schrie Perry über den ganzen Tisch: »Hört mal, James Bond hat die Nase voll. Er lässt uns im Stich.«

Cooper-ffrench merkte auf. »Was soll das heißen?«, fragte er.

»Ich fühle mich noch immer etwas seltsam, Sir«, log James. »Deshalb möchte ich den Ausflug früher beenden. Ich habe einen Vetter im Norden der Insel. Bei ihm werde ich den Rest der Ferien verbringen.«

»Das geht nicht«, sagte Cooper-ffrench. Er sah beunruhigt aus.

»Aber es war abgemacht, dass ich nicht die ganzen drei Wochen hierbleibe«, sagte James.

Ehe Cooper-ffrench darauf antworten konnte, fiel ihm Haight ins Wort. »Genauso ist es«, sagte er.

»Davon habe ich nichts gewusst«, protestierte Cooper-ffrench.

»Das wurde so beschlossen, bevor Sie zu uns gestoßen sind«, erklärte Haight. »Ich habe das vor unserer Abreise mit James' Tante vereinbart.« Haight wandte sich an James. »Aber Sie verlassen uns früher, als ich dachte«, sagte er enttäuscht. »Sie werden eine Menge verpassen.«

»Erzählen Sie von Ihrem Vetter«, mischte sich Cooper-ffrench erneut ein. »Ist er ein ehrenwerter Mann?«

»Er ist Ingenieur«, sagte James, »Zumindest war er es früher. Mittlerweile ist er im Ruhestand. Er ist schon ziemlich alt. Und er malt.«

»Tatsächlich?«, sagte Haight. »Ist er bekannt?«

»Ich glaube nicht. Er malt nur so zum Spaß.«

»Wir schweifen vom Thema ab«, sagte Cooper-ffrench.

»Ach kommen Sie, John«, sagte Haight und lachte. »Ich möchte doch nur etwas mehr über Bonds Vetter erfahren.«

»Sein Haus ist anscheinend mit Bildern vollgestopft«, sagte James. »Er lebt dort zusammen mit einem berühmten italienischen Künstler, Polly irgendetwas . . .«

»Vielleicht Poliponi?«, sagte Haight.

»Ja«, sagte James. »Kennen Sie ihn?«
»Das will ich meinen. Sie sind mir vielleicht einer . . .« Haight klopfte James auf die Schulter. »Sie stecken voller Überraschungen, Bond. Stellen Sie sich vor, Ihr Vetter kennt einen der berühmtesten Künstler der Welt.«
»Ich habe einige Bilder von diesem Poliponi gesehen«, sagte Cooper-ffrench. »Und ehrlich gesagt, ich finde sie abscheulich. Aber wenn es so vereinbart war, dann will ich mich nicht einmischen. Trotzdem gefällt es mir nach wie vor nicht, dass Bond die Klasse so einfach verlässt; dies hier ist schließlich eine Schulveranstaltung.«
»Nun, er könnte ja einen Aufsatz schreiben über das, was er alles erlebt hat«, sagte Haight und lachte.
»Das ist eine hervorragende Idee«, stimmte Cooper-ffrench zu.
»Das sollte eigentlich nur ein Scherz sein«, murmelte Haight.
»Bond«, sagte Cooper-ffrench und ignorierte seinen Kollegen, »ich brauche alle Angaben über diesen Vetter: Name, Anschrift und so weiter. Sobald Sie bei ihm sind, werden Sie mir einen Brief schreiben, damit ich weiß, dass Sie wohlbehalten dort angekommen sind. Dann werden Sie einen Aufsatz mit mindestens tausend Wörtern schreiben, in dem sie uns alles über den dortigen Teil der Insel, die Villa des Vetters und so weiter berichten. Sie können den Aufsatz nach Cagliari schicken. Dann wissen wir, dass sie nicht gefaulenzt haben.«
James und Haight blickten sich an, und Haight zog die Augenbrauen hoch, machte jedoch sofort wieder ein gleichgültiges Gesicht, als Cooper-ffrench ihn anschaute.
James lächelte, froh darüber, einen Verbündeten zu haben.
Er lehnte sich in seinem Stuhl zurück und legte den rechten Knöchel auf seinen linken Oberschenkel, eine Position, die er immer dann einnahm, wenn er sich ganz entspannt fühlte. Bald würde er das alles hinter sich lassen. Dann brauchte er nicht länger über

Cooper-ffrench und dessen mögliche Beziehungen zur Millennaria nachzudenken. Von jetzt ab würde er den Sommer genießen.

James' Vetter Viktor wohnte ganz im Norden von Sardinien, dort, wo die Meerenge von Bonifácio die Insel von Korsika trennt. Die nächstgelegene Stadt war Palau, und die Fahrt dorthin mit Bahn und Bus dauerte fast einen ganzen Tag lang.
Als James Palau erreichte, hatte er dröhnende Kopfschmerzen. Er fühlte sich von der Sonne ausgelaugt und sehnte sich nach einem Bad. Der Staub war überall, auf den Kleidern, auf der Haut, im Mund und in den Ohren. Sogar in seinen Augen schienen Staubkörner zu sein.
Palau bestand aus nicht viel mehr als einer staubigen Straße mit einstöckigen Häusern, die in einem schmuddeligverwaschenen Rosa gestrichen waren. Außerdem gab es ein baufälliges, schmutziges Gasthaus, in dem einige Einheimische Tintenfisch aßen. In der Nähe schliefen zwei alte Männer auf Steinbänken. Hier schien das Ende der Welt zu sein.
Im Schatten eines Baums wartete er über eine Stunde lang. Ihm war, als stünde die Zeit still. Eine Eidechse huschte unter einem Stein hervor über seine Schuhe. Die Männer in dem Gasthaus starrten ihn an. Die beiden alten Bauern schnarchten auf ihren Bänken. Fliegen summten. Die Sonne brannte.
James stützte seinen Kopf in die Hände und atmete tief aus; er spürte, wie sein heißer Atem an seinem Hemd entlangstrich.
Er wartete noch einige Minuten, dann nahm er seinen Koffer und ging bis zum Stadtrand. Er suchte die Straße ab. Nichts war zu sehen. Er wischte sich den Schweiß aus dem Gesicht. Seine Kehle war wie ausgetrocknet. Die Kleider klebten ihm am Körper und scheuerten die Haut auf. Die heiße Luft lastete wie Blei auf ihm.
Da nahm er ein Geräusch wahr, das immer lauter wurde. Das Brummen eines Automotors. James wagte kaum zu hoffen, dass

Viktor kam. Er blinzelte ins grelle Licht; schließlich erkannte er die dunklen Umrisse eines Autos, das den Berg herunterkam.
Er lächelte. Das musste Viktor sein. Das Auto war groß und sah teuer aus. Aber je näher es kam, desto größer wurde James' Enttäuschung. Am Steuer saß ein Junge, ein Einheimischer, mit olivfarbener Haut und dichtem schwarzem Haar. Er war ungefähr sechzehn Jahre alt und trug eine Sonnenbrille, die seine Augen völlig verdeckte.
Das konnte unmöglich Viktor sein; Viktor war mindestens fünfzig und hatte blondes Haar.
Das Auto war ein Hispano-Suiza-Cabrio, lang und mit starkem Motor ausgestattet. Es war dunkelrot, aber so staubbedeckt, dass es fast weiß aussah. Es war ein Wagen der Oberklasse, der in dieser elenden und gottverlassenen Kleinstadt völlig fehl am Platz wirkte. Als das Fahrzeug auf gleicher Höhe mit James war, stoppte es, und der junge Fahrer starrte James verdrossen und gelangweilt an.
James hielt dem Blick stand, ohne mit der Wimper zu zucken, und nach einer Weile wandte der Junge seinen Kopf und spuckte auf die Straße. Dann sagte er etwas in einem breiten italienischen Tonfall.
»Wie bitte?«, fragte James, und der Junge wiederholte das, was er eben gesagt hatte. Und diesmal hörte James seinen Namen heraus.
»James Bond? Ja, das bin ich«, sagte James. »Hat Viktor dich geschickt? Viktor Delacroix?«
Der Junge nickte. Mit einer Kopfbewegung gab er James zu verstehen, dass er sein Gepäck auf den winzigen Rücksitz legen sollte. James warf seinen Koffer hinein.
»Du kommst spät«, sagte er. »Ich warte schon seit über einer Stunde.«
Der Junge zuckte mit den Achseln und stieß die Beifahrertür auf.

James stieg ein. Mit krachendem Getriebe wendete der Junge das Fahrzeug und fuhr den Weg zurück.
»Besser spät als nie«, sagte James und versuchte, das Eis zu brechen.
Der Junge schwieg.
»Tut mir leid«, sagte James gereizt, »aber vielleicht sprichst du ja gar kein Englisch.«
»Ein bisschen«, brummte der Junge.
»Und hast du auch einen Namen? Einen Namen . . .? Wie . . . heißt . . . du?«
»Mauro.«
»Okay, Mauro. Schön, dich kennenzulernen . . . glaube ich jedenfalls.«
Mauro brummte etwas vor sich hin, wandte seinen Blick aber nicht von der Straße. Er steuerte den Wagen mit einer Hand, die andere Hand ließ er lässig an der Seite des Wagens herunterbaumeln.
Sie ließen die Stadt hinter sich und bogen in einen ausgefahrenen Feldweg ab, der an den Klippen entlang nach Osten führte. Die Landschaft hier war wild, mit steil abfallenden, verwitterten honiggelben Granitwänden, die Wind und Wetter abenteuerlich geformt hatten. James hielt nach dem Punkt Ausschau, dem die Gegend ihren Namen verdankte. Zehn Minuten später, in denen er kräftig durchgeschüttelt wurde, sah er hoch oben auf einem Küstenvorsprung einen zerfurchten Felsen. Das musste er sein.
»Ist das der Bärenfelsen?«, schrie er und versuchte, den Lärm des Motors zu übertönen, aber Mauro antwortete nicht. *»Orso«,* sagte James. »Bär.«
»Si«, sagte Mauro, ohne ihn anzusehen. James betrachtete den Felsen und mit etwas Fantasie sah er tatsächlich einen riesigen Bären, der auf allen vieren stand und auf das Meer hinausspähte. Das also war Capo d'Orso, das Kap des Bären.

Mauro steuerte den Hispano-Suiza über einen noch holprigeren Weg, der sich zwischen Felsen, Gestein und der armseligen Vegetation den Berghang hinunter in Richtung Meer schlängelte. Das Auto schwankte heftig, und James wurde in seinem Sitz hin und her geschleudert. Er fragte sich allmählich, ob sie jemals ankommen würden, aber Mauro war diesen Weg anscheinend schon oft gefahren, und er schien nicht im Mindesten besorgt zu sein, obwohl er, wie James auffiel, das Lenkrad nun mit beiden Händen festhielt.

Als sie endlich ihr Ziel erreichten, hatte James das Gefühl, sie wären viele Stunden gefahren. Er war steif, hatte blaue Flecken und war von einer Staubkruste überzogen. Sein Nacken brannte.

Mauro parkte im Schatten einiger Schirmfichten, stellte den Motor ab und stieg aus. Dann schnappte er James' Koffer und verschwand wortlos. James schüttelte den Kopf und folgte ihm eine Treppe hinunter, die in den Felsen gehauen war. Nach einer Biegung erreichten sie ein großes, offenes Tor, das an eine niedrige weiße Mauer grenzte. James konnte kaum etwas von dem Haus erkennen, das sich zwischen die Felsen schmiegte. Aber er konnte immerhin so viel sehen, dass das Haus keinen gewöhnlichen Grundriss hatte und so wirkte, als wäre es ganz natürlich aus der Umgebung herausgewachsen.

Hinter dem Tor führte ein langer, gewundener Weg in das Innere der Villa.

Sie gelangten in einen überraschend großen Raum mit einem geschwungenen Dach und Fenstern, die vom Boden bis zur Decke reichten und hinaus auf die Terrasse führten.

Der Raum war weder rechteckig noch rund; wie das restliche Gebäude sah er wie ein lebender Organismus aus, hier und da waren kleine, versteckte Ecken und Durchgänge in allen erdenklichen Formen und Größen in der Wand, einige führten nach draußen, einige in andere Räume des Hauses.

War schon der Raum selbst ungewöhnlich, so war seine Einrichtung mehr als das. Er war voller Gemälde und Statuen und seltsamen Gebilden. Die Bilder waren aufwühlend und albtraumartig. Ein riesiges Gemälde nahm fast eine ganze Wandfläche ein – es zeigte einen Kraken, der in der Luft schwebte und in seinen Tentakeln nackte Frauen, ein Tier, das aussah wie eine unbehaarte Kuh, und ein Auto, das aus Fleisch und Blut zu sein schien, zermalmte. Dann gab es eine Bronzestatue, die nur die untere Hälfte eines Mannes darstellte, der Hosen trug, daneben eine ausgestopfte Giraffe, deren Hals durch ein Loch in der Zimmerdecke ragte. Ein anderes Bild zeigte eine Frau ohne Gesicht, die ein Kruzifix in einen menschengroßen Käfer stieß. In dem größten Aquarium, das James jemals gesehen hatte, schwammen exotische Fische zwischen aufgestapelten Tierschädeln.
James bemerkte, dass er Mauro aus den Augen verloren hatte. Dieser war mit seinem Koffer in einem der Korridore verschwunden.
Er betrat auf gut Glück einen der Gänge, der in einen kleinen Innenhof mündete. Dort posierte ein halb nackter junger Mann mit kahl geschorenem Kopf vor einem Spiegel. Im ersten Moment überlegte James, ob es sich um einen Menschen oder nur um ein weiteres Kunstobjekt handelte. Doch dann bewegte sich der Mann. Er nahm eine Eisenstange, an deren Enden Gewichte befestigt waren. Er blickte James wortlos an und hob die Stange über seinen Kopf, sodass seine kräftigen Muskeln deutlich hervortraten.
»Entschuldigung«, murmelte James und zog sich zurück. Er wusste nicht, welchen Weg er wählen sollte; entmutigt kehrte er auf die Terrasse zurück.
Der Ausblick, der sich ihm bot, war überwältigend. Hinter den glatten Granitfelsen, die mit Feigenkakteen bewachsen waren,

erblickte er im gleißenden Licht das türkisfarbene Meer und einige nahe gelegene Inseln.

»Hallo«, sagte eine sanfte Stimme. James fuhr herum. Vor ihm stand ein Mann in einem langen, weiten marokkanischen Gewand. An den Füßen trug er spitz zulaufende goldfarbene Schuhe. Er war klein und schmächtig. Seine Haut war von einem tiefen Nussbraun, und er hatte einen geschwungenen Schnurrbart und einen spitzen Kinnbart. Das ölige Haar war so frisiert, als habe er auf jeder Seite seines Kopfs Hörner; er sah aus wie der Teufel persönlich.

Das war nicht sein Vetter Viktor.

La Casa Polipo

Der Mann musterte James aufmerksam aus glänzenden braunen Augen.

»James Bond ...?«, fragte er mit einem harten italienischen Akzent.

»Ja«, sagte James.

Der Mann kam auf ihn zu, fixierte ihn mit starrem Blick und schaute ihm tief in die Augen.

»James Bond. Ein typisch englischer Name. Ein langweiliger Name. Ein dummer, nichtssagender Name. Ein Name wie ein Stein. Aber du«, sagte er, »du versteckst dich hinter deinem Namen. Du bist nicht langweilig. Du bist interessant.« Er hielt kurz inne, ehe er schnell hinzufügte: »Denk dir eine Zahl, James Bond.«

»Verzeihung, aber ich verstehe nicht ...«

»Schließ die Augen und denk an nichts anderes«, forderte der kleine Mann ihn auf. »Nur eine Zahl. Nicht höher als zehn. Sag mir nicht, welche Zahl es ist. Behalte sie in deinem Gedächtnis, ganz tief in deinem Gedächtnis. Das ist *deine* Zahl. Hast du sie?«

»Ja«, sagte James.

»Ich kenne die Zahl«, sagte der Mann und riss dabei die Augen auf.

»Okay«, sagte James. »Wie heißt sie?«

»Es ist die Sieben.«

James lächelte. »Das stimmt. Wie haben Sie das erraten?«

»Ich habe nicht geraten ... Ich kenne dich. Die Sieben ist deine Zahl. Sie wird in deinem Leben eine bedeutende Rolle spielen.

Sieben ist eine Glückszahl. Es gibt sieben Todsünden, sieben Weltwunder, sieben Erzengel ...«

»Sieben Zwerge«, sagte James.

»Was?«

»Im Märchen. *Schneewittchen und die sieben Zwerge*. Oder die Buslinie sieben. In Kent, wo ich wohne.«

»Ah ...« Der Mann dachte eine Weile nach, während er James mit seinem unangenehm stechenden Blick musterte. Schließlich sagte er: »Du faszinierst mich, James Bond. Du trägst das Zeichen des Todes.«

»Wie bitte?«

»Ich kann es sehen. Die Sieben ist auch die Zahl des Todes. Ich sehe dich, ich sehe die Zahl Sieben und ich sehe das Zeichen des Todes. Der Tod wird dich dein ganzes Leben lang begleiten.«

»Wenn Sie das sagen.« James lächelte höflich und überlegte, wie er von diesem merkwürdigen kleinen Mann wegkommen könnte.

»Ja, genau das sage ich«, murmelte der Mann. »Aber da ist noch etwas ... Der Tod ist dir auf den Fersen. Jemand versucht, dich umzubringen. Er will deinen Tod. Ich sehe einen Turm. Ich sehe ...«

»Hör auf damit, Poliponi!«

Der Ruf kam aus dem Haus. James drehte sich um und sah seinen Vetter Viktor herbeieilen. Auch er trug einen marokkanischen Kaftan, der irgendwie unpassend wirkte, dazu hatte er einen alten Strohhut aufgesetzt. Er rauchte eine lange gelbe Zigarette und war beinahe ebenso braun wie dieser teuflische Künstler. Das lange blonde Haar, in das sich graue Strähnen mischten, hatte er im Nacken zu einem Pferdeschwanz zusammengebunden.

»Willkommen, James!«, rief er und umarmte ihn stürmisch. »Entschuldige. Es tut mir leid, dass ich dich nicht selbst in Palau abho-

len konnte.« Viktor sprach ein tadelloses Englisch, in dem nur ein leichter Schweizer Akzent anklang. »Ich bin sicher, Mauro hat sich gut um dich gekümmert.«
»Ja«, sagte James. »Er hat sich ein bisschen verspätet, aber das spielt keine Rolle.«
»Wir hatten Schwierigkeiten mit dem Auto. Es ist nicht für solche Straßenverhältnisse gebaut. Ich muss mir unbedingt ein anderes Auto anschaffen oder wieder zu Lasteseln zurückkehren!« Er lächelte. »Gefällt dir dein Zimmer?«
»Ich weiß es nicht«, sagte James. »Ich habe Mauro aus den Augen verloren. Er schien schlechte Laune zu haben.«
»Mauro ist immer schlecht gelaunt«, sagte Viktor. »So ist er eben. Er ist ein Bandit aus der Barbagia.«
Noch bevor James Viktor fragen konnte, was er damit meinte, wurde er von seinem Vetter an einen langen Holztisch geführt, der im Schatten unter einem Weinstock stand. »Komm«, sagte er, »trink etwas.«
Viktor füllte aus einer Karaffe eisgekühlten Fruchtcocktail in zwei Gläser. »Mach dir keine Gedanken wegen Poliponi«, sagte er und gab James ein Glas. »Er tut gerne geheimnisvoll, aber das ist nur Schauspielerei. Er muss sein Image pflegen, das des bedeutenden Surrealisten. Er ist der Maler der Träume. Der Kenner der geheimsten Phantasien. Vermutlich hat er bereits seinen Nummerntrick an dir ausprobiert.«
»Ja«, sagte James.
»Sieben«, sagte Viktor.
James musste grinsen. »Woher weißt du das?«
»Er sagt immer sieben. Die meisten Menschen denken an die Sieben, wenn man sie auffordert, an eine Zahl zwischen eins und zehn zu denken. Wenn sie eine andere Zahl sagen, dann veranstaltet er irgendeinen Hokuspokus.«
Beide lachten, und James nahm einen tiefen Schluck von dem

kühlen Getränk. Er konnte es immer noch nicht glauben, dass er nun hier war.
»Er hat dieses Haus für mich entworfen«, sagte Viktor. »La Casa Polipo. Und an der Wand, das sind seine Gemälde. Er ist wahrscheinlich ein Genie, aber das werde ich ihm natürlich niemals sagen. Das würde ihm noch mehr zu Kopf steigen. So. Wir haben zu deiner Ankunft ein Fest vorbereitet, aber vorher möchtest du vielleicht in dein Zimmer gehen und dich frisch machen und ausruhen. Oder vielleicht hast du Lust, hinunter an den Strand zu gehen, um zu schwimmen?«
»Dann lieber schwimmen«, sagte James. »Ich habe den ganzen Tag aufs Meer geschaut und konnte nicht hineinspringen. Das hat mich fast wahnsinnig gemacht.«
Genau in diesem Augenblick erschien Mauro, nur mit einer Badehose bekleidet; er hatte ein Handtuch bei sich. Viktor überschüttete ihn mit einem Wortschwall auf Italienisch, und James sah, wie der Junge die Augen verdrehte.
»Gut«, sagte Viktor. »Mauro wird dir dein Zimmer zeigen. Du kannst deine Badesachen holen, und dann wird er dich an den Strand begleiten.«
James wäre lieber allein gegangen. Der mürrische italienische Junge konnte ihn ganz offensichtlich nicht leiden, aber er wollte sich von niemandem die Ferien verderben lassen.

Währenddessen herrschte zwanzig Meilen weiter südlich, in Terranova, dem Haupthafen Sardiniens, geschäftiges Treiben. Fischerboote entluden ihren Fang, und Fischgeruch hing in der Luft. Männer mit Handwagen liefen durcheinander und schrien. Überall standen große Salzsäcke, die auf die Schiffe verladen werden mussten. Aus Sardinien kam der Großteil des Salzes, das in Italien verbraucht wurde. Es wurde in den Salzseen gewonnen, die über die ganze Insel verstreut waren.

Zoltan, der Madjar, stand am Kai und überwachte das Entladen einiger großer Holzkisten aus seinem Schiff, der *Charon*. Er trug einen breitkrempigen Hut, sein verletzter Arm hing in einer Schlinge; dort, wo Blut und Eiter aus der verwundeten Schulter austraten, war sie mit gelben und braunen Flecken durchtränkt. Er schlug gereizt nach den Fliegen, die ihn scharenweise umschwirrten, und hustete.

Die Entzündung hatte bereits seinen Rachen erreicht und griff nun die Lungen an. Er hatte das Gefühl, als flösse Säure durch seine Adern, und das juckende, schleichende Fieber brannte hinter seinem Trommelfell.

Nachts, wenn er im Bett lag und nicht schlafen konnte, würde er sich am liebsten die ganze Seite seines Gesichts aufreißen und die entzündeten Gefäße aus seinem Kopf zerren.

Er hatte keine Lust, hier draußen zu stehen, wo nirgendwo Schatten war, aber seine Fracht war zu kostbar, als dass er sie jemand anderem hätte anvertrauen können.

Er fluchte, als ihn etwas in den Nacken biss, und schließlich verlor er jegliche Geduld mit den herumschwirrenden Fliegen. Er schrie und wedelte wie ein Wilder mit seinem gesunden Arm herum.

Zwei Besatzungsmitglieder an Deck hielten in ihrer Arbeit inne und starrten ihn an. Wollte er ihnen ein Zeichen geben?

»Was gibt's da zu glotzen, ihr faulen Dummköpfe?«, brüllte Zoltan. »Macht weiter! Ich will keinen Augenblick länger als nötig hier draußen bleiben.«

Jemand rief und durch die flimmernde, aufgeheizte Luft sah Zoltan eine lächelnde Gestalt an der Kaimauer näher kommen. An den roten Haaren und dem vernarbten Gesicht erkannte er den Mann sofort.

Er ging auf ihn zu, und die beiden Männer schüttelten sich die Hand. »In dieser Hitze solltest du einen Hut aufsetzen«, sagte

Zoltan. »Damit deine weiße schottische Haut keinen Sonnenbrand bekommt.«
»Ich weiß«, sagte der Lächler und wischte sich mit der Hand, auf der ein großes rotes M tätowiert war, den Schweiß von der Stirn. »Aber ich kann Hüte nicht leiden.«
Wegen der langen, nach oben gezogenen Narben auf beiden Wangen, denen der Lächler seinen Namen verdankte, wusste Zoltan nie, ob der Mann wirklich lächelte oder nicht. Aber er kannte ihn lange genug, um zu wissen, dass er nicht lachte.
»Du kommst spät«, sagte der Lächler.
»Wir sind in einen Sturm geraten«, antwortete Zoltan. »Deshalb haben wir Tunis mit Verspätung erreicht. Sonst alles in Ordnung?«
»Könnte nicht besser sein«, sagte der Lächler. Er zog eine selbst gedrehte türkische Zigarette hervor und zündete sie an. Zoltan nahm dessen Hand und betrachtete die Tätowierung.
»Das ist neu«, bemerkte er.
»Ja«, sagte der Lächler.
»Du solltest etwas vorsichtiger sein«, riet Zoltan. »Nicht alle mögen die Millennaria.«
»Ach«, erwiderte der Lächler. »Mit diesem Gesicht lassen mich alle in Ruhe.«
»Und wo sind die Lastwagen?«, fragte Zoltan. »Ich möchte nicht, dass die Sachen länger als unbedingt nötig hier auf der Kaimauer liegen.«
Der Lächler schaute zur Seite und schnalzte mit der Zunge. »Ach ja«, sagte er. »Die Lastwagen ... Wir hatten ein kleines Problem.«
»Was für ein Problem?«, fragte Zoltan. »Sind die Fahrzeuge nun hier oder nicht?«
»Noch nicht.«
Zoltan fluchte. »Du hast gesagt, es könnte nicht besser sein. Darunter verstehe ich aber etwas anderes.«

»Es ist schwierig, die Sachen von hier wegzuschaffen«, sagte der Lächler. »Die Lastwagen sind auf dem Weg, mach dir keine Sorgen. In der Zwischenzeit habe ich ein Lagerhaus für dich organisiert, in dem du alles unterbringen kannst.«

»Wie lange wird es dauern?«

»Ein paar Tage.«

»Ein paar Tage? Das ist zu lange«, sagte Zoltan.

»So ist das eben auf Sardinien«, erwiderte der Lächler achselzuckend.

In diesem Moment sprang ein Seil von dem Kran, an dem eine der Kisten hing, und ein Besatzungsmitglied stieß einen Warnruf aus, weil das Transportnetz ungesichert über dem Wasser baumelte.

Zoltan fluchte laut. Er beschimpfte seine Leute, doch schließlich bekamen sie die Kiste wieder unter Kontrolle und setzten sie vorsichtig auf der Kaimauer ab.

Der Lächler sah schweigend zu. Hatte ihn das belustigt? Schwer zu sagen.

Einen Picasso kann man nicht essen

Viktors Tisch war mit den sonderbarsten Speisen gedeckt, die James jemals gesehen hatte.
Da war eine nackte Frau aus Lebensmitteln – ihr Körper war aus Käse, ihre Haut aus Schinken, ihr Haar bestand aus Salat und ihre Lippen aus Kirschen. Auch gab es eine Schüssel mit Nudeln, die mit dem Farbstoff von Tintenfischen dunkelblau gefärbt waren, einen Brotlaib, der wie ein Auto aussah, zwei ausgestopfte Katzen als Dekoration und eine lebende Eidechse, die langsam über den Tisch krabbelte. Ferner gab es grellrote Hummer und stachlige Krabben mit dünnen Beinchen. Auf einem Tablett lagen winzige Fische, die noch Kopf und Schwanz hatten, und ausgenommene Seeigel mit kleinen orangefarbenen Sternen. Es gab essbare Blumen, Gemüse, das wie Blumen aussah, die Früchte von einem stacheligen Feigenkaktus, eine Schale mit grüner Marmelade, in der Spielzeugsoldaten steckten, und in der Mitte des Ganzen, auf einem glänzenden Silbertablett, ein Krake mit purpurfarbenen Tentakeln.
»Willkommen, James«, sagte Viktor, als sie sich zu Tisch gesetzt hatten. »Das ist ein surrealistisches Fest, das der große Poliponi höchstpersönlich arrangiert hat.«
»Essen als Kunst und Kunst als Essen«, sagte der Künstler und zwirbelte die spitzen Enden seines schwarzen Haars. »Man kann einen Rembrandt nicht essen«, sagte er, »und auch keinen Picasso. Man kann nicht von einer Michelangelo-Statue satt werden. Aber heute Abend wirst du einen echten Poliponi essen.« Er

brach ein Stück Brot ab und stopfte es in den Mund. »Und ganz im Geiste des Surrealismus werden wir das Essen mit der Nachspeise beginnen und mit der Suppe beenden.«
Er nahm einen Löffel voll Marmelade und klatschte sie auf James' Teller.
»Bitte, halten Sie mich nicht für ungebildet«, sagte James und fischte einen Soldaten mit seinem Löffel heraus. »Aber was genau ist Surrealismus?«
»Es ist die wichtigste Kunstrichtung des ganzen Jahrhunderts«, erklärte Poliponi. »Ab jetzt ist der Realismus tot. Warum sollte ich eine Vase mit Blumen oder einen Sonnenuntergang malen wollen? Wenn du ein Bild von der realen Welt haben willst, dann fotografiere sie. Meine Kunst übersteigt die Realität. Ich male die Welt der Träume, der Ängste, der Sehnsüchte, alles, was in deinem Kopf vorgeht. Die Absicht meiner Kunst ist es, das Bewusstsein zu befreien und das Unbewusste darzustellen. Zu zeigen, dass die Welt, in der wir leben, absurd ist!«
Zugegeben, dass Essen sah absurd aus, aber es schmeckte ausgezeichnet. Viktor zeigte James, wie man einen Hummer knackt, um an das saftige Fleisch in Scheren und Schwanz zu gelangen. Und nachdem James erst einmal seinen Ekel überwunden hatte, fand er auch die kleinen Fische knusprig und sehr wohlschmeckend. Er entdeckte, dass die orangefarbenen Sterne in den Seeigeln deren Eier waren. Er schälte sie mit einem Löffel heraus und probierte sie. Sie waren grobkörnig und schmeckten nach Salzwasser, aber nicht unangenehm. Das Einzige, was ihm Schwierigkeiten bereitete, war der Krake. Poliponi legte drei Tentakelstücke auf James' Teller und drängte ihn, davon zu kosten.
»Das ist *polipo*«, sagte er liebevoll. »Die Nahrung der Götter!«
»Polipo?«, fragte James.
»Ja«, sagte Viktor. »Wusstest du das nicht? *Polipo* ist das italieni-

sche Wort für Krake. Signor Poliponi nennt sich nach diesem Tier.«

»Der Krake ist das beste Beispiel für den Surrealismus«, sagte Poliponi. »Was könnte weniger menschlich und zugleich absurder sein als ein Krake?«

James steckte ein Stück des Tentakels in den Mund und kaute ... und kaute. Es war das zäheste, gummiartigste Etwas, das er jemals versucht hatte zu essen, aber er schaffte es.

»Dann ist dieses Haus«, sagte er, nachdem er den letzten Bissen mit einem Glas Wasser hinuntergespült hatte, »*La Casa Polipo*, das Haus des Kraken?«

»Aber selbstverständlich«, sagte Poliponi. »Das bedeutendste Haus auf der Welt.«

»Du hast es noch nicht ganz gesehen«, sagte Viktor. »Um das Haus wirklich würdigen zu können, musst du es von oben betrachten. Morgen früh steigen wir auf den Berg, und ich werde es dir zeigen. Jetzt musst du aber ein Glas Wein mit uns trinken.«

»Nein, vielen Dank. Ich glaube, ich lasse das besser.«

»Unsinn. Du musst lernen, wie man trinkt. Damit du weißt, wie man nicht betrunken wird. Es gibt wenige Anblicke auf der Welt, die trostloser sind als ein betrunkener Mann. Du musst deine Grenzen kennen und wissen, wann du anfängst und wann du aufhören musst. Ich werde dir nur einen ganz kleinen Schluck einschenken, und du kannst, wenn du willst, Wasser dazutun. Komm schon, das ist ein Cannonau, ein Wein aus Oliena, hier ganz in der Nähe.«

Er schenkte James ein Glas blutroten Wein ein, und James trank einen Schluck.

Mauro und die Köchin Isabella, eine laute und lustige Frau, trugen nach jedem Gang das Geschirr ab. Viktor hatte drei Bedienstete, die alle auch in der Villa wohnten. Neben Mauro und Isabella war da noch Horst, der muskulöse junge Mann, den James im

Innenhof beim Gewichtheben beobachtet hatte. Er kümmerte sich um den Garten und erledigte Gelegenheitsarbeiten, die auf dem Grundstück anfielen, aber die meiste Zeit verbrachte er damit, zu trainieren und sich selbst im Spiegel zu betrachten.
Mauros verdrießliche Art hatte sich nicht geändert. Als er James' Gedeck wegtrug, warf er ihm einen missbilligenden Blick zu, als wollte er sagen: Was suchst du eigentlich hier?
Viktor sagte etwas auf Italienisch zu Mauro, woraufhin der Junge durch den Raum schlurfte und auf einem alten Kurbel-Grammofon eine Jazz-Platte auflegte.
»Was gäbe ich darum, ein Instrument spielen zu können«, sagte Viktor und dirigierte mit dem Weinglas in der Hand. »Das bedauere ich am meisten: Ich liebe Musik, aber ich habe mein ganzes Leben mit Stahl und Beton verbracht. Hier in der Casa Polipo haben uns schon viele Musiker besucht. Im Frühjahr war Cole Porter aus Amerika da, und im letzten Sommer hat Noël Coward aus England ein Wochenende hier verbracht. Er hat uns auf dem Klavier vorgespielt. Was für ein geistreicher Mann. Ich glaube, ich bin nicht zum Ingenieur geboren, James, aber bis wir merken, dass wir nur einmal leben, ist es meist schon zu spät.«
»Man lebt nur ein Mal«, sagte Poliponi, »doch in den Träumen kann man tausendmal leben.«

Am Morgen erwachte James in seinem kleinen hellen Zimmer; er hatte noch immer seine Kleider an und war mit Moskitostichen übersät. Er wusste, dass er besser nicht daran kratzen sollte, aber er konnte nicht anders. Mit den Fingernägeln fuhr er sich über die Haut, aber nach einem kurzen Gefühl der Linderung kehrte der Juckreiz umso stärker zurück. Schnell holte er ein Röhrchen mit Chinin-Tabletten aus seinem Waschbeutel und nahm eine davon. Am Abend zuvor hatte er vergessen, eine Tab-

lette zu nehmen, und wenn sie auch nicht gegen Moskitostiche half, dann beugte sie zumindest der Malaria vor.
James war sehr spät zu Bett gegangen, erschöpft von der Reise und vom Festmahl, das bis spät in die Nacht gedauert hatte. Er hatte sich auf sein Eisenbett geworfen, ohne sich auszuziehen und ohne das Moskitonetz aufzuspannen, das über dem Bett hing.
So sorglos würde er nie wieder sein. Überall an den Armen und Knöcheln waren hässliche rote Schwellungen, sogar in seinem Ohr und auf seiner Kopfhaut fand er Stiche.
Er suchte das Zimmer nach den sechsbeinigen Quälgeistern ab. Nach einiger Zeit fand er tatsächlich einen. An der Wand, nahe bei der Tür, saß ein großes, fettes, scheußliches Exemplar, zu vollgesogen und faul, um wegzufliegen. Er nahm einen Schuh und schlug mit aller Kraft zu. Das Insekt hinterließ einen großen Blutfleck auf der makellos weißen Wand.
Der Blutfleck war direkt neben einem Gemälde. Es war keines von Poliponis grotesken Bildern, vielmehr ein einfaches Aquarell, das eine Ansicht von Sardinien zeigte und mit *Delacroix* signiert war. Das hatte also Viktor gemalt.
Daneben hingen zwei Ansichten von Venedig, die alt und wertvoll aussahen.
»Das sind Canalettos«, sagte eine Stimme, und James wandte sich zu Viktor um, der im Türrahmen stand. »Sie sind wunderschön, findest du nicht auch? Ich habe für einen Prinzen gearbeitet, dessen Palazzo in der Lagune zu versinken drohte. Mir ist es gelungen, den Palazzo abzustützen und das Gebäude auf diese Weise zu retten. Er hatte kein Geld, um mich zu bezahlen, dafür hat er mir diese beiden Bilder geschenkt. Komm jetzt, wir müssen uns sputen, ehe es zu heiß wird.«
Nach einem kurzen Frühstück machte sich James, dessen Moskitostiche immer noch fürchterlich juckten, mit seinem Vetter auf,

um den Bärenfelsen zu erklimmen. Der Pfad wand sich steil nach oben, schlängelte sich zwischen riesigen Felsbrocken und dem für die Länder des Mittelmeers so typischen stachligen Gestrüpp aus Wacholder, Immergrün und Rosmarin hindurch. Eidechsen sonnten sich auf den Steinen und huschten davon, wenn die beiden sich näherten.

Nach vierzig Minuten hatten sie den Gipfel erreicht, von dem aus man einen überwältigenden Blick auf diesen Teil der Insel hatte. Der Felsen selbst türmte sich über ihnen auf wie ein bizarres Monument aus dem Altertum. James war beeindruckt, wie der Wind Höhlen und Bögen in den Stein gefräst hatte. Tatsächlich blies der Wind hier oben besonders heftig, und James hatte das Gefühl, jeden Moment weggeweht zu werden.

»Das ist der Mistral«, rief Viktor. »Der Nordwind. Er weht hier ständig. Für Segler ist dieser Teil des Mittelmeers das reinste Paradies. Magst du den Wind, James? Ich liebe den Wind. Er ist so sauber und rein. Man spürt die Kraft der Natur, wenn er weht, und er erinnert uns daran, wie unbedeutend wir eigentlich sind.«

James nickte, er wusste nicht so recht, was er darauf erwidern sollte. Zum einen hatte er darüber noch nie nachgedacht und zum anderen war ihm, ehrlich gesagt, etwas mulmig zumute. Er hatte noch nie zuvor einen so starken Wind erlebt, es war, als zerrte ein riesiges unsichtbares Tier an ihm.

Er fühlte sich auf einmal sehr unsicher. Die Höhe machte ihm zu schaffen. Früher hatte er sich nie vor der Höhe gefürchtet, aber das hatte sich seit dem Vorfall auf dem Turm der Nuraghen geändert. Jetzt war er zittrig, und ihm war flau im Magen. Nur mit Mühe konnte er sich beherrschen. Das sah ihm eigentlich nicht ähnlich.

Er balancierte über den kahlen Felsvorsprung, auf dem sie standen, zurück in den Schutz der großen Gesteinsbrocken. Viktor folgte ihm. Hier war es ruhiger, und allmählich wich auch das Schwindelgefühl.

»Ist alles in Ordnung mit dir?«, fragte Viktor.

»Ja«, sagte James. »Nur einen kleinen Moment noch.«

Er holte tief Luft und ermahnte sich, nicht so töricht zu sein. Damit würde er schon fertig werden.

Er zwang sich, zu dem Felsvorsprung zurückzugehen, und schaute hinunter.

Er wollte nicht springen, natürlich nicht. Er wusste, wenn er vorsichtig war, bestand keinerlei Gefahr.

Sein Pulsschlag beruhigte sich.

Er schluckte.

Irgendetwas war damals in dem Turm mit ihm passiert. Etwas, das er nicht verstand. Es hatte ihm den Boden unter den Füßen weggezogen. Jetzt musste er seine Angst überwinden.

»Geht es dir besser?«, fragte Viktor, während er zu ihm kam.

»Ja«, sagte James. »Alles bestens.«

Viktor zeigte hinunter, dorthin, wo Meer und Strand sich trafen.

»Was sagst du nun?«, fragte er.

Zum ersten Mal sah James die Villa in ihrer vollen Größe. Sie hatte die Form eines großen weißen Kraken. Das Wohnzimmer in der Mitte war der Körper und die verschiedenen Gänge, die von dort abzweigten, bildeten die acht Tentakel.

»Es gefällt mir«, sagte James. »Ich finde, alle Häuser sollten so aussehen.«

»Poliponi wollte, dass ich es rot anstreiche«, sagte Viktor mit einem Lachen. »Wir haben so verbissen um die Farbe gekämpft wie zwei Hunde um die Wurst, aber schließlich habe ich gewonnen. Es ist schließlich *mein* Geld, mit dem das alles bezahlt wurde. Weiß ist besser, denn es hält die Hitze ab. Hier kann es sehr heiß werden. Ich weiß nicht, was sich euer englischer Schulmeister dabei gedacht hat, um diese Jahreszeit eine Exkursion zu den nuraghischen Türmen zu machen. Die Hälfte seiner Schüler wird einen Hitzschlag bekommen. Weshalb kommt er nicht im Frühjahr oder im Herbst, wenn alle vernünftigen Leute die Insel besuchen?«

»Keine Ahnung«, sagte James.

»So«, sagte Viktor, als sie sich wieder auf den Rückweg machten, »soll ich Mauro fragen, ob er dich heute Nachmittag zum Segeln mitnimmt?«

»Ich glaube, er mag mich nicht«, sagte James.

»Oh, das ist so seine Art«, sagte Viktor. »Er passt gut auf mich auf, und er ist sehr misstrauisch gegenüber anderen, selbst wenn sie zur Familie gehören. Und im Innersten seines Herzens ist er natürlich immer noch ein Bandit.«

»Warum sagst du das?«

»Er stammt aus den Bergen des Supramonte«, sagte Viktor. »Aus der Region Barbagia.«

»Ach ja«, sagte James. »Ich habe von den Dorfbewohnern gehört, die sich oben in den Bergen verstecken, um sich vor Angriffen vom Meer her zu schützen.«

»Das ist richtig«, sagte Viktor. »Du hast ja gesehen, wie schön die Insel ist, und an der Küste ist es am allerschönsten. Doch die Küste ist größtenteils unbewohnt. Die Menschen hier sind keine Seeleute; die echten Sarden leben im Landesinneren. Es sind wilde, zähe Leute dort oben. Und es gibt immer noch genug Dörfer mit Banditen, die ständig kämpfen. Mauros Vater wurde bei einer Fehde mit einer anderen Familie getötet.«

»Tatsächlich?«

»Ja«, sagte Viktor. »Als Mauro alt genug war, ging er von zu Hause weg und suchte sich Arbeit, sodass er etwas Geld an seine Mutter und seine Schwester schicken konnte. Ich habe ihn ein wenig gebändigt. Ich habe versucht, ihn zu erziehen und ihm ein wenig

Lesen und Schreiben beigebracht, aber in seinem Herzen wird er immer ein Bandit bleiben. Ich hoffe, ihr beide werdet Freunde, denn es ist nicht gut, ihn zum Feind zu haben. Eigentlich ist Horst dafür da, mich und die Villa zu beschützen. Er ist ein großer junger Mann, ein Muskelpaket, aber wenn es zum Kampf kommt, hätte ich lieber Mauro an meiner Seite.«

Als sie zur Villa zurückkamen, stießen sie auf Horst, der im Freien trainierte. Er trug nur eine Badehose, und sein Körper glänzte ölig. Horst posierte ein paar Mal, sodass seine Muskeln hervortraten, dann nahm er ein Handtuch, das über einer Statue hing, die James vorher noch gar nicht wahrgenommen hatte.

Sie war alt und beschädigt, aber sie stellte unverkennbar einen Mann dar, der ein Schwert in den Nacken eines Stiers stieß, genau wie auf dem Bild, das James in dem alten Haus in Eton gesehen hatte.

»Was ist das für eine Statue?«, fragte er.

»Sie ist römisch«, erklärte Viktor. »Sie wurde ausgegraben, als wir die Villa bauten. Vielleicht hat früher hier ein römisches Landhaus gestanden, aber wir wissen es nicht genau.«

»Wer ist der Mann?«, fragte James und fuhr mit der Hand vorsichtig über den gelben Stein.

»Das ist kein Mensch, das ist ein Gott. Das ist Mithras.«

»Mithras? War das ein römischer Gott?«, fragte James.

»In den letzten Tagen der römischen Republik wurden die Römer von Piraten bedroht«, erklärte Viktor. »Sie kaperten Schiffe und erpressten Lösegeld für die wohlhabenden Männer und Frauen, die sich auf den Schiffen befanden. Sie machten es wie die Römer und organisierten sich. Sie verbanden sich zu einer Untergrundbewegung, die Furcht und Schrecken im ganzen Mittelmeer verbreitete. Sie hatten Könige und ihre Anhänger nannten sich Soldaten, aber sie arbeiteten im Verborgenen, und wie alle Geheimgesellschaften hatten sie auch geheime Rituale. Sie beteten Mithras an, der ursprünglich ein persischer Gott gewesen war. Um Anhänger dieses Kults zu werden, musste man Schmerzen ertragen können und Stierblut trinken.«

»Was ist dann mit ihnen passiert?«, fragte James.

»Ihr Reich ist untergegangen«, erzählte Viktor, »aber nicht ihr Gott. Allmählich wurde er zu einem römischen Gott, zum obersten römischen Gott, bevor sich das Christentum durchsetzte. Poliponi liebt ihn sehr, vor allem, weil wir die Statue hier gefunden haben. Er betrachtet das als ein Zeichen. Komm mit, ich werde dir etwas zeigen.«

Viktor führte James ins Haus und den tentakelförmigen Korridor entlang bis zu einem kleinen Zimmer mit einem Fenster an der Decke. An der Wand hing ein Bild in einem ovalen Rahmen. Es war von Poliponi und zeigte einen Mann, der ähnlich aussah wie die Statue. Er schlüpfte aus einem riesengroßen Ei und hielt ein Schwert und eine flammende Fackel in den Händen. Rings um das Bild herum waren die zwölf Tierkreiszeichen abgebildet.

»Das ist die Geburt des Mithras«, sagte Viktor. »Er entsteigt gerade dem kosmischen Ei. Danach musste er viele Abenteuer bestehen, bevor er den urzeitlichen Stier erschlug und dessen Lebenskraft den Menschen brachte. Dort, wo sein Blut auf den Boden tropfte, spross nur Gutes hervor – Pflanzen und Kräuter, Weinstöcke und Tiere. Er wird auch mit den Sternen und der Astrologie in Beziehung gebracht. Mithras ist das Lieblingsthema von Poliponi, der alles Magische und Geheimnisvolle liebt und alles glaubt, was in Horoskopen steht.«

»Wird Mithras heute immer noch angebetet?«, fragte James.

»Oh, wo immer es Geheimgesellschaften gibt, gibt es auch ihre kleinen Rituale«, sagte Viktor.

»Mich würde interessieren«, sagte James, »ob du jemals von der Millennaria gehört hast?«

Viktor schaute James verärgert an, und zum ersten Mal, seit

James bei ihm war, geriet die unerschütterliche Selbstbeherrschung, die sein Cousin nach außen hin zeigte, ins Wanken.

»Hör mir zu, James«, sagte er. »Sprich nicht über Dinge, von denen du nichts verstehst. Ich bin nach Sardinien gekommen, um hier meinen Lebensabend zu verbringen, um in der Sonne zu sitzen und zu malen. Ich möchte mit der Welt der Menschen, ihren kleinlichen Kriegen und ihrem eitlen Machtstreben nichts mehr zu tun haben.«

»Es tut mir leid«, sagte James.

»Nein, *ich* muss mich entschuldigen«, sagte Viktor und blickte weniger streng. »Ich wollte nicht unbeherrscht sein, aber es gibt Gerüchte, dass die Millennaria hier auf der Insel ist, und ich möchte mir über diese Dinge nicht den Kopf zerbrechen. Im Leben sollte es nur Freude geben, nicht Krieg. Jetzt komm, ich muss dir etwas zeigen.«

Graf Ugo Carnifex

Das ist das Allerneuste. Ich habe sie in Cannes bestellt, direkt beim Erfinder, einem amerikanischen Flieger namens Guy Gilpatric.«

»Was ist das?«, fragte James.

Viktor gab James etwas, das aussah wie eine Fliegerbrille. »Damit kann man unter Wasser sehen«, sagte er. »Es funktioniert erstaunlich gut.«

James betrachtete die Brille. Sie hatte Linsen aus Glas, die außen mit Gummi abgedichtet waren.

»Behalte sie«, sagte Viktor, als James die Brille zurückgeben wollte. »Sie gehört dir. Und hier, das ist eine Röhre zum Atmen, damit kannst du länger unter Wasser bleiben. Das Ding nennt sich Schnorchel, wie in einem U-Boot. Und um das Ganze komplett zu machen, habe ich noch das hier . . .« Er zog zwei überdimensionale Schuhe hervor, die wie die Füße eines Froschs aussahen. »Schwimmflossen«, erklärte er. »Die zieht man sich über die Füße, damit kannst du wie ein Haifisch durchs Wasser flitzen. Probier mal, ob sie passen.«

»Funktioniert das tatsächlich?«, fragte James und zwängte seine nackten Füße in die Gummiflossen.

»Aber natürlich«, sagte Viktor. »Ich habe in Cannes gesehen, wie man sie benutzt. Sie wurden von einem Franzosen, Louis de Corlieu, erfunden. Ich bin von allem Neuen und Modernen begeistert. Du musst sie ausprobieren. Geh zum Strand hinunter, und sag Hallo zu den Fischen.«

James hatte in der Zwischenzeit die Flossen angezogen, die Taucherbrille aufgesetzt und sich den Schnorchel in den Mund gesteckt. Viktor musste bei seinem Anblick lachen. Plötzlich ließ ein spitzer Schrei James herumfahren. Poliponi stand in der Tür und hielt sich die Hand vor den Mund.
»Ich muss dich unbedingt so malen«, sagte er. »Du siehst ganz und gar nicht wie ein Mensch aus. Bist du ein Froschmensch? Es ist exquisit. Exquisit!«

Zwanzig Minuten später stand James knietief in dem sauberen kristallklaren Wasser des Mittelmeers. Er hatte schon die Schwimmflossen angelegt und einen Clip auf der Nase, damit kein Wasser eindrang, und nun biss er mit den Zähnen auf den harten Gummi des Schnorchelmundstücks und stülpte die Brille über die Augen. Er fühlte sich seltsam eingesperrt. Die Brille schränkte sein Sichtfeld ein, und er musste sich eine Zeit lang auf seine Atmung konzentrieren, um nicht zu hyperventilieren. Als er sich etwas entspannt hatte, watete er weiter hinaus und tauchte sein Gesicht versuchsweise unter Wasser. Das Bild war so klar, dass ihm vor Überraschung der Atem stockte. Es war, als schaute man durch ein Fenster in eine völlig andere Welt. Eben hatte er sich noch in einer hellen Welt voll grellem Sonnenlicht und knallbunten Farben befunden, jetzt war er in einer stillen, nassen Welt aus beweglichen Schatten und dämmrigen Gelb- und Grüntönen. Bisher war das Bild dieser Unterwasserwelt unklar, verschwommen gewesen, aber nun war er mitten drin und konnte deutlich einen Schwarm winziger silbriger Fische erkennen, der um seine Füße schwamm.
James legte sich flach hin und paddelte ein bisschen mit den Flossen. Sie katapultierten ihn geräuschlos durch das Wasser, und staunend machte er neue Entdeckungen.
Er schwebte über einen kahlen Sandstreifen hinweg in einen

Wald aus Seegras. Ein Schwarm gestreifter Brassen mit schwarz gemustertem Schwanz stob auseinander, als er näher kam, und verstreute sich kurz in alle Richtungen, bevor er wieder zusammenfand. Es gab auch größere Fische, braune Adlerfische und eine große Seenadel, lang und dünn wie ein Stück Seetang. Er tauchte tiefer, bis er dicht über dem Seegras war. Unter sich sah er jetzt eine fremdartige Landschaft aus Fächermuscheln, Neptungras und schleimigen schwarzen Meeresschnecken, die beim Kriechen tiefe Furchen im Sand hinterließen. Er schwamm auf einen großen Felsen zu, der wie ein Berg aufragte und dessen Spitze über der Wasseroberfläche lag. Seesterne und Seeigel klebten daran und Seeanemonen, deren zartrosa Fangarme im Wasser schwebten. Ein stachliger Spinnenkrebs mit langen, schlaksigen Beinen krabbelte herum auf der Suche nach Nahrung.

James schaute in eine Spalte und zwei große dunkle Augen starrten zurück. Er lachte. Als er weiter auf den Felsen zuschwamm, fiel der Meeresboden plötzlich steil ab. Und auf einmal schwamm er mitten im endlosen blauen Meer. Um ihn herum wimmelten Schwärme von Fischen: rote Barben und wunderschöne kleine Lippfische mit gelb gestreiftem Körper und hellblauem Kopf.

James ließ sich treiben und beobachtete die Fische, bis er sich entschloss, weiter hinaus zu schwimmen und zu erkunden, ob es dort noch größere Lebewesen gab. Er schwamm weiter und fühlte sich ganz klein in dieser großen blauen Leere. Bald hatte er jegliches Gefühl für Zeit und Raum verloren, und erst das dumpfe Dröhnen eines Motors holte ihn wieder in die Gegenwart zurück.

Er vermutete, dass das Geräusch von einem Fischerboot kam, und bei diesem Gedanken wurde ihm klar, dass er hier draußen im offenen Meer womöglich in Gefahr war. Er reckte seinen Kopf kurz aus dem Wasser, sah aber nichts. Erstaunt registrierte er, wie weit er schon geschwommen war, denn der Strand schien meilenweit entfernt zu sein. Er musste sich auf den Rückweg machen. Plötzlich fühlte er sich unterkühlt und müde. Während er sich im Wasser treiben ließ, um Kräfte zu sammeln, wurde das Motorengeräusch immer lauter. Etwas kam genau auf ihn zu. Aber die Taucherbrille war angelaufen, und James war so gut wie blind.

Wo war es? Wo war das Boot?

Das Geräusch steigerte sich zu einem ohrenbetäubenden Brüllen und aus dem Nichts tauchte ein riesiger Schatten auf, der ihn verschluckte. In Panik tauchte James ab, und er konnte beobachten, wie der Rumpf eines Boots nur Zentimeter über ihm durchs Wasser pflügte. Das Boot verursachte eine Riesenwelle, Luftbläschen tanzten um ihn herum. Er spürte ein Dröhnen und einen dumpfen Schlag, und sein Körper wurde von der Druckwelle erfasst. Er taumelte in die Tiefe, wusste nicht, wo oben oder unten war, er war gefangen im Strudel des aufgewühlten Meers. Er schluckte Wasser und schlug wild um sich. Endlich beruhigte sich die See, und James fand seinen Weg nach oben, der Sonne und der frischen Luft entgegen.

Dort ließ er sich treiben, würgte und spuckte, und fragte sich, was zum Teufel passiert war.

Er nahm die Taucherbrille ab und starrte auf ein großes weißes Sikorsky-Wasserflugzeug, das in einem langen und eleganten Bogen durch die Wellen glitt. Was er für einen Bootskörper gehalten hatte, war ein großer Schwimmkörper, der mit einem komplizierten Gewirr von Streben unter den Tragflächen angebracht war. Die vier Propeller liefen im Leerlauf. Dann kam das Flugzeug auf einer Düne zum Stehen.

Eine zweiflügelige Tür öffnete sich am Bug, und James sah, wie ein Mann in einer militärischen Uniform ein kleines Schlauchboot zu Wasser ließ.

James schwamm näher, aber das Schlauchboot hatte sich bereits in Bewegung gesetzt, ehe er nahe genug war, deshalb folgte er ihm auf dem langen, ermüdenden Weg zum Strand. Er war zu weit entfernt, als dass er die Insassen hätte erkennen können, aber er konnte die Umrisse eines Mannes und einer Frau ausmachen, die im Heck saßen.

Unterhalb der Casa Polipo befand sich ein kleiner, natürlicher Hafen. Das Schlauchboot hielt darauf zu; die Mannschaft machte fest, und die Passagiere stiegen die Stufen zum Haus hoch.

James wurde neugierig. Wer war so bedeutend, dass er Viktor in einem eigenen Wasserflugzeug und mit einer eigenen Militäreskorte besuchen kam?

Er schwamm zum Strand zurück, holte sein Handtuch und folgte der Gesellschaft bis hoch zur Villa.

Viktor kam ihm auf der Terrasse entgegen; er wirkte belustigt und irritiert zugleich.

»Wir haben Besuch«, sagte er zu James, der, in sein Badetuch gehüllt, tropfend auf den Steinfliesen stand.

»Ich weiß«, sagte James. »Ich habe das Flugboot gesehen. Diese Leute hätten mich beinahe überfahren. Wer ist das?«

»Seine Exzellenz, Graf Ugo Carnifex«, sagte Viktor mit einem leicht spöttischen Ton. »Und seine Schwester, Gräfin Jana Carnifex.«

»Klingt bedeutend«, sagte James. »Was macht er?«

»Er stammt aus der Gegend. Carnifex ist ein einflussreicher Bergwerksunternehmer. Er besitzt einen Palazzo oben in den Bergen.«

»Und was macht er hier?«

»Anscheinend will er nur seinen gesellschaftlichen Verpflichtungen nachkommen und uns einen Besuch abstatten. Ich wollte gerade Mauro suchen, er soll uns ein paar Drinks servieren. Hast du ihn irgendwo gesehen?«

»Leider nein«, sagte James.
»Macht nichts«, sagte Viktor. »Komm herein und begrüß den Mann. Ich denke, er wird dich interessieren.«
James ging ins Haus. Er brauchte einige Augenblicke, bis sich seine Augen an die Dunkelheit gewöhnt hatten. Das Erste, was er sah, waren zwei uniformierte Leibwächter. Sie standen unbeholfen neben der ausgestopften Giraffe, und ihre tiefbraunen Gesichter, ihre schläfrigen Augen und die großen schwarzen Schnurrbärte wiesen sie als Einheimische aus. James kannte die Uniform nicht. Das waren keine Polizisten. Vielleicht, überlegte er, gehörten sie zu irgendeiner Einheit der sardischen Armee. Die Uniformen waren zweifellos extravagant. Hosen und Jacken waren purpurfarben, dazu scharlachrote und goldene Tressen. Die Mützen, die tief in die Stirn gezogen waren, hatten flache Schirme, um die Augen zu beschatten. Beide Männer hatten Pistolen, die in einem schwarzen Holster an ihrer Hüfte hingen. Die Stiefel an ihren Füßen waren hochglanzpoliert.
Einer der Wächter bemerkte James und musterte ihn von Kopf bis Fuß, bevor er sich desinteressiert abwandte.
»Wie gefällt dir ihre Uniform?«, fragte eine Stimme, die aus dem Halbdunkel hinter ihm kam. »Ich habe sie selbst entworfen.«
Ein sehr groß gewachsener Mann kam auf James zu. Als er ins Licht trat, erkannte James ihn zu seiner größten Verblüffung sofort wieder.
Es war der geisterhafte weißhäutige Mann, den er auf dem Bild im Keller in Eton gesehen hatte. Sogar den Arm hielt er wie auf dem Gemälde.
James versuchte, sich nichts anmerken zu lassen, als er die Hand schüttelte, die der Mann ihm entgegenstreckte.
»Graf Ugo«, sagte Viktor, »darf ich Ihnen meinen Neffen aus England vorstellen, James Bond.«
»Carnifex ist sehr erfreut, dich kennenzulernen, James«, sagte

Ugo und entblößte dabei einen silbernen Zahn. Das musste der Grund dafür sein, dass er leicht lispelte.
Er trug ein blütenweißes sardisches Bauerngewand, aber das war auch die einzige Ähnlichkeit mit einem Bauern. Seine Finger waren mit silbernen Ringen geschmückt, um seinen Hals hingen Silberketten, und er trug kleine silberne Ohrringe. Seine Haut war, anders als die seiner Leibwächter, weiß wie Milch und so blass, dass James die blauen Venen durchschimmern sah. Sogar seine kurz geschnittenen Haare waren genauso weiß wie alles andere an ihm.
»Bring den Jungen zu mir«, ertönte eine Stimme im Hintergrund.
James drehte sich um und sah eine Frau, die in einem Lehnsessel thronte.
Ugo ging zu ihr, küsste ihre Hand und wandte sich dann wieder James zu.
»James, darf ich dir meine Schwester vorstellen, Gräfin Jana Carnifex.«
»Ich bin entzückt, dich kennenzulernen«, sagte sie gedehnt. Ihre Stimme klang sanft wie das Schnurren einer Katze.
So blass ihr Bruder war, so gebräunt war Jana. Aber während Ugos Haut glatt war und schimmerte, war Janas Haut trocken und schlaff. Ugo wirkte so, als hätte er sein ganzes Leben damit verbracht, der Sonne aus dem Weg zu gehen, während Jana aussah, als hätte sie keinen Moment lang im Schatten verbracht. Ihr braun gebranntes, faltiges Gesicht war pfannkuchendick mit Make-up überdeckt. Sie hatte korallenroten Lippenstift aufgelegt, und die Lider ihrer mit Kohlestift nachgezogenen Augen waren blau. Die Frisur war kunstvoll toupiert und mit silbernen Ketten durchflochten. Ihr schwarzes, glänzendes Haar war so perfekt frisiert, dass James nicht daran zweifelte, dass es eine Perücke war.
Jana war in gold-rosa Satin gehüllt und mit so viel Schmuck be-

hängt, wie James es noch nie an einer einzigen Person gesehen hatte. Riesige Ohrringe baumelten von ihren langen Ohrläppchen herunter wie kleine Kronleuchter. Bernstein-, Gold- und Diamantringe glitzerten an ihren klauenartigen Fingern; um ihren dürren Hals hingen Gold- und Perlenketten, und sie trug eine riesige silberne Brosche, die mit Jade besetzt war. Sogar ihre Zehennägel, die aus goldfarbenen Sandalen hervorschauten, waren mit Diamanten verziert.

»Komm her, Junge«, gurrte Jana und deutete mit dem Finger, dessen lackierter Nagel gekrümmt war, auf ihn. »Küss meine Hand.«

Zögernd trat James vor. Als er sich hinunterbeugte und ihre Hand ergriff, roch er ihr Parfüm, das sich wie eine unheilvolle Wolke um sie herum ausbreitete und Hustenreiz hervorrief. Sie blickte ihn lüstern an und befeuchtete ihre rosa geschminkten Lippen mit der Zungenspitze.

»Du hast ein hübsches Gesicht«, sagte sie und starrte ihm unverwandt in die Augen.

James wusste nicht, was er darauf sagen sollte. Nur mit seinen Badesachen bekleidet, fühlte er sich unwohl, aber er konnte sich nicht davonstehlen. Jana hielt ihn fest in ihren Klauen und lächelte ihn besitzergreifend an.

»Du wirst vielen Mädchen das Herz brechen«, sagte sie, »aber du hast einen grausamen Zug um den Mund.«

Während sie das sagte, fuhr sie ihm mit ihren trockenen Fingern über die Lippen, und er wich zurück.

»Ich glaube, ich sollte besser gehen und mir etwas anziehen«, murmelte James und ergriff die Flucht. Janas kehliges Lachen verfolgte ihn bis auf den Korridor hinaus.

Als er einige Minuten später in Bermuda-Shorts und einem kurzärmeligen Hemd zurückkam, servierte Mauro Getränke. Er schaute wie immer mürrisch drein.

Ugo war in ein Gespräch mit Viktor vertieft.

»Sie müssen unbedingt kommen, Signor Delacroix«, sagte er gerade. »Mein Palazzo ist ein Wunderwerk. Als Ingenieur werden Sie das, was ich geschaffen habe, zu würdigen wissen.«

»Wie es scheint, haben Sie Erkundigungen eingeholt«, sagte Viktor.

»Ich stelle sicher, dass ich jederzeit gut informiert bin«, erwiderte der Graf lächelnd und ließ dabei seinen silbernen Zahn sehen. »Aber es ist nicht nur mein Palazzo. Ich habe einen großartigen Damm gebaut und ein Aquädukt, wie man es seit den Tagen der alten Römer nicht mehr gesehen hat.«

»Das ist tatsächlich eine Leistung«, sagte Viktor.

»Ja«, lispelte der Graf, »in der Tat. Der Damm versorgt mich mit allem, was ich brauche, mit Wasser und mit Elektrizität. Ich bin völlig unabhängig.«

»Und das Aquädukt?«, fragte Viktor.

»Das versorgt mich natürlich mit Wasser«, sagte Ugo. »Ich werde es Ihnen erklären. Mein Damm wurde zwischen zwei Bergen errichtet, quer durch eine ausgedehnte Schlucht. Mein Palazzo wurde in die Wand des einen Berges hineingebaut, die technischen Vorrichtungen hingegen befinden sich auf der anderen Seite der Schlucht. Das Wasser strömt vom Damm hinunter durch die Turbinen und über das Aquädukt zu meinem Palazzo.«

»Und weshalb pumpen Sie das Wasser nicht direkt vom Damm aus über Rohrleitungen in Ihr Haus?«, fragte Viktor stirnrunzelnd.

»Das wäre keine Kunst«, sagte Ugo verächtlich. »Mein Aquädukt ist ein Monument, das man meilenweit sieht. Sie denken nur wie ein Ingenieur, Signor Delacroix. Auch ich bin Ingenieur, aber ich bin ebenso Soldat, Poet und Visionär. Ja, ich habe eine Vision, Viktor.«

»Das ist offensichtlich«, sagte Viktor und James nahm einen spöttischen Unterton wahr, der Graf Ugo glücklicherweise entging.

»Ah, James«, sagte Viktor, der James erst jetzt bemerkt hatte, »Graf Ugo hat uns alle großzügigerweise zu einem großen Fest in seinen Palazzo eingeladen.«

»Die Bauarbeiten wurden nach vielen Jahren eben erst abgeschlossen«, sagte Ugo. »Sie werden zu den ersten Besuchern gehören. Dieses Fest wird der ganzen Welt verkünden, dass Graf Ugo Carnifex sein Ziel erreicht hat . . .«

Er verstummte und hielt sich die Hand vor den Mund. Empört starrte er auf etwas am Boden.

»Ist alles in Ordnung, Graf?«, fragte Viktor besorgt.

Ugo schüttelte heftig den Kopf, und James folgte seinem Blick. Auf den Marmorfliesen war ein kleiner nasser, sandiger Fußabdruck, den er hinterlassen hatte, als er vom Strand gekommen war.

»Es tut mir leid«, sagte Ugo, »aber ich kann Unordnung und Schmutz nicht ausstehen. Die Insel ist schmutzig. Die Menschen sind schmutzig. Oben in den Bergen kann ich ihnen aus dem Weg gehen. Wenigstens mein eigenes Haus soll sauber sein. Schmutz ist eine Sünde.«

Viktor winkte Mauro herbei, der sich widerstrebend hinkniete und den Sand mit einem Tuch wegwischte. Ugo beobachtete ihn mit angewidertem Gesichtsausdruck.

»Möchten Sie nicht zum Dinner bleiben?«, fragte Viktor und versuchte, die Stimmung etwas aufzulockern. »Es ist schon spät, und Sie haben einen langen Rückweg.«

»Das ist sehr freundlich von Ihnen«, antwortete Ugo. »Meine Schwester und ich nehmen die Einladung gerne an, Signor Delacroix.«

Ugos Stimme bereitete James Übelkeit. Der Mann redete ununterbrochen, und er sprach nur von einem – von sich selbst. Während der Mahlzeit langweilte er die Anwesenden mit seinen Ansichten über Philosophie, Religion und Politik und redete davon, wie faul und unzuverlässig die Einheimischen wären.

Nun war er beim Thema Geld angekommen, genauer gesagt – bei seinem eigenen, vielen Geld.

»Silber«, sagte er, als Viktor höflich nickte. »Mit Silber habe ich mein Vermögen gemacht. Im Berg, unter meinem Palazzo, ist eine Silbermine. Ich hatte früher andere Minen hier auf der Insel – Blei, Zink, Kohle –, aber sie waren unrentabel. Ich habe sie alle verkauft und bin in die Gennargentu-Berge gegangen. Ich hatte einen guten Riecher.« Er tippte sich auf die Nase. »Ich kann Silber riechen. Jeder erklärte mich für verrückt. Aber ich habe nicht darauf gehört. Ich habe Löcher in den Berg gesprengt. Kein Silber. Ich habe tiefer gebohrt. Noch immer kein Silber . . . Aber dann, eines Tages wurde ich fündig. Silber! Ich habe sie alle Lügen gestraft.«

Er lachte, dann hielt er inne, um seinen Mund mit einer blütenweißen Serviette abzuwischen. Danach warf er sie sofort zu Boden, als handelte es sich um ein widerwärtiges totes Insekt.

Sie saßen zu fünft am Tisch: Viktor und Poliponi, Ugo und Jana, die ihr Essen kaum anrührte, und James.

James vermisste die entspannte und ungezwungene Atmosphäre, die früher in der Villa beim Essen geherrscht hatte. Viktor hatte heute Abend keine Mühen gescheut, und der Tisch war mit funkelndem Silberbesteck, edlem Porzellan und einer schneeweißen Leinentischdecke gedeckt.

»Ich habe dem Berg das Herz herausgerissen«, fuhr Ugo fort. »Und mit den Steinen, die ich aus dem Berg gefördert habe, habe ich meinen Palazzo erbaut.« Er wandte sich an Poliponi und sagte schnell etwas auf Italienisch. Der Künstler lächelte und schaute beeindruckt.

»Ich habe Signor Poliponi gerade erzählt, wie viele Kunstwerke ich in meinem Palazzo habe«, sagte Ugo. »Ich liebe Kunst. Ich bin ein sehr kultivierter Mensch. Ich liebe Kunst und Architektur und Musik. Ich möchte mich mit schönen Dingen umgeben. Kaiser Napoleon hat Kunstwerke aus ganz Europa gestohlen, einschließlich vieler italienischer, die zu den bedeutendsten gehören, die die Welt je gesehen hat. So wie er fülle auch ich mein Haus mit Kunst.«

»Napoleon war ein bedeutender Mann«, sagte Poliponi. »Ein starker Führer. Er wusste, dass das Wichtigste der Ruhm ist. Das Wichtigste für die Unsterblichkeit.«

»So ist es«, sagte Ugo. »Der menschliche Körper ist vergänglich und verfault ebenso wie alles andere. Im Tod sind wir alle gleich. Wir sind bald vergessen, solange wir nicht etwas unerhört Gutes oder unerhört Schlechtes tun – was, ist eigentlich egal. Aber man muss es mit Stil tun.«

»Verstehe ich Sie recht?«, fragte Poliponi. »Wenn man *einen* Menschen tötet, dann ist man einfach ein gemeiner Mörder, aber wenn man Millionen Menschen tötet, dann ist man ein bedeutender Feldherr, an den man sich bis in alle Ewigkeiten erinnert, so wie an den Hunnenführer Attila oder Julius Caesar?«

»Ja«, sagte Ugo. »Das Wort Caesar bedeutet so viel wie glorreicher Herrscher. Sowohl das russische Wort Zar als auch das deutsche Wort Kaiser leiten sich von Caesar ab. Die Römer haben das größte Reich errichtet, das die Welt jemals gesehen hat. Sie haben Europa die Zivilisation gebracht. Ihre Errungenschaften waren unglaublich, sie waren viel fortgeschrittener als irgendjemand sonst zu dieser Zeit. Sie haben die übrige Welt weit hinter sich gelassen. Nun, ich hoffe, die Welt wird sich wieder an all das erinnern. Mein Damm ist erst der Anfang.«

Ugo hatte sich so ereifert, dass er mit den Armen fuchtelte und genau in dem Augenblick an Mauros Arm stieß, als dieser ihn bedienen wollte. Rote Soße spritzte über sein makellos weißes Gewand.

Ugo sprang vom Tisch auf, rieb wie verrückt an dem Fleck und stieß mit hoher, sich überschlagender Stimme einen Wortschwall in Sardisch aus, der an Mauro gerichtet war. Schließlich stürmte er schreiend auf die Terrasse, gefolgt von seinen aufgeschreckten Wachleuten.
»Es sieht so aus, als wäre das Essen beendet«, sagte Jana und legte Messer und Gabel weg. »Wir müssen nun leider gehen. Vielen Dank für Ihre Gastfreundschaft.«
Sie stand auf, und auch Viktor erhob sich.
»Er wird sich doch sicherlich wieder fassen, Madam, oder?«, fragte er. »Es ist ja nichts Schlimmes passiert.«
»Einmal hat ein Mädchen, das ihn bediente, seine Kleidung mit Wein bespritzt«, sagte Jana. »Ugo hat sie von seinem Damm geworfen.«
Sie lachte trocken und folgte ihrem Bruder hinaus in die Nacht.

»Was für ein Mann!«, rief Poliponi aus, als sie gegangen waren. »Er ist wie ein wahnsinniger Gott!«
»Oh, bitte, sei still!«, sagte Viktor. »Er ist ein Langweiler. Ich glaube nicht, dass wir zu seinem Fest gehen werden.«
»Aber ich bestehe darauf«, sagte Poliponi. »Wir müssen gehen. Ich bin so gespannt auf seinen Palazzo und den Damm und das Aquädukt.«
»Ich würde gerne die Berge sehen«, sagte James. »Nach allem, was ich schon darüber gehört habe.«
»Mag sein«, sagte Viktor. »Aber wir werden nicht gehen. Es kursieren Gerüchte über Ugo Carnifex.«
»Was für Gerüchte?«, fragte James.
»Das möchte ich nicht vertiefen. Wir werden jedenfalls nicht gehen.«
»Du bist wie ein altes Weib, Viktor«, sagte Poliponi. »Du fürchtest dich vor Schatten und Gespenstern.« Er goss sich Wein nach.

»Ugo tut nur gerne geheimnisvoll. Er hat nicht oft Besucher, wir sollten uns geehrt fühlen. Ich liebe Feste«, wandte er sich an James. »Sie sind so lustig. Dort gibt es Musik, Tanz, Ringkämpfe. Ich liebe Ringkämpfe. Sie sind so männlich.«

»Carnifex ist ein Gauner«, sagte Viktor. »Und wir werden nicht gehen.«

»Oh, viele Leute in diesem Teil der Insel sind Gauner; es ist ein Gaunerland«, sagte Poliponi. »Aber Carnifex ist anders. Er ist ein starker Mann. Ein moderner Augustus. Er könnte dieses Land wieder bedeutend machen, so wie Mussolini es vorhat.«

»Mussolini ist ein Clown«, sagte Viktor. »Sie alle sind Clowns. Warum können sie uns nicht einfach in Ruhe lassen und damit aufhören, die Welt zu verändern?«

»Die Welt muss verändert werden«, sagte Poliponi. »Sie ist langweilig. Ich bestehe darauf, dass wir gehen, Viktor, oder ich bin beleidigt.«

Viktor stand auf. »Ich werde darüber nachdenken«, sagte er und ging hinaus.

»Keine Sorge, James«, sagte Poliponi mit einem listigen Augenzwinkern. »Wir werden gehen.«

In der Ferne hörte James das Motorendröhnen des Sikorsky-Flugboots und sah dessen Lichter, wie sie immer höher in den Himmel stiegen.

Rapunzel, Rapunzel, lass dein Haar herunter

Amy saß am Fenster und schaute in die Landschaft hinaus, die ihr inzwischen so vertraut war. Die Sonne ging langsam unter, und das Licht wurde schwächer, aber immer noch konnte Amy weit unter sich das trockene Tal erkennen mit den Stoppelfeldern, die wie gelbe Flicken aussahen, und auf der anderen Seite den zerklüfteten grauen Berg vor dem dunkler werdenden Himmel. An seinen tiefer gelegenen Hängen wuchsen Bäume, die aus der Ferne wie winzige grüne Wattebällchen aussahen.
Unter anderen Umständen hätte sie diesen Ausblick genossen, gar romantisch gefunden, aber nun fand sie ihn öde und trostlos. Denn sie war in diesem Raum gefangen.
Quer über dem Fenster war eine massive Eisenstange angebracht, doch selbst wenn diese nicht gewesen wäre, hätte Amy nicht gewagt hinauszuklettern. Unter ihrem Fenster gähnte ein mehrere Hundert Fuß tiefer Abgrund.
Verglichen mit den anderen Gefängnissen, in denen man sie festgehalten hatte, war dieses wenigstens bequem, sicherlich besser als der enge Verschlag auf der *Charon*. Das Zimmer war nett möbliert, es gab einen Frisiertisch, einen Stuhl, ein bequemes Bett, und auf dem Fußboden lag ein Teppich.
Aber dennoch war sie eine Gefangene.
Als sie schließlich auf Sardinien angekommen waren, hatte sich Amy an den Tagesablauf an Bord der *Charon* gewöhnt. Doch kaum waren sie an Land gegangen, hatte sich alles geändert, und zwar zum Schlechten.

Wann war das gewesen? Sie versuchte, sich zu erinnern. War das wirklich erst eine gute Woche her? So viel war in der Zwischenzeit passiert.
Die ersten Tage hatten sie und Grace in einem dunklen Hotel an einer abgelegenen Straße von Terranova verbracht. Die feuchte Hitze quälte sie. Zoltan wartete unterdessen auf seine Transporter. Sie durften das Zimmer nicht verlassen. Einer von Zoltans Leuten wachte rund um die Uhr draußen vor der Tür.
Zuerst verbrachten sie ihre Zeit damit, Karten zu spielen, Französisch zu üben und gegen die Stechmücken zu kämpfen, aber Grace wurde allmählich immer deprimierter, bis sie schließlich nur noch in der Ecke saß, ihre Knie umklammerte und schluchzte. Schließlich hatte Amy genug davon gehabt und war auf Grace losgegangen. Sie hatte ihr gesagt, sie müssten stark sein und einander stützen. Selbstmitleid würde nicht weiterhelfen.
Das hatte Grace anscheinend wachgerüttelt. Sie trocknete die Tränen, wusch ihr Gesicht, machte sich in dem kleinen Zimmer zu schaffen, räumte auf und putzte und versuchte, so etwas wie Normalität in ihren Alltag zu bringen. Dann, eines Abends, war Zoltan hereingekommen und hatte ihnen mitgeteilt, dass sie am nächsten Morgen aufbrechen würden.
»Wohin bringen Sie uns?«, fragte Amy höhnisch. »Auf den Markt? Um uns zu verkaufen?«
»Nein«, sagte Zoltan.
»Ich habe Ihnen schon gesagt, dass mein Großvater das Lösegeld niemals bezahlen wird«, sagte Amy.
»Er *wird* bezahlen«, entgegnete Zoltan. »Aber es braucht noch etwas Zeit.«
»Und was ist mit mir?«, heulte Grace. »Meine Familie ist nicht wohlhabend. Sie *kann* kein Lösegeld für mich bezahlen.«
»Sei still, Grace«, sagte Amy mitfühlend. »Es wird alles gut. Sie werden uns nicht wie Vieh verkaufen.«

»Ich habe euch etwas zum Anziehen mitgebracht«, sagte Zoltan und warf einige Pakete auf das Bett. »Ich möchte, dass ihr morgen früh sauber und nett angezogen seid. Hier drin ist alles, was ihr braucht, sogar . . .«, er machte eine Pause und wurde ein bisschen rot, »andere Kleider. Für darunter.«

»Ich will sie nicht«, lehnte Amy ab. »Ich will überhaupt nichts von Ihnen.«

»Du ziehst deine schmutzigen Sachen aus und das hier an«, befahl Zoltan verärgert. Er riss eins der Pakete auf und zog ein gelbes Rüschenkleid hervor. »Aber zuerst wirst du dich waschen. Da ist Seife. Nimm sie. Du stinkst.«

»Ich werde dieses Kleid nicht anziehen«, sagte Amy. »Es ist hässlich.«

»Etwas Besseres konnte ich hier in Terranova nicht auftreiben.«

»Das ist mir egal. Ich werde es nicht anziehen.«

Zoltan packte Amy und zerrte sie vor den Spiegel. »Schau dich an!«, knurrte er. »Du trägst schon seit Wochen dieselben Kleider.«

Amy erkannte die Person im Spiegel kaum wieder. Ihr Gesicht war blass und schmutzig, ihr Haar war unordentlich und zerzaust, und die Kleidung, die sie von einem Matrosen bekommen hatte, war grau und zerlumpt.

»Wir gehen in das Haus eines wohlhabenden Mannes, der Schmutz hasst«, sagte Zoltan. »Ich werde ihm einige meiner Schätze verkaufen, und ich möchte alles vermeiden, was ihn verärgern könnte.«

»Und ich bin einer von Ihren Schätzen?«, fragte Amy.

»Ja«, sagte Zoltan. »Mein größter Schatz. Aber ich werde dich nicht an ihn verkaufen. Das Beste behalte ich für mich.«

Letztlich war Amy zu müde, um zu streiten. Am nächsten Morgen musste sie sich in dem schlecht sitzenden gelben Kleid zusammen mit Grace auf die Ladefläche eines mit einer Plane bespannten Militärlastwagens setzen. Er gehörte zu einem kleinen

Konvoi aus zwei anderen Lastwagen und einem offenen Fahrzeug. Langsam fuhren sie aus Terranova hinaus und folgten der Küstenstraße nach Süden. Sie kamen nur im Schneckentempo vorwärts und mussten häufig anhalten, da immer wieder eines der Fahrzeuge liegen blieb.
Zoltan ritt auf einem großen weißen Pferd neben ihnen her, ihm zur Seite sein samoanischer Leutnant, der auf einem noch größeren Pferd saß. Zoltan trug seinen verletzten Arm in einer Schlinge. Er schien sich darüber zu ärgern, dass sie so langsam vorankamen , häufig verlor er die Geduld und schrie seine Leute an. Neben der Schiffsbesatzung hatten sich ihm einige Einheimische angeschlossen: verwegen aussehende Banditen, die hohe schwarze Hüte trugen. Amy war aufgefallen, dass die Männer sie und Grace neugierig anstarrten und sich offenbar fragten, wer sie waren.
Der Wagen war mit Kisten beladen, und um sich die Zeit zu vertreiben, versuchte Amy, eine dieser Kisten zu öffnen, indem sie die Nägel mit einem Besteckmesser lockerte, das sie im Hotel gestohlen hatte. Ein paar Stunden später hatte sie es geschafft, und sie konnte den Deckel hochstemmen und in die Kiste hineinschauen.
Sie fand darin mehrere Ölgemälde und eine römisch aussehende Marmorbüste.
Gerade als sie Grace den Inhalt der Kiste zeigte, bemerkte Amy, dass der Wagen ruckelte. Sie wandte den Kopf und sah, wie einer der Einheimischen über die Laderampe kletterte.
Er hielt eine Weinflasche umklammert und schien betrunken zu sein. »*Buon giorno!*«, sagte er und verbeugte sich schwankend vor ihnen.
Er lächelte Grace zu. »*Come si chiama?*«, fragte er, und Grace zuckte mit den Schultern.
»Was will er?«, fragte sie zu Amy gewandt.

»Ich weiß es nicht«, antwortete Amy. »Vielleicht will er wissen, wie du heißt.«
»Ich bin Grace Wainwright aus England«, sagte Grace. »Und ich bin gegen meinen Willen hier.«
Der Mann lachte und äffte ihre dünne, ängstliche Stimme nach, dann klopfte er sich an die Brust. *»Mi chiamo Salvatore«,* sagte er und bot ihnen von dem Wein an. Dabei stürzte er fast, als der Lastwagen um eine Kurve bog.
»Nein, danke«, sagte Grace und stieß die Flasche beiseite.
Wieder lachte Salvatore und äffte sie nach.
»Bitte«, sagte Grace. »Bitte, gehen Sie weg.«
Plötzlich bremste der Wagen, und sie alle wurden nach vorn geschleudert. Salvatore fiel auf einen Stapel am Boden und lachte wie irre. Grace suchte hinter den Packkisten Schutz.
Der Sarde kam schwankend auf die Beine und schüttete sich dabei Wein auf die Kleidung. Er wischte sich über den Mund und breitete die Arme aus, als wollte er Grace in den Arm nehmen.
Amy hatte genug. Sie schnellte vorwärts und gab Salvatore einen Stoß. Er fiel nach hinten über die Ladekante und stürzte mit einem erstaunten Aufschrei auf die Straße.
Der nachfolgende Lastwagen musste scharf bremsen und auf den Straßenrand ausweichen, um den Mann nicht zu überfahren. Es gab viel Geschrei, und der Fahrer sprang aus seinem Führerhaus, sodass Staub aufwirbelte, und gestikulierte wild.
Der ganze Konvoi kam zum Stehen. Zoltan galoppierte auf seinem Schimmel herbei.
Salvatore lag auf dem Rücken, die Arme ausgebreitet. Einer seiner Freunde ging zu ihm und stieß ihn an. Dann schüttete er ihm aus einer Flasche Wasser ins Gesicht. Salvatore prustete und hob mühsam seinen Kopf, bevor er wieder zu sich kam und aufstand. Dabei stieß er in einem fort Beleidigungen gegen Amy aus, die von der Ladefläche des Lastwagens aus zusah.

»Ruhe!«, rief Zoltan und augenblicklich herrschte Stille. »Kann mir irgendjemand sagen, was hier vor sich geht?«
Salvatore antwortete mit einem aufgeregten Wortschwall in sardischer Sprache, und einer seiner Freunde übersetzte.
»Er sagen, das Mädchen ihn von Lastwagen stoßen. Er sagen, er sie umbringen.«
»Er wird überhaupt nichts tun«, bellte Zoltan. *»Ich* habe hier das Kommando.« Er wandte sich verärgert zu Amy um. »Ist es wahr, was dieser Mann behauptet?«
»Aber ja«, erwiderte Amy ganz ruhig. »Der Mann ist betrunken.« Sie nahm die Flasche und schleuderte sie auf die Straße. Salvatore machte ein enttäuschtes Gesicht, als der dunkle Wein sich über den Boden ergoss.
Zoltan schloss die Augen und bemühte sich, ruhig zu bleiben. Einen Augenblick lang wirkte er sehr müde, dann wischte er sich übers Gesicht, öffnete die Augen und lenkte sein Pferd zu Salvatore hinüber. Als er endlich sprach, sagte er ganz ruhig: »Ich habe angeordnet, dass niemand meine Gefangenen belästigt.« Salvatore wollte ihn unterbrechen, aber Zoltan schrie: »Du hättest meinen Befehlen besser gehorchen sollen!«
»Du nicht Boss«, sagte Salvatore mit einem Anflug von Hohn in der Stimme.
»Solange du mit uns unterwegs bist«, sagte Zoltan, »gilt das, was *ich* sage. *Rispetto*. Verstanden? Wenn du dich diesen beiden Frauen noch einmal näherst, zermalme ich dich.«
Salvatore schob das Kinn trotzig nach vorne. Er machte eine obszöne Handbewegung und stieß einen leisen Fluch aus. Einer seiner Freunde lachte.
Urplötzlich trat Zoltan Salvatore ins Gesicht und stieß ihn zu Boden.
Er sprang aus dem Sattel, und noch ehe Salvatore wieder auf die Beine gekommen war, stand der Ungar neben ihm.

»Hast du verstanden?«, fragte er.
Salvatore fluchte und holte zu einem Schlag gegen Zoltan aus. Der Ungar wich mit Leichtigkeit aus und schlug Salvatore heftig mit dem Handrücken. Zum dritten Mal fand sich Salvatore auf der Straße liegend wieder. Sein Gesicht war blutverschmiert. Zoltan stand ruhig und gelassen da. Er zog den Italiener hoch und fixierte ihn mit scharfem Blick.
»Hast du jetzt verstanden?«
In Salvatores Augen glomm immer noch ein Funken Widerstand. Er ballte kraftlos die Faust, doch Zoltan war schneller und schlug erneut zu. Der Hieb war so kräftig, dass Salvatores Kopf nach hinten flog und er selbst rückwärts in die Arme eines Freundes torkelte.
»Stellt ihn wieder auf die Beine«, sagte Zoltan.
»Hören Sie auf!«, schrie Amy von der Rückseite des Lastwagens. »Hören Sie sofort auf damit. Sehen Sie denn nicht, dass er genug hat?«
Der Ungar drehte sich zu ihr um, und in diesem Augenblick zog Salvatores Freund ein Messer aus seinem Gürtel.
Zoltan bemerkte Amys Erschrecken, wirbelte herum und griff in seine Jacke. In Sekundenschnelle hatte er seine Beretta in der Hand und zielte damit auf den Kopf des Sarden.
»Na los«, sagte er. »Versuch es! Ich werde dir dreimal zwischen die Augen schießen, ehe du den Boden berührst.«
Den Sarden verließ der Mut, und er ließ sein Messer zu Boden fallen.
Zoltan musterte Salvatore, der noch immer benommen war. »Schafft diesen Haufen Pferdedreck in einen Wagen und dann lasst uns weiterfahren«, befahl er.
Er warf Amy einen Blick zu, bevor er wieder aufsaß und an die Spitze des Konvois ritt.
Der Rest der Fahrt verlief ohne Zwischenfälle. Amy saß auf der

Ladefläche und starrte auf die gewundene Straße, viel zu benommen, um einen klaren Gedanken zu fassen.

Der Konvoi verließ die Küste und fuhr nun landeinwärts, in das Herz der Insel. Sie kamen durch die Stadt Núoro, ehe sie nach Süden in Richtung Gennargentu-Gebirge abbogen.

Die Dunkelheit brach bereits herein, als sie ihren Bestimmungsort erreichten: eine riesige Höhle am Fuße eines Berges. Sie wurde von hellen gelben Lampen erleuchtet. Ölgeruch hing in der Luft. Hier waren weitere Lastwagen abgestellt, außerdem rosteten verschiedene große Maschinen vor sich hin.

Zoltans Männer luden die Kisten auf etwas um, das aussah wie die Waggons einer Spielzeugeisenbahn. Und jetzt fielen Amy auch die schmalen Gleise auf, die in einem in die Felswand gehauenen Tunnel verschwanden.

Als die Fracht sicher verstaut war, half Zoltan Amy und Grace beim Einsteigen in die Waggons, ehe auch er hineinkletterte und sich mit Baumstark und einigen seiner Männer neben sie setzte.

»Das sind Loren«, erklärte er. »Damit schafft man Erz aus den Bergen.«

Es gab einen Ruck, und die Waggons setzten sich in Bewegung.

Der Tunnel wand sich bergauf, hie und da wurde er von flackernden Lichtern erleuchtet. In regelmäßigen Abständen fuhren sie an weiteren Tunnels vorbei, die rechts und links in die Finsternis abzweigten. Überall lagen Haufen von Werkzeugen und Geräten herum.

Nach einer schier endlos scheinenden Fahrt erreichte der Wagen schließlich ein Gewölbe, das von hellen Lampen erleuchtet war. Hier schien das Herzstück des Bergwerks zu sein. Männer in tiefroten Uniformen standen schon bereit, um die Transportkisten zu entladen. Sie brachten sie schnell in verschiedene angrenzende Kammern, in denen bereits ähnliche Kisten standen.

Ein sehr großer Mann überwachte die Arbeiten. Er war ganz in

Weiß gekleidet und unnatürlich blass. Gerade erteilte er einigen Männern, die sich mit einer besonders schweren Kiste abmühten, Befehle, woraufhin sie die Kiste abstellten. Er sagte etwas zu ihnen, und sie begannen damit, den Deckel hochzuheben.

Zoltan kletterte aus dem Waggon.

»Ugo!«, rief er aus. »Bist du nicht zufrieden mit mir?«

»Salve, amice«, erwiderte der Graf und dabei blitzte sein silberner Zahn auf. »Ich bin sehr beeindruckt. Du hast dich selbst übertroffen, Zoltan.«

Er griff in eine Kiste und nahm eine Waffe heraus. Es war ein Kleinkalibergewehr mit einer runden Trommel an der Unterseite. Amy kannte solche Gewehre aus amerikanischen Gangsterfilmen. Es war eine Thompson-Maschinenpistole.

»Gut gemacht, Madjar«, sagte Ugo und streichelte die Waffe. »Du hast mir sehr schöne Sachen mitgebracht.« Er verbeugte sich leicht. »Du bist wirklich sehr großzügig.«

Zoltan lachte. »Du weißt genau, dass dies keine Geschenke sind«, erwiderte er. »Ich hoffe, du kannst sie bezahlen.«

»Aber natürlich«, sagte Ugo. »Ich würde dich doch niemals enttäuschen. Du bist schließlich mein ältester Freund.«

»Weil alle deine anderen Freunde tot sind«, sagte Zoltan.

Ugo grinste. »Sobald ich alles geprüft habe, bekommst du dein Geld. Aber ich hoffe, du bleibst zum Fest hier. Dann wirst du endlich meine Mitstreiter kennenlernen.«

»Ich werde bleiben«, sagte Zoltan.

»Gut«. Ugo gab die Waffe an einen seiner Männer weiter, der ihm daraufhin ein Tuch reichte. »Aber ich fürchte, du hast mir nicht die Wahrheit gesagt, Zoltan.« Er wischte sich die Hände an dem Tuch ab und warf es zu Boden. »Du hast mir nicht alle deine Schätze gegeben.«

»Doch«, sagte Zoltan. »Mehr habe ich nicht. Du hast alles bekommen, so wie wir es abgemacht haben.«

»Nein.« Ugo lächelte und ging auf Amy und Grace zu. Er hob seine Hand, als wollte er Amy berühren, wich jedoch mit angewiderter Miene zurück.

»Dein Haar ist nicht sauber«, zischte er.

»Sie ist unverkäuflich«, sagte Zoltan matt.

»Weshalb?«, fragte Ugo. »Ich gebe dir einen guten Preis. So viel wirst du von ihrer Familie niemals bekommen.«

»Sie gehört nicht zu unserer Abmachung.«

»Das ist egal«, sagte Ugo. »Ich will sie.«

»Wozu?« Zoltan machte verärgert einen Schritt nach vorn und stellte sich zwischen Ugo und Amy.

»Du hast einen meiner Leute geschlagen«, sagte Ugo. »Dazu hattest du kein Recht. Er nützt mir nun nichts mehr, denn er liegt im Krankenhaus. Du schuldest mir etwas dafür. Man sagt, dass du das Mädchen magst.«

»Du kannst sie nicht haben«, sagte Zoltan und baute sich ganz nah vor Ugo auf. »Sie gehört mir.«

Ugo wich vor ihm zurück. »Bleib weg von mir«, sagte er und starrte voller Schrecken auf die blutbefleckte Jacke des Ungarn. »Du bist widerlich. Du verpestest die Luft. Du kommst einfach hierher, mit diesen schmutzigen Mädchen, und erklärst mir, was ich tun muss und was nicht. Hier bin *ich* der Capo, Zoltan. Du bist jetzt in *meinem* Reich.«

Ugo gab ein Zeichen und zwei seiner Leibwächter packten Amy am Arm. Ein anderer richtete ein Maschinengewehr auf Zoltan.

»Falls mir irgendetwas zustößt, werden meine Leute dich töten«, drohte Zoltan.

»Ich werde das Mädchen gefangen halten, solange ich es für nötig erachte«, sagte Ugo. »Um sicherzugehen, dass du dich in meinem Haus gut benimmst. Dann sehen wir weiter. Vielleicht gebe ich sie dir zurück, vielleicht werde ich selbst Lösegeld fordern. Oder ich behalte sie als Dienerin hier.«

Die zwei Wächter schleppten Amy eine Treppe hinauf zu einer großen Eisentür.
»Warum machst du das, Ugo?«, fragte Zoltan.
»Weil ich die Macht dazu habe. Was ist Macht, wenn ich sie nicht benutzen kann?«
Amy beobachtete von der Treppe aus, wie sich Grace plötzlich an Ugo klammerte.
»Bitte«, sagte die Lehrerin. »Ich habe mit all dem nichts zu tun. Lassen Sie mich doch gehen!«
Ugo reckte die Hände abwehrend in die Höhe. Er hatte Angst, von Grace berührt zu werden.
»Fass mich nicht an!«, kreischte er, und eine Wache zog sie weg.
»Ich bitte Sie«, flehte Grace. »Ich bringe Ihnen nichts ein. Meine Familie ist nicht reich. Können Sie mich nicht einfach laufen lassen? Bitte . . .«
»Sie hat recht«, sagte Zoltan. »Sie hat mit dem Ganzen hier nichts zu tun.«
»Si«, sagte Ugo. »Sie hat recht. Sie nützt mir nichts. Ich will sie nicht. Sie ist frei.«
»Danke«, sagte Grace. »Danke, Sir.«
Grace blickte im Weggehen zu Amy hoch und versuchte, ihr aufmunternd zuzulächeln, aber Amy beobachtete mit Entsetzen, wie Ugo hinter ihr herging und dem Wächter die Maschinenpistole wieder aus der Hand nahm.
Sein langer, dünner weißer Finger krümmte sich um den Abzug.
Amy wollte schreien und Grace warnen, aber sie wurde die Stufen hinaufgezogen, und als die Metalltür hinter ihr krachend ins Schloss fiel, hörte sie das kurze, gedämpfte Bellen des Gewehrs.
Dieses schreckliche Geräusch verfolgte sie immer noch. Wenn sie nachts die Augen schloss, hörte sie es in der Dunkelheit. Und auch jetzt hörte sie es wieder, als sie aus ihrem Gefängnis heraus über das Tal schaute.

Sie presste die Hände auf die Ohren, bis das Geräusch verschwunden war. Als sie die Hände wieder wegnahm, hörte sie an Stelle des Gewehrfeuers in der Ferne das Läuten von Kuhglocken und das Gurren von Tauben irgendwo oben auf dem Dach; immer und immer wieder dieser irritierende Ton ...

Schlüssel rasselten, und die Tür öffnete sich.

Amy lächelte. Es war Stefano, der Küchenjunge, der ihr das Essen brachte. Die Besuche von Stefano waren das Einzige, worauf sie sich freute.

Er stellte ein Tablett auf ihren Frisiertisch, nahm davon einen Teller mit gekochtem Fleisch und Gemüse herunter und sammelte das schmutzige Geschirr vom Mittagessen ein.

Wie üblich hatte sie die Mahlzeit kaum angerührt, und wie üblich tadelte Stefano sie deswegen.

»Du musst etwas essen, Amy«, sagte er ruhig. »Du wirst sonst krank.«

»Das ist mir egal«, erwiderte sie.

Stefano drehte sich um, schaute zur Tür und überzeugte sich, dass sie geschlossen war. Dann sagte er leise: »Ich habe dir ein bisschen Schokolade mitgebracht«, sagte er. »Von Ugos Vorräten. Pass auf, dass die Wachen nichts mitbekommen.« Er drückte ihr schnell etwas Hartes in die Hand, das in Wachspapier eingewickelt war.

»Danke«, sagte Amy aus tiefstem Herzen und drückte Stefanos Hand. Der Junge stibitzte alle möglichen Leckerbissen für sie, aber am wichtigsten war ihr die menschliche Anteilnahme, dass sie einfach jemanden hatte, mit dem sie sich unterhalten konnte. Stefano hatte Englisch gelernt, als er Küchenjunge bei einer englischen Familie in Cágliari gewesen war.

»Du machst mich traurig, Amy«, sagte er. »Mir gefällt das nicht. Du solltest nicht hier sein.«

»Kannst du denn gar nichts für mich tun?«, fragte Amy.

»Nein«, antwortete er. »Wenn der Graf wüsste, dass ich auch nur ein Wort mit dir rede, würde er mich auspeitschen lassen. Und wenn ich versuchen sollte, dir bei der Flucht zu helfen, würde mich das den Kopf kosten. Ich bin hier genauso gefangen wie du«, fügte er hinzu. »Ich muss jetzt gehen. Bis morgen früh.«
Kaum war Stefano mit dem Tablett hinausgegangen, betrat Ugo den Raum.
Seit sie in diesem Zimmer eingeschlossen war, hatte er sie noch nicht besucht, und Amy war nicht gerade erfreut darüber, ihn zu sehen.
»Es tut mir leid, wenn ich dich beim Essen störe«, sagte er. Amy ließ hastig die Schokolade verschwinden. »Ich werde dich nicht lange aufhalten.« Er setzte sich in den Lehnstuhl und starrte sie eine Weile an.
»Was wollen Sie?«, fragte sie.
»Ich will mich nur davon überzeugen, dass man sich gut um dich kümmert und du alles hast, was du brauchst«, sagte er. »Ich bin schließlich kein Ungeheuer, sondern ein zivilisierter Mensch.«
»Sagen Sie das Grace«, entgegnete Amy.
»Du bist eine starke junge Frau«, sagte Ugo. »Das gefällt mir. Die Frauen im alten Rom waren stark. Sie mussten stark sein, um starke Kinder aufzuziehen. Am stärksten waren die Frauen der Kaiser.«
»Ich weiß, viele von ihnen haben ihre Männer vergiftet«, fauchte Amy.
»Schwache Männer verdienen es, zugrunde zu gehen«, sagte Ugo. Er stand auf und ging langsam auf sie zu.
Amy war angewidert. Von seiner weißen Farbe. Von seinem Silberzahn, der ihn lispeln ließ. Von seinen blauen Adern, die unter seiner Haut durchschimmerten.
»Ich habe einiges über deine Familie herausgefunden«, sagte er, als sie vor ihm zurückwich. »Die Goodenoughs sind eine alte

englische Familie. Alter Adel.« Ugo musterte sie von Kopf bis Fuß. »Und ich brauche eine Frau aus altem Adel.«

Amy tastete nach ihrem Oberschenkel. Durch ihre Kleidung hindurch spürte sie das Messer, das sie im Hotel gestohlen und in ihren Strumpf gesteckt hatte. Sie hatte es an dem steinernen Fenstersims geschärft, und sie überlegte, ob sie es herausziehen und versuchen sollte, den Grafen damit zu erstechen. Aber er wirkte kräftig, und wenn sie es falsch anstellte, würde er sie sicherlich umbringen.

»Meine Leute sagen, dass du dich immer noch weigerst zu baden«, sagte Ugo und wandte sich ab. »Das ist schade. Du musst dich sauber halten. Und dein Haar, du musst es waschen. Sie haben mir erzählt, dass du damals, als Zoltan dich gefangen hat, kurze Haare hattest wie ein Junge. Das ist nicht gut. Ich bin froh, dass du dein Haar jetzt wachsen lässt. Langes Haar steht dir besser. Vielleicht kannst du es so lang wachsen lassen wie Rapunzel und es dann aus deinem Fenster hinunterlassen. Wer weiß, vielleicht kommt ein hübscher Prinz, klettert daran hoch und rettet dich.«

Ugo lachte, dann drehte er sich um und verließ den Raum.

Amy saß auf ihrem Bett.

Nirgends war ein hübscher Prinz. Keiner würde ausziehen, um sie zu retten. Sie war verloren und allein.

Sie wusste, was sie mit dem Messer tun würde.

Sie hatte einen Entschluss gefasst.

Sie würde es für sich selbst brauchen.

Rasch zog sie es aus ihrem Strumpf hervor und befühlte die scharfe Klinge. Dann griff sie nach einem Bündel Haare. Sie achtete nicht auf den Schmerz, als sie daran zerrte. Entschlossen begann sie, es abzuschneiden.

Giftige schwarze Stacheln

James stand auf einem schmalen Vorsprung und blickte angespannt aufs Meer, das sich etwa dreißig Fuß unter ihm erstreckte. Mit seinen Zehen umklammerte er die Felskante. Er schluckte heftig. Der Felsvorsprung war viel höher, als es von unten den Anschein hatte.

Hatte er eine Riesendummheit gemacht?

Draußen, in der Meerenge von Bonifácio, tutete ein großes Dampfschiff, als wollte es James ermutigen zu springen, und James atmete tief und kräftig aus.

Die Sonne brannte auf seinen Rücken. Ihr grelles Licht wurde von den Wellen und den hellen Felsen zurückgeworfen, sodass er blinzelte. Er sah, wie die beiden Jungen ihn mit unbewegter Miene beobachteten. Sie faulenzten im Sand und ließen sich nichts anmerken, ja sie taten, als wäre das, was James vorhatte, das Alltäglichste auf der Welt.

Was, um Himmels willen, hatte er überhaupt vor? War das Wasser hier eigentlich tief genug? Wie tief würde er untertauchen, wenn er von hier oben aus sprang? Wie auch immer, er würde warten müssen, bis von irgendwoher eine Welle kam. Aber wenn er sie nicht im richtigen Augenblick erwischte, würde er sich das Genick brechen. Vielleicht sollte er zurückgehen und von dem tiefer gelegenen Felsen springen, von dem auch die beiden Jungen gesprungen waren.

Nein, das war unmöglich. Er würde sich blamieren. Die beiden würden ihn auslachen und ihn niemals akzeptieren. Natürlich

wollte er ein wenig angeben, als er so weit nach oben ging, anstatt einfach von dem tiefer gelegenen Punkt aus zu springen, aber da war etwas in ihm, das nach diesem Nervenkitzel verlangte.
War es nicht das, worum es bei der Gefährlichen Gesellschaft ging?
Auf diese Weise konnte er die Höhenangst besiegen, die er seit dem Vorfall in Sant' Antine hatte. Wenn er das hier zu Ende brachte, würde er sich selbst beweisen, dass er keine Angst mehr hatte, dass der Vorfall auf dem Turm ein für alle Mal erledigt war, dass er nicht an Höhenangst litt.
Und er würde Mauro beweisen, dass er kein verweichlichter englischer Dummkopf war.
Seit seiner Ankunft war Mauro, sofern das überhaupt möglich war, noch unhöflicher und unfreundlicher geworden. Seine Pflichten als Viktors Hausjunge schienen ihm viel Freizeit zu lassen, und er kam und ging, wann es ihm beliebte. James war ihm meistens aus dem Weg gegangen, aber ein- oder zweimal waren sie zur gleichen Zeit am Strand gewesen; dann hatten sie sich so weit voneinander entfernt hingesetzt, wie es nur ging, und beide hatten so getan, als wäre der andere nicht da. Und seit Viktor sie allein gelassen hatte, war Mauro noch schlimmer geworden.
Poliponi hatte Viktor tatsächlich überredet, an Ugos Fest in den Bergen teilzunehmen. Der Künstler hatte Viktor so lange bedrängt, hatte so lange geschmollt und gestichelt, bis Viktor schließlich nachgegeben hatte. Dennoch hatte er sich hartnäckig geweigert, James mitzunehmen.
»Wenn deine Tante Charmian wüsste, dass du dich mit Leuten wie Ugo Carnifex abgibst«, hatte er gesagt, »würde sie mir das niemals verzeihen.«
Das hatte Poliponi wiederum zum Anlass genommen, mit Viktor

zu streiten. »Wir brauchen mehr Leute wie Ugo Carnifex«, hatte er gesagt. »Europa verliert den Anschluss. Du kannst dich nicht für alle Zeiten vor der Welt verschließen, Viktor. Ich weiß, dass ihr Schweizer stolz auf eure Neutralität seid. Ihr nehmt zwar nicht an unseren Feldzügen teil, aber ihr müsst diese Welt dennoch mit uns teilen.«

»Ich bin nach Sardinien gekommen, um das alles hinter mir zu lassen«, sagte Viktor. »Um in Frieden am Meer zu leben.«

»Ein kleines Fest in den Bergen, davon geht doch die Welt nicht unter!«

Ursprünglich sollte Mauro sie hinfahren, aber Ugo hatte sein Wasserflugzeug geschickt, um sie abzuholen, und Poliponi war aufgeregt wie ein kleines Kind gewesen, als sie aufbrachen.

Nun benahm sich Mauro, als gehörte ihm das Haus, aber James war entschlossen, sich das nicht länger gefallen zu lassen.

Er hatte gehofft, an diesem Nachmittag den Strand ganz für sich allein zu haben, aber dann hatte ein kleines Segelboot mit einem Lateinsegel angelegt, gesteuert von Mauros Freund Luigi. Mauro war aus der Villa zu dem Jungen heruntergekommen und nun saßen sie da, rauchten und unterhielten sich. Ab und zu schaute einer zu James herüber und sagte etwas, und dann lachte der andere.

Als sie sich eine Zeit lang im türkisblauen Wasser tummelten, hatte James versucht, sich gleichgültig zu geben, doch dann hatten sie begonnen, von den Stufen, die von dem kleinen Naturhafen aus nach oben führten, ins Wasser zu springen. Sie fingen ziemlich weit unten an, aber mit jedem Sprung waren sie kühner geworden, bis sie schließlich aus einer Höhe von ungefähr fünfzehn Fuß sprangen.

James hatte sie beobachtet, bis er es nicht länger aushielt. Er würde nicht für den Rest seiner Ferien hier sitzen bleiben und zusehen, wie dieser hochnäsige italienische Bursche ihn ignorierte. Er entschloss sich, zu ihnen hinüberzugehen und mitzumachen, aber sobald sie ihn kommen sahen, hörten sie mit dem auf, was sie gerade taten, und legten sich auf die Felsen, um sich zu sonnen.

Zum Teufel mit ihnen!

James war zu den Stufen hinübergeschwommen. Er hatte darauf geachtet, wohin er trat, denn überall waren schwarze Seeigel, sodass die Steine auf dem Grund kaum zu erkennen waren. Ein falscher Tritt, und man wurde von Tausenden giftiger schwarzer Stacheln gestochen.

Er erreichte den Felsen, von dem aus die Jungen gesprungen waren, und beschloss spontan, es von etwas weiter oben zu versuchen. Und jetzt war er so hoch geklettert, wie er konnte, und stand da und riskierte törichterweise sein Leben, um diese beiden Kerle zu beeindrucken.

Das Dampfschiff hatte die Meerenge passiert, und James beobachtete, wie die Bugwellen auf das Ufer zuliefen.

Jetzt oder nie. Die Wellen, die das Schiff verursachte, könnten gerade für die nötige Wassertiefe sorgen, die er brauchte, um sich nicht das Genick zu brechen.

Er beobachtete, wie die erste Welle heranschwappte, sich an den Felsen brach und dabei den Wasserspiegel ansteigen ließ.

Okay. Er hatte keine Zeit, um weiter nachzudenken. Gleich würde die nächste Welle kommen, und dann wäre die Gelegenheit verpasst. Nicht auszudenken, wenn er ausgerechnet zwischen zwei Wellen auf das Wasser aufträfe.

Er holte tief Luft, spannte die Muskeln und sprang in die Tiefe.

Alles geschah so schnell, dass er kaum Zeit zum Denken hatte. Zuerst waren da das kurze, atemberaubende Gefühl, wie er fiel, und die Luft, die laut in seinen Ohren pfiff, dann schlug er auf dem Wasser auf wie auf etwas Hartem. Er ruderte mit aller Kraft nach oben, dennoch streifte Seegras sein Gesicht, und seine

Brust schürfte über den Meeresboden. Dann schoss er in die Höhe, in einer Wolke silbriger Luftblasen, lebend und unverletzt. Betont gelassen schwamm er zum Ufer zurück, bis er wieder Boden unter den Füßen hatte. Das Wasser war gerade so tief, dass seine zittrigen Beine nicht zu sehen waren. Er wusste, er durfte keine Schwäche zeigen, aber er fühlte sich unglaublich erschöpft. Die Anspannung war riesengroß gewesen.
Mauro starrte ihn einen Augenblick lang an, dann lachte er und sprang auf.
»*Sei pazzo*«, rief er und schüttelte den Kopf.
Luigi schaute zu dem Felsvorsprung hoch und stieß einen Pfiff aus. »*Quella era una cosa pazzesca da fare.*«
»*Pazzo*«, wiederholte Mauro und tippte sich mit dem Finger an den Kopf. »Verrückt.«
James zuckte mit den Schultern. Irgendwie war er sicher, dass er und Mauro von nun an Freunde sein würden. Er war froh darüber, denn er wusste, dass er niemals wieder so mutig sein würde, ein Kunststück wie dieses zu wagen.
Er watete auf die beiden Jungen zu und lachte glücklich, doch plötzlich schrie er auf und sackte seitwärts ins Wasser.
James hatte das Gefühl, als würde ein Nagel durch seinen Fuß getrieben.
Luigi und Mauro rannten zu ihm, packten ihn und zogen ihn ans Ufer. Sie betrachteten seinen Fuß. In seiner Ferse steckten noch einige abgebrochene schwarze Stacheln.
Er war auf einen Seeigel getreten.
Es brannte fürchterlich, als das Gift, das immer noch aus den abgebrochenen Stacheln herausgepumpt wurde, in seine Muskeln strömte.
Die beiden sardischen Jungen riefen sich aufgeregt etwas zu. Luigi streckte die Hand aus, um nach den Stacheln zu tasten, aber Mauro stieß ihn grob zurück, und die beiden fingen an zu strei-

ten. Schließlich gab Mauro seinem Freund zu verstehen, dass er Platz machen sollte, und kümmerte sich selbst um James.

»Okay?«, fragte er.

»Nicht okay«, gab James ihm zur Antwort und biss sich auf die Lippe. Der Schmerz war schrecklich. Sein ganzer Fuß pochte, und das Gift war schon bis zum Knöchel vorgedrungen.

Mauro untersuchte den Fuß sorgfältig, ehe er versuchte, die Stacheln vorsichtig, einen nach dem anderen, herauszuziehen. Aber sie waren so spröde, dass die mit Widerhaken besetzten Enden stecken blieben, sobald Mauro sie berührte, und die Giftblasen an ihren Spitzen noch mehr von ihrem gefährlichen Inhalt absonderten.

James zuckte zusammen und versuchte, keinen Laut von sich zu geben.

Endlich war Mauro fertig. Er schaute James besorgt an. »Komm«, sagte er und half ihm aufzustehen.

James legte seinen Arm um die Schulter des Jungen, und sie kämpften sich gemeinsam die Treppe hoch zur Villa. Dort ließ Mauro James auf der Terrasse zurück und machte sich in der Küche zu schaffen: Er kehrte mit zwei Gefäßen und einem Schwamm zurück. Vorsichtig wusch er James' Fuß mit Essig aus dem einen Krug, dann tauchte er ihn in das zweite Gefäß, das heißes Wasser enthielt. Der Schmerz ebbte langsam zu einem dumpfen Ziehen und Pochen ab. James war erleichtert, dass das Schlimmste nun überstanden war.

Wieder untersuchte Mauro James' Ferse. Noch immer steckten die abgebrochenen Enden der Stacheln drin.

»Okay?«, fragte Mauro.

»Okay«, sagte James.

Mauro besprach sich mit Luigi, der zweifelnd dreinblickte, und schon stritten sie wieder, aber auch diesmal setzte sich Mauro durch.

»Das ist in Ordnung«, sagte er und hob einen großen, glatten Stein auf. »In Ordnung«, wiederholte er, doch James ahnte, dass überhaupt nichts in Ordnung war.

Mauro schlug mit dem Stein gegen seine Brust und nickte. »Ich weiß es«, sagte er. »Es ist in Ordnung.«

»Ich habe keine Ahnung, was du vorhast, Mauro«, sagte James, und ihm war klar, dass der Junge kaum etwas von dem verstand, was er sagte. »Aber was auch immer es ist, fang einfach an, und bring es zu Ende.«

Ohne ein weiteres Wort griff Mauro nach James' Fuß und begann mit dem Stein auf die Ferse zu klopfen. James heulte auf und versuchte sich loszureißen.

»Ist in Ordnung«, wiederholte Mauro und bearbeitete die Ferse weiter mit dem Stein. Und tatsächlich: Der Schmerz ließ weiter nach.

Da tauchte Horst auf. Er kam, um zu sehen, was vor sich ging. Sein Oberkörper war nackt, und um seinen Nacken hatte er ein Handtuch geschlungen. Aus der Nähe zeichneten sich seine Muskelpakete noch deutlicher ab; sie wirkten hässlich und unnatürlich. Er sprach kurz mit Mauro und Luigi auf Italienisch.

»Er macht das richtig«, sagte er nach einer Weile zu James. »Wenn man mit einem Stein auf die Stacheln schlägt, werden die Giftblasen zerquetscht. Auf diese Weise wird dein Körper leichter damit fertig. Lässt man die Stacheln, wo sie sind, kann das höllisch unangenehm werden.« Er bückte sich und besah sich den Fuß genauer. »Du hast Glück, dass er Luigi davon abgehalten hat, dich zu verarzten«, sagte er und richtete sich auf.

»Was wollte der denn tun?«, fragte James.

»Er wollte auf deinen Fuß pinkeln«, sagte Horst und lachte schallend, bevor er James auf die Schulter klopfte und wegging.

James wusste nicht, was er von Horst halten sollte. Als er den Brief an Mr Cooper-ffrench geschrieben hatte, in dem er ihm von seinem Aufenthalt in der Villa berichtete, hatte er von Horst und dessen albernem Bodybuilding erzählt. Er hatte möglichst viel Lustiges geschrieben, damit Cooper-ffrench den Brief auch den anderen Schülern vorlas. Aber er war sich nicht ganz sicher, ob Cooper-ffrench überhaupt einen Sinn für Humor hatte.

An diesem Abend aß James zusammen mit Mauro, Horst und Isabella, der Köchin, an dem großen Holztisch in der Küche. Mauro erzählte Isabella mit großem Vergnügen jede Einzelheit über James' verrückten Sprung und über die Sache mit dem Seeigel. Isabella bedauerte ihn, schnalzte mit der Zunge und ließ Wortsalven in Sardisch auf ihn los. James verstand kein einziges Wort, aber irgendwie schafften sie es dennoch, sich zu unterhalten.

Die Stimmung war heiter, sie lachten viel, und James merkte, wie sehr es ihn freute, Mauro nun auf seiner Seite zu haben. So mochte James das Essen am liebsten: mit guten, einfachen Speisen, frischem Brot und fröhlicher Unterhaltung. Wie viel angenehmer war das doch als die entsetzlich förmliche Atmosphäre, die er über sich ergehen lassen musste, als Graf Ugo und seine verrückte Schwester hier gewesen waren.

Isabella war gerade aufgestanden und wollte zum Herd gehen und die nächsten Portionen bringen, als James nebenan ein Geräusch hörte.

»Was war das?«, fragte er.

»Was?«, fragte Horst zurück.

»Ich dachte, ich hätte Stimmen gehört,« sagte James.

»Vielleicht ist Viktor schon zurück,« Horst wollte gerade aufstehen, um nachzusehen, als vier bewaffnete Männer in die Küche stürmten. Plötzlich war die gelöste Stimmung verflogen.

Alles geschah sehr schnell, so schnell, dass James nicht einmal Zeit hatte, Angst zu haben. Es war ein einziges Durcheinander aus Lärm, schnellen Bewegungen, krachenden Möbeln und gellenden Schreien.

Horst kreischte und rannte in der Küche herum wie ein kopfloses Huhn. Mit erstickter, sich überschlagender Stimme rief er etwas von Banditen.

Isabella war tapferer. Sie warf einen Topf mit kochender Tomatensoße gegen einen der Männer, woraufhin dieser aufschrie und an seinen Kleidern zerrte. Zwei andere packten Isabella, bevor sie ihnen noch mehr schaden konnte.

James nahm einen Stuhl und schlug damit auf einen von ihnen ein, damit er Isabella losließ. Aus den Augenwinkeln sah er, wie Horst durch die Hintertür floh. Mauro hatte in der Zwischenzeit ein großes Küchenmesser aufgehoben und wollte den vierten Angreifer abwehren. Er verletzte ihn mit einem tiefen Schnitt am Unterarm. Dann tauchten zwei neue Männer auf. Einer von ihnen schlug Mauro mit einer Holzkeule zu Boden. James eilte Mauro zu Hilfe und schlug seinem Gegner den Stuhl so heftig auf den Rücken, dass die Holzsplitter quer durch die Küche flogen.

Er half Mauro aufzustehen, und sie versuchten, durch die Hintertür zu entkommen. Das Nächste, woran sich James später erinnerte, war, dass ihm jemand ein Gewehr ins Gesicht schlug. Für den Bruchteil einer Sekunde nahm er ein maskiertes Gesicht und ein tätowiertes rotes M auf dem Handrücken des Mannes wahr. Er drehte seinen Kopf ruckartig zur Seite, dann hörte er einen fürchterlichen Knall und sah ein gleißend helles Licht. Danach herrschten Dunkelheit und Stille.

Das alles hatte nicht einmal dreißig Sekunden gedauert.

Mitten in der Nacht kam James wieder zu sich. Er lag auf dem Küchenboden inmitten von zerbrochenem Geschirr und ramponierten Möbeln, und seine Ohren dröhnten fürchterlich.

Er fuhr sich mit den Fingern übers Gesicht. Zuerst war er nur froh, dass er nicht von einer Kugel getroffen worden war. An seinem Hinterkopf hatte er eine riesige schmerzhafte Beule. Anscheinend war er so hart auf dem Fußboden aufgeschlagen, dass er das Bewusstsein verloren hatte. Die Männer hatten ihn dann vermutlich für tot gehalten und liegen lassen. Er rappelte sich mühsam auf die Beine. Dann fiel sein Blick auf Mauro, der aussah, als hätte er nicht so viel Glück gehabt. Er lag unter dem Tisch in einer klebrigen roten Pfütze.

»Nein«, stöhnte James und lief zu ihm. Mauros Gesicht war rot verschmiert. James kämpfte gegen die Tränen, als er das schmierige Zeug wegwischte.

Es roch nach Tomaten. Er leckte an seiner Hand. Es schmeckte süßlich. Das war überhaupt kein Blut, es war Isabellas Tomatensoße. James lachte überglücklich und ging zum Spülbecken, um kaltes Wasser zu holen. Dort sah er sein Spiegelbild im Fenster. Auch er war mit angetrockneter Soße verschmiert. Als er sich säuberte, erkannte er erschrocken, dass das Zeug, das unter seinen Haaren hervorquoll, tatsächlich Blut war.

Doch er hatte jetzt keine Zeit, sich den Kopf darüber zu zerbrechen. Er musste dafür sorgen, dass Mauro wieder zu sich kam, und herausfinden, was passiert war. Er goss Wasser über dessen Gesicht, und als er es abtrocknete, entdeckte er eine hässliche violette Schramme, die quer über die Stirn verlief; hier musste ihn die Keule getroffen haben.

Schließlich öffnete Mauro die Augen. Sofort wurde ihm übel, und er erbrach sich. James ließ ihn in der Küche zurück, damit er sich säubern konnte, und überprüfte in der Zwischenzeit, was alles kaputtgegangen war und worauf es die Männer abgesehen hatten.

Die Antwort war nicht schwer.

Die ganze Villa war leer geräumt. Die Gemälde waren weg. Alle. Poliponis Bilder ebenso wie die seines Cousins und auch sonst

alle Kunstwerke, die er über viele Jahre hinweg gesammelt hatte. Nur die ausgestopfte Giraffe hatten sie zurückgelassen.
James wusste, Viktor würde niedergeschmettert sein.
Nirgends fand er eine Spur von Horst, aber in einem der Schlafzimmer entdeckte er Isabella, die gefesselt und geknebelt, jedoch am Leben war.
Mauro, der sich inzwischen etwas erholt hatte, half ihm, Isabella loszubinden, und in ihrem Kauderwelsch besprachen sie, was als Nächstes zu tun war.
Als Erstes durchkämmten sie die Villa und das Grundstück. Sobald sie überzeugt waren, dass die Gefahr vorüber war, holten sie den Hispano-Suiza aus der Garage und brachten Isabella zu ihrer Schwester nach Palau.
»Sag ihr, sie soll die Polizei alarmieren«, bat James. *»Polizia.«*
»Si, si«, sagte Mauro und redete hastig auf die verängstigte Köchin ein.
Auf der Insel gab es nur wenige Telefone. Deshalb hatten sie keine andere Möglichkeit, als zu Ugos Palazzo zu fahren und Viktor selbst zu sagen, was passiert war. James bemerkte, wie ergeben Mauro seinem Herrn war. Nicht einmal die Nachwirkungen dieses fürchterlichen Angriffs hielten ihn davon ab, die ganze Nacht zu fahren und die schlechte Nachricht selbst zu überbringen. Jeder andere hätte versucht, sich aus dem Staub zu machen und sich zu verstecken, so wie Horst es offenbar getan hatte.
Aber James hatte nicht die Absicht, Mauro allein fahren zu lassen, und deshalb beluden sie das Auto und fuhren in Richtung Gennargentu-Gebirge. Zum Glück kannte Mauro den Weg, denn er war ja in diesen Bergen aufgewachsen. Die Barbagia war seine Heimat. Auf einer alten Armee-Landkarte zeigte er James den Weg, markierte die Route mit einem dicken roten Stift, und dann fuhren sie los.
Anfangs kamen sie gut voran. Sie fuhren durch das Landesinnere

über Gallura und Logudoro, da die Straßen hier etwas besser waren als an der Küste. Einige Stunden später bemerkte James, dass sie durch das Valle dei Nuraghe fuhren, und er erkannte auf der linken Seite den schwarzen, gedrungenen Umriss des Turms von Sant' Antine wieder. Bald wurde es bergiger, und die Straße war nur noch ein gewundener, schmutziger Pfad, übersät mit Schlaglöchern und Felsbrocken. Sie konnten nur noch ganz langsam fahren und wussten nicht, was sie hinter der nächsten Kurve erwartete.

Ihre Gesichter waren staubbedeckt. James' Augen brannten, da er ständig angestrengt in den Lichtkegel blickte, den die Scheinwerfer auf die Straße warfen. Er wusste, dass Mauro noch schlimmer dran war, durfte er doch keinen Moment lang unkonzentriert sein, wenn er nicht einen Felsen streifen oder vom Weg abkommen wollte. James blickte zu ihm hinüber und sah, dass Mauros Kräfte schwanden. Er hatte nicht richtig geschlafen und einen schlimmen Schlag auf den Kopf bekommen. Die Augen fielen ihm immer wieder zu, und er kämpfte, um sie offen zu halten. James wusste, er musste mit ihm sprechen, damit er nicht einschlief.

»Bist du okay?«, fragte er ihn.

»Si«, sagte Mauro. »Du kämpfst gut, James. Du okay. Tut mir leid, ich schlecht zu dir gewesen. Freunde jetzt.«

»Freunde«, erwiderte James.

»Le montagne sono belle«, sagte Mauro.

»Die Berge?«, fragte James.

»Si«, sagte Mauro. *»Buone.* Gut. Dir gefallen? Meine Heimat.«

»Erzähl mir etwas von deinem Zuhause«, bat James, und Mauro begann mit seiner Lebensgeschichte.

Er hatte sein Dorf niemals verlassen wollen, aber das Leben war hart und die Menschen arm. Er wäre gerne dort geblieben und bei seinen eigenen Leuten alt geworden, aber seine Schwester und seine Mutter konnten ja die Tiere hüten und Käse machen, deshalb gab es für ihn nichts zu tun. So war er, wie viele andere Jungen vor ihm, weggegangen, um eine Arbeit zu finden, mit der er so viel verdiente, dass er jeden Monat etwas nach Hause schicken konnte.

Zuerst hatte er in den Salzseen in der Nähe von Cágliari gearbeitet, aber die Arbeit war schwer gewesen und wurde schlecht bezahlt, schließlich aber hatte er eine weniger anstrengende Arbeit in einer Bar in Sássari gefunden, wo er Viktor begegnet war.

Viktor hatte damals seine Villa neu gebaut und brauchte Personal.

Mauro arbeitete gerne für Viktor. Er war nett und das Leben in seiner Villa war angenehm. Manchmal, wenn Viktor in die Schweiz, nach Italien oder nach Frankreich reiste, nahm er Mauro mit, manchmal reiste er auch allein und dann konnte Mauro tun, was er wollte.

»Ich dann schwimmen«, sagte Mauro und gähnte. »Boot fahren. Gut essen.«

Als sie eine Bergkuppe überquerten, musste Mauro scharf bremsen, um nicht drei runzlige alte Männer in schwarzen Mänteln mit spitzen schwarzen Kapuzen zu überfahren, die auf drahtigen kleinen Ponys ritten. Er würgte den Motor ab, und das Auto blieb mitten auf der Straße stehen. Langsam ritten die Männer um das Auto herum weiter. Sie hatten es überhaupt nicht eilig. Hier hatte sich in den letzten Jahrhunderten nichts verändert. James war sicher, dass die Menschen hier schon vor fünfhundert Jahren, vielleicht sogar schon vor tausend Jahren genauso gekleidet auf genau diesen Wegen geritten waren.

Er schaute nach Mauro. Sein Kopf war nach vorne auf das Lenkrad gesunken, und er schlief.

»Komm«, sagte er und schüttelte ihn. »Rutsch zur Seite. Ich kann auch fahren.«

Mauro versuchte zu protestieren, aber er war zu müde, und nachdem er von James mit Gewalt auf den Beifahrersitz verfrachtet worden war, war er sogleich wieder eingeschlafen.
James ergriff das Lenkrad und betrachtete die Armaturen. Der Hispano-Suiza unterschied sich nicht sehr von dem Sportwagen, den er zu Hause in Eton hatte, und nach einem holprigen Start fuhr James guten Mutes weiter.
Die Sonne ging auf, das machte alles etwas leichter, aber noch immer lag ein gutes Stück Weg vor ihnen. Doch das kümmerte ihn nicht, James fühlte sich fit, alle Sinne waren geschärft. Der Hispano-Suiza hatte einen starken Motor, aber er kam zurecht. Er fühlte sich tatendurstig und kühn.
Diese Nacht, das wusste er, würde er niemals vergessen.

Das Letzte, woran ein Sterbender denkt

Den ganzen Morgen über waren die Leute in die kleine Stadt Sant' Ugo geströmt. Die meisten von ihnen waren arme Bauern und Schafhirten, aber es gesellten sich auch einige Mitglieder reicherer Familien dazu und Touristen, die sich für die Sehenswürdigkeiten interessierten.

Der Ort hatte ursprünglich nur aus Schäferhütten bestanden, aber Graf Ugo hatte ihn vergrößert, um seine Arbeiter unterzubringen. Jetzt war Sant' Ugo eine hässliche, langweilige Ansammlung hastig errichteter, teilweise noch unfertiger Betonbauten, die in einem knalligen Lachsrosa gestrichen und schachbrettartig entlang breiter Straßen angeordnet waren. Das einzig Sehenswerte war ein Sportstadion am Rande der Stadt, in das die Menge jetzt drängte.

James steuerte den großen Hispano-Suiza vorsichtig die belebte Hauptstraße entlang. Er musste an den vierten Juni in Eton denken. Ausgelassene Menschen, viele von ihnen offenbar schon betrunken, hatten die Fußwege verlassen und gingen sorglos mitten auf der Straße.

Es war heiß und laut, und James schwirrte der Kopf, vor allem weil er schon die ganze Nacht über gefahren war. Er überlegte, welchen Eindruck Mauro und er jetzt machten – zwei schmutzige Jungen in einem großen, schmutzigen Hispano-Suiza –, aber niemand schien sich sonderlich für sie zu interessieren. Hin und wieder umringte eine Gruppe von Halbstarken das Auto, sie sangen und schrien und trommelten auf die Motorhaube. Vermut-

lich hielten sie James und Mauro für zwei Zecher, die zum Fest wollten.
James fühlte sich ausgelaugt; er hatte einen steifen Hals, seine Augen brannten, und sein Mund war voll Staub. Die Sonne brannte von einem strahlend blauen Himmel, es sah also ganz so aus, als würde auch dieser Tag glühend heiß werden.
»Das ist nicht gut«, sagte er zu Mauro. »Wir sollten das Auto stehen lassen und zu Fuß weitergehen. Einverstanden? *Si?*«
»*Si*«, stimmte Mauro benommen zu.
Sie bogen von der Hauptstraße ab, parkten den Wagen in einer Gasse und stiegen aus.
Sant' Ugo war in einem trockenen, felsigen Tal erbaut, am Fuß zweier Berge. Irgendwo dort oben waren Ugos Palazzo und Viktor Delacroix.
Die beiden müden Jungen bahnten sich ihren Weg durch die Festbesucher, bis sie am anderen Ende des Orts angekommen waren. Als sie die Häuser hinter sich gelassen hatten, konnte James die Zwillingsgipfel zum ersten Mal richtig sehen.
Der Anblick war genau so, wie Ugo ihn beschrieben hatte; hoch oben, zwischen beiden Bergen, erstreckte sich der Damm, und direkt darunter befand sich der Aquädukt, der das Tal auf unglaublich hohen Bögen überquerte. Rechts davon, an den Berghang geschmiegt, war etwas, das wie ein Spielzeug aussah, viel zu ungewöhnlich und zu perfekt, um real zu sein.
Es war eine strahlend weiße, römische Spielzeugstadt, ausgestattet mit Tempeln, Villen, Säulengängen und, wie es schien, sogar einem kleinen Amphitheater.
Der Ort war auf mehreren Ebenen erbaut worden, sodass die Terrassen des einen Gebäudes das Dach des darunter liegenden Gebäudes bildeten. Die Stadt schien in der Luft zu schweben, hoch über dem Tal. James musste unwillkürlich lächeln. Sie war tatsächlich wie ein Spielzeug, und fast hatte er den Wunsch, ein-

fach mit der Hand hinaufzugreifen und einen kleinen römischen Zinnsoldaten hineinzustellen.
Mauro deutete auf etwas, und James sah die steil ansteigenden Gleise einer Bergbahn, die an einem der Hänge verliefen. Die beiden Jungen machten sich in diese Richtung auf den Weg.
An der Talstation herrschte hektisches Treiben. Eine Gruppe junger Burschen entlud Körbe mit Esswaren von einem Waggon, der in einem Schuppen abgestellt war. Sie hantierten geschäftig herum, riefen, stritten und lachten. Ein gelangweilter Wachposten überwachte das Ganze nur halbherzig, dabei gähnte er herzhaft.
James klopfte sich den Staub von der Kleidung und eilte zu dem Mann hinüber. In seinem holprigen Italienisch versuchte er, dem Wachposten zu erklären, was er wollte, aber der starrte ihn nur mit gelangweilter Miene an und gähnte ihm ins Gesicht. Mauro kam ihm zu Hilfe, aber es war offensichtlich, dass auch das nichts helfen würde. Der Wachmann wollte einfach nicht verstehen.
James' Kopf dröhnte, und er war überzeugt, dass, wenn er nicht sofort Schatten fände, sein Kopf platzen würde. Er überlegte sich gerade, was er tun sollte, als einer der Jungen von dem Eisenbahnwagen zu ihnen herüberkam.
»Mauro!«, rief er.
»Stefano! *Che cosa fai qui?*«
Mauro strahlte übers ganze Gesicht, und die beiden palaverten freudig miteinander, dabei umarmten sie sich nach italienischer Sitte ständig und klopften sich auf die Schultern.
Wie sich herausstellte, war Stefano aus demselben Dorf wie Mauro. Er arbeitete in Ugos Küche. Daher kannte er den Wachmann und machte ihm allmählich klar, dass seine Freunde eine wichtige Nachricht für Viktor Delacroix oben im Palast hatten.
Die Wache schlürfte in eine Baracke und kam nach einer Weile

mit einem Stapel Papier zurück, das eng mit Schreibmaschine beschrieben war.
Er blätterte den Stapel aufreizend langsam durch, Seite für Seite. In seinen Augen glomm ein schwacher Schimmer.
»Viktor Delacroix?«, fragte er, und James nickte.
»Bene.«
Er winkte James und Mauro lässig in den Eisenbahnwagen und erklärte einem anderen Posten, der sich dort vor der Sonne versteckte, was los war.
Als er einstieg, nahm James den Waggon genauer in Augenschein. Er hing an einem dicken Stahlseil und war auf einen keilförmigen Rahmen montiert, sodass er immer in der Waagerechten blieb, während er die schwindelerregend steil ansteigenden Gleise hinauffuhr.
Der Wächter legte einige Hebel um, und James hörte ein rauschendes, gurgelndes Geräusch von unten. Er schaute hinaus und sah, dass ein Wassertank unter dem Fahrzeug in eine Betonrinne geleert worden war. Er vermutete, dass der Zug mit Ballastgewichten betrieben wurde.
Mit einem Ruck setzte der Wagen sich in Bewegung, und sie fuhren bergwärts.
James setzte sich neben Mauro in einen roten Plüschsessel. Er fragte sich, ob diese protzige Bahn ursprünglich zu Ugos Bergwerken gehört hatte. Jetzt sah sie wirklich nicht wie eine Grubenbahn aus, mit den rot bezogenen Sitzen und den geschnitzten und vergoldeten Täfelungen an der Wand.
Auf halber Strecke begegnete ihnen der talwärts fahrende Wagen, der noch mehr Körbe und Arbeiter aus dem Palazzo nach unten brachte, dann überquerten sie eine Brücke, die einen tiefen schwarzen Abgrund überspannte. Auf der anderen Seite der Brücke führten die Schienen in einen Tunnel, der in einen großen Felsvorsprung gehauen worden war, und als sie wieder ans

Tageslicht kamen, sahen sie die ersten Gebäude des Palazzo vor sich liegen. James schaute an den hohen, steilen Wänden hinauf, die von kleinen Fenstern durchbrochen waren; gelegentlich, wenn sie unmittelbar daran vorbeifuhren, konnte er sogar einen Blick durch die Fenster werfen. Je höher sie kamen, desto vornehmer wurden die Häuser. Es gab Aussichtstürme, große Standbilder und erhöht liegende Gehwege. Schließlich, sie waren schon beinahe zehn Minuten unterwegs, hielten sie im obersten Bereich des Palazzo an, wo eine weitläufige und großzügige Piazza angelegt worden war.

James schaute hoch. Der große graue Berg erhob sich über dem Palazzo, und nahe dem Gipfel erhob sich der Damm, der das Tal bis zum gegenüberliegenden Berg überspannte.

Die Piazza schien das Herzstück von Ugos Anlage zu sein. Auf einer Seite war sie offen, sodass man das Tal und den Aquädukt überblicken konnte, der genau in den Palazzo mündete und in dessen Rinne das Wasser im Sonnenlicht funkelte. Hohe, elegante Fassaden reihten sich rechts und links entlang der Piazza, und an ihrem hinteren Ende führte eine Flucht breiter Marmortreppen zum beeindruckendsten Gebäude von allen. Es war eine wuchtige Säulenhalle, und auf dem Dach befand sich ein Standbild von Julius Caesar.

Das musste Ugos Privatresidenz sein.

Der Platz lag gespenstisch verlassen da und war, verglichen mit dem Schmutz und dem Verfall auf dieser ärmlichen Insel, geradezu unnatürlich sauber. Er wirkte wie eine aufwendige Kulisse. Alles war viel zu gepflegt und viel zu weiß. James musste seine brennenden Augen beschirmen.

Die Wächter führten die beiden Jungen über den Platz, vorbei an einem Brunnen, der Neptun auf dem Rücken von vier Wasser speienden Delfinen zeigte.

Als sie sich dem Hauptgebäude näherten, sah James, dass es direkt in den Fels hineingebaut war. Die rückwärtigen Zimmer waren sicherlich aus dem Fels gehauen. Der Wächter begleitete sie die Treppen hoch bis zu einer riesigen düsteren Marmorhalle, die voller Gemälde hing.

»*Aspettate qui*«, sagte er und ließ James und Mauro zurück.

»Der Graf muss sehr reich sein«, sagte James und schaute sich um. »Viel Geld«, fügte er hinzu und rieb die Fingerspitzen gegeneinander.

Mauro machte eine wegwerfende Handbewegung. »Er ein Barbati.«

»Aus den Bergen?«, fragte James.

»*Si*. Er so wie ich«, sagte Mauro. »Aus meinem Dorf. Er gar kein Graf. *È un contadino.*«

»*Contadino?*«, fragte James. »Was ist ein *Contadino?*«

»*Pastore*«, sagte Mauro und gab ein Meckern von sich.

»Willst du damit sagen, er ist ein Schäfer?«, fragte James. Mauro deutete mit den Fingern zwei Hörner an. »Ein Ziegenhirte?«

»*Si.*«

James lachte. Die beiden setzten sich auf eine Steinbank. James stützte seinen schmerzenden Kopf in die Hand und war im gleichen Augenblick eingenickt, aber als sein Kopf vornübersackte, war er im Nu wieder wach.

Er durfte nicht einschlafen.

James stand auf und ging zu einem Bild, um es näher zu betrachten und sich auf diese Weise wach zu halten.

Es stellte eine grausige Szene aus einem Heiligenleben dar. Der Bildhintergrund zeigte mehrere unbewaffnete Männer, die erschlagen wurden, im Vordergrund kniete ein Mann mit einem leuchtenden Heiligenschein. Sein Blick war zum Himmel gewandt, und ein leises Lächeln lag auf dem Gesicht. Ein Barbar mit einem entschlossenen Gesichtsausdruck war gerade dabei, dem Heiligen ein Schwert durch den Kopf zu stechen.

»Er sieht beinahe fröhlich aus, dieser Narr, nicht wahr?«, hörte

James eine Stimme hinter sich, und im selben Moment nahm er einen süßsauren, übel riechenden Fäulnisgeruch wahr. Er drehte sich um und sah einen Mann, der seinen Arm in einer Schlinge trug und dessen Schulter dick bandagiert war. Er schien Fieber zu haben und die ungewöhnlich graue Iris seiner Augen war so blass, dass sie beinahe weiß wirkte.

»Schau ihn dir an«, sagte der Mann und deutete auf den Heiligen. »Glaubst du, er möchte sterben?«

James wusste nicht, was er darauf antworten sollte, deshalb sagte er gar nichts.

»Er will in den Himmel zu seinem Gott«, fuhr der Mann mit hartem Akzent fort. »Ich fürchte, er wird bitter enttäuscht werden. Dieses Gemälde lügt. Ich habe viele sterben sehen, gute Männer, starke Männer, tapfere Männer. Und am Ende ist es doch immer das Gleiche. Angst. Weißt du, was der letzte Gedanke ist, der jedem Mann durch den Kopf geht, bevor er stirbt? Sogar dem härtesten Mann?«

»Nein«, sagte James. »Vielleicht denkt er an Gott.«

»Gott?«, sagte der Mann und lachte. »Nein, er ruft nach seiner Mutter. Er schreit nach ihr. *Mama!* Wie bemitleidenswert. Im Krieg habe ich an vielen Kämpfen teilgenommen. Das Schlimmste war, dass ich wusste, es wird mir keinen Deut anders gehen als den anderen. Ich wusste, eines Tages werde ich im Dreck liegen, mit hervorquellenden Eingeweiden, und ich werde versuchen, sie zurückzuschieben, wie ein Baby weinen und nach meiner Mutter schreien.«

Er schniefte und wandte sich James zu. »Du kannst nur hoffen, dass du einen sauberen und schnellen Tod hast«, sagte er. »Eines Tages musst du vielleicht auch in einem Krieg kämpfen. Dann musst du hartherzig sein. Jemandem in die Augen zu schauen, seine Angst zu sehen, zu wissen, dass auch er eine Mutter hat, das ist verdammt schwierig.«

Der Mann schwieg eine Weile gedankenverloren, und James wusste noch immer nicht, was er sagen sollte. Endlich riss der Mann sich von seinen Gedanken los und streckte James seine unverletzte Hand entgegen.

»Ich bin Zoltan, der Madjar«, sagte er. »Und wer bist du?«

»Mein Name ist Bond, James Bond.«

»Aha, der junge Neffe von Viktor Delacroix?«

»Genau. Kennen Sie ihn denn?«

»Gestern beim Abendessen war von dir die Rede«, sagte Zoltan. »Ugo hatte geglaubt, dass du Viktor begleiten würdest.«

»Ich . . . Ich konnte nicht früher kommen.«

»Aber nun bist du ja da.«

»Ich muss Viktor etwas mitteilen. Schlechte Nachrichten. Ich muss ihn finden. Einer der Wächter sucht ihn schon, glaube ich, aber . . .«

»Auf Ugos Wachen kann man sich nicht verlassen«, sagte Zoltan. »Ich werde deinen Vetter suchen. Vertrau mir.«

Zoltan lächelte und ging davon.

James warf einen letzten Blick auf das Gemälde, ehe er sich wieder hinsetzte. Mauro lag auf der Bank und schnarchte. James beneidete ihn.

Er saß da und kämpfte gegen den Schlaf, bis er schließlich Schritte hörte und Graf Ugo mit einer Wache hereinkam. Kaum hatte er Mauro erblickt, trat ein Ausdruck kalter Wut in sein geisterhaftes Gesicht.

»Was hat dieser dreckige Bauer denn hier drin verloren?«, schrie er.

»Er begleitet mich«, sagte James.

»Du solltest deinen Diener nicht mit ins Schloss bringen«, zürnte Ugo. »Er ist schmutzig. Schau ihn dir an.«

»Er ist nicht mein Diener, sondern mein Freund«, sagte James und schüttelte Mauro, um ihn zu wecken.

Als Mauro wankend auf die Beine kam, schrie Ugo ihn auf Sardisch an.
Mauro blickte halb verwirrt, halb verschlafen, und schien nicht zu wissen, wo er war und was hier vor sich ging. Er hatte eine Menge durchgemacht, und sein Gesicht war von dem Kampf noch immer schrecklich gezeichnet.
»Pastore«, stieß er leise hervor und grinste James an.
Ugo brüllte jetzt, aber Mauro blieb ihm nichts schuldig, und James sah, dass sich Ugos Augen vor Wut weiteten und seine Nasenflügel bebten. Voller Zorn versetzte er Mauro einen heftigen Schlag ins Gesicht. Der Junge schnaubte und plötzlich, noch ehe James einschreiten konnte, spuckte er Ugo vor die Füße.
Ugo prallte zurück. Er hielt sich die Hand vor den Mund und würgte. »Schau, was er getan hat!«, schrie er James zu. »Wie kann er es wagen, auf meinen Fußboden zu spucken? Dieser widerliche Bauer. Dafür bekommt er Hiebe.«
»Nein«, entgegnete James. »Sie hätten ihn nicht schlagen dürfen. Er ist nicht ihr Diener. Er ist mein Kamerad.«
»Ich werde ihn windelweich prügeln.«
»Nein«, entgegnete James wieder. »Sie werden ihm gar nichts tun.«
Ugo starrte James an, und zum ersten Mal sah James so etwas wie Farbe in dem kalkweißen Gesicht. Ugos Wangen und sein Hals waren rot angelaufen. »Wie, du wagst es, mir Befehle zu erteilen?«, fragte er ganz ruhig.
Zum Glück kehrte Zoltan genau in diesem Moment zurück.
»Komm schon, Ugo«, sagte er gelassen. »So schlimm ist es nicht.« Er zog ein Taschentuch hervor und wischte den Speichel schnell weg. »Da«, sagte er. »Alles in Ordnung.«
Aber Ugo war mit James noch nicht fertig.
»Daran bist du schuld, Junge«, sagte er kalt. »Du solltest deine Diener besser an die Kandare nehmen.«

Bevor James darauf antworten konnte, legte Zoltan seinen unversehrten Arm auf Ugos Schulter. »Wirklich, mein Guter«, sagte er, »er ist doch noch ein Junge. Und er sucht seinen Vetter. Komm mit, James. Ich denke, ich weiß, wo er ist.«
Noch während er dies sagte, drängte er James und Mauro schnell aus dem Palast.
»Beeilt euch und schaut euch nicht um«, sagte er und folgte ihnen. »Je weiter wir von Ugo weg sind, desto besser.«
»Danke, dass Sie mir geholfen haben«, sagte James.
»War mir ein Vergnügen.« Zoltan lächelte ihn an. »Aber ich denke, du solltest deinen Freund schleunigst von hier wegbringen. Ugo ist gefährlich, wenn er zornig ist.«
»Ich muss Viktor finden«, sagte James. »Wissen Sie wirklich, wo er ist?«
»Ich glaube, er ist beim Damm«, sagte Zoltan. »Ich bringe dich hin.«
Von der Piazza aus fuhr eine zweite Seilbahn zum Damm hinauf. Dort stießen sie auf Poliponi, der auf einen Wagen wartete. Er war so gefangen in seiner bizarren Gedankenwelt, dass er nicht im Mindesten erstaunt zu sein schien, die beiden Jungen hier zu treffen.
»Ist es nicht großartig?«, sagte er, bevor James den Mund aufmachen konnte. »Dieser Palazzo! Er ist die reinste Verkörperung des Surrealen, die ich je gesehen habe. Ich liebe ihn. Hier möchte ich immer leben. Daneben wirkt die Casa Polipo langweilig. Graf Ugo ist ein Gott!«
»Es hat einen Raubüberfall gegeben«, platzte James heraus.
Poliponi verstummte, sein Mund stand offen.
»Was? Hier? Was sagst du da?«
»Nein. In der Villa. Banditen. Sie haben alles mitgenommen . . . Ihre Bilder. Alles . . .«
»Meine Bilder?« Poliponi lief grau an, und alles Leben schien aus ihm zu weichen. »Du machst nur Spaß . . .«

»Nein.«
Mauro mischte sich in das Gespräch ein und berichtete auf Italienisch, was vorgefallen war. Der Künstler war außer sich, er konnte nicht glauben, was er hörte.
Bald darauf kam der Seilbahnwagen herangerollt, hielt an und entleerte den Wassertank in eine Rinne. Poliponi musste beim Einsteigen gestützt werden. Er sank auf einer gepolsterten Bank zusammen, zu erschüttert, um noch ein Wort sagen zu können.
Als sie sich in Bewegung setzten, blickte James zum Damm hinauf, der sich hoch über ihnen auftürmte und den Himmel zu zerteilen schien.
»Wirklich beeindruckend, was Ugo hier aus dem Boden gestampft hat, nicht wahr?«, fragte Zoltan.
»Sieht ganz so aus«, sagte James.
»Aber ich frage mich, ist es ein Palazzo oder eine Festung? Jeder, der nach oben oder nach unten will, muss mit der Bahn fahren. Eine andere Möglichkeit gibt es nicht. Außer durch das Bergwerk, aber das wird von Ugos Leuten bewacht. Oh, und dann ist da natürlich noch seine geliebte Sikorsky.«
»Ich habe mich auch schon gefragt, wie man mit einem Amphibienflugzeug in der Nähe eines Berggipfels landen kann?«
Zoltan gab keine Antwort, denn als er sich hinsetzen wollte, stieß er mit seinem verletzten Arm an die Wand des Eisenbahnwagens und fluchte laut.
James brannte vor Neugier, ihn nach seiner Verletzung zu fragen, und auch wenn es wahrscheinlich nicht sehr höflich war, konnte er sich nicht zurückhalten.
»Was ist mit Ihrem Arm passiert?«, fragte er.
»Ich habe mit einer Meerjungfrau gekämpft«, erwiderte Zoltan.
»Ich wusste gar nicht, dass Meerjungfrauen so gefährlich sein können«, sagte James.
»Das sind sie aber«, sagte Zoltan. »Die Leute glauben, es sind net-

te kleine Mädchen mit einem Fischschwanz, die es nur im Märchen gibt, in Wirklichkeit aber sind es bösartige Kreaturen. Sie haben scharfe Zähne. Geh ihnen aus dem Weg, James.«

»Das werde ich.« James sagte kein Wort mehr. Wenn Zoltan nichts über die Verletzung erzählen wollte, dann würde James ihn nicht weiter bedrängen.

Der Wagen ruckelte hinein in die hölzerne Windenstation und kam dort zum Stehen. Als James ausstieg, bemerkte er, dass das Seil, das vorne am Wagen befestigt war, um eine riesige Trommel lief und sich dann auf einem zweiten Gleis wieder nach unten schlängelte.

»Hier entlang«, sagte Zoltan, und James folgte ihm hinaus ins Freie.

Hinter dem Damm, durch hohe Felsen abgeschirmt, lag ein großer See. Ein kleines Motorboot war neben der Sikorsky festgemacht, die wie ein riesiger, unbeholfener weißer Vogel im Wasser lag. Das also war die Antwort auf James' Frage.

»Dort ist dein Vetter«, rief Zoltan und deutete auf die gegenüberliegende Seite des Damms. James erkannte seinen Cousin, der mit einem Fernglas die Felsen inspizierte.

James ging zu ihm und war mit einem Mal sehr nervös. Er hasste es, schlechte Nachrichten überbringen zu müssen. Wie würde Viktor es aufnehmen?

Su Compoidori

Alles? Sie haben alles mitgenommen? Unfassbar! Ich habe geglaubt, hier wäre ich sicher.«

»Es tut mir leid«, sagte James.

»Nein, James«, erwiderte Viktor. »Du hast getan, was du konntest. Du warst sehr tapfer. Ich wollte dich nicht hierher in die Berge mitnehmen, falls es Schwierigkeiten geben würde, und nun das ...«

»Was wirst du jetzt unternehmen?«, fragte James.

»Wenn es Einheimische waren«, sagte Viktor, »ganz gewöhnliche Banditen, dann werden sie vermutlich versuchen, mir die Gemälde zu verkaufen. Das machen sie immer so. Sie können mit den Kunstwerken nichts anfangen, James. Im Grunde genommen wollen sie dir damit nur zeigen, dass du dich nicht vor ihnen verstecken kannst.«

Während sie langsam zur Bergstation der Bahn zurückkehrten, warf James einen Blick über die Krone des Damms. Die Schutzmauer war an dieser Stelle nur sehr niedrig, dahinter ging es unendlich tief nach unten. Er ging nah am Rand entlang, um zu prüfen, ob ihm die Höhe Angst machte. Erleichtert stellte er fest, dass sie ihn nicht schreckte. Ihm wurde nicht schwindelig, und er verspürte auch keine Lust, sich hinunterzustürzen. Der Sprung von den Felsen schien ihn von seinen Schwindelanfällen kuriert zu haben.

Nachdem sie die Station erreicht hatten, sprach Viktor ein paar Minuten lang mit Mauro und Poliponi. James und Zoltan warteten unterdessen draußen bei dem künstlichen See und beobachteten, wie das Licht auf der Wasseroberfläche tanzte. Die flirrenden goldenen Lichtfunken lullten James ein, und er fiel in eine Art von Trance, sodass er beinahe einschlief.

»Sieht so aus, als könntest du ein Bett gut gebrauchen«, sagte Zoltan.

»Es war eine lange Nacht«, gab James zu.

Die Ruhe wurde durch ein Platschen unterbrochen. Einer von Ugos gelangweilten Wachleuten warf Steine in den Stausee. Die Wellen breiteten sich auf dem Wasser aus und verschwanden erst dort, wo ein hoher, überstehender Felsen die rechte Seite des Sees in Schatten hüllte.

Vom Tal drang der Klang von Hörnern und Trommeln herauf.

»Das Fest wird bald anfangen«, sagte Zoltan. »Wirst du hierbleiben?«

»Ich weiß es nicht«, sagte James. »Das hängt von Viktor ab.«

»Ich muss auf der Stelle nach Hause zurück«, sagte Viktor, als sie mit der Bergbahn talwärts fuhren. »Es tut mir so leid, James. Deine Ferien sind jetzt verdorben. Ich weiß nicht, was ich tun soll. Vielleicht solltest du besser nicht mit uns zurückkehren, es könnte ja immer noch gefährlich sein. Aber welche andere Möglichkeit haben wir denn?« Er schaute aus dem Fenster und trommelte mit der Hand gegen die Scheibe. »Ich hätte niemals hierher kommen sollen.«

Er ließ sich auf eine Sitzbank fallen und stützte seinen Kopf in die Hand.

James wechselte das Thema, um Viktor von seinen Sorgen abzulenken.

»Was hast du eigentlich dort oben auf dem Damm gemacht?«, fragte er. Ich habe gesehen, wie du mit deinem Feldstecher irgendetwas beobachtet hast.«

»Ich habe die Felsen genauer untersucht«, sagte Viktor. Er hob den Kopf und wischte sich übers Gesicht. »Ugo ist wahnsinnig. Er hätte den Damm niemals an dieser Stelle bauen dürfen. Das hätte ihm jeder Ingenieur bestätigt. Der Damm ist nicht sicher.«
»Nicht sicher?«, fragte Zoltan. »Das hört sich nicht gut an. Werden wir in unseren Betten absaufen?«
»Ich hoffe nicht«, sagte Viktor und zwang sich zu einem Lächeln. »Aber der Felsvorsprung, der sich an der nördlichen Seite des Sees entlangzieht, wirkt nicht sehr stabil. Ugo hat sehr tief in den Felsen gebohrt. Vermutlich hat er das Gestein, das sowieso schon löchrig war, noch mehr gelockert. Die Berge hier bestehen zum größten Teil aus Kalkstein, und der ist sehr porös. Er hatte Glück, dass er mit seinen Sprengungen nicht alles zum Einsturz gebracht hat. Es braucht nicht viel, und der Felsvorsprung ist unterhöhlt. Vielleicht reicht das Wasser im See schon dafür aus.«
»Ugo hatte schon immer hochfliegende Pläne«, sagte Zoltan. »Aber er hört auf niemanden.«
Auf der Piazza verabschiedete Zoltan sich von ihnen. Viktor und Poliponi gingen, um ihre Habseligkeiten aus dem Palazzo zu holen. James und Mauro stiegen in die andere Bergbahn um, und als wenig später die Erwachsenen zurückgekehrt waren, machten sich alle zusammen auf den Weg ins Tal.
In Sant' Ugo war der Menschenauflauf noch größer als vorher, man musste sich seinen Weg durch die Straßen erkämpfen. Als sie den Hauptplatz erreichten, stieß James zu seiner großen Überraschung auf Peter Haight und die anderen Schüler. Natürlich war auch Perry Mandeville dabei.
»Schau«, sagte James aufgeregt zu Viktor. »Meine Klassenkameraden aus Eton.«
James bahnte sich einen Weg durch die dichte Menschenmenge. »Was macht ihr denn hier?«, rief er. Er war froh bekannte Gesichter zu sehen.

»Mister Cooper-ffrench hat von dem Fest gehört, und die Gelegenheit war zu verlockend, um sie ungenutzt zu lassen«, sagte Haight. »Wir sind in einem Zeltlager außerhalb der Stadt untergebracht, zusammen mit sardischen Schülern.« Haight hielt inne und blickte James stirnrunzelnd an. »Wie geht es dir?«, fragte er. »Ist alles in Ordnung? Du siehst mitgenommen aus.«
James machte Haight mit Viktor und Poliponi bekannt und berichtete, was passiert war.
»Das ist ja schrecklich«, sagte Haight und schüttelte den Kopf. »Entsetzlich. Das muss ganz besonders *Sie* getroffen haben, Signor Poliponi.«
»Meine Bilder sind meine Kinder«, sagte Poliponi, der niemals verheiratet gewesen war und keine eigenen Kinder hatte.
»Was fangen Sie jetzt an?«, fragte Haight.
»Ich fahre auf dem kürzesten Weg zurück«, sagte Viktor. »Aber ich weiß nicht, was ich in der Zwischenzeit mit James machen soll. In der Casa Polipo wird es bestimmt nicht sehr lustig zugehen.«
»Warum bleibt er dann nicht bei uns?«, fragte Perry, der aufmerksam zugehört hatte. »Wir passen schon auf ihn auf.«
Viktor schaute Peter Haight fragend an.
»Das wäre eine Möglichkeit . . .«, überlegte Haight. »Wir werden morgen Höhlen in der Nähe von Dorgali besichtigen. Dort ist der größte Stalagmit in ganz Europa.«
Viktor wandte sich wieder James zu. »Es wäre nicht verkehrt, wenn du bei deinen Mitschülern bleiben würdest«, sagte er. »Jedenfalls so lange, bis ich mich davon überzeugt habe, dass zu Hause alles sicher ist, und ich die Villa wieder in Ordnung gebracht habe. Dann schicke ich dir ein Telegramm, und du kannst deine letzten Ferientage mit uns am Capo d'Orso verbringen.«
»In Ordnung«, sagte James. »Und bitte, mach dir keine Sorgen um mich. Ich werde schon auf mich aufpassen.«

»Hast du denn dein Gepäck dabei?«
»Ich habe meine Reisetasche mitgenommen. Nur für alle Fälle.«
»Du bist auf alles vorbereitet, nicht wahr, James?«, Viktor lächelte.
»Wir werden an Ihrer Stelle auf ihn achtgeben, Monsieur Delacroix«, sagte Haight, »und wir werden ihn ganz bestimmt gesund und wohlbehalten zu Ihnen zurückschicken.«
»Danke«, sagte Viktor, »allerdings scheint James sehr gut auf sich selbst aufpassen zu können. Wo steckt eigentlich Mauro?«
Der lag auf einer Bank und schlief tief und fest.
»Der arme Junge«, sagte Viktor. »Er ist völlig erschöpft. So kann er nicht weiterreisen. Sein Dorf ist nicht weit entfernt. Am besten, er geht dorthin und ruht sich einige Tage lang bei seiner Familie aus. Er steht noch immer unter Schock.«
Viktor legte die Hand auf James' Schulter.
»James, wir reisen ab, bevor er aufwacht. Sonst, das weiß ich, wird er darauf bestehen, mich zu fahren. Sag ihm, dass ich ihm befohlen habe, nach Hause zu gehen. Tust du mir diesen Gefallen?«
»Natürlich.«
James zeigte Viktor und Poliponi, wo der Hispano-Suiza stand, und nahm seine Tasche. Als die beiden Männer reisefertig waren, wurde Poliponi plötzlich unruhig und wollte in letzter Sekunde aus dem Wagen springen. Dabei murmelte er vor sich hin, er müsse sich erst noch von Graf Ugo verabschieden.
»Vergiss ihn«, sagte Viktor und zog Poliponi zurück ins Auto. »Er ist ein Narr.«
»Wie kannst du so etwas behaupten?«, fragte Poliponi verärgert. »Nachdem du mit eigenen Augen gesehen hast, was er alles geleistet hat.«
»Gerade *weil* ich das gesehen habe, kann ich das behaupten«, erwiderte Viktor kurz. »Ich habe seinen Palazzo gesehen, und ich

habe seinen größenwahnsinnigen Damm gesehen. Alles ist Schwindel. Nichts ist echt. Seine großartigen Bauten – sie sind nicht aus Stein, es sind nur Gipsfassaden. Der erste schwere Gewitterschauer wird sie wegspülen. Alles hier ist Lug und Trug.«

»Du bist nur neidisch«, sagte Poliponi.

»Worauf?«, fragte Viktor verächtlich. »Ugo will nur angeben. Aber er hat nichts, womit er angeben könnte. Als Ingenieur habe ich viele Silberminen gesehen, Poliponi, und ich kenne mich mit Gestein aus. Hier gibt es kein Silber, hier hat es nie welches gegeben. Er ist ein Schauspieler, der die Rolle des Kaisers spielt. Komm, lass uns gehen. Auf Wiedersehen, James.«

Mauro erwachte, und er war natürlich wütend, dass man ihn zurückgelassen hatte. Einzig der Gedanke, dass er seine Mutter und seine Schwester wiedersehen würde, heiterte ihn wieder auf.

»Beeil dich!«, sagte James. »*Rapido*. Oder willst du es riskieren, Ugo ein zweites Mal über den Weg zu laufen?«

»Ugo«, sagte Mauro verächtlich und spuckte auf den Boden.

»Genau«, sagte James. »Und jetzt geh.« Ihm fiel auf, dass einer von Ugos Wachleuten, der seine Schirmmütze tief ins Gesicht gezogen hatte, sie genau beobachtete. »Und, bitte, Mauro, hör auf zu spucken!«

Mauro lächelte. »James«, sagte er und umarmte ihn, »du guter Freund. Meine Schwester, sie dich mögen würde. Bis bald.«

Er winkte ihm zu und trottete über den Platz davon. James sah ihm nach, bis die Menschenmenge ihn verschluckt hatte.

Im selben Augenblick tauchte Mr Cooper-ffrench auf, der noch rotgesichtiger und verschwitzter aussah als sonst. Er war erstaunt, James an diesem Ort anzutreffen, aber noch erstaunter war er, als James ihm erzählte, was passiert war.

»Ich habe also recht behalten, du hättest nicht auf eigene Faust weggehen sollen«, sagte er. »Ich hätte das nicht zulassen dürfen. Nun gehen wir aber am besten ins Stadion, sonst versäumen wir noch alles.«

James nahm seinen ramponierten alten Koffer in die Hand. »Erinnere mich bitte daran«, sagte er zu Perry. »Wenn ich nicht aufpasse, lasse ich das Ding überall stehen.«

Als sie sich ihren Weg durch die Drehkreuze bahnten, erhaschte James einen ersten Blick ins Innere des Stadions. Obwohl er auf großen Prunk hätte gefasst sein müssen, kam er aus dem Staunen nicht wieder heraus. Graf Ugo hatte sich einen verkleinerten Nachbau des Kolosseums in Rom errichten lassen. In der Mitte war eine große sandbedeckte Arena, die von hohen Mauern umgeben war. Darüber stiegen Sitzreihen steil in die Höhe, und ganz oben zeichneten sich Statuen römischer Helden gegen den dunkelblauen Himmel ab.

»Glaubst du, es gibt ein Wagenrennen?«, fragte James. »Oder Gladiatorenkämpfe?«

Perry schnaubte vor Lachen. »Ja«, sagte er. »Vielleicht werden als besonderes Spektakel Christen den Löwen vorgeworfen.«

Die Einheimischen suchten geräuschvoll ihre Plätze auf und setzten sich; Mädchen mit Tabletts gingen herum und boten Brot, Früchte und Getränke an.

Alle Augen waren auf Graf Ugo gerichtet, der mit seiner Schwester Jana auf einem erhöhten Podest unter einem Baldachin saß. Er war in fließende weiße Gewänder gekleidet – jeder Zoll ein römischer Kaiser. Jana hatte noch mehr Schmuck angelegt als sonst, auf dem Kopf trug sie eine goldene Tiara. Seitlich standen bewaffnete Wachleute in ihren leuchtend roten Uniformen und zwei Trompeter, die als römische Legionäre gekleidet waren.

Die Fanfare, die sie anstimmten, klang ziemlich falsch. Danach begann Ugo eine langatmige Ansprache auf Italienisch.

Während er vor sich hin schwadronierte, nutzte James die Gelegenheit und nahm die Riege der Ehrengäste in Augenschein. Es handelte sich um eine bunte Ansammlung von ungefähr zwanzig Personen, die in unmittelbarer Nähe von Ugo Platz genommen hatten. Offenbar waren es keine Einheimischen. In ihren farbigen Anzügen und Sonnenbrillen wirkten sie fremd. Sie taten überlegen und wichtigtuerisch, so wie Menschen, die gewohnt sind zu befehlen und die erwarten, dass man ihnen gehorcht. Wie Politiker, Adelige oder Militärs wirkten sie aber nicht. Etwas Gefährliches und Geheimnisvolles umgab sie, etwas, das besagte: Komm mir nicht zu nahe. Die Ansprache schien sie genauso zu langweilen wie James; sie saßen da, fächelten sich Luft zu und sprachen kein Wort miteinander.
James bemerkte, dass auch Zoltan der Madjar bei ihnen saß. In ihrer Mitte schien er sich überaus wohlzufühlen.
Als Ugo seine Rede beendet hatte, brandete Applaus von den Rängen auf, dann öffneten sich die Tore, und eine Blaskapelle marschierte zu den Klängen eines monotonen Marsches ein. Ugo dirigierte die Kapelle mit ernstem Gesichtsausdruck.
Nachdem die Kapelle aufgehört hatte zu spielen, brandete noch mehr Jubel auf, denn Einheimische in Landestracht betraten die Arena. Sie marschierten im Kreis und ließen Dudelsäcke quäken, Trompeten schmettern und Trommeln dröhnen. Die Zuschauer sangen mit und warfen Blumen zu ihnen hinunter.
Der Zug schien nicht enden zu wollen. James nickte immer wieder ein. Schließlich erschienen Männer mit hölzernen Gesichtsmasken und seltsamen Kostümen aus Ziegenhaar, an denen Kuhglocken befestigt waren. Sie tanzten über den freien Platz und vollzogen ein Ritual, das James nicht verstand, das der Menge aber anscheinend sehr gefiel. Es herrschte eine fröhliche, aufgekratzte Stimmung, aber es war offenkundig, dass alle auf das bevorstehende Hauptereignis warteten.

James versuchte, wach zu bleiben, indem er sich mit Perry unterhielt und ihm berichtete, was passiert war, seit sie sich in Abbasanta getrennt hatten.

»Nun, du hast sicher aufregendere Tage gehabt als wir«, plapperte Perry atemlos. »Es war s-so langweilig, nachdem du weg warst, stinklangweilig. Nur Ruinen, Ruinen und nochmals Ruinen, ich wusste g-gar nicht, dass es so viele Ruinen auf der Welt gibt, ich dachte schon, die ganze Welt ist eine einzige große Ruine. In Cágliari war es auch nicht viel b-besser, ein trauriges Nest. Wir waren im übelsten Hotel untergebracht, und wenn ich sage im übelsten, dann ist das noch geschmeichelt. Ich bin sicher, dort gibt es Ratten. Ich konnte e-ewig nicht schlafen. Zum Glück hatte Love-Haight Tropfen dabei. Ekliges Zeug, bitter wie sonst noch was, als ob man M-Meerwasser trinkt.«

»Mir wäre eine etwas ruhigere Zeit lieber gewesen«, sagte James. »Jedenfalls lieber als von Banditen überfallen und um ein Haar umgebracht zu werden. Ich wäre überglücklich gewesen, wenn ich keine anderen Probleme gehabt hätte, als nicht einschlafen zu können.«

»Quatsch«, sagte Perry. »Ich kenne dich doch, James. Du m-magst es, wenn es ein bisschen gefährlich wird, sonst ist es dir langweilig. Man stelle sich nur vor: Du konntest einen Hispano-Suiza fahren, du Glückspilz. Und im Palazzo warst du auch. Wir Normalsterblichen können da nur hochschauen und staunen. Wie ist es dort oben? Ich habe gehört, er hat jede Menge Gemälde und Statuen und solches Zeug.«

James erzählte Perry von der Bergbahn und davon, wie Mauro auf Ugos Fußboden gespuckt hatte, und von Zoltan und dem seltsamen Gespräch über das Gemälde. James hatte geglaubt, Perry würde sich am meisten für Zoltan und dessen merkwürdige Einstellung zum Sterben interessieren, aber aus irgendeinem Grund war Perry von dem Gemälde fasziniert.

»Ein Heiliger, hast du gesagt? Dem ein Schwert mitten durch den Kopf gestoßen wird?«
»Ja«, sagte James. »Du siehst erschrocken aus. Sag mir bloß nicht, dass du dich gruselst. Es ist doch nur ein Bild.«
»Weißt du, welcher Heilige das ist?«
»Keine Ahnung. Mit Heiligen kenne ich mich nicht besonders gut aus. Warum interessierst du dich so dafür?«
»Sah er irgendwie, na ja, zufrieden aus?«, fragte Perry.
»Ja«, sagte James, und ihm fiel ein, was Zoltan über das Bild gesagt hatte. »Sehr zufrieden sogar.«
»War seine Kleidung grün und goldfarben?«
»Ich denke schon.«
»Und der Mann, der ihn tötete, hatte etwas auf dem Kopf, das wie eine P-Pelzmütze aussieht, sagst du?«
»Ja«, sagte James. »Mit einer großen Spitze.«
»Das ist der heilige Bonifatius«, sagte Perry.
»Woher willst du das wissen?«, fragte James.
»Der Beschreibung nach ist es eins von den Gemälden, die aus unserem Haus gestohlen wurden.«
»Das bildest du dir ein«, sagte James. »Wie sollte das möglich sein?«
»Ich weiß, es klingt albern«, erwiderte Perry. »Aber das ist eins von den Bildern, die man nicht so leicht vergisst.«
Nun räumten die Ziegenfelltänzer den Platz, und die Arena füllte sich mit Trommlern, die einen solchen Lärm veranstalteten, dass eine Unterhaltung unmöglich war.
Wieder öffneten sich die Tore, und ein Reiter galoppierte herein. Er saß auf einem mit Blumen geschmückten Pferd und hielt ein silbernes Schwert in der Hand.
Aus der Menge erschollen Rufe. *»Su Compoidori!«*
Der Reiter wirkte befremdlich, sogar etwas beunruhigend. Er war mit einem bauschigen weißen Hemd mit Quasten und Bän-

dern, einer eng geschnittenen Weste mit einem Ledergürtel und einer prunkvollen Mantilla bekleidet. Über diesem spanischen Brautschleier trug er einen hohen schwarzen Zylinder. Am sonderbarsten aber war die Maske, die sein Gesicht verdeckte. Sie zeigte die Züge einer Frau und war ausdruckslos wie eine Puppe. Der Reiter wirkte weder männlich noch weiblich, eher wie das lebende Abbild einer bizarren vorchristlichen Gottheit.

Er ritt einen großen Kreis und genoss den Beifall des Publikums, dabei führte er verschiedene Kunststücke auf seinem Pferd vor. So stellte er sich auf den Sattel, dann wieder legte er sich flach auf den Rücken des Tiers oder ritt verkehrt herum. Und während der ganzen Zeit schlugen die Trommler einen hämmernden Rhythmus, der von den Mauern widerhallte. Er wirkte hypnotisierend, sodass auch James unwillkürlich von der allgemeinen Begeisterung angesteckt wurde. Als die Vorführung zu Ende war, blieb der Reiter in der Mitte des Runds stehen. Mit seinem Schwert salutierte er vor Graf Ugo, dann gab er ein Zeichen, und die Tore flogen auf. Zwei weitere Reiter kamen hinzu. Sie trugen ähnliche Gewänder, aber ihre weißen Gesichtsmasken waren schlichter, und anstelle eines Zylinders hatten sie schlichte Stoffkappen in der Farbe ihrer Westen aufgesetzt: die eine schwarz, die andere rot.

Die Trommeln hämmerten und dröhnten weiter, und James fühlte sich allmählich benommen, beinahe beschwipst.

Mitten durch die Arena wurde ein Seil gespannt, von dem ein kleiner silberner Stern herabhing. Die beiden neu hinzugekommenen Reiter versuchten abwechselnd, aus vollem Lauf den Stern mit der Spitze ihres Schwerts zu treffen. Wenn sie es schafften, brandete Jubel auf, wenn nicht, machten die Zuschauer ihrer Enttäuschung Luft.

Viele schienen Wetten abzuschließen, und James bemerkte, dass auch Ugos Ehrengäste zum ersten Mal Interesse zeigten. Er sah, dass sie angeregt diskutierten und Geld hin- und herwanderte. James war von dem Lärm und der Atmosphäre überwältigt, seine Müdigkeit war wie weggeblasen. Da er kein Geld hatte, mit dem er hätte wetten können, feuerte er einfach den roten Reiter an, der am Ende auch mit sechs zu fünf Sternen gewann.

Als der Wettbewerb vorbei war, strömten alle auf den Gemeindeplatz, wo Spanferkel über dem Feuer brieten und an verschiedenen Ständen Essen verkauft wurde.

Die Straßen waren erfüllt vom Getöse der Trommeln und Trompeten. Die Einheimischen schlenderten herum, schwatzten und lachten. Alle schienen sich mehr für die Getränke als für das Essen zu interessieren. Überall wurde Wein angeboten, und die Menschen wurden allmählich betrunken.

Aber James hatte großen Hunger. Erst jetzt fiel ihm auf, dass er seit der vergangenen Nacht nichts mehr gegessen hatte. An einem Stand traf er auf Stefano, Mauros Freund. James aß von dem flachen, knusprigen Brot, *Carasau* genannt. Seit er hier war, gehörte es zu seinen Lieblingsspeisen. Dann nahm er sich etwas von dem gebratenen Schweinefleisch.

Ganz in der Nähe tanzte eine Gruppe Sarden. Sie bildeten einen großen Kreis und fassten sich an den Händen. Gitarren und Akkordeons begleiteten sie. Dicht daneben hatte sich eine Menschentraube gebildet, die irgendein Geschehen, das James nicht sehen konnte, lautstark kommentierte.

James und Perry gesellten sich dazu. Es ging um einen sardischen Ringkampfwettbewerb. Er schien zu Ugos Ehren abgehalten zu werden, denn der Graf hatte zusammen mit seinen unbewegt dreinschauenden Gästen auf einem Podium unter einem Sonnenschirm Platz genommen. Zoltan stand direkt hinter ihm und feuerte die Kämpfer an.

Auch die anderen Jungen aus Eton waren hier, sie standen dicht gedrängt an der einen Ecke des Podiums und schrien genauso laut wie die anderen.

Die Regeln waren denkbar einfach. Männer in weiten Hirtengewändern versuchten, sich gegenseitig zu Boden zu werfen. Soweit James feststellen konnte, hatte derjenige verloren, der bei drei Versuchen zweimal zu Boden ging.

Auch diesmal wurden Wetten abgeschlossen. Zoltan und Ugo schienen einen größeren Betrag gesetzt zu haben. Nun hing alles vom letzten Kampf ab. Die beiden Kontrahenten präsentierten sich selbstbewusst den Zuschauern und heizten die Stimmung noch mehr an. Ugo und Zoltan wählten je einen Favoriten aus. Unmittelbar bevor der Kampf begann, sah James, wie Ugo einer Wache leise einen Befehl erteilte, woraufhin der Mann sofort zu den Kämpfern eilte und einem von ihnen etwas ins Ohr flüsterte. Der schaute daraufhin zu Ugo hinüber und nickte.

Der Kämpfer verlor, und Ugo kassierte seinen Gewinn von dem enttäuschten Zoltan.

»Was den sardischen Ringkampf angeht, bin ich zwar kein Fachmann«, sagte Perry, »aber ich würde sagen, er hat den K-Kampf absichtlich verloren.«

»Den Eindruck habe ich auch«, stimmte James zu.

Genau in diesem Augenblick wurde James von Ugo zu sich gerufen.

»Ich muss mich für meinen Wutanfall im Palazzo entschuldigen«, begann er. »Ich war angespannt. Heute ist ein sehr wichtiger Tag für mich, und vielleicht bin ich deshalb zu schnell in Rage geraten. Wo steckt dein Diener?«

»Er ist weg«, sagte James, »nach Hause gegangen.«

»Wenn du ihn siehst, richte ihm bitte aus, dass ich ihm nichts nachtrage«, sagte Ugo. »Es war . . .«, er hielt inne, als suchte er nach dem richtigen Wort, »nur so zum Spaß.« Lächelnd schaute er in die Runde. »Hier sind noch andere Schüler aus Eton«, sagte er. »Als ich hörte, dass sie auf der Insel sind, war es eine Selbstverständlichkeit für mich, sie einzuladen. Eton ist eine ausgezeichnete Schule. Eine Schule für Aristokraten.«

»Hallo. Nett, Sie kennenzulernen. Perry M-Mandeville«, sagte Perry und schüttelte Ugo die Hand, bevor der wusste, wie ihm geschah. »Schönes Fest, das Sie hier veranstalten. Wir haben gerade darüber gesprochen, wie sehr uns die Ringkämpfe gefallen haben.«

»Ah«, sagte Ugo. »Die Männer aus den Bergen kämpfen gerne. *»Prima bevono, poi stringono!«*

Die Jungen schauten sich verständnislos an, deshalb übersetzte Zoltan: »Zuerst trinken sie, dann kämpfen sie.«

»Die Briten sind berühmt für ihre Wettkämpfe«, sagte Ugo. »Ihr müsst uns eine Vorstellung geben. Wir haben euch unsere sardischen Wettkämpfe vorgeführt, nun zeigt ihr uns eure Wettkämpfe. Mögt ihr Ringkämpfe?«

»Der Ringkampf gilt in England nicht unbedingt als noble Sportart«, sagte Zoltan. »Aber ich glaube, man boxt dort sehr gerne.«

»Boxt ihr in der Schule?«, fragte Ugo.

»Die m-meisten von uns«, sagte Perry.

»Hervorragend! Dann ist es abgemacht«, sagte Ugo. »Wir werden einen englischen Boxwettkampf austragen. Ich werde meinen Champion aussuchen und du, Zoltan, wirst deinen wählen.«

»Ich setze auf James Bond«, sagte Zoltan. »Er ist zwar nicht der Größte und auch nicht der Älteste, aber er ist der Entschlossenste.«

Die anderen Jungen jubelten und drängelten sich um den widerstrebenden James, der nicht gerne im Mittelpunkt eines solchen Spektakels stehen wollte.

Ugo lächelte. »Auch ich habe meinen Champion ausgewählt«, sagte er und zeigte auf einen Jungen in der Menge. »Du da, komm nach vorne.«

James schaute sich um und stöhnte auf, als Tony Fitzpaine vortrat und sich neben ihn stellte. Dabei grinste er arrogant.
»Diesmal wirst du mich nicht überrumpeln, Bond«, sagte er. »Ich freue mich auf dich. Es wird ein fairer Kampf, und du wirst ihn verlieren.«

Gladiatoren

James und Fitzpaine wurden in einen separaten Bereich hinter dem Stadion gebracht, damit sie sich vorbereiten konnten. Ein Wachmann führte sie in einen makellos sauberen, marmorgefliesten Raum, an dessen Wänden Bilder von Sportlern hingen. In der Mitte des Raums war ein großes Wasserbecken in den Boden eingelassen. Ein Diener, der bereits gewartet hatte, gab ihnen Handtücher und kurze Hosen, und James begann, sich umzuziehen.

Einige Minuten später betraten Zoltan und Ugo den Raum. Beide hatten Boxhandschuhe bei sich, und jeder ging zu seinem Champion.

»Glaubst du, du schaffst es?«, fragte Zoltan und zog James einen Handschuh über. »Glaubst du, du kannst diesen Burschen schlagen?«

James schluckte. Er hatte sich gewünscht, die Auseinandersetzung mit Fitzpaine offen auszutragen, aber so offen nun auch wieder nicht.

»Ich werde es versuchen«, sagte er.

In Eton hatte er ein wenig geboxt, und er war recht gut gewesen. James war wendig und flink, und er besaß Durchhaltevermögen. Er hatte eine starke Gerade und konnte auch etwas einstecken. Aber das hier war etwas anderes. Er würde draußen im Stadion boxen, vor allen Leuten, in der sengenden Hitze, gegen einen Jungen, der ihn hasste. Und er war in der Nacht zuvor bewusstlos geschlagen worden und hatte kaum Schlaf gehabt.

Alles in allem also keine idealen Voraussetzungen für einen fairen Boxkampf.
»Er ist größer als du«, sagte Zoltan, »aber er hat kürzere Arme. Deshalb hast du, glaube ich, eine größere Reichweite. Nutze sie. Er ist schwerer als du und vielleicht auch stärker, deshalb musst du schneller sein. Du musst tanzen. Bleib in Bewegung. Weich ihm aus, bis du deine Chance bekommst.«
James beobachtete, wie Ugos Leibwächter Fitzpaines Handschuhe band. Fitzpaine verzog das Gesicht zu einer Grimasse und herrschte ihn an, aber Ugo beugte sich vor und flüsterte Fitzpaine etwas in Ohr. Einen Moment lang riss der Junge erstaunt die Augen auf, dann nickte er und grinste.
Was hatte Ugo vor? James dachte daran, wie Ugo den Ringer bestochen hatte, damit der den Kampf verlor. Mit welchen Tricks wollte er sich diesmal den Sieg sichern?
Wie auch immer, im Augenblick gab es nichts, was James dagegen tun konnte.
»Schau ihn dir an«, sagte Zoltan ruhig. »Der bedeutende Graf Ugo Carnifex. Ich werde dir mal ein Geheimnis verraten, James. Ugo ist genauso wenig ein Graf wie ich.«
»Ich weiß«, sagte James. »Er ist ein Ziegenhirte aus den Bergen.«
Zoltan lachte in sich hinein. »Du weißt anscheinend eine ganze Menge«, sagte er und verzog das Gesicht. Er hatte Mühe, mit seinem verletzten Arm die Boxhandschuhe zu binden, und rief schließlich einen der Diener zu Hilfe.
»Aber weißt du auch, warum Ugo Schmutz so hasst?«
»Nein«, sagte James.
»Dann werde ich es dir verraten«, sagte Zoltan. »Er ist hier in der Barbagia aufgewachsen, und seine Familie war genauso arm wie alle anderen. Als der Krieg ausbrach, bot sich ihm eine Gelegenheit, dies alles hinter sich zu lassen. Er schloss sich der berühmten Brigata Sássari an und zog in den Kampf. Zwei Jahre lang

kämpfte er gegen die österreichisch-ungarische Armee in den Bergen an der Nordostgrenze Italiens.
In der Schlacht am Isonzo wurde er am Kopf verwundet, und sein jüngerer Bruder Guido, der während des Krieges stets an seiner Seite gekämpft hatte, trug ihn auf den Schultern aus dem Kampfgebiet heraus und brachte ihn unter Lebensgefahr in Sicherheit. Die Verletzung war nicht schwer, aber durch den Schrecken wurde Ugos Haar schlohweiß.
Im Getümmel wurden sie von ihrer Einheit getrennt und fanden sich schließlich hinter den feindlichen Linien wieder. Sie waren zu viert, und Ugo war nicht der einzige Verwundete. Einem anderen, er hieß Colombo, steckte eine Kugel im Oberschenkel. Er war durch den Blutverlust sehr geschwächt, deshalb kamen sie nur langsam voran. Verängstigt und verwirrt fanden sie Zuflucht in einem leer stehenden Haus.
Aber es war kein gewöhnliches Haus. Es war ein verlassener Palazzo, dessen Besitzer geflohen waren und alles mit sich genommen hatten, deshalb waren die Räume leer. Doch das Anwesen machte noch immer einen imposanten Eindruck. Ugo hatte so etwas noch nie zuvor gesehen. Staunend gingen die vier Sarden durch die Räume. Es gab so viele, dass sie schon bald den Überblick verloren. Wie konnte jemand so viele Zimmer bewohnen?
Plötzlich hörten sie, dass sich Lastwagen näherten, und sie wussten, dass sie sich schleunigst verstecken mussten. Sie suchten den ganzen Palazzo ab, bis sie schließlich eine kleine Falltür fanden, die zu einem Fäkalientank führte, in dem die Abwässer aller Toiletten gesammelt wurden.
Sie stiegen hinein und standen bis zur Taille in der stinkenden Brühe.
Sie blieben die ganze Nacht dort, lauschten den Stimmen im Palazzo über ihnen, zitterten vor Angst und warteten darauf, dass die Soldaten wieder abzogen.

Es war heiß, dunkel und ekelhaft dort unten. Der Gestank der menschlichen Exkremente war widerlich, und jedes Mal, wenn die feindlichen Soldaten die Toiletten oben benutzten, regnete es auf sie herunter.

Die vier verhielten sich mucksmäuschenstill, aus Angst, entdeckt zu werden.

Am schlimmsten war es für Colombo. Seine Wunde blutete unaufhörlich. Aber er war sehr tapfer und gab keinen Laut von sich. Es war die längste Nacht in Ugos Leben. Seine Augen brannten und ihm war, als würde der Dreck langsam in ihn eindringen, durch seine Nase, seinen Hals, durch alle Poren seiner Haut. Er hielt die ganze Zeit die Hände hoch, ungefähr so.« Zoltan ahmte Ugo nach und machte dabei ein angewidertes Gesicht. Ganz offensichtlich amüsierte ihn die Geschichte. »Aber er war zu müde, die Anstrengung war zu groß. Ein ums andere Mal fielen ihm die Augen zu, und er erwachte erst wieder, als seine Hände in den zähen Matsch eintauchten.«

Zoltan lachte und tat so, als wische er seine Hände an der Jacke ab.

»Wie ging die Sache aus?«, fragte James.

»Die Soldaten zogen wieder ab und sie kletterten aus dem Versteck heraus. Alle außer Colombo. Irgendwann in der Nacht war er in der stinkenden Jauche untergegangen und ertrunken.«

»Das ist ja widerlich«, sagte James.

»Ganz genau«, sagte Zoltan und blickte zu Ugo hinüber. »Sie rissen sich die Kleider vom Leib und fanden eine Dusche, die noch funktionierte. Ugo schrubbte sich, bis sein ganzer Körper wund war und blutete. Sogar heute noch, viele Jahre später, badet er mindestens viermal am Tag.«

»Was für eine schreckliche Geschichte«, sagte James, der sich mit einem Mal ebenfalls schmutzig fühlte.

»Aber das ist noch nicht alles«, sagte Zoltan, »denn als sie nackt unter der Dusche standen, tauchten zwei feindliche Soldaten auf. Schwer zu sagen, wer mehr erstaunt war. Die Sarden liefen los, um ihre Waffen zu suchen.« Zoltan seufzte. »In Todesangst zielt man schlecht«, fuhr er fort. »Es kam zu einem kurzen Schusswechsel, danach hatten zwei weitere Männer ihr Leben verloren: einer der Feinde und einer der Sarden.

Die Situation war aussichtslos. Ugo hatte keine Waffe. Aber sein Bruder Guido und der feindliche Soldat bedrohten sich gegenseitig mit ihren Waffen.« Zoltan hielt inne und musterte James' Handschuhe. »So, du bist fertig«, sagte er.

»Warten Sie«, protestierte James. »Sie können jetzt nicht einfach aufhören. Wie ging es weiter?«

»Das erzähle ich dir ein anderes Mal«, sagte Zoltan. »Du musst jetzt gegen den Jungen kämpfen.«

»Ich möchte es aber *jetzt* wissen«, sagte James. Im selben Augenblick stach ihm Parfümgeruch in die Nase. Contessa Jana betrat den Raum, ihre hohen Absätze klapperten auf dem Fußboden. Sie musterte die beiden Jungen von Kopf bis Fuß und fuhr sich mit der Zunge über die Lippen.

»Was seid ihr doch für starke Jungen«, sagte sie. »Ich hoffe, eure hübschen Gesichter nehmen nicht allzu viel Schaden.« Dabei zog sie einen Silberring vom Finger.

»Dieser Ring ist für den Sieger«, sagte sie.

Als James ins Freie trat, johlte die Menge. Er hatte sich gefragt, ob Ugo einen Gladiatorenkampf inszenieren würde, aber er wäre nie auf die Idee gekommen, dass er selbst einer der Gladiatoren sein würde.

Er ging zu dem Platz, an dem ein Stuhl für ihn bereitstand. Der Sand unter seinen bloßen Füßen war heiß. Zoltan gab ihm einen großen Schluck Wasser zu trinken und schüttete auch noch Wasser über seinen Kopf, um ihn abzukühlen.

Einer von Ugos Wachleuten, der als Ringrichter fungierte, rief den Zuschauern einige Worte zu, dann läutete er die Glocke zur ersten Runde.
Die beiden Jungen gingen in die Mitte des Rings und umkreisten sich vorsichtig. Fitzpaine war groß, aber ungeschickt und stolperte ungelenk im Ring herum. James beherzigte Zoltans Rat und tänzelte auf den Zehenspitzen.
Die Zuschauer feuerten die beiden an. James sah kurz zu Ugo, der hochherrschaftlich lächelte und sein Kinn in die Hand stützte. Er wandte sich der Contessa zu, die die Augen mit der Hand beschirmte, um besser sehen zu können, und flüsterte ihr etwas ins Ohr.
Sie schaute zu James und kaute auf einem ihrer langen, lackierten Fingernägel.
Fitzpaine ging auf James zu, doch der wich nach hinten aus und ließ ihn nicht an sich herankommen.
»Bleib stehen, du Flasche!«, rief Fitzpaine und stürmte wie ein Bulle los, dabei fuchtelte er mit den Fäusten in der Luft.
James duckte sich unter den Schlägen weg und wich zur Seite aus, aber Fitzpaine attackierte weiter. Seine Schläge waren ungenau und öffneten seine Deckung. James machte einen flinken Schritt nach vorn und verpasste ihm einen schnellen Hieb in die ungedeckte Seite. Fitzpaine fluchte und holte zu einem unkontrollierten Schlag gegen James' Kopf aus. Der Handschuh streifte nur das Gesicht. Es war eigentlich ein harmloser Schlag, aber James' Kopf dröhnte, und er spürte den Geschmack von Blut in seinem Mund.
Verdammt.
Fitzpaines Schlag war härter gewesen, als er gedacht hatte.
James tänzelte ein paar Schritte zurück, dabei schüttelte er sich und versuchte, einen klaren Kopf zu bekommen. Er sah, wie Fitzpaine triumphierend lächelte. Das verlieh ihm neue Kraft, und er

schlug eine linke Gerade, die Fitzpaine nur mühsam mit erhobenen Händen abwehren konnte. Es war keine sonderlich elegante Verteidigung, aber sie wirkte. Allerdings kam es James vor, als schlüge er gegen eine Wand aus Ziegelsteinen. Selbst durch den dicken Boxhandschuh hindurch tat ihm die Hand fürchterlich weh.

Das konnte nicht von Fitzpaines Schlag herrühren.

Der Junge hatte einfach nur seine Hände hochgehoben. Weshalb schmerzte es dann so stark?

James war einen Moment lang abgelenkt, und das nutzte Fitzpaine aus und landete einen Treffer. James bemerkte den Angriff zu spät. Er war gerade noch in der Lage, den Kopf wegzudrehen, sodass der Hieb, der ihn sonst genau am Kinn getroffen hätte, ihn nur seitlich am Hals streifte.

Wieder war ihm, als hätte ihn ein Schmiedehammer getroffen. Er stöhnte und sank benommen auf die Knie. Fitzpaine witterte seine Chance und stolperte auf ihn zu, aber James kam wieder auf die Füße. Er schnellte hoch und wich dem nächsten Schlag seines Gegners aus.

Wie hatte Fitzpaine das angestellt? Wie konnte er einen solchen Killerschlag landen?

James fiel ein, wie Ugo Fitzpaine etwas zugeflüstert und Fitzpaine daraufhin verwundert auf seine Boxhandschuhe geblickt hatte.

In den Handschuhen war irgendetwas versteckt, irgendwelche Gewichte. Sand vielleicht oder sogar Metall.

Ugo wollte offensichtlich nichts dem Zufall überlassen.

Zum Teufel mit ihm!

Das änderte alles. James würde höllisch aufpassen müssen, dass er nicht k. o. geschlagen wurde. Er ging auf Abstand zu Fitzpaine und warf Zoltan einen fragenden Blick zu. Der schien sich Sorgen zu machen.

Von nun an blieb James ständig in Bewegung und hielt sich Fitzpaine vom Leib: Auf diese Weise gelang es ihm, den Rest der Runde zu überstehen, aber es kam ihm wie eine Ewigkeit vor, bis die Glocke läutete.
Er ging zu Zoltan hinüber und ließ sich auf den Stuhl fallen.
»Was ist los?«, fragte der Ungar.
»Er hat Gewichte in seinen Handschuhen«, sagte James. »Es ist, als würde man von einem Auto überrollt.«
»Das habe ich mir gedacht«, sagte Zoltan und stieß einen Schwall deftiger Verwünschungen gegen Ugo aus. »Aber mach dir keine Sorgen. Du tust genau das Richtige, James. Du musst ihm ausweichen. Pass auf, dass er dich nicht trifft. Seine Handschuhe sind schwer, und mit jedem Schlag werden sie schwerer. Es wird für ihn immer schwieriger werden, sie hochzuhalten, und je müder er wird, desto weniger Kraft steckt in seinen Schlägen. Sobald er seine Deckung öffnet, nutzt du das blitzschnell aus, dann ziehst du dich zurück, ehe er Gelegenheit zum Gegenangriff hat. Auf diese Weise kannst du ihn mürbe machen.«
»Ich weiß nicht«, sagte James. »Ich weiß nicht, ob ich das schaffe.«
Er war schon jetzt erschöpft. Die ständige Anspannung und der Zwang, in Bewegung zu bleiben, laugten ihn aus. Aber was ihm am meisten zu schaffen machte, waren die Schläge, die er einstecken musste. Nun, er würde sich von jetzt an darauf konzentrieren, die Angriffe zu parieren, damit weder das Gesicht noch der Körper getroffen würden.
Der Ringrichter läutete die zweite Runde ein. James nahm einen letzten Schluck Wasser, bevor er vorsichtig in die Mitte des Kampfplatzes ging. Dabei ließ er Fitzpaine keinen Moment lang aus den Augen. Es war ein glühend heißer Tag, und in dem Stadion staute sich die aufgeheizte Luft. Sie brannte in James' Lungen, und der Schweiß floss in Strömen über seinen Körper. An seinen nassen Beinen klebte der Sand.

Aber ein Gedanke richtete ihn auf: Für Fitzpaine war es genauso schlimm.
James konnte die Anspannung im Gesicht seines Gegners ablesen. Wenn Fitzpaine geglaubt hatte, leichtes Spiel zu haben, hatte er sich getäuscht.
Offensichtlich wollte Fitzpaine das Ganze nun schnell hinter sich bringen. Er knurrte angriffslustig und ging auf James los. James wehrte ihn ab, indem er die Hände hochhielt und sich zur Seite drehte, sodass die Schläge nur seinen Oberarm trafen. Er wich zurück und schaute an sich hinunter: Er war von Blutergüssen übersät.
Er wartete auf seine Gelegenheit. Daher durfte er seine Kraft nicht vergeuden. Hin und wieder versetzte er Fitzpaine einen leichten Hieb, um ihn zu schwächen und um ihm Respekt einzuflößen, aber nie so stark, dass Fitzpaine spürte, wie hart er wirklich zuschlagen konnte.
Wieder attackierte Fitzpaine ihn, diesmal jedoch nicht mehr ganz so schnell. Seine Schritte wurden schwerer. James ging leicht in die Hocke und wich ihm aus. Der Schwung des Schlags zog den schweren Handschuh nach vorne, sodass Fitzpaine das Gleichgewicht verlor und seine Deckung weit öffnete.
James erkannte seine Chance. Er schnellte mit aller Kraft hoch und verpasste Fitzpaine einen gezielten Kinnhaken. Perfekt. Fitzpaines Kopf flog nach hinten.
Die Zuschauer johlten.
Fitzpaine taumelte rückwärts und fuchtelte mit den Armen, um die Balance zu halten. Er wankte drei Schritte, dann stolperte er und fiel plump zu Boden.
Aber noch war er nicht k. o. Er rappelte sich auf, spuckte Blut und schüttelte den Kopf.
Er war zäh, und sein Kiefer war hart. James zollte ihm Respekt.
Unvermittelt läutete der Ringrichter das Ende der Runde ein.

James war sich sicher, dass die Runde nicht die volle Zeit gedauert hatte, aber er war dankbar für die Ruhepause.

Er ging zu Zoltan, der ihm wieder Wasser zu trinken gab.

»Das war ein guter Schlag«, sagte Zoltan anerkennend. »Ich war mir sicher, dass er zu Boden geht. Aber jetzt hast du ihn. Der Schlag hat ihm sicher wehgetan. Es wird ihm schwerfallen weiterzumachen, trotzdem musst du weiterhin seinen Schlägen aus dem Weg gehen, sonst macht er dich fertig.«

»Das brauchen Sie mir nicht extra zu sagen«, erwiderte James, der Perry in der Menge erspäht hatte. Sein Freund hatte ein breites Grinsen aufgesetzt, reckte die Daumen nach oben und munterte James damit auf.

Die Glocke läutete. James ging in den Ring. Er war bereit für die nächste Runde.

Fitzpaine waren die Anstrengungen deutlich anzumerken. Er war schweißüberströmt und keuchte.

»Komm schon«, sagte James. »Bringen wir es hinter uns.«

Wieder griff Fitzpaine als Erster an. Seine Schläge prasselten auf James ein, dem es jedoch gelang, ihnen so weit auszuweichen, dass sie nichts ausrichteten. Unverdrossen tänzelte James um Fitzpaine herum und ermüdete und frustrierte ihn damit. James wusste, wenn der ältere Junge wütend wurde, würde er Fehler machen.

Und jetzt machte Fitzpaine tatsächlich einen Fehler: Er ließ enttäuscht beide Arme sinken.

James holte zum Gegenangriff aus. Er stieß Fitzpaine mit einer schnellen Links-rechts-links-Kombination gegen die Rippen, und zum Abschluss seines Angriffs verpasste er ihm noch einen rechten Haken gegen die Wange. Spucke flog durch die Luft. Aber Fitzpaine revanchierte sich schnell, zu schnell für James, und landete einen Hieb in den Magen.

James riss den Mund auf, ihm wurde übel. Einen Augenblick lang

verschwamm alles vor seinen Augen. Schwarze Flecken tanzten vor seinem Gesicht. Er rang nach Luft, sein Kopf schwirrte, und er musste sich zusammennehmen, um nicht in Panik zu geraten. Mit äußerster Willenskraft befahl er seinem Körper, wieder präzise zu arbeiten. Er zwang ihn, das zu tun, was er eigentlich nicht mehr wollte.
Irgendwie trugen ihn seine Beine von Fitzpaine weg, bevor dieser ein weiteres Mal zuschlagen konnte, aber es war knapp. Noch ein Schlag von Fitzpaine, und es wäre vorbei gewesen.
James holte tief Luft und wich nach hinten aus, als Fitzpaine heranstürmte. Aber Fitzpaines Schläge waren nun schon viel schwächer und zielten tiefer. Er konnte seine Fäuste kaum noch auf Kopfhöhe heben.
Werde nur nicht übermütig, James.
Warte auf deine Gelegenheit. Übereile nichts. Warte auf den richtigen Augenblick.
Jetzt!
Ein weiterer Schlag ins Leere ließ Fitzpaine nach vorne torkeln, und er verlor den Halt. Seine Deckung war offen. Und er war abgelenkt. James' Fäuste waren bereits angespannt und zum Schlag bereit, und nun ließ er sie fliegen, hämmerte seinen rechten Arm mit der Kraft seines ganzen Körpergewichts wie einen Kolben nach vorn. Er traf voll in Fitzpaines Gesicht. Der Kopf des Jungen flog zurück. Seine Knie gaben nach, er ging zu Boden, und bevor er sich wieder aufraffen konnte, holte James mit der Linken aus und landete einen harten Treffer auf Fitzpaines Schläfe. Der zweite Schlag streckte Fitzpaine nieder, er stürzte in den Sand und blieb bewegungslos liegen.
Es war vorbei.
James ließ die Arme hängen und stellte sich über seinen Gegner. Er fühlte sich leer. Den Jubel und die Zurufe von den Rängen nahm er kaum wahr.

Zoltan und der Ringrichter eilten herbei und kümmerten sich um Fitzpaine. Er war bei Bewusstsein, aber er blutete stark aus der Nase. Zoltan rüttelte ihn einige Male und spritzte ihm Wasser ins Gesicht. Fitzpaine stöhnte und setzte sich langsam auf. Der Ringrichter band schnell die Handschuhe auf und massierte Fitzpaines Gelenke.

James warf einen verstohlenen Blick zu Ugo hinauf. Aus dessen Augen sprach Verachtung. So hatte er es nicht geplant.

James bückte sich und hob einen von Fitzpaines Handschuhen auf. Er fühlte sich schwer an. James holte aus und mit letzter Kraft warf er ihn hinauf zur Tribüne, wo er mit einem dumpfen Aufprall vor Ugos Füßen liegen blieb.

Janas wettergegerbtes Gesicht verzog sich zu einem Lächeln. Sie warf James etwas herab.

Er fing es auf.

Es war der Silberring.

Noch während das Publikum applaudierte, erhob sich Ugo und verschwand im hinteren Teil seiner Loge.

Fitzpaine war aufgestanden, Zoltan stützte ihn. Fitzpaine schaute zu James und verzog das Gesicht.

»Gut gemacht«, sagte er. »Das war ein starker Kampf. Und . . .« Er senkte beschämt den Kopf. »Es tut mir leid.«

»Mir tut es leid wegen des letzten Schlags«, sagte James. »Ich wusste, dass dir meine Rechte den Rest gegeben hat. Es war eigentlich überflüssig, auch noch mit der Linken zuzuschlagen . . . Aber ich wollte einfach auf Nummer sicher gehen.«

»Es ist immer gut, auf Nummer sicher zu gehen«, sagte Fitzpaine und streckte die Hand aus.

James schüttelte sie.

»Keine Feindschaft mehr, eh?« Fitzpaine versuchte zu lächeln, aber sein verschwollenes Gesicht verzerrte sich nur zu einer Grimasse.

»Keine Feindschaft mehr«, sagte James.
Er hoffte nur, dass Graf Ugo Carnifex genauso dachte.
Irgendwie hatte er da seine Zweifel.

Blutsbrüder

Mauro war den ganzen Nachmittag gegangen, aber es machte ihm nichts aus. Mit jedem Schritt entfernte er sich weiter von dem Albtraum in der Casa Polipo. Und er ließ Graf Ugo hinter sich. Das Beste von allem war: Er ging nach Hause. Seit Ostern war er nicht mehr dort gewesen, und er freute sich darauf, seine Mutter und seine kleine Schwester wiederzusehen.

Ihm gefiel es am Capo d'Orso. Es machte Spaß, für Viktor zu arbeiten, und er verbrachte gerne seine Freizeit am Strand, aber er betrachtete die Casa Polipo nicht als sein Zuhause. Nein, das würde ihm niemals einfallen. Das Dorf war sein Zuhause, und Viktor und Poliponi konnten seine Familie niemals ersetzen.

Die Menschen in der Barbagia waren zäh, und die Familie stand an erster Stelle. Streitigkeiten wurden in der Regel mit der Waffe ausgetragen. Es gab Familienfehden, die über viele Generationen hinweg andauerten und deren eigentlicher Anlass längst vergessen war. Auch Mauros Vater war wegen einer solchen Familienfehde getötet worden. Damals war Mauro gerade drei Jahre alt gewesen, und seine Mutter war mit seiner kleinen Schwester schwanger. Sie war mutig auf die andere Familie zugegangen und hatte sie gebeten, den Streit zu begraben, da sie nicht auch noch ihren einzigen Sohn verlieren wollte. Die andere Familie, auch des Blutvergießens überdrüssig, hatte dankbar zugestimmt.

Aber die Blutrache war nicht ganz vergessen, und Mauros Schwester war auf den Namen Vendetta getauft worden. Vendetta Maria Grazia Benetutti.

Sie war jetzt dreizehn Jahre alt, zierlich und dunkelhaarig, mit den Augen einer Katze und dem Temperament eines wilden Tiers. Sie wuchs schnell heran, und Mauro vermisste sie sehr.
Er war schon fast zu Hause. Er hatte das Gennargentu-Gebirge verlassen und bewegte sich jetzt nördlich davon, im Supramonte. Die Berge hier waren kahl und majestätisch. Große, senkrecht abfallende Wände aus zerklüfteten grauen Felsen ragten über die Baumgrenze hinaus, als hätte eine Riesenfaust sie von unten durch den Boden gestoßen. Ihre Gipfel waren nackt und schroff und hie und da in ein leuchtendes Orange getaucht.
Mauro kannte diesen Landstrich gut. Er war dort aufgewachsen, hatte zwischen diesen Felsen und Bäumen gespielt. Sehnsüchtig sog er den Geruch von wildem Thymian und Rosmarin ein.
Als er einen Hügelkamm erklomm, scheuchte er ein großes Mufflon auf, ein Bergschaf mit gebogenen Widderhörnern. Es sprang über die Felsen davon, und die Steine fielen hinter ihm in die Tiefe.
Von hier aus konnte Mauro zum ersten Mal sein Dorf sehen. Hinter einem kleinen bewaldeten Tal stieg der Weg steil an bei einer kleinen Ansammlung weißer Häuser, die sich an den Berghang schmiegten.
Bald schon wanderte er durch den Wald und summte ein Lied vor sich hin, ein albernes Kinderlied, das er immer mit seiner Mutter gesungen hatte, als er noch klein war. Plötzlich hörte er ein Geräusch, doch er dachte sich nichts dabei. Wahrscheinlich war es wieder ein Mufflon oder ein Wildschwein, das nach Eicheln scharrte. Sicher nichts Gefährliches. Es gab keine Wölfe oder Bären auf dieser Insel.
Als er weiterging, bemerkte er jedoch, dass das Tier ihm folgte. Kein wildes Tier würde so etwas tun, sie hatten zu viel Scheu vor Menschen.
Mauro setzte seinen Weg fort, und das Tier kam immer näher. Er

konnte die schweren Fußtritte und das Knacken der Zweige deutlich hören.
Für einen Menschen war es zu groß. Was aber war es dann?
Mauro hielt inne und blieb mitten auf dem Weg stehen.
»Chini sesi?«, rief er. Wer ist da?
Keine Antwort.
»Faidi biri!« Gib dich zu erkennen.
Die Schritte waren verstummt. Nur noch die Geräusche des Waldes waren zu hören, der Wind, der in den Blättern der Korkeichen spielte, der kleine Bach, der sich durch sein Kiesbett schlängelte, ein Vogel, der zwitscherte, Bienen, die im nahen Maulbeerbaum summten.
Mauro spähte angestrengt in die Richtung, aus der er das Geräusch gehört zu haben glaubte, aber er konnte nichts erkennen. Vielleicht hatte er es sich auch nur eingebildet.
Er drehte sich um und wollte weitergehen, aber in diesem Augenblick tauchte ein Pferd samt Reiter vor ihm auf.
Mauro runzelte die Stirn und musste plötzlich lachen.
Der Reiter war gekleidet wie die Su Compoidori auf dem Fest. Er trug einen Brautschleier und einen schwarzen Hut. Die starre Frauenmaske verdeckte sein Gesicht.
Was zum Teufel hatte er hier zu suchen?
»Ita oli de mei?«, rief Mauro. Was wollt Ihr?
Der Reiter blieb stumm.
Plötzlich zog der Fremde sein Schwert. Er streckte es kurz zum Himmel, dann richtete er es auf Mauro.
Aber er würde ihn, Mauro, ja wohl kaum wie einen silbernen Stern treffen wollen. Es war alles so unwirklich. Die verkleidete Figur hier mitten im Wald, am Ende der Welt.
Der Reiter gab dem Pferd die Sporen und galoppierte auf Mauro zu. Die scharfe Klinge war direkt auf ihn gerichtet.
Doch, der Fremde wollte ihn jagen.

Mauro schrie auf, dann drehte er sich um und floh in den Wald. Aber der Reiter hatte den Platz gut gewählt. Der Boden war eben und fest, und zwischen den Bäumen war genügend Platz, sodass sein Pferd mühelos hindurchkam.
Mauro rannte zwischen den Eichen davon, schlug Haken, aber das Pferd war zu schnell für ihn. Er hörte, wie die Hufschläge hinter ihm immer lauter wurden.
Er stieß einen Fluch aus.
Das war doch verrückt!
Inzwischen hatte ihn der Reiter fast eingeholt. Mauro warf sich zu Boden, das Schwert streifte seine Schulter und zerriss das Hemd.
Mauro rappelte sich wieder auf und hastete den Weg zurück, den er gekommen war. Er musste das Dorf erreichen, das war seine einzige Hoffnung.
Er schrie laut um Hilfe. *»Agiudai! Agiudaimi po presceri!«,* aber der Wald verschluckte seine Rufe.
Der Reiter hatte sein Pferd gewendet und folgte ihm wieder.
Der Weg führte auf eine Lichtung, und als Mauro in das gleißende Sonnenlicht trat, scheuchte er einen Schwarm leuchtend roter Schmetterlinge auf, der wie eine Wolke um ihn herumflatterte.
Er fluchte. Das Gelände war zu offen, das Pferd konnte hier ungehindert galoppieren. Er schaute sich schnell um. Die eine Seite der Lichtung war dicht bewachsen; hier wuchsen Brombeersträucher, ihre Zweige bogen sich vor Früchten, und eine kleine Palme. Das würde das Pferd aufhalten.
Aber würde er es schaffen, noch vor dem Pferd dort zu sein?
Er musste es versuchen. Ihm blieb keine andere Wahl.
Mauro rannte schneller, so schnell, wie er es niemals für möglich gehalten hätte, und der steinige Boden verschwamm unter seinen Füßen. Die Brombeersträucher waren nicht mehr weit ent-

fernt, er konnte schon ihre Früchte schimmern sehen. Er würde es schaffen, ja, nur noch ein paar Meter ...

Jeder, der vom Dorf aus ins Tal geblickt hätte, hätte nur eine Wolke roter Schmetterlinge gesehen, die in weitem Bogen in die Höhe flatterte, und wenn er angestrengt gelauscht hätte, hätte er vielleicht einen erstickten Schrei gehört.

»Mamai!«

Es war acht Uhr abends und die Feiern in Sant' Ugo waren noch immer in vollem Gange. James und Perry hatten die anderen Jungen aus den Augen verloren und schauten gerade einer Gruppe von Männern zu, die auf einer kleinen Bühne unterhalb der Stadionmauern sang.

Der Nachmittag war turbulent gewesen. In den Straßen waren Feuerwerke abgebrannt worden. Von überall her ertönten Musik und Lärm. Ein paar Einheimische hatten auf dem Marktplatz ein Pferderennen veranstaltet.

Aber nun war es ruhiger geworden, und James genoss den einschläfernden Gesang der Männer. Trotz seiner Müdigkeit lauschte er dem A-cappella-Lied der vier Männer. Sie trugen die einheimische schwarz-weiße Tracht und schwarze Kappen. Ihre Musik war anders als alles, was er je vorher gehört hatte. Sie klang, als ob sie nicht von Menschen stammte. Sie hatte etwas Urtümliches und Primitives an sich, und James fühlte sich, als wäre er wieder zurück auf dem Turm von Sant' Antine.

England und der graue Himmel dort schienen eine Million Meilen weit weg zu sein.

Die beiden Jungen saßen an einem Tisch, an dem es sich auch eine Gruppe betrunkener Hirten gemütlich gemacht hatte. James sackte nach vorn und legte den Kopf auf die Unterarme. Die Schäfer ließen eine Flasche Wein kreisen. Sie benutzten keine Gläser, sondern tranken direkt aus der Flasche.

Als einer von ihnen die Flasche unsanft auf dem Tisch abstellte, schrak James hoch. Sein Blick fiel auf die Flasche. Der Wein trug den Namen Mithras, und die Abbildung auf dem Etikett zeigte, wie der Gott den Stier tötete. James wollte nach der Flasche greifen und sie genauer betrachten, als jemand ihm zuvorkam.
James hielt den Atem an.
Die Hand, die die Flasche festhielt, war auf dem Rücken tätowiert. Mit einem M.
James schaute auf.
Neben dem Tisch, die Flasche gerade in einem Zug leerend, stand der narbengesichtige Mann, den James in Eton zusammen mit Cooper-ffrench gesehen hatte.
Und erst diese Augen.
Waren es dieselben Augen, die er letzte Nacht in Viktors Küche hinter der schwarzen Maske gesehen hatte?
James drehte sich schnell weg und senkte den Kopf in der Hoffnung, dass der Mann ihn nicht bemerkte.
Der Fremde warf die leere Flasche weg, sie zerbarst an einer Wand. Die Schäfer johlten. Der Mann lachte und ging weiter.
»Warte hier«, sagte James und stand auf.
»Was hast du vor?«, fragte Perry.
»Ich bin gleich zurück«, sagte James.
Ehe Perry weitere Fragen stellen konnte, war James schon dem Narbengesicht gefolgt. Die vielen Menschen machten es James leicht. Wären sie nur zu zweit gewesen, allein in den dunklen Straßen, hätte der Mann sofort begriffen, dass ihm jemand dicht auf den Fersen war. Doch so bemerkte er nichts. James hielt genügend Abstand, sodass der Mann, selbst wenn er sich unerwartet umdrehen würde, nicht auf ihn aufmerksam werden konnte.
Er fühlte sich müde und war wacklig auf den Beinen. Es strengte ihn schon an, einen Fuß vor den anderen zu setzen. Jede Faser seines malträtierten Körpers tat weh, aber nun hatte ihn das

Jagdfieber gepackt, und seine Lebensgeister waren wieder geweckt.
Der Mann ging durch die Stadt bis zur Bergbahn. Den gelangweilten und schläfrigen Wachposten, der am Morgen hier gewesen war, hatte mittlerweile ein Kamerad abgelöst, der pflichtbewusster wirkte und der sehr deutlich zu erkennen gab, dass niemand ohne sein ausdrückliches Einverständnis zum Palazzo hinaufgelangen würde.
James versteckte sich in einem Durchgang und beobachtete, wie das Narbengesicht mit den Wachen sprach, die ihn ganz offensichtlich zu kennen schienen. Einer von ihnen gab ihm eine Zigarette und zündete sie an. Während sie sich unterhielten, kamen zwei weitere Männer dazu. Ihrem Aussehen nach gehörten sie zu Ugos Ehrengästen aus dem Stadion. Sie trugen dunkle Anzüge und traten sehr bestimmt auf. Sie zeigten der Wache ihre Einladungskarten und gingen zu den Wagen hinüber.
James musste herausfinden, wer das Narbengesicht war und was der Mann vorhatte. Und das bedeutete: Er musste ihm hinauf in den Palazzo folgen.
Der Wagen der Bergbahn war in einem Holzverschlag abgestellt, der auf einer Seite offen war, damit die Fahrgäste ein- und aussteigen konnten. Wenn es ihm gelang, in die Kabine zu schleichen, konnte er vielleicht unbemerkt auf das Dach des Wagens klettern.
James bemerkte eine Abflussrinne aus Beton, die vom Ende des Verschlags den Abhang hinunter zu einer Grube führte. Er erinnerte sich daran, dass der Waggon beim Anhalten den Wassertank entleert hatte.
Die Grube war nur mit einem Drahtzaun gesichert. Das war seine Chance.
Tief gebückt kroch James auf den Zaun zu. Dort legte er sich auf den Boden. Er war gerade schlank genug, um bäuchlings unter

dem Zaun hindurchzukriechen, dann krabbelte er schnell bis zur Abflussrinne.
Er wartete einen Augenblick lang, um sich zu vergewissern, dass niemand ihn gesehen hatte.
Nichts rührte sich.
Er schlängelte sich die Rinne entlang, bis er den Verschlag erreicht hatte. Blitzschnell schlüpfte er durch eine Öffnung am Boden und war im Schuppen.
Hier stand der Waggon. Von der Unterseite tropfte Wasser.
James kroch ein paar Meter weiter.
Plötzlich hörte er ein metallisches Geräusch, dann ein Rauschen.
Der Tank wurde geleert.
Ein Wasserschwall erfasste ihn und spülte ihn die Rinne hinunter. Über seinem Kopf erspähte James einen Eisengriff. In Panik klammerte er sich daran fest, als die schäumende Flut ihn erfasste und ihn mit sich zu reißen drohte.
Das Wasser hatte ihn wieder hellwach gemacht, doch er musste die letzten Reserven an Kraft und Willensstärke aufbieten, um nicht loszulassen.
So plötzlich, wie er gekommen war, so plötzlich versiegte der Sturzbach wieder. Pudelnass hievte sich James aus der Rinne hinauf auf den Boden des Verschlags.
Aber er hatte keine Zeit, sich auszuruhen.
Wenn der Tank geleert wurde, dann konnte dies nur bedeuten, dass sich der Wagen bald in Bewegung setzen würde.
James stand auf. Seine Schmerzen waren wie weggeblasen. Er konnte die Männer in dem Wagen erkennen, wie sie sich unterhielten und rauchten.
Schnell kletterte James an einem Stapel Kisten hoch, die sich in einer Ecke türmten. Er erreichte den Querbalken des Dachstuhls und zog sich daran hoch, dann schlich er geduckt weiter, bis er genau über dem Wagen war.

Von unten hörte er Rufe.
»Komm schon, Lächler, beeil dich!«
»Wir fahren los. Steig ein!«
Der Mann mit dem Narbengesicht schnippte seine Zigarette weg, bevor er einstieg.
Lächler. So also hieß der Mann. Nun, das passte.
Der Wagen fuhr ruckartig an, und James ließ sich so schnell und vorsichtig wie möglich auf das Dach hinunter. Zuerst blieb er auf allen vieren, dann legte er sich flach hin, gerade noch rechtzeitig bevor der Wagen durch die niedrige Einfahrt der Baracke fuhr.
James hielt den Atem an. Er betete, dass die Wachtposten nicht auf ihn aufmerksam wurden.
Langsam, nervenaufreibend langsam, schlich der Wagen vorwärts.
Keine Alarmrufe. Kein Warnschuss. Kein plötzliches Bremsmanöver.
Der Wagen beschleunigte und ruckelte in flottem Tempo bergwärts durch die Dunkelheit.
James blieb, wo er war. Aus seinen Kleidern tropfte es auf das gestrichene Holz. Langsam atmete er aus.
Was zum Teufel machte er da eigentlich?
Es war dieser Hang zur Tollkühnheit, der ihn eines Tages noch in große Schwierigkeiten bringen würde.
Nach einer Weile begegnete ihnen der zweite Wagen, der talwärts fuhr, und dann passierten sie die Brücke in den Tunnel. Hier war es pechschwarz, und James hatte Angst, dass er gegen einen vorstehenden Felsbrocken stoßen könnte. Aber er hatte Glück und kam unversehrt wieder aus dem Tunnel heraus. Schon bald hörte er gedämpftes Stimmengewirr, Gläserklirren, Musik und Gelächter. Er schaute nach oben. Die weißen Wände des Palazzo schimmerten im Mondlicht, in den unteren Fenstern brannte Licht.

Sie näherten sich ihrem Ziel.
Bis hierher hatte er es geschafft. Würde er das Glück auch weiterhin auf seiner Seite haben?
Er presste sich, so fest er konnte, auf das Dach, denn nun bremste der Wagen und kam auf der hell erleuchteten Piazza zum Stehen. James wartete, bis die Fahrgäste ausgestiegen waren. Der Lächler ging quer über den Platz zu einem Durchgang. Als James davon ausgehen konnte, dass die Luft rein war, ließ er sich außen am Wagen auf die Schienen hinuntergleiten. Er fuhr sich mit den Fingern durchs Haar und wrang sein durchnässtes Hemd aus.
Zwei Wachen hatten Dienst. Nachdem sie die Papiere der Neuankömmlinge geprüft hatten, machten sie sich wieder ans Kartenspiel in ihrer Wachstube.
Sobald die Luft rein war, schlich er hinter dem Waggon hervor und rannte, immer im Schutz der umstehenden Gebäude, zu dem Durchgang. An dessen Ende gelangte er in eine schmale Passage, von der aus eine Wendeltreppe nach unten führte.
Er erreichte einen Innenhof, der von Kerzen und hell lodernden Fackeln erleuchtet war. In der Mitte befand sich ein Zierteich. Man hatte Tische mit Getränken und Speisen aufgestellt. Männer in Anzügen standen in Gruppen beieinander, tranken und unterhielten sich.
James entdeckte auch zwei oder drei einheimische junge Frauen, die in ihren teuren Kleidern sehr selbstbewusst wirkten und viel zu viel Make-up aufgetragen hatten. Sie lachten schrill und wirkten irgendwie nervös.
James bemerkte den Lächler. Er war stehen geblieben, um kurz mit jemandem zu sprechen, und ging dann weiter. Die Männer tranken ihre Gläser leer und folgten ihm zu zweit oder zu dritt. James war klar, dass er sich aus seiner Deckung wagen musste, wenn er den Lächler nicht aus den Augen verlieren wollte.

Er nahm ein Tablett mit leeren Gläsern von einem der Tische und ging quer über den Hof, in der Hoffnung, dass man ihn für einen von Ugos Dienern halten würde.
Plötzlich hielt ihn ein stiernackiger Mann mit einem gebrochenen Nasenbein an.
»*Je te connais*«, sagte er.
James schüttelte nur stumm den Kopf und wurde sich mit einem Mal seiner nassen Kleider bewusst.
»*Oui. Je te connais*«, wiederholte der Mann und blies James Alkoholdunst ins Gesicht. Er nahm ihm das Tablett aus der Hand und stellte es weg. Dann packte er James bei den Schultern und sah ihn forschend an. Schließlich begann er zu lachen. »*Tu es le garçon du stade*«, sagte er und tat so, als würde er gegen James boxen. »*Beau combat. Tu l'as massacré!*« Er lachte wieder und schüttelte James die Hand.
James murmelte rasch etwas, bevor er in die Richtung weitereilte, in die der Lächler gegangen war. Er fürchtete schon, ihn aus den Augen verloren zu haben, aber ein paar Treppen weiter entdeckte er ihn wieder. Mit großen Schritten ging der Mann auf einen halbkreisförmigen Tempel zu, der in den Felsen gehauen war.
Hier schienen sich Ugos Gäste zu versammeln. Sie kamen aus allen Himmelsrichtungen.
James beobachtete, wie eine Gruppe Männer die Treppe zu dem Tempel hinaufging und durch die Säulen in das hell erleuchtete Innere trat.
Tausend Fragen schwirrten durch seinen Kopf.
Was hatte der Lächler in Ugos Palazzo zu suchen? War er der maskierte Mann, der den Angriff auf Viktors Haus angeführt hatte? Was hatte er mit Cooper-ffrench zu tun? Und das Gemälde des heiligen Bonifatius. Handelte es sich dabei wirklich um das Bild, das man Perrys Eltern gestohlen hatte? Und Ugos Konterfei in dem Keller in Eton. Aus welchem Grund stand es dort?

So viele Zufälle auf einmal konnte es nicht geben. Da musste ein roter Faden sein, der sich durch alles zog, der alles miteinander verband, aber James bekam ihn nicht zu fassen. Er war noch zu dünn und fein.

Es gab nur einen Weg, um die Wahrheit herauszufinden.

Er musste nachsehen, was im Innern des Tempels vor sich ging.

James nahm das Gebäude genauer in Augenschein. Die Wände waren glatt und fensterlos. Es hatte ein kuppelförmiges Dach, das von Statuen getragen wurde, die auf einem Sockel ruhten. Hinter den Statuen schimmerte Licht. Vielleicht waren dort Fenster.

Auch der letzte Nachzügler hatte mittlerweile das Gebäude betreten, und auf dem Vorplatz war niemand mehr zu sehen.

James überquerte die Terrasse und ging auf den Tempel zu.

In einer Ecke stand eine übergroße Reiterstatue von Graf Ugo. James benutzte sie als Leiter und kletterte behände an Pferd und Reiter hinauf. Als er es bis zu Ugos Kopf geschafft hatte, war er hoch genug, um von dort aus auf den Dachsims zu springen.

Er landete sicher, scheuchte dabei jedoch ein paar Tauben auf, die mit lautem Flattern davonflogen. Nun kroch er den Mauervorsprung entlang, bis er eine Lücke fand, wo er sich zwischen den Statuen zweier halb nackter Frauen hindurchzwängen konnte. Dahinter war ein schmaler Zwischenraum, in dem es nach Vogeldreck und Ammoniak stank.

In der Hocke kämpfte er sich weiter vor, bis er zu einer kleinen, viereckigen Öffnung kam, die mit einem Eisenrost verschlossen war und von der aus man direkt ins Innere des Tempels hinunterschauen konnte.

Er sah einen Mosaikfußboden mit den Sternkreiszeichen und einen großen, runden Marmortisch. Um den Tisch saßen zirka dreißig Personen. James erkannte den stiernackigen Franzosen wieder, der ihn angesprochen hatte, ebenso die beiden Männer aus der Bergbahn. Und auch Zoltan war da. Sein Gesicht war gelb, und er hatte offensichtlich Fieber. Seine Jacke war voller Blutflecken.

Etwas abseits stand der Lächler. Aus der Entfernung wirkte seine Narbe sogar noch stärker wie ein angeschminktes Lächeln. Mit den roten Haaren und der bleichen Hautfarbe sah er wie ein fratzenhafter Clown aus.

Neben ihm stand Ugo mit einem Glas in der Hand.

»Salve amice«, sagte er feierlich. *»Iterum tibi occurrere mihi placet.«*

»Verschon uns damit«, bat Zoltan. »Das ist lächerlich, Ugo. Du kannst den römischen Imperator spielen, solange du willst. Aber erwarte bitte nicht, dass wir dieses Possenspiel mitmachen.«

»Ich vergaß«, sagte Ugo herablassend. »Du sprichst nicht Latein. Aber du hast ja noch nie zu den Gebildeten gezählt, Zoltan.«

»Ich spreche mehrere Sprachen, Ugo«, erwiderte Zoltan. »Und zwar nützliche. Latein ist eine tote Sprache für tote Menschen. Dein Geheimkult, deine Sprachkünste – alles dummes Zeug. Wenn du wahre Macht haben willst, dann musst du begreifen, dass dazu mehr nötig ist, als ein paar Bauern in Fantasieuniformen zu stecken, Latein zu reden und Julius Caesar zu spielen.«

»Wahre Macht, Zoltan?«, höhnte Ugo. »Was verstehst du denn von wahrer Macht?«

Er ging zu einem Wachsoldaten und nahm dessen Gewehr. James erkannte es. Es war ein halb automatisches Thompson-Maschinengewehr.

»Das ist wahre Macht«, sagte Ugo und streichelte das Gewehr.

»Die du ohne mich nicht hättest«, gab Zoltan zurück. »Vergiss das nicht. Ohne mich wärst du gar nichts.«

»Ich gebe zu«, sagte Ugo und gab dem Wachmann die Waffe zurück, »dass du mir während der ganzen Jahre geholfen hast, Zoltan. Aber du bist nicht der Einzige. Alle diese Männer hier haben mir geholfen. Die Gebrüder Pasulo aus Sizilien, Graf Armando aus Lissabon, Herr Grömann und Dr. Morell aus Deutschland, Henri Boucher aus Frankreich . . . Wenn ich mich hier am Tisch umsehe, dann blicke ich in bekannte Gesichter aus Spanien, aus der Türkei, aus Armenien, aus Griechenland. Welche Sprache sollte ich denn deiner Meinung nach sprechen, Zoltan?«

»Ich kenne deinen Traum«, sagte Zoltan. »Eine internationale Sprache des Verbrechens. Aber wir verstehen kein Latein, und wir haben keine Lust, es zu lernen. Was hast du gegen Englisch?«

Zustimmendes Gemurmel erhob sich rund um den Tisch.

»Nun gut«, gab Ugo widerwillig nach. »Bevor wir anfangen, lasst uns anstoßen.«

Der Lächler ging um den Tisch und füllte ein dickflüssiges rotes Getränk in langstielige Gläser. Die Männer betrachteten es und rochen argwöhnisch daran.

Ugo erhob sein Glas.

»Es ist das Blut eines Stiers«, sagte er, woraufhin einige der Männer ihr Glas voller Ekel zurückstellten. »Wir werden davon trinken, und das Blut wird uns vereinen unter dem Schutz von Mithras. Wir werden eine Bruderschaft werden, die so mächtig ist, dass niemand sich uns widersetzen kann.«

»Ist dieser Hokuspokus wirklich nötig?«, fragte jemand.

»Es zeigt, dass wir keine gewöhnlichen Menschen sind«, sagte Ugo. »Dieses Blut symbolisiert das Blut der einfachen Menschen. Der Völker Europas. Ihr Blut wird uns stark machen. Nun zeigt mir, dass ihr Männer seid und trinkt . . . auf die Millennaria!«

Ugo kippte den Inhalt seines Glases hinunter und stellte es dann auf den Kopf, um zu beweisen, dass es leer war. Zögernd folgten ihm die anderen. Einige stöhnten, einer oder zwei würgten und spuckten.

»Der Trick dabei ist, dass man es schnell trinken muss«, lispelte Ugo mit einem widerwärtigen Lächeln. »Sonst klumpt es in der Kehle . . .«

Ein Gesicht am Fenster

UCMM. Diese Buchstaben standen auf dem Rahmen von Ugos Porträt in Eton.

Die Initialen von Ugo Carnifex und das Zeichen der Millennaria.

Natürlich! Warum war ihm das nicht vorher aufgefallen?

Die Männer, die sich um den Tisch versammelt hatten, stellten ihre Gläser ab und unterhielten sich leise miteinander. Ugo musste seine Stimme erheben, um sich Gehör zu verschaffen.

»Ich habe bereits ein Netzwerk aufgebaut von Spionen, Gaunern, Revolutionären und Leuten, die Lügen und Terror verbreiten können. Aber zusammen mit euch, die ihr hier am Tisch sitzt, kann ich etwas wahrhaft Außergewöhnliches erreichen. Alles, was ich verlange, ist, dass jeder von euch einen gewissen Geldbetrag hinterlegt, als Zeichen seines Einverständnisses und um eine Kriegskasse zu füllen, mit deren Hilfe wir unser Imperium errichten können.«

»Das ist zweifellos eine interessante Idee«, sagte ein Mann mit einem starken deutschen Akzent. »Aber ich glaube kaum, dass Sie genügend Leute haben, um eine richtige Armee aufzubauen und einen Krieg zu führen.«

»Ich brauche keinen Krieg zu führen«, sagte Ugo. »Das werden andere für mich erledigen. Wie haben denn die alten Römer die Germanen besiegt?«

»Was hat das damit zu tun?«

»Wie hat Caesar Gallien erobert?«, fuhr Ugo fort und überging den Einwand des Deutschen. »Ich werde es euch sagen. Er hat dafür gesorgt, dass die verschiedenen Stämme nichts anderes taten, als sich gegenseitig zu bekriegen. Auf diese Weise waren sie nicht in der Lage, gegen ihn zu kämpfen. Nun, in den letzten zweitausend Jahren hat sich in Europa nichts geändert. Nur die Stämme sind größer geworden. Die Engländer hassen die Deutschen, die Deutschen hassen die Russen, die Russen hassen die Italiener, die Italiener hassen die Franzosen, und die Franzosen hassen alle zusammen.«

Einzelne Männer lachten.

»Und wohin haben all dieser Hass und diese Rivalität geführt?«, fragte Ugo. »In den Weltkrieg. Zwei Millionen junge Männer sind im Schlamm der Schützengräben krepiert.« Er ging langsam um den Tisch und blickte jedem Einzelnen ins Gesicht. »Während dieser Zeit gab es großartige Gelegenheiten, um Verbrechen zu begehen«, sagte er. »Viele sind so wie wir reich geworden, während die Regierungen wegschauten und damit beschäftigt waren, Krieg zu führen. Unser vorrangiges Ziel muss es deshalb sein, Europa in einen weiteren Krieg zu stürzen, ein Land gegen das andere aufzuhetzen. Denn wo Chaos ist, dort geht es uns gut . . .«

»Wenn das, was Sie sagen, stimmt«, unterbrach ihn ein Türke, der am entgegengesetzten Ende des Tisches saß, »wie kommen Sie darauf, dass es Ihnen gelingt, uns zu vereinen? Wir stammen doch schließlich alle aus verschiedenen Ländern.«

»Nein«, sagte Ugo. »Wir sind alle gleich. Wir sind alle Verbrecher. Uns sind Grenzen und Länder egal. Wir sind durch unsere Verbrechen vereint. Deshalb arbeiten wir zusammen, bringen Gesellschaftssysteme ins Wanken, stürzen sogar Regierungen, wenn wir wollen. Wir können die Mächtigsten in Europa werden, ein geheimes Untergrund-Imperium von Verbrechern.«

Während Ugo bei diesen Worten in der Halle auf- und abging, fiel James' Blick auf etwas, das seiner Aufmerksamkeit bisher

entgangen war. In der Halle befand sich eine Statue von Mithras. Aber es war nicht irgendein Standbild. Es war die Statue, die bis vor Kurzem den Garten der Casa Polipo geschmückt hatte.
Er war in einer äußerst gefährlichen Lage.
Ohne es zu wollen, war er da in etwas hineingeraten, und nun waren keine zwanzig Fuß von ihm entfernt die gefährlichsten Leute von ganz Europa versammelt.
James hatte genug gesehen. Er musste verschwinden, und zwar schnell, solange Ugo und seine Leute sich noch im Tempel aufhielten.
Sie durften ihn auf keinen Fall erwischen ...
Er machte kehrt und tastete sich zwischen den Steinfiguren auf dem Mauervorsprung zurück, wo er einen Moment lang hocken blieb und die frische Luft einsog. Dann lief er geduckt bis zu der Reiterstatue, sprang hinüber und hielt sich an Ugos ausgestrecktem Arm fest. Er kletterte hinunter und rannte zur Treppe.
Wenn er es bis zur Bergbahn schaffte, dann konnte er vielleicht an den Schienen entlang bis ins Tal hinuntersteigen. Mit etwas Glück konnte er vielleicht sogar wieder als blinder Passagier auf dem Dach mitfahren.
Mit etwas Glück ...
James, du Idiot.
Du hast dich wie ein ausgemachter Dummkopf verhalten.
Aber denk jetzt nicht drüber nach, jetzt heißt es weitergehen.
Er erreichte einen dunklen Durchgang. Sein Herz schlug bis zum Hals.
Plötzlich wurde sein Kopf zurückgezerrt. James stöhnte, als ihn jemand von hinten packte und ihm die Hand auf den Mund presste.
James stieß mit dem Ellbogen zu. Der Griff lockerte sich. Mit erhobenen Fäusten wirbelte er herum, bereit, um sein Leben zu kämpfen.

Ihm gegenüber stand ein Junge. Und James erkannte ihn. Es war Mauros Freund Stefano. Der Junge aus dem Dorf, der in Ugos Küche arbeitete.

Stefano legte einen Finger auf die Lippen und zog James noch tiefer in den dunklen Durchgang hinein; seine Augen blickten ängstlich.

Zwei von Ugos Patrouillen gingen vorbei. Die Tritte ihrer schweren Stiefel hallten auf dem Kopfsteinpflaster.

»Danke«, flüsterte James, als sie weg waren. *»Grazie.«*

»Ich habe dich vorher schon gesehen. Ich bin dir gefolgt«, sagte Stefano. »Du kommst jetzt mit mir.«

»Einverstanden«, sagte James dankbar.

Gerade, als seine Situation aussichtslos schien, war ihm ein unerwarteter Retter zu Hilfe gekommen. Er war unendlich erleichtert.

Stefano führte ihn durch ein Tor in eine verwinkelte, unbeleuchtete Gasse. Sie endete in einem düsteren Hof, in dem ein großer, halb abgestorbener Strauch stand. Hinter dem Strauch verbarg sich ein Loch in der Wand.

»Komm!«, sagte Stefano und verschwand in der Öffnung. James folgte ihm und fand sich auf dem Dach eines Hauses wieder, das eine Ebene tiefer lag.

»Wohin gehen wir?«, fragte James, aber der sardische Junge huschte auf dem Dach weiter, ohne ein Wort zu sagen. James blieb nichts anderes übrig, als ihm zu folgen.

Stefano führte James von einem Dach zum nächsten, bis sie am Rande des Palazzo waren, direkt über den Gleisen der Bergbahn. Dann kletterte er an einem Abflussrohr hinunter und bedeutete James, das Gleiche zu tun.

Stefano machte dies offensichtlich nicht zum ersten Mal.

Sobald sie beide auf den Gleisen standen, schaute Stefano nach oben und nach unten, um sich zu vergewissern, dass kein Zug kam. Zur Sicherheit legte er auch sein Ohr an die Schienen.

»Alles in Ordnung«, sagte er und lächelte, doch im hellen Mondlicht bemerkte James, dass der Junge mitgenommen aussah.
Sie drückten sich ganz dicht an die Felsen zu ihrer Linken und kletterten die Bahngleise hinunter. Es war ein schwieriges Unterfangen. Die Schienen hatten ein Gefälle von fast fünfundvierzig Grad und waren nicht dazu gedacht, darauf herumzulaufen.
Nach einigen Minuten, die ihnen endlos lang erschienen, kamen sie zu dem Tunnel, der durch den großen Felsvorsprung führte.
James wollte den Tunnel gerade betreten, als Stefano ihn am Ärmel zog.
»Nein«, sagte er. Hier entlang.«
»Du bist der Boss«, erwiderte James.
Stefano begann, um den Felsen herumzuklettern, weg von den Gleisen und dem Tunnel.
Wieder folgte James ihm. Überrascht stellte er fest, dass Stefano nach oben anstatt nach unten kletterte.
»Wohin gehen wir?«, rief er ihm gepresst nach.
»Warte ab«, sagte Stefano.
James bemühte sich, nicht nach unten zu sehen. Aber das Klettern war nicht schwer, und der Mond schien hell genug, sodass er gut erkennen konnte, wohin er seine Hände und Füße setzen musste. Dabei vergaß er keinen Moment lang, dass die Felswand viele Hundert Fuß steil abfiel.
Weiter oben war der Felsen abgeflacht. Die beiden Jungen gelangten zu einer Art Holzgerüst, das an der Außenmauer des Palazzo angebracht war. Stefano zögerte keinen Augenblick. Er schwang sich wie ein Affe an dem Gerüst hoch, und James folgte ihm.
Vom Gerüst kletterten sie auf ein Betondach. Sie waren nun in einem noch unfertigen Teil des Palazzo. Zwischen Säcken mit Kalk und Sand lagen verschiedene Bauwerkzeuge: Hacken, Hämmer, Pickel und Maurerkellen.
Was nun?

Das sah nicht wie ein Fluchtweg aus.
Stefano führte ihn zur entgegengesetzten Seite des Dachs. Unter ihnen erstreckte sich eine Wand mit zwei übereinander liegenden Fenstern. Unterhalb des unteren Fensters ging es steil in die dunkle Tiefe hinunter.
»Ich verstehe nicht«, sagte James. »Was soll ich tun? Weshalb hast du mich hierher gebracht?«
»Hör zu«, sagte Stefano.
»Ich höre dir zu«, sagte James.
»Es ist etwas passiert«, sagte Stefano. »Etwas Schlimmes.«
»Was?«, fragte James.
»Ich arbeite hier«, sagte Stefano. »Ugo bezahlt mich. Ich habe bisher nie etwas von dem gesagt, was ich weiß. Ich brauche Geld. Aber heute habe ich Männer reden gehört. Sie glauben, wir hören nicht zu, weil wir nur Diener sind, aber wir wissen alles.«
»Ich verstehe immer noch nicht«, sagte James. »Was ist denn passiert?«
»Mauro ist tot.«
Stefanos Worte trafen James wie ein Faustschlag. Er war wie gelähmt. »Wie ist das passiert?«
»Einer von Ugos Leuten«, klagte Stefano. »Ugo hat Mauro nicht verziehen, dass er auf seinen Fußboden gespuckt hat. Aber auch das andere nicht. Was Mauro zu ihm gesagt hat.«
»Was soll das heißen?«, fragte James. »Willst du damit andeuten, dass Ugo ihn getötet hat?«
»*Si.* Sie haben ihn umgebracht. Mauro hat gesagt, du bist sein Freund. Du musst seinen Tod rächen. Ich kann das nicht. Ich bin nicht stark. Ich habe Angst. Du bist stark. Du hast mit dem Jungen gekämpft. Mauro hat mir erzählt, dass du tapfer bist.«
»Das ist Wahnsinn«, unterbrach ihn James. Seine Gedanken rasten. »Ich kann nicht gegen Ugo kämpfen.«
»Nein. Du kannst nicht gegen Ugo kämpfen, aber du kannst ihm

wehtun. Da ist ein Mädchen.« Noch während er sprach, griff Stefano nach einem herumliegenden Stück Seil und band ein Ende an einer halb fertigen steinernen Säule fest.

»Was meinst du?«, fragte James. »Welches Mädchen?«

»Dieser Mann, Zoltan, hat sie hergebracht«, sagte Stefano und begann, das andere Ende des Seils um James' Taille zu binden. »Ugo hat sie in seiner Gewalt. Ein englisches Mädchen.«

Er führte James zum Rand des Dachs. »Du gehst runter«, sagte er. »Bis zum zweiten Fenster. Dort findest du das Mädchen. Ich warte hier.«

»Das ergibt doch alles überhaupt keinen Sinn«, sagte James. »Wer ist das Mädchen überhaupt?«

»Sie ist gefangen«, sagte Stefano. »Du musst mit ihr sprechen.«

»Bitte«, sagte James. »Das ist verrückt . . .«

»Schnell«, sagte Stefano. »Wir sind hier nicht sicher. Geh!«

James war völlig durcheinander, aber Stefano war so hartnäckig, dass er wohl oder übel gehorchen musste. Stefano war seine einzige Hoffnung, hier heil herauszukommen.

Er warf eine Seilschlinge über die Dachkante und zog sie straff, dann legte er sich auf den Bauch und ließ sich rückwärts nach unten gleiten, bis er mit den Füßen die Mauer tasten und sich hinunterlassen konnte. Seine wunden Finger taten noch vom Boxkampf weh, und das Seil brannte, als es durch seine Finger glitt, aber er versuchte, nicht auf die Schmerzen zu achten.

Er gelangte zum ersten Fenster. Es war dunkel und die Läden geschlossen. James stellte sich auf den Fenstersims, atmete kurz durch und schaute nach oben. Er hatte ungefähr zwölf Fuß zurückgelegt, bis zum nächsten Fenster war es ungefähr noch einmal so weit.

Ein beunruhigender Gedanke schoss ihm durch den Kopf. Hinunterzuklettern war ziemlich einfach. Wieder hochzuklettern würde sehr viel schwieriger werden.

Am besten nicht daran denken.

Er machte weiter, ließ das Seil langsam kommen und tastete sich mit den Füßen voran.

Nach einer Weile war er am zweiten Fenster angelangt. Er stellte sich auf den Fenstersims, löste den Knoten an seiner Taille, zog das Seil straff und band es wieder fest. Das Zimmer war dunkel, aber die Fensterläden waren nicht geschlossen. Dennoch konnte er nicht hineinklettern, denn längs vor der schmalen Öffnung war eine Eisenstange angebracht. Er schaute durch das Fenster. Es war zu dunkel, um etwas erkennen zu können, aber er spürte, dass sich dahinter etwas bewegte.

»Hallo?«, rief er und kam sich dabei sehr albern vor. »Hallo. Ist dort jemand?«

Nichts rührte sich. Nur das Zirpen der Grillen war zu hören.

»Hallo . . .?«

Noch immer nichts.

Er wollte schon aufgeben und wieder nach oben klettern, als er ein Rascheln hörte.

»Hallo?«, rief er noch mal.

Nach einer Weile antwortete ihm eine Stimme, leise und zaghaft.

»Hallo?« Es war eine Frauenstimme mit englischem Akzent. »Wo bist du?«

»Ich bin am Fenster«, sagte James und sah plötzlich ein Mädchengesicht aus der Dunkelheit auftauchen.

Déjà vu

Sie hatte kurzes, ungleichmäßig geschnittenes Haar, blasse, sommersprossige Haut und Augen, die im Dunkeln leuchteten. Sie schaute James an, als könne sie nicht glauben, dass er ein Mensch aus Fleisch und Blut war. Zaghaft streckte sie die Hand durch die Lücke neben der Eisenstange, und James hielt sie einen Augenblick lang fest.

»Dich gibt es also wirklich«, sagte sie.

»Ich glaube schon«, erwiderte er.

»Ich habe schon befürchtet, ich träume«, sagte das Mädchen. »Wie heißt du?«

»Mein Name ist Bond. James Bond. Und wer bist du?«

»Ich bin Amy Goodenough.«

James war so überrascht, dass er beinahe abgerutscht und in die Tiefe gestürzt wäre.

»Marks Schwester?«, fragte er.

»Du kennst mich?«, sagte sie verblüfft und lachte erleichtert auf.

»Ja«, sagte James. »Aber was um Himmels willen tust du hier?«

Amy erzählte ihm rasch, was passiert war, angefangen von ihrer Gefangennahme auf See bis zu dem Zeitpunkt, als sie in die Berge gebracht worden war.

»Zoltan wusste ganz sicher über die Statuette Bescheid«, sagte James. »Er wusste, wo er die *Sirene* finden konnte und welche Schätze sie beherbergte.«

»Das stimmt«, sagte Amy. »Er hat es mir sogar gesagt. Er hat die Figur im Auftrag des Grafen gestohlen.«

»Aber wie konnte Ugo davon wissen?«, wunderte sich James.
»Er hat seine Leute überall«, sagte Amy. »Selbst in England.«
»Sogar in Eton«, fügte James hinzu.
»Genau. Da ist ein Mann, der sich als Lehrer an eurer Schule ausgibt. Von dem erfährt Ugo alles, was er braucht.«
»Cooper-ffrench«, sagte James. »Ich kenne ihn. Er ist auch hier auf der Insel.«
Nun war James an der Reihe, und er berichtete ihr, so schnell er konnte, alles, was er wusste.
»Es ist aussichtslos«, sagte Amy, als er fertig war.
»Nein«, munterte er sie auf und drückte ihre Hand. »Ich werde dich hier rausholen.«
»Jetzt gleich?« Ein zaghafter Hoffnungsschimmer leuchtete in ihrem Gesicht auf, und James musste wegschauen.
»Vielleicht«, gab er zur Antwort. »Dort oben liegen ein paar Werkzeuge herum. Ich kann ja versuchen, diesen Riegel aufzustemmen oder so etwas. Und dann ist da auch noch ein Junge, der hier arbeitet. Er wird uns helfen.«
»Stefano?«, fragte Amy.
»Ja«, antwortete James. »Also verlier nicht den Mut.«
Zwei Tränen kullerten über Amys Wangen.
»Ich kann es nicht glauben«, sagte sie. »Ich habe gebetet, dass irgendwer kommt.«
»Halte durch«, tröstete James sie. »Ich komme wieder.«
Als Erstes musste er auf das Dach zurück.
Er rief nach Stefano, aber der antwortete nicht. Offenbar konnte er ihn nicht hören. James zog an dem Seil. Keine Reaktion.
Er seufzte und spuckte in die Hände. Beim Hinunterklettern hatte er sich die Haut an einigen Stellen aufgescheuert, aber er durfte jetzt nicht daran denken.
James nahm das Seil fest in die Hände, stemmte die Beine gegen die Mauer und zog sich langsam nach oben. Zwei Mal rutschte er

aus und schlug so heftig gegen die Mauer, dass es wehtat, aber er schaffte es, bis zu dem sicheren Platz am ersten Fenster zu klettern, ohne abzustürzen. Auf dem Fenstersims angelangt, atmete er erst einmal tief durch.

»Stefano«, rief er. »Wo bist du?«

Wieder blieb es still.

James überlegte, ob er von hier aus in das Gebäude gelangen und einen einfacheren Weg nach oben suchen könnte. Er machte sich an den Fensterläden zu schaffen, steckte sein Taschenmesser in die Ritze zwischen zwei Läden, um den Riegel anzuheben, und mit viel Rütteln gelang es ihm, ihn zu öffnen. Er klappte die Läden zurück und kletterte hinein. Das Seil ließ er um die Taille geschlungen.

Der Raum war leer und kahl, und die Zimmertür war von außen abgeschlossen. Wegen des Lärms, den er machen würde, konnte er es nicht wagen, die Tür mit Gewalt aufzubrechen, deshalb kletterte er widerstrebend wieder hinaus und machte sich auf den Weg nach oben. Seine verbissene Wut half ihm schließlich, zurück aufs Dach zu klettern. Dort stellte er fest, dass Stefano verschwunden war.

Verdammt. Jetzt war alles beim Teufel.

Jetzt war er ganz auf sich allein gestellt.

James setzte sich hin. Als er das Seil losband, hörte er, wie jemand an dem Gerüst hochkletterte. Schnell riss er das Seil herunter und ging nachsehen.

Aber es war nicht Stefano, es waren zwei von Ugos Wachleuten.

Einen Augenblick lang dachte er daran aufzugeben. Er war unendlich müde. So viel war in letzter Zeit passiert, er wusste nicht, ob er noch mehr aushalten konnte.

Unsinn.

Es geht nicht nur um dich, es geht auch um Amy.

Also beweg dich, du Idiot! Mach, dass du wegkommst!

Er hastete quer über das ganze Dach und sprang auf das nächste Haus.

Sofort rannte er weiter. Seine Erschöpfung war wie weggeblasen.

Er musste sogar lachen. War er jetzt nicht in genau der gleichen Lage wie in jener Nacht in Eton bei der Gefährlichen Gesellschaft?

Nur dass diesmal mehr auf dem Spiel stand als nur eine Tracht Prügel. Diesmal rannte er um sein Leben.

Er lief bis zum Rand eines Flachdachs und sprang auf eine Mauer hinunter. Er hatte nicht die geringste Ahnung, wo er war. Er wusste nur eins: Er musste diese beiden Männer abschütteln.

Mit den Armen balancierend, lief er über die schmale Mauer.

Links war ein dunkler Hof mit einigen Hühnerställen, rechts ein schwindelerregender Abgrund, der mehrere Hundert Meter in die Tiefe abfiel.

Nur nicht nach unten schauen ...

Am Ende der Mauer stand ein kleiner Baum. James kletterte an seinen Ästen hoch und erreichte das nächste Dach. Es war flach, von einer niedrigen Brüstung umgeben und hatte überdachte Sitzflächen. Von hier aus führten Stufen zu einer erhöht liegenden Plattform. Geduckt schlich James die Treppe hoch, aber als er oben angekommen war, stockte ihm der Atem.

Die beiden Wachleute rannten geradewegs auf ihn zu.

Verdammt ...

Er wandte sich um und lief, so schnell er nur konnte. Bald erreichte er eine weitere Treppe, die diesmal nach unten führte. Ohne lang nachzudenken, nahm er sie mit einem Riesensprung. Als er auf dem Boden aufkam, überschlug er sich, sprang wieder auf die Füße und rannte weiter. Er hörte einen zornigen Schrei hinter sich. Offenbar hatte eine der Wachen versucht, es ihm nachzumachen, und war gestürzt.

Aber sie waren noch immer hinter ihm her. Und er hatte die Orientierung verloren.

Das war schlecht. Er musste auf die Dächer zurück, wo die schwerfälligen Wachleute im Nachteil waren und er sich besser zurechtfand. Daher überlegte er nicht lange, sondern schwang sich über eine Brüstung auf das darunter liegende Gebäude. Er hetzte über das Dach, holte dabei mit den Armen Schwung und machte so große Schritte, wie er konnte.

Er gelangte in eine Rinne zwischen zwei Häusern, dann hinaus auf ein schmales, ebenes Dachstück, von dem aus er einen Hechtsprung wagte. Er landete mit einem dumpfen Aufprall. Es klang, als hätte er sich gerade die Rippen gebrochen. Mit dem Oberkörper lag er auf dem nächsten Dach; seine Beine baumelten in der Luft.

Nur mit Mühe kam er auf die Füße. Er holte tief Luft. Seine Lungen brannten. Genau genommen, tat sein ganzer Körper höllisch weh. Er zweifelte, ob er auch nur einen Schritt weiterlaufen konnte.

Bloß nicht daran denken.

Du hast dir nichts gebrochen.

Morgen wird man nur noch ein paar blaue Flecken sehen.

James schüttelte den Kopf. Als er sich umblickte, sah er die dunklen Umrisse seiner Verfolger ganz dicht hinter sich.

Er rannte weiter.

Dann hörte er einen dumpfen Schlag, gefolgt von einem schrillen Schmerzensschrei.

Er blickte zurück.

Hinter ihm war nur noch *ein* Wachmann.

Der andere hatte offenbar einen Fehler beim Absprung gemacht.

Vor sich sah er eine Lücke, die zwischen diesem und dem nächsten Haus klaffte. Er wusste nicht, wie groß der Abstand war, und er hatte keine Zeit, es herauszufinden. Er musste es einfach probieren.

Er legte an Tempo zu, peitschte seinen Körper vorwärts, zwang seine Beine zu einer Kraftanstrengung wie noch nie in seinem Leben.

Entsetzt erkannte er, dass die Lücke viel größer war, als er angenommen hatte. Viel größer als alles, was er je in Eton zu überspringen versucht hatte. Trotzdem, es war zu spät, um noch anzuhalten. Stattdessen beschleunigte er noch einmal und katapultierte sich über die gähnende Leere.

Für den Bruchteil einer Sekunde nahm er die schwarze Tiefe unter sich wahr.

Nein.

Es war nicht zu schaffen. Es war viel zu weit. Es war unmöglich.

Er stürzte ins Bodenlose. James streckte die Arme aus, versuchte, sich verzweifelt an irgendetwas festzuhalten. Und dann – ein metallisches Klirren. Er hatte etwas zu fassen bekommen.

Er klammerte sich mit seiner ganzen Kraft daran fest und weinte vor Erleichterung.

Der Wachmann war klug genug gewesen, den Sprung nicht zu wagen.

James baumelte an einem Eisenträger, der an der Mauerwand befestigt war und an dessen Ende sich eine Lampe befand, die jedoch nicht brannte. Unterhalb der Lampe entdeckte er ein geöffnetes Fenster.

Er hätte es nicht besser planen können. Abgesehen davon, dass er nun ein leichtes Ziel abgab, falls der Wachmann vorhatte, auf ihn zu schießen.

James arbeitete sich zur Lampe vor, schwang sich durch das Fenster und landete in einem Zimmer.

Schrilles Kreischen und verängstigte Rufe in Sardisch waren die Reaktion.

Er befand sich in einem Schlafraum mit vier schmalen Betten. Vermutlich ein Zimmer für die Dienerschaft.
»Entschuldigung«, murmelte er, während er sich bereits an der Tür zu schaffen machte. »Beachten Sie mich gar nicht. Schlafen Sie einfach weiter.« Er riss die Tür auf und stürzte hinaus in den Gang. Mehrere Türen öffneten sich, und sardische Frauen streckten verschlafen den Kopf heraus. James kümmerte sich nicht darum, sondern rannte weiter. Das Stimmengewirr hinter ihm wurde lauter.
Er lief durch das Haus, bis er eine Wendeltreppe erreichte, die er mit großen Schritten erklomm. Sie schien kein Ende zu nehmen, aber schließlich war er oben, stieß eine Tür auf und stand auf einer kleinen Terrasse.
Einen Moment lang hielt er inne und lehnte sich an die Mauer. Seine Beine waren bleischwer, und sein Herz hämmerte so stark, dass sein ganzer Körper bebte.
Der Palazzo war ein Labyrinth. Wie konnte er hoffen, jemals wieder herauszukommen?
Während er ziellos weiterlief, hörte er in der Ferne die Alarmrufe und Pfiffe der Wachen. Irgendwo hoch oben am Berg wurde ein Scheinwerfer eingeschaltet, der das Gelände abzusuchen begann. Beinahe hätte der Lichtkegel ihn erfasst, aber James versteckte sich rasch hinter einem Brunnen und wartete ab, während der Lichtstrahl über die Gebäude glitt.
Und dann erfasste der Scheinwerfer eine Statue.
Ein Mann mit ausgestrecktem Arm, auf einem Pferd sitzend.
Ugos Reiterstandbild.
James ging darauf zu. Jetzt wusste er endlich wieder, wo er war. Der Tempel lag ruhig und verlassen da. Und hier waren die Stufen, die zu dem Durchgang führten. Würde er die Tür finden und den Weg, den Stefano zu den Bahngleisen gegangen war?
Einen Versuch war es wert.

Müde stapfte James die Treppen hoch – und erstarrte.
Jemand kam direkt auf ihn zu. Und er konnte sich nirgends verstecken.
»Bond?«
Die Stimme kam ihm bekannt vor.
Es war Peter Haight.
»Sir . . .« James sackte auf den Stufen zusammen, als Haight zu ihm trat.
»James?«, fragte er. »Sie sehen ja schrecklich aus. Was um Himmels willen, ist mit Ihnen passiert?«
»Ich denke, ich bin okay«, sagte James und verzog das Gesicht. Er fühlte sich alles andere als okay.
»Was um alles in der Welt geht hier vor?«, fragte Haight. »Was machen Sie hier oben? Wir haben uns schreckliche Sorgen um Sie gemacht. Jemand hat erzählt, man hätte Sie gesehen, wie Sie in diese Richtung rannten. Wir haben überall nach Ihnen gesucht . . .« Er hielt inne und sah James besorgt an. »Geht es Ihnen wirklich gut?«
»Da ist ein Mädchen, Sir«, sagte James und wusste nicht, wo er anfangen sollte, denn sein Kopf war viel zu schwer. Er konnte nicht mehr klar denken.
»Was für ein Mädchen?«
»Amy Goodenough, Sir. Marks Schwester. Sie lebt. Sie ist hier. In einem Zimmer eingesperrt. Graf Ugo hält sie gefangen.«
»Amy Goodenough soll hier sein?«
»Ja. Wir müssen ihr helfen und sie befreien.«
»Du redest Unsinn, James«, sagte Haight freundlich und half James aufzustehen. »Komm mit. Wir gehen wieder zurück.«
Haight führte ihn die Gasse entlang.
»Graf Ugo, Sir«, begann James. »Er ist kein richtiger Graf. Er ist ein Verbrecher, der größte Verbrecher auf der ganzen Insel. Eines Tages will er der größte Verbrecher auf der ganzen Welt werden.

Er ist der Anführer einer Geheimorganisation, die sich Millennaria nennt . . .«
»Jetzt bin ich wirklich überzeugt, dass du fantasierst«, sagte Haight.
»Sie müssen mir glauben«, beharrte James. »Egal, wie verrückt es auch klingt.«
»Ich weiß nicht, was ich davon halten soll, James. Ich möchte nur eins: Sie wohlbehalten hinunter ins Tal und danach ins Bett bringen.«
»Nein!« James blieb stehen. »Mister Cooper-ffrench, Sir.«
»Cooper-ffrench?«, fragte Haight stirnrunzelnd. »Was ist mit ihm?«
»Er arbeitet für Ugo«, sagte James.
Haight brach in Lachen aus. »Wovon um alles in der Welt sprechen Sie? Cooper-ffrench ist ein biederer Lateinlehrer.«
»Ich habe ihn in Eton gesehen, in einem Haus, das vollgestopft war mit Sachen der Millennaria. Und der andere von Ugos Leuten, sie nennen ihn den Lächler, denn er hat schlimme Narben im Gesicht, war auch da. Deshalb ist Cooper-ffrench mit nach Sardinien gekommen, Sir. Um Ugo zu treffen. Deshalb sind wir alle hier.«
Haights Miene verdüsterte sich.
»Das ist ein schwerer Vorwurf, James«, sagte er.
»Das weiß ich«, gab James zurück.
»Wahr oder nicht wahr, Sie sollten wirklich nicht hier oben bleiben. Wir werden jetzt ins Tal gehen, und auf dem Weg dorthin erzählen Sie mir alles.«
»Vielen Dank, Sir«, sagte James.
Haight führte James durch den Palazzo. Während sie gingen, berichtete James ihm in einem Schwall verworrener Sätze alles, was er wusste. Er erzählte von der Nacht in der Gefährlichen Gesellschaft, in der alles angefangen hatte, von Merriots Brief, dem

Mithraskult, Perrys gestohlenem Gemälde, und er wollte gerade von Cooper-ffrenchs merkwürdigem Benehmen auf dem Ausflug erzählen, als sie zu einer großen Holztür kamen.
James hatte nur beiläufig auf den Weg geachtet, während er auf Haight eingeredet hatte, doch nun blieb er stehen, um sich zu orientieren.
»Ich glaube nicht, dass wir hier richtig sind, Sir«, sagte er. »Das ist der falsche Weg.«
Haight seufzte. »Sie kennen sich hier besser aus als ich.«
»Und trotzdem weiß ich nicht mehr, wo wir sind«, entgegnete James.
»Versuchen wir's mal da entlang«, schlug Haight vor. »Ich bin sicher, das ist der Weg, auf dem ich gekommen bin.«
Haight öffnete die Tür und führte James in einen weitläufigen Korridor, in dem rechts und links Statuen standen. Schließlich gelangten sie zu einer weiteren Tür.
»Aber wie haben Sie das mit Amy herausgefunden? Woher wussten Sie, dass sie hier ist?«
James wollte gerade antworten, als er plötzlich stolperte, weil sein ausgefranstes Hemd sich an einer Statue verfangen hatte. Er machte sich los. Dabei riss ein schmutziger Fetzen Stoff ab und fiel zu Boden.
Haight schnalzte mit der Zunge und bückte sich.
»Das können wir auf keinen Fall hier liegen lassen«, sagte er mit einem Grinsen. »Wie Sie wissen, hasst Ugo Schmutz.«
Als Haight den Stofffetzen aufhob, sah James etwas Silbernes an seinem Handgelenk aufblitzen. Haight hatte es zwar blitzschnell wieder unter den Ärmel geschoben, aber James konnte noch erkennen, dass es ein silbernes Armband war. Das gleiche silberne Armband, das er auf dem Fußboden gefunden hatte, nachdem Haight und Cooper-ffrench auf der Versammlung der Archäologischen Gesellschaft zusammengestoßen waren.

James wurde schwindlig. Ihm war, als stünde die ganze Welt kopf. Alles hatte sich verändert.
Er fühlte sich wie damals, als er zum ersten Mal mit Viktors Taucherbrille unter Wasser gewesen war. Von einem Augenblick zum anderen glaubte er sich an einen Ort versetzt, an dem alles anders aussah.
Er hatte sich in allem getäuscht, und nun fiel es ihm wie Schuppen von den Augen.
Was für ein Idiot war er doch gewesen.
Nicht Cooper-ffrench war Ugos Verbündeter, natürlich nicht.
Es war Haight.

Der Groschen fällt

Sie haben meine Frage noch nicht beantwortet«, sagte Haight nachdrücklich. »Wer hat Ihnen von Amy erzählt?«

James bemühte sich, die aufsteigende Panik zu unterdrücken. Es war von Anfang an so offensichtlich gewesen, aber er hatte den Wald vor lauter Bäumen nicht gesehen.

Haights Armband war an jenem Abend zu Boden gefallen, nicht das von Cooper-ffrench.

»James?« Haight starrte ihn fragend an. So wie ein Lehrer jemanden anschaut, der nicht aufgepasst hat.

»Entschuldigung, Sir«, sagte James. »Was haben Sie gesagt?«

»Ich habe Sie gefragt, woher Sie von Amy wissen.«

»Oh . . .« James wollte Stefano nicht verraten, aber ihm fiel keine Ausrede ein, und sein Kopf war leer. »Nun, ja, ich habe einen Weg aus dem Palazzo gesucht, und da bin ich sozusagen über sie gestolpert.«

Haight warf ihm einen verächtlichen Blick zu. Da wusste James, dass er einen Fehler gemacht hatte.

Beide kannten sie die Wahrheit, und beide wussten sie vom anderen, dass er sie auch kannte. Die Frage war nur – wie lange konnten sie dieses Spiel durchhalten?

»Ich glaube, wir gehen in die falsche Richtung«, sagte James und wich zurück zu der Tür, durch die sie gekommen waren.

»James . . .«

James drehte sich um und rannte. Als er die Tür aufriss, versperrten ihm zwei von Ugos Leuten den Weg. Er wandte sich

um und bemerkte, dass Haight sich nicht von der Stelle bewegt hatte.
»Hier entlang«, sagte er ruhig. James blieb nichts anderes übrig, als ihm zu folgen.
Die Tür am anderen Ende des Gangs führte in eine riesige Bibliothek. Die Regale waren mit Lederfolianten gefüllt, Statuen und Bilder schmückten den Raum.
Ugo saß hinter einem gewaltigen Mahagoni-Schreibtisch, an seiner Seite stand der Lächler. Zwei Uniformierte hielten Wache.
»Hier ist er«, sagte Haight und stieß James in die Mitte des Raums.
Ugo tat so, als würde er in irgendwelchen Papieren lesen. Aber James entging nicht, wie die Muskeln unter seiner bleichen Haut arbeiteten und die Kiefer mahlten.
James sah sich aufmerksam im Raum um. Er bemerkte eine kleine Bronzefigur auf einem antiken Tischchen. Das konnte die gestohlene Sirene sein! Auf einer Staffelei gleich daneben stand ein Bild, das aussah wie einer der Canalettos aus seinem Zimmer in der Casa Polipo.
Und dann sah er hinter Ugo das unvollendete Gemälde eines Jungen an einem einsamen Strand. Mit den Schwimmflossen und der Taucherbrille ähnelte er fast einem Reptil. In einer Hand hielt er eine Sieben, in der anderen einen Seeigel. Das Bild hatte etwas Traumartiges und zugleich Verwirrendes an sich, so, als wäre der Junge tot oder ein Geist.
James erkannte den Jungen wieder. Er selbst war es. Also hatte Poliponi seine Ankündigung wahr gemacht und ihn so gemalt.
Schließlich blickte Ugo auf. »Gefällt es dir?«, fragte er, als er James' Blick bemerkte.
James zuckte mit den Schultern.
»Ich habe es in einem, wie ich glaubte, ungestörten Moment aus dem Haus von Signor Delacroix holen lassen«, sagte Ugo. »Diese

Canalettos sind ausnehmend schön.« Mit einem leichten Nicken deutete er auf die beiden Ansichten von Venedig. Dann wandte er sich Poliponis Bild zu. »Aber das Ding hier gefällt mir nicht. Ich mag keine moderne Kunst. Sie ist degeneriert, dekadent, das Werk eines kranken Hirns. Kunst muss rein sein.«
Während er das sagte, nahm er einen Brieföffner von seinem Schreibtisch und schlitzte die Leinwand mit drei Schnitten durch die Mitte auf.
James fühlte Wut in sich hochsteigen, als hätte Ugo ihn selbst verletzt.
Der Graf kam auf ihn zu. »Du hast uns eine Menge Ärger gemacht, James Bond«, lispelte er und ließ seinen Silberzahn aufblitzen.
»Gern geschehen«, antwortete James. Ihm war jetzt alles egal, er fühlte sich nur noch benommen.
»Sei still, Bond«, rief Haight und schlug ihm auf den Hinterkopf. »Etwas mehr Respekt, wenn ich bitten darf.«
James war plötzlich wieder hellwach. Er dachte an Viktor, Mauro und an Amy. »Respekt?«, schrie er. »Für den da?«
»Du machst alles nur noch schlimmer«, entgegnete Haight. »Ich habe dich immer für einen vernünftigen Burschen gehalten.«
»Er ist ein Mörder und ein Dieb!«, schrie James.
»Du weißt gar nichts von mir«, sagte Ugo.
»Ich weiß, dass Sie gar kein richtiger Graf sind«, entgegnete James. »Sie sind nichts weiter als ein Ziegenhirte aus der Barbagia.«
»Bond!«, brüllte Haight. »Noch mehr freche Antworten, und du bekommst ernste Schwierigkeiten. Graf Ugo ist ein bedeutender Mann.«
James lachte kurz und trocken. Ugo starrte ihn wütend an und kaute auf seiner Unterlippe wie ein ungezogenes Kind.
»Selbst wenn ich aus diesen Bergen stamme«, entgegnete er, »ha-

be ich mich doch verändert. Ich bin jetzt besser als dieser Abschaum von Einheimischen.« Er schlug sich an die Brust. »Eines Tages wird mich die ganze Welt kennen.«

»Oh, ja, bestimmt«, antwortete James. »Sie werden ein Imperium errichten mit der Hilfe von Schulmeistern, Verbrechern und Schafhirten, die in ulkigen knallroten Uniformen wie die Zinnsoldaten paradieren.«

Haights Gesicht war bleich vor Zorn. »Dieses Verhalten ist unannehmbar, James«, sagte er.

»Muss ich jetzt hundertmal schreiben ›Ich soll nett zu Mördern sein, Sir‹?«, fragte James.

»Ich warne dich, Bond«, sagte Haight. »Noch so eine Frechheit, und es wird dir leid tun.«

»Das ist schlimmer als in der Schule«, sagte James, und Haight schlug ihm heftig ins Gesicht. Eine Wunde, die sich James zugezogen hatte, als er mit dem Gesicht auf das Dach gefallen war, begann zu bluten. Er presste seine Hand darauf, um die Blutung zu stillen.

»Eigentlich habe ich Sie immer gemocht, Mister Haight«, sagte er.

»Schau mal«, sagte Haight und schlug einen verbindlicheren Ton an. »Es gibt gar keinen Grund, dass du dir das Leben schwer machst. Wir müssen dich nicht bestrafen. Alles ist vergessen, wenn du uns erzählst, wer dir heute Nacht geholfen hat. Wie findest du das, hm?«

»Mir hat niemand geholfen«, gab James zurück.

Der Lächler knurrte etwas in Latein.

James sollte offensichtlich nichts verstehen, aber ein Wort verstand er doch: *occide*, töte.

Haight antwortete ebenfalls lateinisch, und beide stritten eine Zeit lang.

James erschauderte. Es waren die beiden Stimmen, die er in jener Nacht in Eton, im Efeu versteckt, gehört hatte. Der Lächler und Haight. Der Lächler mit seiner harten, flüssigen Aussprache, und Haight mit seinem steifen englischen Akzent.

Ugo beendete ihre Auseinandersetzung; er sprach absichtlich Englisch, damit James alles verstehen konnte. »Du kannst ihn nicht töten, Lächler«, sagte er. »Zuerst müssen wir herausfinden, wer ihm geholfen hat und woher er weiß, wo das Mädchen ist.«

»Ich habe es schon gesagt«, entgegnete James müde. »Niemand hat mir geholfen.«

»James Bond«, sagte Ugo. »Ich bin ein umgänglicher Mensch. Aber ich mag es nicht, wenn etwas . . . unordentlich ist.«

James musste an Mauro denken, wie er sorgsam die Seeigelstacheln aus seinem Fuß gezogen hatte, und seine Wut loderte wieder auf.

»Sie können befehlen, Menschen zu töten«, sagte er wütend, »aber vielleicht haben Sie schon vergessen, wie Blut aussieht.«

Er schüttelte seine Hand über Ugos Schreibtisch. Blut spritzte darauf und auf Ugos weißen Anzug.

»Menschenblut«, schrie James. »Kein Stierblut. Darum geht es. Hier sterben Menschen.«

Einen Augenblick lang stand Ugo zitternd da, gelähmt vor Ekel, dann riss er sich die schmutzige Jacke vom Leib und starrte Haight an. Der Engländer wurde rot und schaute zu Boden.

»Peter«, sagte Ugo und rieb wie verrückt an einem Blutfleck an seinem Hemd, »das ist deine Schuld. Du hättest besser aufpassen müssen.«

»Es tut mir leid, Graf«, sagte Haight.

»Es reicht nicht, dass es dir leidtut«, sagte Ugo. »Pass auf, dass so etwas nicht noch einmal passiert – das wäre nicht gut für dich.«

»Es wird nicht mehr passieren«, versicherte Haight. »Vertrauen Sie mir.«

»Dir vertrauen?«, spottete Ugo. »Mach dich nicht lächerlich. Ich kann niemandem vertrauen. Ich bin ein Verbrecher, und jeder, der für mich arbeitet, ist auch ein Verbrecher. Wie kann ich da jemandem vertrauen? In meiner Welt beruht die Macht auf Angst. Wenn es Probleme gibt, dann löse ich sie mit einem Messer oder mit einem Gewehr. Ich hoffe, dass du nicht zum Problem für mich wirst, Peter. Und ich hoffe, du weißt, wie du deine eigenen Probleme lösen musst.«

Dann ratterte er eine Flut von Anweisungen an seine Wachen herunter, und James wurde aus dem Raum gezerrt.

Cooper-ffrench war müde, nervös und machte sich mehr als nur ein bisschen Sorgen. Es war nach Mitternacht, und er saß in der Bergbahn und fuhr den Steilhang hoch zum Damm. Peter Haight, der James Bond suchen wollte, war noch immer nicht zurück, und er hatte die Jungen mit ihrem italienischen Führer Quintino allein im Camp zurücklassen müssen.

Der schläfrige sardische Wachmann musterte ihn ungerührt, während Cooper-ffrench nervös an seinem Bart zupfte und zum Fenster hinausblickte. Er konnte fast nichts erkennen außer den Damm, der den Nachthimmel zu teilen schien. Seit man ihn mit der schlechten Nachricht geweckt hatte, schaute er zum x-ten Mal auf die Uhr.

Endlich hielt der Wagen mit einem unsanften Stoß auf die Puffer an. Die Wache öffnete die Tür, und Cooper-ffrench stieg aus. Zwei andere Wachleute überprüften ihn, aber sie schienen sich nicht dafür zu interessieren, was er hier wollte, und gingen in die Windenstation zurück, spielten Karten und rauchten.

Er schaute auf das schwarze Wasser des Sees hinaus und erkannte den massigen Schatten des Flugboots, das am Landungssteg festgemacht hatte.

Hier oben war die Luft viel kühler und angenehmer als unten im Tal, wie er dankbar feststellte. Sein dicker Anzug juckte, und er

konnte kaum etwas gegen sein Schwitzen tun. Aber es gab wenigstens keine Moskitos hier oben. Er hasste diese verdammten Biester, die ihm das Leben zur Qual machten.
Er ging auf der Dammkrone entlang und hörte nur das Klappern seiner Schuhe auf dem Beton, das von den nahen Berghängen widerhallte.
Vor sich erblickte er eine Gestalt, die im Schatten zwischen zwei Scheinwerfern stand. Er kniff die Augen zusammen, konnte aber nicht erkennen, wer es war.
»Hallo«, rief er zögernd.
Die Gestalt trat in den Lichtkegel.
Es war Peter Haight.
»Peter?«, rief Cooper-ffrench fragend. »Haben Sie ihn gefunden?«
Haight schüttelte den Kopf. »Ich fürchte, nein, aber was in aller Welt machen Sie denn hier?«
Cooper-ffrench räusperte sich. »Einer von Ugos Burschen kam vom Palazzo herunter. Er sagte, Bond sei oben, und ich solle mich beeilen.«
»Genau das Gleiche hat man mir auch gesagt«, antwortete Haight. »Aber leider musste ich feststellen, dass hier oben keine Spur von ihm ist.«
»Ich mache mir große Sorgen«, sagte Cooper-ffrench.
»Was sollten wir Ihrer Meinung nach tun?«, fragte Haight und steckte sich eine Zigarette an. »Sollen wir auf ihn warten?«
»Ich weiß nicht«, erwiderte Cooper-ffrench zurückhaltend. Er traute Haight nicht. Er hatte ihm noch nie getraut. »Haben Sie sich hier gründlich umgesehen?«
»Ja«, antwortete Haight. »Aber es ist zu dunkel, man kann nicht mehr viel erkennen. Hören Sie, da ist noch etwas, worüber ich mit Ihnen sprechen wollte.«
»Tatsächlich?«, sagte Cooper-ffrench.
»Ja.« Haight stieß eine Rauchwolke aus, dann zog er eine kleine

Flasche aus seiner Brusttasche. »Auch einen Schluck Brandy? Hilft vielleicht, uns wach zu halten.«
»Nein, danke, für mich nicht«, lehnte Cooper-ffrench ab. »Es ist schon spät, und dann plagt mich immer fürchterliches Sodbrennen. Aber was wollten Sie sagen?«
Haight nahm einen Schluck Brandy. »Ich habe ein bisschen über unseren Gastgeber, den großen Ugo Carnifex, in Erfahrung gebracht«, begann er. »Und wie es aussieht, führt er Übles im Schilde.«
»Wie meinen Sie das?«, fragte Cooper-ffrench.
»Haben Sie schon jemals etwas von einer Organisation gehört, die sich Millennaria nennt?«
Cooper-ffrench zögerte. »Ich habe davon gehört«, sagte er schließlich.
»Nun, nach allem, was ich weiß, ist dies hier ihre Zentrale, und Carnifex ist ihr Chef«, sagte Haight. »Hier wimmelt es von Gangstern.«
Eine Zeit lang schwieg Cooper-ffrench. Vielleicht hatte er sich in Haight getäuscht, aber er traute ihm immer noch nicht.
»Woher wissen Sie das?«, fragte er.
»Ich habe mich mit ein paar Einheimischen unterhalten«, sagte Haight.
»Und vorher haben Sie nie etwas davon gehört?«
»Wie hätte ich davon hören sollen?«, entgegnete Haight und runzelte die Stirn.
»Nun, es ist nur, weil ...« Cooper-ffrench beschloss, seine Karten auf den Tisch zu legen. »Ich habe einen von diesen Burschen schon einmal gesehen.«
»Was soll das heißen?«, fragte Haight mit weit aufgerissenen Augen.
»Wie Sie wissen, bin ich ein begeisterter Amateur-Archäologe«, sagte Cooper-ffrench.
»Ja.«

»Nun, vor einiger Zeit war ich auf der Suche nach einer Kultstätte, die dem römischen Gott Mithras geweiht war und die sich irgendwo in Eton befinden soll. Sie wird in verschiedenen geschichtlichen Quellen erwähnt, ist aber seit Jahrhunderten verschollen. Ich vermute, dass sie an der Stelle eines älteren keltischen Heiligtums errichtet worden ist, das der Göttin Tamesis geweiht war, nach der die Themse benannt ist.«

»Ich kann Ihnen nicht folgen«, sagte Haight. »Worauf wollen Sie hinaus?«

»Das werde ich Ihnen sofort erklären«, sagte Cooper-ffrench. »Sehen Sie, ich war immer der Meinung, es wäre eine wichtige Entdeckung, wenn ich dieses Heiligtum finden würde. Meine Nachforschungen führten mich zu einem Gebäude in Eton, das einen unbewohnten Eindruck machte. Ich war mehrmals dort, konnte aber nicht hinein. Aber eines Nachmittags stand die Tür offen, und ich fand einen Mann, der mich sehr erschreckt hat. Es war ein Schotte, der schlimme Narben auf den Wangen hatte. Auf jeder Hand war ein M tätowiert. M für Millennaria.«

»Großer Gott«, rief Haight. »Diesem Mann bin ich hier im Palazzo begegnet. Und Sie haben ihn in Eton gesehen?«

»So ist es«, erwiderte Cooper-ffrench. »Reichlich merkwürdig, nicht wahr?«

»Aber warum haben Sie mir nicht früher davon erzählt?«

Cooper-ffrench hüstelte verlegen. »Ich muss zugeben, dass ich Sie in Verdacht hatte, Peter. Ich fürchtete, Sie hätten selbst irgendetwas damit zu tun.«

»Ich?« Haight schaute ungläubig und lachte los. *»Ich* soll etwas mit Verbrechern und italienischen Geheimgesellschaften zu tun haben? Wie um alles in der Welt sind Sie auf diese Idee gekommen?«

»Nun, im Nachhinein erscheint es mir lächerlich«, murmelte Cooper-ffrench. »Und ich muss zugeben, jetzt, nachdem wir darüber gesprochen haben, fällt mir ein Stein vom Herzen. Ich glaube, ich könnte auch einen Schluck Brandy vertragen.«

Haight gab ihm die Flasche, und er nahm schweigend einen Schluck.

Die beiden gingen bis an die Brüstung und schauten zum Palazzo und zum Aquädukt hinunter.

»Haben Sie irgendjemandem von Ihrem Verdacht erzählt?«, fragte Haight beiläufig.

»Nein.« Cooper-ffrench schüttelte energisch den Kopf. »Meine Befürchtungen hätten unbegründet sein können, was sie, wie sich jetzt herausgestellt hat, ja auch sind. Ich wollte kein großes Theater machen und keinen Skandal an der Schule riskieren. Aber ich wusste, dass Sie regelmäßig nach Sardinien fahren, und ich wusste auch, dass die Millennaria hier ihren Stützpunkt hat, deshalb dachte ich, es ist besser, wenn ich mitkomme und ein wachsames Auge auf Sie habe.«

Haight schaute Cooper-ffrench an. Deshalb ließ er sich also nicht abschütteln. Was für ein Narr. Er hatte ja keine Ahnung, auf was er sich eingelassen hatte.

Er legte seinen Arm auf Cooper-ffrenchs Schulter.

»Gleich morgen früh verschwinden wir mit den Jungs von hier.«

»Ja«, antwortete Cooper-ffrench. »Hier geht es nicht mit rechten Dingen zu. Wir sollten die Behörden unterrichten.«

»Das müssen wir in der Tat«, sagte Haight.

»Und was ist mit James Bond?«, fragte Cooper-ffrench. »Wo zum Teufel steckt er?«

»Machen Sie sich keine Sorgen. Ich erledige das.« Während er das sagte, schob Haight die Hand zwischen Cooper-ffrenchs Schulterblätter und versetzte ihm einen kurzen, kräftigen Stoß.

Cooper-ffrench konnte nur noch einen Schrei ausstoßen, bevor er über die Brüstung fiel.

Haight beobachtete, wie Cooper-ffrench in die Tiefe stürzte. Es schien eine Ewigkeit zu dauern.
»Der Groschen ist gefallen«, sagte er und warf die Brandyflasche hinter ihm her.

Eine kleine Quälerei vor dem Essen

Man hatte James in einen Abstellraum tief im Innern eines Bergwerkschachts unter dem Palazzo gebracht. Die Stahltür war verschlossen und das Licht von außen ausgeschaltet. Im Raum war es pechschwarz, und es roch nach Feuchtigkeit.
Er hatte keine Ahnung, wie spät es war. Vielleicht war es Mitternacht, vielleicht brannte die Sonne schon vom Himmel.
Er hatte ein wenig geschlafen. Es war ein tiefer, schwerer Schlaf mit konfusen Träumen gewesen, und als er aufwachte, war sein Körper so steif, dass er schmerzte. James hatte das Gefühl, als wäre eine ganze Elefantenherde auf ihm herumgetrampelt. Zu den Prellungen im Gesicht und an den Händen, die vom Boxkampf herrührten, kamen die anderen Verletzungen, die er sich zugezogen hatte, als er über die Dächer gejagt worden war, ganz zu schweigen von der Beule am Kopf, die er seit dem Angriff auf Viktors Haus hatte.
Er wusste, ein Fluchtversuch war zwecklos. Alles, was er tun konnte, war, sich eine Geschichte auszudenken, mit der er Mauros Freund Stefano aus der ganzen Geschichte heraushalten konnte. Er fühlte sich mitverantwortlich für Mauros Tod, und er würde es nicht ertragen, wenn Stefano seinetwegen etwas Ähnliches zustieß.
Seine einzige Hoffnung, hier herauszukommen, war Cooper-ffrench. Der Lehrer würde ganz bestimmt Alarm schlagen und nach ihm suchen.

Er konnte es noch immer nicht glauben, dass er so dumm gewesen war und Peter Haight vertraut hatte.
Alles erschien ihm jetzt so klar.
Es war Haight gewesen, der diese Reise nach Sardinien in der heißesten Jahreszeit geplant hatte, damit er unter dem Vorwand, an Ugos Fest teilzunehmen, die gestohlenen Bilder abliefern konnte. James fielen die zusammengerollten Leinwandstücke in Haights Tasche ein, in der Tasche, die Haight niemals aus den Augen ließ. Ein braver Schullehrer, der einen Ausflug mit seinen Schülern machte – das war die perfekte Tarnung, um gestohlene Kunstschätze außer Landes zu schaffen.
Haight hatte die Jungen über die Kunstsammlungen ihrer Eltern ausgefragt. Er wusste genau, wo welches Kunstwerk war. Er wusste, wann die Familien nicht zu Hause waren. Er wusste von der Jacht der Goodenoughs und der kostbaren Statuette. Seine Anteilnahme für Mark hatte nichts damit zu tun, dass er ihm leidtat, er bedauerte nur, dass es so weit gekommen war. Alle anderen Einbrüche waren schnell und einfach verlaufen, niemand war dabei verletzt worden. Dieser aber war schiefgegangen und hatte Menschenleben gefordert.
Von draußen wurde das Licht eingeschaltet. James sprang erschrocken auf, und obwohl die Glühbirne nur einen trüben ockerfarbenen Schein warf, blinzelte er und hielt sich die Hand schützend vor die Augen.
Er hörte ein Knirschen, als sich ein Schlüssel im Schloss drehte.
Die Tür öffnete sich knarrend.
Graf Ugo und der Lächler kamen herein.
Der Lächler wischte den Staub von einer Packkiste und setzte sich.
Ugo warf einen kurzen Blick auf die schmutzige Umgebung, rümpfte die Nase und beschloss, stehen zu bleiben.
»James Bond«, sagte er. »Normalerweise habe ich es mit Solda-

ten, Banditen, Piraten und Mördern zu tun. Ein einfacher Schuljunge wird mir keine Schwierigkeiten machen. Im Augenblick wünsche ich nur, dass du mir einige Fragen beantwortest, dann können wir diese Angelegenheit ad acta legen.«

»Und mich gehen lassen?«, fragte James. »Schließlich bin ich doch nur ein einfacher Schuljunge.«

»Warum nicht?«, antwortete Ugo. »Wie gesagt, wegen dir mache ich mir keine Sorgen. Vielleicht bildest du dir in deiner kindlichen Fantasie ein, du könntest die Polizei holen und die Armee schicken, damit sie das Mädchen befreien. Aber dieser Plan wird für immer im Reich der Fantasie bleiben. Ich habe sehr viel Macht auf dieser Insel. Alle Menschen sind habgierig. Es braucht nicht sehr viel, um einen Polizisten zu bestechen; ich gebe ihnen Geld, und sie lassen mich in Ruhe. Genauso ist es mit der Armee. Wir sind zuerst Sarden und dann erst Italiener. Die Leute vertrauen mir mehr als diesem Mussolini. Ich gebe diesen Menschen Hoffnung. Sardinien ist ein armes Land, aber ich werde es reich machen.«

»Indem Sie Gemälde stehlen?«, fragte James.

Ugo lachte. »Als Kaiser Napoleon Europa eroberte, riss er sich sämtliche Reichtümer unter den Nagel. Er plünderte die Museen und Kunstsammlungen und stellte alles in Paris aus, um den Ruhm seines Reichs zu demonstrieren. Nun, genauso mache ich es auch. Meine Anhänger sind überall, an allen Orten, die einst zum Römischen Reich gehört haben. In Spanien, in Frankreich, in Nordafrika, im Nahen Osten, in Deutschland und selbstverständlich in Britannien. Und von überall her bringen sie mir Schätze. Das meiste gebe ich gegen Lösegeld an die Besitzer zurück, aber die italienischen Kunstwerke behalte ich. Ein Kaiser muss sich wie ein Kaiser benehmen und muss wie ein Kaiser wirken. Er muss von den erlesensten Dingen umgeben sein. Ich werde ein neuer Cäsar, ein neuer Napoleon sein. Eines Tages werde ich der Welt meine ganze Majestät zeigen. Bis dahin arbeite ich im Untergrund und höhle die Gesellschaft aus.«

»So wie eine Ratte im Kanal«, sagte James.

»Wir verschwenden unsere Zeit. Ich habe viel zu tun. Wie hast du von Amy Goodenough erfahren? Wer hat dich zu ihr gebracht? Wer hat dir geholfen?«

»Niemand«, antwortete James.

»Du denkst vielleicht, dass jemand kommt und dich befreit«, sagte Ugo sanft. »Aber das wird nicht passieren. Signor Delacroix ist nach Hause gegangen, und Signor Cooper-ffrench hatte bedauerlicherweise einen Unfall. Es sieht so aus, als hätte er zu viel gefeiert. Er war betrunken und ist letzte Nacht von meinem Damm hinuntergestürzt. Sehr traurig. Nun, wer hat dir geholfen?«

James' Magen krampfte sich zusammen.

»Niemand hat mir geholfen«, sagte er. Er musste um jeden Preis an dieser Version festhalten. Er musste so viel Zeit wie nur irgend möglich gewinnen, damit Stefano fliehen konnte, sonst würde es ihm ergehen wie Cooper-ffrench.

Ugo lächelte und fuhr sich mit der Hand durch seine weißen Haarstoppeln. »Ich werde es herausbekommen«, sagte er. »Ich kenne da eine Methode. Ich werde dich auf die Jagd mitnehmen. Gehst du gern auf die Jagd?«

James zuckte mit den Schultern.

»Macht nichts«, sagte der Graf. »Es spielt ohnehin keine Rolle. Denn bei dieser Jagd wirst du nicht der Jäger, sondern die Beute sein.« Er lächelte. »Ich fürchte allerdings, es wird nicht sehr fair zugehen.«

»Das überrascht mich nicht«, entgegnete James. »Ich weiß ja, dass Sie gerne betrügen.«

»Ich werde dich am Boden festbinden«, fuhr Ugo fort. »Als Köder. Aber welches Tier wird dich jagen? Hmm? Weißt du es?«

»Nein«, antwortete James widerwillig.

»Es ist das tödlichste Tier auf der ganzen Welt«, sagte Ugo. »Kannst du dir vorstellen, was es ist? Vielleicht denkst du, es ist ein Tiger? Nein, kein Tiger. Zwar werden jedes Jahr ein paar Leute von Tigern getötet, aber so viele nun auch wieder nicht. Mit den Löwen ist es das Gleiche. Was ist mit Krokodilen? Die Antwort ist Nein. Vielleicht Schlangen? Es stimmt, es gibt einige außerordentlich giftige Schlangenarten auf der Erde, aber nicht auf Sardinien. Spinnen vielleicht? Auch nicht. Die Tiere, die dich angreifen, sind schlimmer als alle anderen. Sie töten jedes Jahr Millionen Menschen.«

Ugo ging zur Tür, und der Wachmann öffnete sie. »Denk darüber nach, James, denk darüber nach, welches Tier es sein könnte. Vielleicht ist dir danach mehr zum Reden zumute. Irgendwie hoffe ich sogar, dass du nicht gleich klein beigibst«, sagte er. »Denn es wird mir ein Vergnügen sein, dich leiden zu sehen. Mein Leben hier ist bisweilen etwas eintönig. Ein kleine Quälerei vor dem Essen ist gut für den Appetit. Komm, Lächler.«

Die beiden gingen, und James war wieder allein.

Er steckte die Hand in die Tasche, und seine Finger berührten etwas. Er zog es heraus. Es war der silberne Ring, den Jana ihm geschenkt hatte. Er betrachtete ihn und drehte ihn in seinen wunden Fingern. Irgendetwas an dem Ring stimmte nicht, aber bevor er dem Rätsel auf den Grund gehen konnte, wurde das Licht ausgeschaltet, und er saß im Dunkeln, spielte mit dem Ring und grübelte.

Irgendwann später – vielleicht war eine Stunde vergangen, vielleicht auch zwei, James wusste es nicht – kam ein weiterer Besucher.

Es war Zoltan, der Madjar, der ihm etwas zu essen brachte.

»James!«, rief er und stellte ihm Brot und eine Scheibe kalten Braten hin. »Immer bringst du dich in Schwierigkeiten. Was machen wir bloß mit dir?«

James schwieg. Er aß gierig, während Zoltan ihm belustigt zuschaute. »Ugo weiß nichts davon, dass ich hier bin«, sagte er. »Wir werden dieses kleine Geheimnis für uns behalten.«
»Was wollen Sie von mir?«, fragte James. »Und machen Sie sich nicht die Mühe zu lügen. Ich weiß, wer Sie sind.«
»Ich könnte dir helfen, James«, antwortete Zoltan.
»Ich brauche Ihre Hilfe nicht.«
»Du bist stark«, sagte Zoltan. »Aber Ugo wird dich kleinkriegen. Also weshalb schlägst du meine Hilfe aus?«
»Warum sollten Sie mir helfen wollen?«, fragte James zurück. »Was springt für Sie dabei heraus?«
»Ich möchte Amy zurückhaben«, antwortete Zoltan. »Du weißt, wo sie ist. In gewisser Weise wollen wir beide das Gleiche.«
»Nein, das wollen wir nicht«, widersprach James. »Ich möchte sie befreien, und Sie wollen sie verkaufen.«
»Das will ich ganz und gar nicht«, sagte Zoltan.
»Doch, sie hat es mir gesagt«, entgegnete James. »Sie hat gesagt, dass Sie auf ein hohes Lösegeld aus sind. Was sonst könnten Sie mit ihr anfangen wollen?«
»Gute Frage«, antwortete Zoltan. »Ich habe sie mir von Anfang an gestellt. Irgendwie spüre ich, dass zwischen uns beiden eine seltsame Beziehung besteht. Vielleicht weil sie mich um ein Haar umgebracht hätte. Uns hat das Schicksal zusammengeführt. Ich will sie nicht verkaufen. Ich möchte sie behalten.«
»Wozu?«
»Ich wünschte, ich wüsste es«, sagte Zoltan. »Sie ist zu jung, und ich bin zu alt zum Heiraten, und außerdem hasst sie mich. Ich habe ihren Vater getötet. Das ist nicht gut, wenn man das Herz eines Mädchens erobern will.«
»Nein«, erwiderte James. »Ich verstehe nicht viel davon, aber ich denke, dass Sie mit Blumen oder Schokolade mehr erreicht hätten.«

Zoltan lachte, dann sagte er ganz ruhig: »Ich möchte nicht, dass man ihr wehtut, James.«
»Wenn Sie Amy zurückhätten, was würden Sie mit ihr machen?«, fragte James.
»Ich weiß es nicht«, antwortete Zoltan. »Sie war das Wertvollste, was ich hatte. Alles Wertvolle, was ich je besessen habe, hat mir Ugo weggenommen. Er sagt, dass er ein neuer Imperator ist. Das ist er nicht. Er ist ein gewöhnlicher Dieb. Ein Verbrecher.«
»So wie Sie«, gab James zurück.
»Ich weiß wenigstens, was ich bin«, sagte Zoltan. »Ich tue nicht so, als wäre ich etwas Besseres.«
»Ein ehrbarer Dieb also«, entgegnete James. »Ich wusste gar nicht, dass es so was gibt.«
Zoltan lächelte ihn an. »Ich habe dir die Geschichte von Ugo noch gar nicht zu Ende erzählt, oder?«, fragte er. »Was ihm damals im Krieg passiert ist.«
»Nein«, antwortete James. »Sie haben aufgehört, wie er nackt unter der Dusche einem deutschen Soldaten gegenüberstand.«
»Keinem deutschen«, sagte Zoltan. »Einem ungarischen.«
»Aber natürlich«, sagte James. »Woher sollten Sie auch sonst so viel über jenen Tag wissen? Der Soldat waren Sie, nicht wahr?«
»Ja«, sagte Zoltan, »das war ich. So habe ich Ugo kennengelernt.«
Zoltan setzte sich und wischte sich übers Gesicht. Dicke Schweißperlen rannen über seine Stirn, und seine blassen Augen waren gelb und fiebrig. Er holte tief Luft, und James hörte ein Rasseln in seiner Lunge.
»Und was ist dann passiert?«
»Bevor einer von uns schießen konnte«, fuhr Zoltan fort, »ist mir etwas Ungewöhnliches aufgefallen. Während unseres Kampfs hatten einige Kugeln ein Loch in den Boden geschlagen. Und durch dieses Loch sah ich etwas Goldenes schimmern.
Unter dieser Dusche waren alle Schätze aus dem Palast. Die Be-

sitzer hatten ihre Wertsachen dort versteckt, als der Krieg ausbrach. In unserer Aufregung vergaßen wir völlig, dass wir Feinde waren. Wir kletterten hinunter und starrten auf den Schatz. Ugos Bruder Guido war ein frommer Mann, und er sagte, wir dürften den Schatz nicht anfassen. Zehn Minuten später war Guido tot. Ugos Messer steckte in seinem Rücken. Ugo hatte seinen eigenen Bruder umgebracht, der ihm zuvor das Leben gerettet hatte. Und warum? Wegen des Goldes. Nur wegen des Goldes.
Ugo und ich schufteten schwer. Wir holten den Schatz aus dem Keller und versteckten ihn im Wald. Dann schworen wir, niemandem etwas zu sagen, und vereinbarten, nach dem Krieg zurückzukommen. Aber ich hatte genug vom Kämpfen. Ich schlug mich über Albanien nach Griechenland durch, wo ich meine ruhmreiche Laufbahn als Pirat und Schmuggler begann.«
»Und war der Schatz noch da, als Sie zurückkamen?«, fragte James.
Zoltan lachte. »Was glaubst du wohl?«, fragte er. »Ugo ist jetzt ein reicher Mann, und ich habe nichts außer meinem Schiff und den Kleidern, die ich auf dem Leib trage.«
»Er ist Ihnen zuvorgekommen«, sagte James.
»Ja. Das meiste hat er verkauft. Die Stücke jedenfalls, die leicht verkäuflich waren, Silber und Gold. Andere Stücke hat er mir großzügig überlassen, damit ich sie für ihn verkaufe. Ich kenne viele Leute rund ums Mittelmeer, die keine Fragen stellen. Ich habe den Gewinn mit Ugo geteilt, weil er mir jedes Mal versprochen hatte, dass es beim nächsten Mal noch größere, wertvollere Sachen sein würden.
Aber während ich ein Schmuggler blieb, in den Tag hineinlebte und das Geld wieder ausgab, kaum dass ich es hatte, war Ugo cleverer. Er wollte einen Palast wie den, den wir ausgeplündert hatten. Er sparte sein Geld und steckte es in Bergwerke.«
Ein Hoffnungsschimmer schlich sich in James' düstere Gedanken.

Vielleicht gab es doch jemanden, der ihm helfen konnte. Jemanden, an den er noch gar nicht gedacht hatte, nämlich diesen verwundeten ungarischen Seeräuber.
»Seine Pläne interessieren Sie gar nicht, oder?«, fragte James. »Das mit der Millennaria?«
»Nein«, antwortete Zoltan. »Ich möchte nur mein Geld und dann wieder verschwinden.«
»Sie haben Ihr Geld noch nicht bekommen?«, fragte James.
»Nein. Ich habe ihm genau das gebracht, was er wollte, aber wenn es ans Bezahlen geht, hat Ugo es nicht eilig.«
James sah die Verbitterung und den Hass in Zoltans Augen. Es musste einen Weg geben, ihn im Kampf gegen Ugo einzusetzen, aber er musste sich seiner Sache ganz sicher sein.
»Sie werden das Geld nie bekommen«, sagte er.
Zoltan zuckte zusammen. »Was sagst du da?«
»Er wird Sie erneut betrügen«, sagte James. »Aus welchem Grund sollten Sie ihm vertrauen?«
Zoltan starrte James an. »Für einen jungen Burschen bist du ganz schön klug.«
»Entweder ich bin klug, oder Sie sind dumm«, antwortete James.
Einen Augenblick lang sah Zoltan aus, als wolle er James an die Kehle gehen, dann heiterte sich seine Miene auf, und er fing an zu lachen. »Ich habe schon Leute umgebracht, weil sie so mit mir gesprochen haben«, sagte er. »Du hast Glück, dass ich dich mag.«
James nahm etwas aus seiner Tasche und gab es Zoltan.
»Was ist das?«, fragte der Pirat. »Ein Ring?«
»Was, glauben Sie, ist er wert?«, fragte James zurück.
»Gar nichts«, antwortete Zoltan und gab ihn zurück. »Er ist aus Blech.«
»Kein Silber?«, hakte James nach.
»Nein«, sagte Zoltan.
»Das dachte ich mir«, erwiderte James.

»Woher hast du ihn?«, fragte Zoltan.

»Die liebreizende Gräfin Jana hat ihn mir geschenkt«, sagte James. »Ugo tut so, als wäre er reich, aber er ist pleite. Sein ganzes Geld ist für den Bau des Palazzo draufgegangen. Alles Schwindel. Wie dieser Ring. Viktor hat mir gesagt, dass es in diesem Bergwerk nie Silber gegeben hat. Ugo hat gestohlene Kunstschätze verkauft, um zu vertuschen, wie wenig Geld er in Wirklichkeit hat. Er wird Sie niemals bezahlen, weil er es sich gar nicht leisten kann. Deshalb will er, dass diese anderen Leute sich ihm anschließen – weil sie reich sind.«

Zoltan wollte gerade etwas antworten, als sie vom Klappern der Schlüssel an der Tür unterbrochen wurden. Gleich darauf kam der Lächler mit einem ungepflegten jungen Wachmann herein. Er sah Zoltan, und diesmal war James ganz sicher, dass er nicht grinste.

Das tödlichste Tier auf der Welt

Was tust du hier?«, fragte der Schotte.

»Das geht dich nichts an«, sagte Zoltan und stand auf.

»Ich habe gefragt, was du hier tust«, wiederholte der Lächler mit einem drohenden Unterton in der Stimme.

Zoltan wandte sich an James. »Du musst wissen, der Lächler hat früher für mich gearbeitet«, sagte er. »Er hat zu meiner Mannschaft gehört. Aber nachdem er Ugo kennengelernt hat, hat ihm sein kleines, habgieriges Hirn gesagt, er soll mich im Stich lassen und es in der Welt zu etwas Größerem bringen.«

»Du bist ein ewiger Verlierer«, erwiderte der Lächler. »Ich habe nur auf das Pferd gesetzt, das gewinnt.«

»Wie immer«, sagte Zoltan und legte seine gesunde Hand auf James' Schulter. »Siehst du seine Narben?«, fuhr er fort. »Die hat er von seiner alten Bande in Glasgow. Sie haben nämlich herausgefunden, dass er einen nach dem anderen an die Polizei verpfiffen hat. Aber weißt du, was lustig ist? Der Lächler ist ein guter Katholik. Bevor er Verbrecher wurde, wollte er Priester werden. Was ist dann passiert? Warum erzählst du es dem Jungen nicht selbst?«

»Das war bei den Jesuiten«, sagte der Lächler ungewohnt redselig. Offenbar war er froh, etwas über sich selbst erzählen zu können. »Es hat ihnen etwas zu viel Spaß gemacht, uns Jungs zu züchtigen. Eines Tages hatte ich genug davon. Ich habe Pater McCann den Rohrstock weggenommen und ihn damit umgebracht. Dann bin ich abgehauen und habe mich einer Bande aus

der Stadt angeschlossen. Das war mehr nach meinem Geschmack.«
»Bis du sie verpfiffen hast«, fügte Zoltan hinzu.
»Ich habe immer nur mir selbst vertraut«, sagte der Lächler.
»Natürlich«, sagte Zoltan. »Du hattest ja schon deinen Gott betrogen, auf ein paar Menschen kam es da nicht mehr an.«
Zoltan verließ den Raum. James hörte, wie dessen Schritte sich immer weiter entfernten.
Der Lächler sagte etwas zur Wache, und noch ehe James wusste, wie ihm geschah, wurde er aus der Zelle geschleppt.
Der Lächler führte sie durch das Bergwerk. Der junge Wachmann versetzte James von Zeit zu Zeit einen Fußtritt, damit er sich beeilte. Nach ein paar Minuten kamen sie zu einer Wachstation, die in die Felswand hineingebaut war. Zwei weitere Posten saßen hier und bewachten einen Ausgang ins Freie. Einer von ihnen schaute zu ihnen herüber und nickte dem Lächler zu, woraufhin dieser das Tor aufschob und James hindurchbugsierte.
Er stolperte in die Hitze des Tages und blinzelte im grellen Sonnenlicht. Überall summten Insekten. James fühlte sich plötzlich schwindelig und benommen, aber ein Stoß in den Rücken holte ihn wieder in die Wirklichkeit zurück.
Sie befanden sich ein gutes Stück unterhalb des Palazzo. Über ihnen waren die Steilwände der Schlucht und die hoch aufragenden Bögen des Aquädukts. Sie überquerten eine freie, felsige Fläche und folgten einem Pfad, der sich durch das stachelige Unterholz schlängelte. James überlegte, ob er versuchen sollte, auszubrechen und zu fliehen. Aber wohin hätte er laufen sollen? Er hatte keine Kraft mehr. Er schaute an sich hinunter und war erschrocken, wie schmutzig er war. Seine zerrissene Kleidung war blutverkrustet, und dort, wo man durch die Risse in der Kleidung seine Haut sehen konnte, war sie mit Schnittwunden und blauen Flecken übersät.

Fliegen summten in der heißen, stickigen Luft, und die beiden Männer scheuchten sie mürrisch weg. Nachdem sie eine Weile gegangen waren, blieben sie stehen und tranken Wasser aus einer Flasche. Nach kurzem Zögern gab der Lächler auch James die Flasche. Dankbar trank er, dann schüttete er etwas Wasser in seine Hand und fuhr sich über das Gesicht. Das war zwar alles andere als eine heiße Dusche, aber im Moment musste es reichen.
In Eton hatte ihm ein Hausmädchen jeden Morgen Wasser zum Waschen gebracht, und wenn seine Kleider schmutzig waren, dann hatte er sie einfach liegen lassen, und das Hausmädchen hatte sie mitgenommen. Ein paar Tage später konnte er sie dann akkurat gebügelt und zusammengelegt von einem hölzernen Regal am unteren Ende der Treppe, das von allen nur »das Brett« genannt wurde, wieder abholen. Das hatte er immer als selbstverständlich betrachtet – aber jetzt war alles anders.
Nach einer Weile kamen sie zu dem Fluss, in dem das Wasser aus dem Damm ins Tal floss. Einem kleinen, schlammigen Rinnsal, das an dieser Stelle in den Fluss mündete, folgten sie in eine steil abfallende, von Unkraut überwucherte Schlucht. Auf dem matschigen Untergrund mussten sie sich vorsichtig ihren Weg bahnen, und je weiter sie kamen, desto weicher wurde der Boden. Als sie immer tiefer in den Morast vorstießen, verdüsterte sich die Stimmung der Männer. Ihnen machte es augenscheinlich genauso wenig Spaß wie James.
Mit einem Mal war das Plätschern von Wasser zu hören. James vermutete, dass es ein Wasserfall war, aber als sie um eine Biegung kamen, sah er, dass dort ein Abflussrohr aus dem Felsen ragte, aus dem schmutzig braunes Wasser in ein kleines Bassin tropfte. Von dort sickerte es in viele kleine Pfützen und Tümpel. Sie waren in einer Art natürlichem Becken, in dem ein paar Korkeichen standen. James fielen die Stellen auf, an denen die Rinde abgeschält worden war, nun waren die Bäume am Absterben, er-

tränkt von dem Wasser aus Ugos Abflussrohr. Auch andere verkümmerte Pflanzen mit schwärzlichen Blättern vegetierten in diesem Loch vor sich hin. Über allem hing der Gestank von verrottendem Kohl, der von einem Faulgas herrührte und James die Kehle zuschnürte.

In der Mitte des Beckens befand sich eine Art Insel mit verkrüppelten Wacholderbüschen und einem toten Baum. Hier wartete Ugo auf sie, zusammen mit Jana und Peter Haight.

Ein Mädchen hielt einen großen Sonnenschirm über den Grafen, der auf einem Klappstuhl saß. Ein zweites Mädchen fächelte ihm Kühlung zu. Zu seiner weißen Kleidung trug er kniehohe, polierte schwarze Stiefel. Gegen den schlimmsten Gestank hatte er ein Taschentuch auf Mund und Nase gepresst.

»Ah, James«, begrüßte er ihn. »Wie gut, dass du gekommen bist.«

Eines der Mädchen scheuchte mit einer schnellen Bewegung eine aufdringliche Fliege weg.

Überall war das durchdringende Summen der Moskitos zu hören. James tötete ein Exemplar, das sich gerade an seinem Arm vollsog. Er sah mit Befriedigung den roten Fleck auf seiner Haut.

»Sie sind wirklich eine Plage, nicht wahr?«, lispelte Ugo, dessen silberner Zahn aufblitzte. »Wir haben unser Bestes getan, um sie loszuwerden, aber sie sind ein zäher Feind, der nie aufgibt. Nun, James, bevor wir anfangen, würdest du uns bitte erzählen, wer dir letzte Nacht geholfen hat? Dann können wir dich wieder mitnehmen in den Palazzo, du bekommst saubere Kleidung, ein heißes Bad und warmes Essen.«

Es war das verlockendste Angebot, das man ihm je gemacht hatte, trotzdem sagte James kein Wort, sondern starrte Ugo nur an.

»Du willst also nicht«, stellte Ugo fest. »Das ist gut. Sonst wären wir ja um unseren Spaß betrogen worden.«

»Für mich ist das kein Spaß«, sagte James, »mich hinzulegen und mich von irgendetwas auffressen zu lassen.«

»Es ist ein blutiger Spaß«, antwortete Ugo und Jana lachte. »Weißt du jetzt, wovon die Rede ist?«, fragte sie gedehnt. »Kennst du das gefährlichste todbringende Tier auf der Welt?«
James erschlug einen Moskito auf seinem Handgelenk. »Ja«, sagte er, »jetzt weiß ich es.« Er hielt seine blutige Handfläche hoch.
»Genau«, sagte Ugo. »Moskitos. Sie töten jedes Jahr Millionen Menschen. Sie haben diese Insel ruiniert. Die Leute hier bringen es zu nichts, weil sie an Malaria erkranken. Überall sieht man Menschen mit trüben Augen und gelblicher Haut. Und das sind die Glücklicheren, sie leben wenigstens noch. Oh ja, die Regierung bemüht sich sehr, die Sümpfe trockenzulegen, in denen die Moskitos brüten, aber, wie du siehst, bis dahin ist es noch ein weiter Weg.«
Ugo vertrieb mit der Hand die zahlreichen Insekten, die mittlerweile herumschwirrten. James spürte schon, wie es überall juckte.
»Vielleicht bin ich auch etwas unfair zu den Moskitos«, sagte Ugo, »denn das Insekt an sich ist ziemlich harmlos. Gefährlich ist nur das, was es in seinen Eingeweiden trägt. Es handelt sich um einen Parasiten namens Plasmodium, der bei jedem Biss durch den Speichel eines infizierten Insekts übertragen wird. Diese Parasiten vermehren sich in der Leber, bevor sie wieder in den Blutkreislauf gelangen und die roten Blutkörperchen zerstören. Dann bekommt man fürchterliches Fieber, Schüttelfrost, Gelenkschmerzen, und der Kopf tut weh, als wollte er jeden Moment zerspringen. Die inneren Organe werden nach und nach zerstört, die Adern im Gehirn zerplatzen. Wenn man nicht behandelt wird, folgt unweigerlich der Tod.«
In James kroch Angst hoch. Seit zwei Tagen hatte er kein Chinin mehr genommen, und seine Haut hatte sicherlich keinen Insektenschutz mehr. Er blickte zu Peter Haight, der schnell zu Boden schaute.
»Hast du schon gewusst«, fuhr Ugo geschwätzig fort, »dass es nur

die weiblichen Moskitos sind, die beißen? Was sagst du dazu? Die Weibchen bringen den Tod. Schau, da kommen sie schon. Sie nehmen das Kohlendioxid wahr, das du ausatmest. Wenn du also verschont werden willst, James, schlage ich vor, dass du bis morgen früh die Luft anhältst.« Ugo lachte näselnd. »Dann komme ich zurück, und wir werden sehen, ob du bereit bist zu sprechen.«

Er bellte einen Befehl, woraufhin der Lächler James vorwärtsstieß, sodass er direkt vor dem Grafen stand. Das Narbengesicht hielt ihn an den Armen fest, damit er sich nicht bewegen konnte. Jana trat auf ihn zu und riss die Reste seines Hemds herunter.

»Eine Schande, dass dein schöner Teint so bald dahin sein wird«, sagte sie und holte eine Flasche mit einer gelblichen Flüssigkeit aus ihrer Tasche. »Es heißt, Moskitos lieben Parfüm. Zumindest für die Insekten wirst du gut riechen.«

Sie bespritzte James über und über mit dem widerlichen schweren Parfum. Er hustete und presste die Augen zusammen, damit sie nicht noch mehr brannten.

»Am hungrigsten sind Moskitos bei Sonnenaufgang und bei Sonnenuntergang«, sagte Ugo, als sie fertig war. »Obwohl schon jetzt genügend hier sind. Das liegt an diesem Ort hier. Sie lieben ihn. Und wenn sie zu beißen anfangen, denk dran: Es wird schlimmer und schlimmer . . . und schlimmer. Ich habe gesehen, wie Männer verrückt geworden sind, als sie unter einem Teppich von Moskitos begraben waren, die alle gleichzeitig ihren schmutzigen Rüssel in die Haut bohrten.«

Ugo fasste James am Kinn, hob es an und blickte ihm fest in die Augen.

»Willst du noch immer nicht reden?«, fragte er.

Ugo ließ ihn los, und James sah an seinem Körper hinunter. Auf seiner Brust saßen schon zwei Moskitos und saugten. Im Moment kitzelte es nur ein bisschen, aber er wusste, dass es bald anfangen würde zu jucken. Und danach? Waren diese beiden mit dem tödlichen Parasiten infiziert?

»In Ordnung«, rief er verzweifelt. »In Ordnung. Ich werde alles sagen.«

»Guter Junge«, lobte ihn Haight. »Ich wusste, dass du Vernunft annehmen würdest. Wer war es?«

»Zoltan.«

Ugo sagte lange gar nichts, sondern schaute James nur nachdenklich an. Schließlich sagte er: »Das kann nicht sein.«

»Warum nicht?«, fragte James. »Er hasst Sie. Sie haben ihn sein ganzes Leben lang übers Ohr gehauen und betrogen. Sie haben ihn nicht bezahlt. Sie haben ihm Amy weggenommen. Zoltan würde Amy lieber freigeben, als sie Ihnen zu überlassen.«

»Ich glaube dir nicht«, sagte Ugo, aber James wusste, dass er Misstrauen gesät hatte. Schließlich war es Ugo selbst gewesen, der James auf diese Idee gebracht hatte. Hetz die Stämme gegenseitig auf. Lass sie gegeneinander kämpfen, dann warte ab, und sammle die Beute ein.

»Sie müssen mir nicht glauben«, sagte James. »Aber es war Zoltan. Wer sonst wusste davon, dass sie hier ist?«

»Nein«, entgegnete Ugo. »Du lügst . . .«

Der Lächler ging zu Ugo und flüsterte ihm etwas ins Ohr. Wahrscheinlich sagte er, dass Zoltan in James' Zelle gewesen war. Ugo kaute mit finsterer Miene auf seiner Unterlippe.

»Egal«, sagte er zu James. »Selbst wenn du die Wahrheit sagst, würde das keinen Unterschied machen. Jetzt gehen wir.«

»Sie können mich hier nicht zurücklassen«, protestierte James.

»Doch, ich kann. Ich kann alles, was ich will«, sagte Ugo. »Ich werde morgen wiederkommen. Ich würde gerne bleiben und zusehen, aber es wird lange dauern, und ich kann Moskitos nicht ausstehen. Morgen früh wirst du weich gekocht sein und dann kann ich die ganze Wahrheit aus dir herausquetschen.«

Während Ugo, Jana und Haight sich zum Gehen wandten, warf der Lächler James mit Gewalt zu Boden.
»Es war Zoltan. Ich habe gemacht, was Sie wollten, lassen Sie mich jetzt frei«, schrie James.
»Nein«, sagte Ugo. »*Arrivederci*, James. Ich wünsche eine gute Nacht!«
Ein roher Betonblock mit verrosteten Eisenringen an der Seite war in den Boden eingelassen. Der Lächler und der Wachmann legten James darauf und begannen, seine Handgelenke und Füße mit Lederriemen festzubinden.
Der junge Wächter hatte einen hervortretenden Adamsapfel und ein hübsches, aber ausdrucksloses Gesicht. Er wollte wohl vor dem Lächler damit angeben, was für ein zäher Bursche er war. Er lachte vor sich hin, während sie James festbanden, und als sie damit fertig waren, versetzte er dem Jungen einen Tritt in die Seite. Der Lächler schimpfte, woraufhin der Mann sich schmollend auf einen morschen Baumstumpf setzte und rauchte.
Der Lächler warf einen letzten Blick auf James, dann folgte er Ugo und den anderen.
James schüttelte den Kopf, als ein Moskito sich auf sein Gesicht setzte. Das Insekt lief über seine Lippen und James versuchte, durch die Nase zu atmen und es wegzublasen. Ein zweiter Moskito krabbelte auf seinem linken Handgelenk, einen dritten spürte er in seinem rechten Ohr. Er wandte den Kopf nach rechts und scheuerte sich über dem Beton. Der Moskito flog sirrend auf, bevor er auf James' Brust landete und seine Fühler zwischen seinen langen Vorderbeinen rieb.
Es war aussichtslos. James konnte nicht darauf hoffen, jedes einzelne Insekt zu vertreiben. Schon saßen vier weitere auf seinem Handgelenk. Er bewegte die Finger, aber es nützte nichts. Sie würden ihr Mahl bekommen, und nichts würde sie daran hindern.
James stellte sich vor, wie immer mehr Moskitos, Hunderte gar,

aus diesem widerlichen Sumpf kamen, um sich auf ihm niederzulassen. Sie umschwirrten ihn, schwarz und hässlich; jetzt noch dünn, aber bald aufgedunsen von seinem Blut.
Er fühlte sich mutlos und verlassen, und er wusste nicht, woher er die Kraft nehmen sollte, die lange dunkle Nacht zu überstehen, die vor ihm lag.

Gefährlicher als ein Mann

Alles schmerzte. Das Jucken war unerträglich. Er wollte seinen ganzen Körper aufkratzen, aber alles, was er tun konnte, war, an seinen Fesseln zu zerren und auf dem Rücken über den Beton zu scheuern, während die Moskitos sein Blut saugten. Mit jeder Sekunde wurden es mehr. Sie wimmelten über seine Brust, seine Knöchel, seine Arme und kitzelten mit ihren dürren Beinen seine Haut. Eine Wolke aus Insekten schwebte um seinen Kopf und erfüllte die Nacht mit ununterbrochenem Sirren. Sie flogen in seine Ohren, und dann war das Geräusch so laut, dass er meinte, sie durchbohrten sein Gehirn.

Wie er diese Kreaturen hasste. Es kam ihm vor, als hätte Gott alles aufgeboten, um sie widerlich zu machen; sie sahen widerlich aus, sie waren widerlich, und die Geräusche, die sie von sich gaben, waren widerlich. Sie waren einfach zu nichts nutze.

Die ersten, die kamen, waren noch winzig gewesen, aber je später der Abend wurde, desto größer waren sie, fette braune Dinger, die träge durch die Luft flogen und ihre Rüssel tief, bis zu ihren hässlichen Augen, in seine Haut bohrten.

Was würde er darum geben, hätte er nur eine Minute lang eine Hand frei. Um die Teufel zu zerquetschen, überall da, wo sie auf ihm saßen. Um die Befriedigung zu haben, sie zermatscht zu sehen. Aber nein. Er konnte sich nicht bewegen. Er konnte nur daliegen und spüren, wie sie sein Blut aussaugten.

Im Sumpf war es immer dunkler geworden, bis es beinahe so schwarz wie noch vor Kurzem in seiner Zelle war, und in der

Dunkelheit war alles noch schlimmer, wenn James die Insekten nur hören konnte und nur fühlte, wie sie überallhin krochen, bissen und wieder bissen.
Zuerst hatte er noch jeden neuen Stich einzeln gespürt, hatte gefühlt, wie er immer stärker anschwoll, sich in seinen Armen und Beinen ausbreitete, aber inzwischen verschwammen die Bisse zu einem einzigen Schmerz, sodass jeder Millimeter seiner Haut brannte, während sein Organismus gegen das Gift ankämpfte, das sie ihm einspritzten.
Er nahm mit schrecklicher Deutlichkeit wahr, wie das Blut in seinem Körper zirkulierte und ihr Gift verteilte. Nur ein einziges Insekt, das den Malaria-Parasiten in sich trug, und er würde für den Rest seines Lebens krank sein.
Er betete, dass von irgend woher Erleichterung kam. Es war unmöglich zu schlafen, sein Körper schmerzte viel zu sehr. Wenn er wenigstens das Bewusstsein verlieren würde oder sonst etwas passierte, damit er dieser Qual entrinnen konnte.
Der junge Wächter hatte eine Flasche bei sich, und James war nicht entgangen, dass er allmählich betrunken wurde. Immer wieder überschüttete er sich mit Insektenschutzmittel und schimpfte dabei auf die Moskitos. Zweimal schon war er zu James herübergekommen, hatte sich in einem breiten Dialekt über ihn lustig gemacht und ihm Fußtritte verpasst. Beim zweiten Mal hatte er ihm Rauch ins Gesicht geblasen und gelacht. James hatte das nichts ausgemacht. Der Rauch hatte die Insekten für ein paar kostbare Augenblicke ferngehalten, aber danach war der Mann nicht mehr gekommen, und James hatte weder ihn noch das Glimmen seiner Zigarette gesehen.
Er spuckte einen Moskito aus, stöhnte und warf den Kopf heftig von einer Seite auf die andere, aber sie hörten nicht auf. Nichts hielt diese Insekten auf. Sie hatten keine Angst wie andere Tiere. Sie waren primitiv und erbarmungslos. Wenn man sie ver-

scheuchte, waren sie einen Augenblick später wieder da. Das Einzige, was man tun konnte, war zu warten, bis sie sich hingesetzt hatten, und sie dann zu zerquetschen, aber genau das war unmöglich, weil James' Hände am Boden festgebunden waren. Tränen der Verzweiflung traten in James' Augen. Er glaubte, diese Nacht würde nie zu Ende gehen.

Aber dann sah er den Strahl einer Taschenlampe, der im Zickzack durch die Dunkelheit näher kam. Ein kurzer, leiser Wortwechsel, und jemand stellte sich vor ihn hin.

Es war Peter Haight, der sich wie ein Imker ein Insektennetz übergestülpt hatte. »James Bond«, begann er in einem sarkastischen, schulmeisterlichen Ton, »bleibt hinter seinen Möglichkeiten zurück ... James ist ein aufgeweckter Junge, lebhaft und wissensdurstig, aber sein bisweilen rebellisches Temperament muss gezügelt werden. Er ist ein guter Sportler, fügt sich aber nicht in eine Mannschaft ein. Besonders sein Respekt vor Lehrern ist mangelhaft. James neigt zum Widerspruch, und er muss noch lernen, das, was man ihm aufgetragen hat, ohne Murren auszuführen.«

»Sehr gut«, keuchte James. »Es ist immer amüsant, wenn ein Lehrer versucht, lustig zu sein.«

»Komm«, sagte Haight und hockte sich zu ihm. »Wir waren doch Freunde.«

James wollte lachen, aber sein Hals war so trocken, dass es wie das Quaken eines kranken Frosches klang. »Warum machen Sie das?«, fragte er. »Ugo Carnifex ist ein Idiot.«

»Warum macht man dieses oder jenes?«, fragte Haight zurück. »Wegen Geld, wegen Macht, um seinen Platz in der Welt zu bekommen.«

»Nein«, entgegnete James heiser. »Manche Menschen tun etwas aus Freundschaft, aus Mitgefühl oder weil sie überzeugt sind, das Richtige zu tun.«

»Die Irren auf dieser Erde werden nie aussterben«, spottete Haight. »Was meinst du wohl, James, wie ich mich gefühlt habe. Ein armer Lehrer, der den ganzen Tag mit den reichsten und am meisten privilegierten Kindern des ganzen Landes verbringt? Mit dem verwöhnten Nachwuchs von Aristokraten und Admirälen, von Politikern und Hoheiten? Wie habe ich sie alle gehasst. Ihre Arroganz, ihren selbstgefälligen Glauben daran, dass sie ganz oben stehen.
Und dann, eines Tages, ich war in Sardinien unterwegs, hörte ich von Ugo und suchte ihn auf. Wir waren gleichermaßen von den Herrschern des alten Rom begeistert. Wir unterhielten uns darüber, was und wie sie es erreicht hatten. Er hat mir die Augen geöffnet. Er hat mir gezeigt, dass die Welt nicht zwangsläufig so sein muss, wie sie ist. Dass auch für mich etwas herausspringen könnte. Wenn ich ihm das gäbe, was er wollte, dann wäre ich ein gemachter Mann. Deshalb tat ich, worum er mich bat. In erster Linie habe ich ihm Informationen beschafft. Günstiger konnte es für mich nicht sein, ich konnte die tonangebende Gesellschaft Englands ausspionieren, und zwar mithilfe ihrer Söhne. Der nächste Schritt war nur folgerichtig: das zu nehmen, was sie besaßen, und es gegen Belohnung an Ugo weiterzugeben.«
»Das einzige Problem dabei war, dass Sie jeden umbringen mussten, der Ihnen im Weg war.«
»Schau mal, alter Junge«, sagte Haight und rückte näher an James heran. »Warum sagst du mir nicht die Wahrheit? Ugo wird mir ewig dankbar sein, und ich kann dafür sorgen, dass dir nichts passiert. Ich bin der einzige Freund, den du hier hast, James.«
»Ein toller Freund«, höhnte James. »Sie wollten mich umbringen, oder nicht? Damals, am Turm. Sie haben alles geplant. Sie haben mich eingeladen, nach Sardinien mitzukommen. Auf diese Weise wollten Sie herausfinden, was ich wusste, und – wenn nötig – ei-

nen kleinen Unfall arrangieren, weit weg von der Schule, am Ende der Welt.«

»In Eton war ich in einer äußerst verzwickten Lage«, sagte Haight. »Der Tod von Sir Cathal Goodenough hatte alles verändert. Jetzt war aus dem Spiel Ernst geworden. Ich konnte es nicht riskieren, entdeckt zu werden. Und als ich mit dir sprach, habe ich gemerkt, dass du schon weit mehr wusstest, als ich befürchtet hatte.«

»Deshalb haben Sie mir Wasser zu trinken gegeben, das mit Drogen versetzt war«, fuhr James fort. »Mit einer Art Schlafmittel. Daher kam der bitter-salzige Geschmack, nicht von einer Wasserreinigungstablette. Sie haben mich unter Drogen gesetzt und mir dann gesagt, ich soll auf den Turm steigen . . .«

»Es sollte ganz simpel aussehen«, sagte Haight. »Ein Junge hat einen Hitzschlag erlitten und stürzt in den Tod.«

»Aber Sie haben nicht damit gerechnet, dass Mister Cooper-ffrench urplötzlich auftaucht, nicht wahr?«, sagte James. »Er sah Sie und hat versucht, mich zu warnen. Deshalb haben Sie mich nicht hinuntergestoßen, sondern so getan, als würden Sie mich festhalten und mich in letzter Sekunde vor dem Hinunterstürzen retten. Er hat mir das Leben gerettet. Aber Sie hätten es wieder versucht, oder nicht? Wenn Sie nicht von Viktor und seinen Gemälden erfahren hätten. Da gewann Ihre Gier die Oberhand.«

»Weißt du«, sagte Haight, »einen lebhaften und wissensdurstigen Jungen sollte man nicht auch noch anspornen. Du fragst zu viel.«

»Was werden Sie jetzt tun, Sir?«, spottete James. »Muss ich jetzt nachsitzen?«

Haight stellte einen Fuß auf James' Hals. »Alles, was ich tun muss, ist, meinen Fuß nach unten zu drücken, und du bist in zwei Minuten tot. Ich könnte es tun. So einfach, wie ich ein Insekt zermalme.«

Er nahm seinen Fuß weg, und James hustete gequält. Er schaute zu Haight hoch. »So wie jetzt waren Sie nicht immer«, sagte er. »Ich habe Sie damals mit Mark Goodenough gesehen. Er hat Ihnen leidgetan. Sie wollten ihm helfen. Wie konnten Sie sich nur so schnell verändern?«

»Mir blieb nichts anderes übrig«, erwiderte Haight wütend. »Ich musste meinen Vorbildern ähnlicher werden. Die alten Römer waren rücksichtslos. Sie hatten keinerlei Mitleid mit ihren Feinden. Als sie Karthago eroberten, haben sie jeden Mann, jede Frau, jedes Kind getötet, alle Tiere, sogar die Hunde. Sie haben die Stadt in Grund und Boden gestampft und Salz ausgestreut, sodass dort nie wieder etwas wuchs. Macht und Ruhm waren das Einzige, was sie interessierte.«

»Es muss unglaublich ruhmreich sein, Lehrer umzubringen und Kinder zu quälen«, sagte James. »Ich bin sicher, Sie werden einen Platz in allen Geschichtsbüchern bekommen.«

»Warten wir's ab«, erwiderte Haight kühl. »Mal sehen, wie eingebildet du morgen früh noch bist.«

»Gehen Sie!«, sagte James und fügte so verächtlich er konnte hinzu: »Sir.«

Haight knurrte etwas und stand auf. Dann wünschte er dem Wachmann eine gute Nacht, und James hörte, wie er an den absterbenden Eichen vorbei durch den Schlamm watete.

Seine Wut hatte James vorübergehend von seinen Qualen abgelenkt, aber nun, da Haight weg war, wurden das Jucken und das Brennen schlimmer als vorher. James zerrte an seinen Fesseln, mahlte mit den Zähnen. Den Schmerz, weil das Leder in sein Fleisch schnitt, empfand er beinahe als Erleichterung.

Er war von den verhassten Insekten vollständig bedeckt. Sie suchten alle weichen Körperteile, um zu saugen, seine Augenbrauen, seine Nasenflügel, seine Achseln . . .

»Haut ab!«, schrie er verzweifelt. »Verschwindet! Lasst mich in Ruhe! Bitte, lasst mich in Ruhe . . .«

Aber es war umsonst.
Es kamen immer mehr.
Zeitweise verlor James das Bewusstsein. Er bildete sich ein, ganz woanders zu sein, weil sein Gehirn ihm etwas Erleichterung verschaffen wollte.
Er lag zusammen mit Mauro am Strand von Capo d'Orso. Es war ein goldener Nachmittag. Die Sonne stand an einem azurblauen Himmel, aber es war heiß, viel zu heiß, sie brannte auf ihn herab, und seine Haut schälte sich, warf Blasen . . .
Er schüttelte den Kopf und zwang sich, wieder in die Wirklichkeit zurückzukehren.
Aber er war nicht wieder in der Wirklichkeit. Er lag im Bett in Tante Charmians Häuschen in Pett Bottom, gemütlich und sicher. Am Morgen weckte sie ihn wie immer mit einer Tasse Kaffee, aber sie verschüttete ihn, und er schwappte auf die Bettdecke, durchnässte alles und verbrühte ihn.
Nein.
Nicht das.
Es gab kein Entrinnen. Jedes Bild, das ihm in den Sinn kam, führte unweigerlich zurück in dieses stinkende nasse Loch und zu diesen blutsaugenden Ungeheuern.
Er gab auf.
Sollten sie doch kommen.
Sollten sie doch das Schlimmste tun.
Er würde sich nicht mehr wehren.
James schlug die Augen auf, schaute hinauf zu dem dunklen Streifen Himmel über sich, der allmählich heller wurde. Er wehrte sich nicht mehr gegen den Schmerz. Wenn er so sterben sollte, nun gut. Er würde seine letzten Augenblicke nicht damit vergeuden, sich dagegen aufzulehnen.
Es gab jetzt zwei Bonds. Der eine hatte einen Körper, der von Moskitos übersät war, juckte, schmerzte und blutete. Der ande-

re war nur ein Geist, der über diesem Körper schwebte, ihn beobachtete, keine Schmerzen spürte, vollkommen losgelöst war. Langsam schwand sein Bewusstsein, schwand hinweg wie die Flamme einer Lampe, die erlischt. Irgendwann musste er eingeschlafen sein, denn als er wieder erwachte, hatte sich etwas verändert. Der Flecken Himmel war verschwunden. Er merkte, wie sich jemand über ihn beugte. Vermutlich der Wachmann, der ihn schadenfroh beobachtete.

James stieß einen Fluch aus, aber dann wurde ihm klar, dass es nicht der Wachmann sein konnte. Die Gestalt war zu klein, die Bewegungen zu schnell und zu verstohlen. Vielleicht war es ein wildes Tier. Er strengte seine Augen an und versuchte Ordnung zu schaffen in seinem umnebelten Verstand, und als er wieder klar sehen konnte, erkannte er zu seiner Verwunderung ein Mädchengesicht.

Ihre Haut war sonnengebräunt und die schimmernden schwarzen Augen schauten unter strähnigen Haaren hervor. Er wollte etwas sagen, doch das Mädchen legte ihm den Finger auf die Lippen und blickte ihn mit dem wilden, wachsamen Blick eines Tiers an.

Er schwieg.

In ihrer gebräunten Hand hielt sie ein Klappmesser. Die Klinge war fünf Inches lang und lief wie ein schmales Blatt in einer scharfen Spitze aus. Ein solches Messer hatte ihm Mauro einmal gezeigt. Es war ein *Resolza*, ein Schäfermesser, und es war sehr gefährlich.

Schnell und geschickt schnitt sie die Riemen durch und half ihm aufzustehen. Es tat unerträglich weh, aber er schaffte es, nicht laut aufzuschreien. Seine Glieder waren steif, und die Haut brannte bei jeder Bewegung.

Wieder gab sie ihm zu verstehen, dass er schweigen solle, dann bedeutete sie ihm, ihr zu folgen. Sie war klein und drahtig und

bewegte sich geschmeidig wie eine Katze. Dabei blickte sie sich ständig um. Lautlos huschte sie mit bloßen Füßen über die Insel und watete ins Wasser.
James erstarrte. Er hatte die schemenhaften Umrisse des jungen Wachmanns erkannt, der bewegungslos im Schlamm saß und auf sie zu warten schien. Er wollte dem Mädchen etwas zurufen, aber es lief direkt an dem Mann vorbei und schenkte ihm keinerlei Beachtung. Jetzt erst erkannte James, warum er sich nicht mehr bewegte.
Der Wachmann saß ihm Wasser, an einen glitschigen Felsen gelehnt. Sein Kopf war nach hinten gefallen, die Augen starrten ins Leere, sein Mund war zu einem stummen Schreckensschrei geöffnet.
Unter seinem Kinn klaffte etwas. Es sah merkwürdig aus, als wäre noch ein zweiter Mund an seinem Hals.
Das Mädchen hatte ihm mit dem Messer die Kehle durchschnitten.
Vor Schreck blieb James wie angewurzelt stehen.
Er schaute nach dem Mädchen und konnte gerade noch erkennen, wie es auf der gegenüberliegenden Seite des Sumpfs am Wasserlauf verschwand.
James stolperte hinter ihr her und holte sie ein. Sie wandte sich um und lächelte ihn an. Ihre strahlend weißen Zähne leuchteten im Dunkeln.
Dann huschte sie weiter, James immer dicht hinter ihr. Er achtete nicht auf die Äste, die seinen nackten Oberkörper und sein Gesicht peitschten. Alles fühlte sich besser an als Moskitos auf der Haut.
Das Mädchen führte ihn aus dem sumpfigen Gebiet heraus, hinunter zum Fluss und dann über glitschige Steine zum anderen Ufer. Dort kletterten sie einen schmalen Steinpfad hinauf, der aus dem Fels gehauen war. James musste sich anstrengen, um

mit ihr mitzuhalten. Es war noch dunkel, und wenn er nicht dicht hinter ihr geblieben wäre, hätte er nicht gewusst, wo er sicher auftreten konnte, denn sie war ganz in Schwarz gekleidet und schwer zu erkennen.
James konnte nichts dagegen tun, er schwitzte und fröstelte zugleich. Seine Wahrnehmung verschwamm. Er wollte das Mädchen bitten anzuhalten oder wenigstens langsamer zu gehen, aber er hatte Angst davor, was passieren würde, wenn er es tat. Schließlich stolperte er und fiel hin.
»Bitte«, rief er. »Warte!«
Er hörte, wie das Mädchen stehen blieb und umkehrte. Sie kauerte sich hin, betrachtete ihn, gab ihm einen Kuss und dann rannte sie davon.
Keuchend, den Kopf gegen einen kühlen Stein gepresst, lag James da. Vielleicht war es ja nur ein Traum, noch so eine Fantasie, mit der er seiner Situation entkommen wollte. Vielleicht hatte es das fremdartige, todbringende Mädchen nie gegeben.
Er ruhte sich eine Zeit lang aus; die Steine bohrten sich in sein Fleisch, aber er war zu schwach, um sich zu bewegen. Dann hörte er Männerstimmen.
Waren es Ugos Wachleute? Was war los? Er fühlte sich so schwach und hilflos.
Er zwang sich aufzustehen und wollte sich verstecken, aber dann sah er das Mädchen wieder, und es lächelte ihn mit lebhaften, strahlenden Augen an.
Sie kam mit zwei starken, wettergegerbten Männern zurück, die wollene Schäferjacken trugen und James aus kohlrabenschwarzen Augen betrachteten. Der eine war klein und untersetzt und hatte O-Beine, der andere war riesig, hatte einen breiten Brustkorb und einen großen herunterhängenden Schnurrbart.
»Bitte . . .«, sagte James und fiel vor Schwäche vornüber.
Der Große fing ihn auf und trug ihn mühelos wie ein Lamm. Er

legte ihn über die Schulter und stapfte mit gleichmäßigem Schritt davon.

Halb im Unterbewusstsein nahm James wahr, dass er durch die Berge getragen wurde. Die Jacke, in die er sein Gesicht vergraben hatte, roch streng nach Schafen, aber es machte ihm nichts aus; zum ersten Mal seit zwei Tagen fühlte er sich sicher.
Der Weg schien kein Ende zu nehmen. Sie kletterten an Bergkämmen enlang, auf denen der Wind kalt pfiff; sie stolperten steile Hänge hinunter und stapften über schmale Pässe. Einmal bahnten sie ihren Weg durch dichten Wald. Dann, als der Tag zu Ende ging, öffnete James die Augen, und er sah, dass sie einem Pfad folgten, der sich an einer Felswand entlangzog. Neben ihnen gähnte eine schwindelerregende Tiefe und sie hatten einen weiten Ausblick über ein Tal.
Sie erreichten ein Dorf, das ein Teil des Berges selbst zu sein schien. Die Häuser waren aus bröckelnden Felsquadern erbaut, dicht zusammengedrängt klebten sie am Steilhang, genau so wie Ugos Palazzo.
Alte Frauen in scharlachroten Gewändern und Kopftüchern schauten durch die Türen. Die Mienen in den ledernen Gesichtern wirkten teilnahmslos. Auf einem winzigen Platz saßen zwei alte, von Malaria gezeichnete Männer mit schlohweißen Bärten und rauchten.
James sah auf den ersten Blick, dass die Leute, die hier lebten, sehr arm waren. Sie sahen verbraucht aus, ihre Gesichter waren kantig wie die Granitfelsen, auf denen diese Menschen lebten. sie wirkten müde, als sei das Leben eine große Anstrengung. Er konnte sich vorstellen, wie schwer es sein musste, dieser kargen Erde den Lebensunterhalt abzutrotzen.
Die Schäfer blieben stehen und wechselten ein paar Worte mit den Einheimischen. Sie gaben James Wasser und Brot, dann

nahm ihn der große Mann wieder auf die Schultern, und sie stiegen noch höher in die Berge.
James döste ein. Nach einer Weile bemerkte er, wie er an einem dunklen Platz vorsichtig in ein Bett aus Fellen gelegt wurde. Das Letzte, woran er sich erinnern konnte, ehe er alles um sich herum vergaß, war das braune, tierhafte Gesicht des Mädchens, das über ihm wachte.

Der Bluttanz

Das Jucken quälte James so sehr, dass er aufwachte. Einen Augenblick lang wusste er nicht, wo er war. Er wusste nur eins: dass er schreckliche Schmerzen hatte. Es gab keine Faser an ihm, die nicht wehtat; sein ganzer Körper zuckte gequält.
Aber er konnte sich ja nicht bewegen. Die straffen Lederriemen, das spürte er, schnitten in seine Handgelenke und Knöchel. Ihm fiel ein, dass er davon geträumt hatte, die ganze Nacht lang getragen zu werden. Plötzlich merkte er, dass er sich kratzte. Irgendwie musste seine Hand also frei sein.
Seine Brust war übersät mit roten Beulen. James kratzte sich mit seinen abgebrochenen Fingernägeln, doch dann packte jemand seinen Arm und hielt ihn fest.
Er öffnete die Augen. Ein Mädchen beugte sich über ihn. Die schwarzen Haare fielen ihr ins Gesicht, und sie sah ihn mit ernstem, aufmerksamem Blick an.
»Nein«, sagte sie und schüttelte den Kopf.
Also war es doch kein Traum. Langsam kehrte die Erinnerung an das zurück, was in der letzten Nacht geschehen war: das Mädchen, das wie aus dem Nichts aufgetaucht war, der junge Wachmann mit der aufgeschlitzten Kehle. Dann hatte James versucht, dem Mädchen durch den Sumpf zu folgen, er war zusammengebrochen und von einem Schäfer getragen worden, erst zu dem Dorf, dann hierher.
Er setzte sich auf und sah sich um.
Er lag auf einem Bett aus Stroh und Tierfellen im Innern einer

großen, kuppelförmigen Höhle. An der Rückseite führten uralte ausgetretene Stufen nach oben zu einem senkrechten Riss in der Felswand, durch den ein breiter Streifen Sonnenlicht hereinfiel. Vier Schwalben flogen durch die Öffnung ein und aus, hin und her, und blieben dabei immer in der gleichen Formation. James sah ihnen nach, wie sie durch eine herausgebrochene runde Öffnung in der Kuppel hinaus ins Freie schossen. Das Licht, das hindurchfiel, beleuchtete die Überreste eines nuraghischen Dorfs, das sich einst in dieser Höhle befunden hatte. James konnte die niedrigen Steinmauern von fünfzig oder sechzig Behausungen erkennen und schloss daraus, dass es sich um eine ziemlich bedeutende Siedlung gehandelt haben musste.

Eine Gruppe sardischer Männer hatte ein Lager aufgeschlagen. Unter der Kuppelöffnung hatten sie ein Feuer angezündet, um die Insekten zu vertreiben, und unterhielten sich leise. Sie trugen die traditionelle schwarz-weiße Bauerntracht mit den zotteligen Westen aus Schaffell und den schwarzen Kappen.

Jeder der Männer hatte eine Waffe bei sich.

James drehte den Kopf zur anderen Seite. Hier öffnete sich die Höhle nach außen, und durch das niedrige, aber breite Loch erkannte er üppige Vegetation, die in der Hitze des Tags glühte und flimmerte.

Er fühlte etwas Kühles auf seiner Haut, drehte sich um und sah das Mädchen. Es saß auf einem niedrigen Holzstuhl und hatte eine Schüssel mit einer zähen graugrünen Salbe auf dem Schoß. Mit ihren kräftigen, knochigen Fingern strich sie die Salbe auf seine Wunden und massierte sie ein.

James legte sich zurück und versuchte still zu halten, was aber sehr schwierig war. Er verspürte den starken Drang, sich zu kratzen, aber immer, wenn er seine Hand bewegte, stieß das Mädchen sie zurück und blickte ihn böse an.

Das Mädchen hatte ein Feuer angezündet, in dem duftende

Zweige und Blätter brannten und einen angenehmen Geruch verbreiteten. Über dem Feuer hing ein kleiner Kessel an einem Dreifuß. Jetzt unterbrach das Mädchen seine Arbeit und warf einen Blick hinein. Dann zerrieb sie einige Wermutblätter, Rinde und Beeren auf einem flachen Stein und streute sie hinein.
Eine Zeit lang rührte sie die Mixtur um, dann goss sie etwas davon in einen Blechbecher und gab ihn James.
Es roch abscheulich, aber er wollte das Mädchen nicht vor den Kopf stoßen, und so nahm er einen Schluck. Es schmeckte widerlich – bitter und sandig. Er unterdrückte den Brechreiz und schaute dem Mädchen in die Augen. Offenbar erwartete sie, dass er alles austrank. Er zwang sich, noch einige Schlucke zu nehmen, bevor er ihr den Becher mit einem Kopfschütteln zurückgab.
Sie schaute unzufrieden, sagte jedoch nichts, sondern fuhr mit größter Konzentration fort, ihn mit der Salbe einzureiben. Die Salbe war kühl und angenehm, aber sie half nicht gegen das schreckliche Jucken.
James zappelte unruhig herum, und nach einer Weile wurde es dem Mädchen zu viel. Es stand auf und ging weg.
James nutzte die Gelegenheit, um sich überall zu kratzen, obgleich er wusste, dass er das besser nicht tun sollte.
Am schlimmsten war es an den Armen, und er traktierte sie, bis sie bluteten.
Da kam das Mädchen zurück und schrie ihn an. Bei ihr war der große Mann, der James in der vergangenen Nacht getragen hatte. Er strich sich über seinen langen Bart, lächelte und band James' Arme mit dünnen Seilen am Körper fest, sodass er die Hände nicht bewegen konnte. Er warf James einen freundlichen und entschuldigenden Blick zu und ging wieder zu seinem Feuer.
Obwohl James wusste, dass es zu seinem Besten war, fühlte er sich gedemütigt und hilflos.

Er richtete sich mühsam auf, und das Mädchen gab ihm wie einem kleinen Kind aus einer Tasse zu trinken. Er nahm einen Schluck, der Rest rann ihm übers Kinn.
Sie lachte und sah mit einem Mal um Jahre jünger aus. Für kurze Zeit verwandelte sie sich in ein fröhliches, ausgelassenes Kind und war nicht mehr die grimmige Mörderin, die ihn in der vergangenen Nacht gerettet hatte.
Wenig später hörte James eine laute Stimme am anderen Ende der Höhle, und dann kam Stefano die Treppen herunter. James war so erleichtert, ein bekanntes Gesicht zu sehen, dass er fast zu weinen anfing.
»Was ist hier los?«, fragte er, als Stefano vor ihm stand. »Wer sind diese Leute?«
»Das Mädchen ist Mauros Schwester Vendetta«, erklärte Stefano. »Sie ist verrückt, aber sie wird sich um dich kümmern. Ihre Mutter hat ihr die Heilkräfte der Pflanzen beigebracht. Die Männer hier sind aus der ganzen Gegend, von Orgosolo, Oliena und Fonni. Der Große, der dich hergebracht hat, ist Calogero, das Oberhaupt meines Dorfs. Er ist ein großer Kämpfer und in ganz Sardinien gefürchtet. Er hat dich hierher in Sicherheit gebracht. Unsere Leute sind immer in diese Höhle gegangen, wenn Gefahr drohte. Sogar schon zu einer Zeit, als es die Römer noch gar nicht gab.« Stefano hielt inne und wurde sehr ernst. »Es tut mir leid, James, dass ich weggerannt bin und dich allein gelassen habe.«
»Das ist schon in Ordnung«, erwiderte James.
»Nein. Ich habe gehört, dass die Wachen kamen. Ich war ein Feigling. Ich hätte bleiben sollen.«
»Nun, wenn du geblieben wärst, wäre ich jetzt nicht hier«, sagte James.
»Du warst mutig«, fuhr Stefano fort. »Als ich gehört habe, dass du gefangen bist, habe ich mir überlegt, wie ich aus dem Palazzo verschwinden könnte.«

»Ich habe kein Wort zu Ugo gesagt«, versicherte James.
»Ich weiß«, gab Stefano zur Antwort. »Ich verdanke dir mein Leben.«
»Nein«, widersprach James. »Ich denke, wir beide sind jetzt quitt. Aber die anderen Leute hier, welchen Grund haben sie, mir einen Gefallen zu tun?«
»Sie alle hassen Ugo«, erklärte Stefano. »Viele von ihnen haben für ihn gearbeitet, seinen Palast gebaut. Sie haben niemals ihren Lohn bekommen. Früher war er einer von uns, jetzt nicht mehr. Er hat Mauro getötet, deshalb ist er unser Feind. Mauro hat keine Brüder und keinen Vater mehr, nur noch Vendetta, deshalb werden diese Männer ihn rächen.«
»Aber was können sie machen?«, fragte James. »Sie können doch nicht einfach den Palazzo angreifen. Er ist viel zu gut bewacht. Ugo hat eine eigene kleine Armee dort oben.«
»Vendetta will sich einschleichen und Ugo die Kehle durchschneiden«, sagte Stefano.
»Sie würde nicht einmal in seine Nähe kommen«, antwortete James.
»Ich weiß«, sagte Stefano. »Aber das wird sie nicht davon abhalten, es zu versuchen. Vielleicht müssen wir gar nicht zu ihm gehen, um gegen ihn zu kämpfen. Vielleicht wird Ugo zu uns kommen. Er wird *dich* suchen, James, und er wird *mich* suchen, und er wird diejenigen suchen, die dir geholfen haben.«
»Dann sollte ich besser gehen«, sagte James. »Ich möchte nicht, dass es meinetwegen Ärger gibt.«
»Nein«, erwiderte Stefano. »Es ist nicht deinetwegen, es ist wegen Ugo, weil er Mauro auf dem Gewissen hat. Und er wird bestimmt kommen, ganz gleich, ob du gehst oder bleibst. Er hasst alle Menschen in der Barbagia, denn sie wissen, wer er wirklich ist.«
»Ich muss zu Viktor«, sagte James und versuchte, sich aufzurichten. »Er weiß sicher, was zu tun ist.«

»Zuerst musst du dich ausruhen«, erwiderte Stefano und drückte ihn zurück auf sein Lager aus Tierfellen. »Du hast lange nicht geschlafen, und von Vendettas Arznei wirst du erst einmal krank werden.«

Stefano hatte recht. Es dauerte nicht lange, und James bekam mörderische Kopfschmerzen und Magenkrämpfe. Danach stellten sich Schwindel und ein Brennen unter der Haut ein. Er konnte nur noch daliegen und stöhnen. Halb schlafend, halb wachend, murmelte er wirres Zeug von Viktor, Amy und Ugo vor sich hin.

Zwei Tage lang pflegte ihn Vendetta, brachte ihm Essen und Wasser, bestrich seine Haut mit der graugrünen Salbe, und allmählich heilten die Insektenbisse. Sie achtete auf Anzeichen von Fieber, aber glücklicherweise bekam er keins. Es sah so aus, als hätte er der Malaria ein Schnippchen geschlagen. Er würde nie wissen, ob es nur ein glücklicher Zufall war oder ob er es Vendettas Arznei zu verdanken hatte, aber er würde ihr ewig dankbar sein.

Schließlich konnte Vendetta seine Fesseln lösen, und er fühlte sich kräftig genug, um vor die Höhle zu gehen. Es war eine Wohltat, wieder an der Sonne und an der frischen Luft zu sein, weg von diesem merkwürdigen, schweigsamen Mädchen und der Höhle, in der er allmählich Platzangst bekam.

Seine zerfetzten Kleider hatte man verbrannt, und Stefano hatte ihm ein paar von seinen abgetragenen, alten Sachen mitgebracht, ein weites weißes Hemd und ausgebeulte Hosen. Sie waren kühl auf der Haut und trugen sich angenehm.

Seine Müdigkeit war wie weggeblasen. Die Bergluft war sauber, und in dieser Höhe gab es kaum Insekten, die ihn belästigen konnten. Er erkundete die Gegend, stieg über harzige Sträucher und spitze Felsbrocken. James spürte, wie sein geschundener Körper sich allmählich wieder erholte, aber er war ungeduldig und konnte es kaum erwarten, von hier wegzukommen.

Er kehrte zur Höhle zurück, um nach Stefano zu sehen, und erkannte, dass neue Leute gekommen waren. Einige Frauen waren dabei, die Essen mitbrachten, und noch mehr Männer mit Gewehren; sie trugen flache Mützen und grobe schwarze Kleider. James fielen Ugos Festgäste ein. Die gleiche Aura von Stärke und Gefahr umgab diese Burschen mit ihren kantigen Gesichtern. Wie leicht könnten sie unter anderen Umständen seine Feinde und nicht seine Freunde sein, dachte James.

»Sie bereiten sich auf den Krieg vor«, erklärte Stefano. »Es sind Banditen.«

»Ich muss weg«, sagte James. »Ich muss Amy helfen. Morgen früh werde ich als Erstes zu Viktor zum Capo d'Orso gehen. Kannst du mich dorthin bringen?«

»*Si*«, antwortete Stefano, »aber es wird nicht leicht. Wir haben keine Fahrzeuge. Ich könnte vielleicht einen Esel auftreiben, aber die Reise wird drei oder vier Tage dauern.«

Als es dämmerte, wurden zwei Lämmer geschlachtet und an Spießen gebraten. Bald war eine derbe Feier im Gange. Es wurde aufgespielt, gesungen und gekämpft, und eine Gruppe Banditen spielte ein Wettspiel mit undurchschaubaren Regeln, bei dem man sich gegenseitig Zahlen zurief und die Finger hochstreckte. Der Wein floss in Strömen, und James fiel ein, was Ugo gesagt hatte.

»*Prima bevono, poi stringono.*«

Zuerst trinken sie, dann kämpfen sie.

James ließ seinen Blick über die versammelten Männer schweifen. Ungefähr dreißig waren es mittlerweile, von Jungen in Stefanos Alter bis zu ergrauten Alten, die die Gewehrkolben mit ihren knotigen Fingern festhielten, Fingern, die aussahen wie die uralten Wurzeln der sardischen Bäume.

Drei von ihnen brachten einen Balken von draußen herein und lehnten ihn gegen die Wand. Dann malten sie in groben Strichen die Umrisse eines Menschen darauf und schmierten an den unteren Rand den Namen UGO. Einer nach dem anderen warf in einer Art Wettbewerb sein Messer gegen den Balken. Calogero war der Sieger, er traf mit seinem großen Jagdmesser genau in das Auge der Figur. Er lachte und schüttelte triumphierend die Fäuste, wie ein Schuljunge, der beim Fußballspielen ein Tor geschossen hat.

Seine Freunde klopften ihm auf die Schulter und gaben ihm noch mehr Wein zu trinken, und dann fing er mit ernstem Gesicht an zu tanzen. Es war ein seltsamer, melancholischer Tanz, und James war sich bewusst, dass er Zeuge eines Rituals war, das hier schon seit Tausenden von Jahren vollführt wurde.

»Das ist ein *Danza di Sangue«,* erklärte ihm Stefano.

»Ein Bluttanz?«, fragte James.

»Si.«

James betrachtete die Männer, die um Calogero herumstanden; ihre Gesichter waren vom Alkohol und von der Hitze des Feuers gerötet. Sie riefen und klatschten in die Hände, ihre Stimmen waren rau. Sie wirkten glücklich, sie sprühten vor Lebenslust. Ihre Welt war eine Welt aus Not und Armut, Kämpfen war der einzige Weg, um ihr zu entrinnen.

Im Schatten hinter dem Kreis der betrunkenen Männer saßen die Frauen; ab und zu fiel der Schein des Feuers auf ihre Gesichter. Sie sahen leer und mutlos aus, wie uralte Steinfiguren, die alles schon einmal gesehen hatten.

Wieder zogen ihre Männer in den Kampf; wer von ihnen würde zurückkommen, wer würde sein Leben lassen?

Alles lag nun in Gottes Hand.

Gedankenversunken stand James auf und verließ das Fest. Er überlegte, ob er es rechtzeitig zu Viktor schaffen könnte, und dachte an Amy, die in ihrer Zelle eingesperrt war. Falls diese Männer Ugo angriffen, war sie in großer Gefahr.

Aus dem Dunkeln tauchte Vendetta neben ihm auf und blickte ihn mit ihren leuchtenden schwarzen Augen an.
Sie passte auf ihn auf. Sie erinnerte ihn an Cooper-ffrench, der ihm seit dem Vorfall auf dem Turm wie ein Hündchen überallhin gefolgt war. Beide versuchten auf ihre Weise, auf ihn aufzupassen, aber die Gesellschaft des kleinen Mädchens war ihm auf Dauer genauso lästig wie die des mürrischen Cooper-ffrench.
Sie hielt ihn am Ärmel fest und sagte leise etwas mit heiserer Stimme.
James schüttelte den Kopf. Ihr Akzent war so schwer, ihr Dialekt so unverständlich und sie sprach, so schnell, dass er kein Wort verstand.
»Es tut mir leid, Vendetta«, sagte er. »Ich verstehe dich nicht; ich wünschte, ich könnte es.«
Wieder stieß sie einen Wortschwall aus, diesmal noch eindringlicher. Er schüttelte ihre Hand ab und sah erleichtert, dass Stefano zu ihnen herauskam.
»Kannst du mir helfen?«, fragte James. »Sie versucht, mir etwas zu sagen.«
»Sie will wissen, ob du zu Hause in England eine Freundin hast?«, sagte Stefano und lachte.
»Sag ihr, Nein«, antwortete James und fügte schnell hinzu: »Und sag ihr, dass ich auch keine Freundin suche.«
Stefano übersetzte, und Vendetta antwortete erbost.
»Was hat sie gesagt?«, fragte James.
»Sie sagt, dass du ein Lügner bist. Ein hübscher Junge wie du muss eine Freundin haben.«
»Habe ich aber nicht.«
»Du musst es ja wissen«, erwiderte Stefano.
»Nein, nein, nein!«, rief James und rannte in die Höhle zurück.
Er wollte sich hinlegen und schlafen, aber Vendetta kam, setzte sich neben sein Bett und beobachtete ihn.

»Gute Nacht«, sagte er und schloss die Augen.
Vendetta versuchte nachzusprechen, was er gesagt hatte, aber es gelang ihr nicht.
James suchte angestrengt nach den richtigen italienischen Wörtern, und schließlich fielen sie ihm ein.
»Buona notte«, murmelte er und fügte dann hinzu: *»Grazie.«*
Er blinzelte. Sie saß immer noch da.
»Geh und lass mich allein«, sagte er. »Ich kann nicht schlafen, wenn du mich dauernd anschaust.« Er drehte sich auf die andere Seite und wandte ihr den Rücken zu, aber er spürte noch immer, wie sie dasaß und ihn beobachtete. Schließlich drehte er sich wieder um und setzte sich auf.
»Geh weg«, sagte er. »Hau ab. Verdufte. Verschwinde.« Er schlug mit den Händen nach ihr und versuchte, sie wegzujagen, aber sie lachte nur. Dann gab sie ihm einen Kuss.
»Ich wünschte, du würdest das nicht tun«, sagte James. »Du bringst mich damit in Verlegenheit.«
Schließlich zog sich Vendetta einige Schritte zurück und setzte sich bei den steinzeitlichen Mauerresten hin, aber auch das half nichts. James fand keinen Schlaf. Das Fest würde wahrscheinlich die ganze Nacht dauern, und er war auch nicht wirklich müde. In den letzten beiden Tagen hatte er einfach zu viel geschlafen.
Er wartete, lag ganz ruhig, bis er sicher war, dass Vendetta schlief, dann stand er auf, zog sein Hemd an und ging nach draußen.
Von Norden her wehte eine kühle Brise, und der Mond tauchte die knorrigen Bäume in silbriges Licht. Dort, wo das Mondlicht nicht hinschien, herrschte tiefste Dunkelheit, deshalb tastete James sich zwischen den Bäumen hindurch, bis er zum Rand eines Felsens kam, von dem aus er das weite Tal überblicken konnte.
Zwischen den schwarzen Baumgruppen weiter unten lagen Felsbrocken verstreut, die in der Nacht weiß schimmerten.

Sardinien war wunderschön. Es war schwer, sich vorzustellen, dass Generationen von Menschen hier gekämpft hatten und gestorben waren, dass die Erde mit ihrem Blut getränkt war. Unter seinen Füßen ruhten Karthager, Phönizier, Italiener, Spanier und die zahllosen Sarden, die für ihre Freiheit gestritten hatten.
Lange Zeit saß er da, während der Lärm des Fests allmählich abebbte und die Nacht wundervoll still wurde. Schließlich fühlte auch er sich schläfrig.
Er gähnte und stand auf. Genau in diesem Moment hörte er es: Stimmen und das Geräusch von Männern, die leise vorwärts schlichen.
Er duckte sich und huschte vorsichtig zur Höhle zurück. Vermutlich war es nur eine Patrouille, von den Banditen selbst losgeschickt, aber es war besser, auf Nummer sicher zu gehen.
Als er sich dem Eingang zur Höhle näherte, hörte er ein leises Scharren. Er schaute nach oben und sah, wie drei Männer in roten Uniformen den Felsen entlangschlichen.
James blieb das Herz stehen.
Nun war Ugo doch gekommen.

Die tödliche Thompson

James vergaß, dass er leise sein wollte. Er verließ seine Deckung und rannte, so schnell er konnte, in die Höhle und schrie: »Achtung! Wacht auf! *Attenzione!* Aufwachen!«
Die schlafenden Männer wachten langsam aus ihrem Rausch auf und blinzelten ihn an.
Es war ein Albtraum. James konnte ihnen nicht begreiflich machen, was vor sich ging. Er beherrschte ihre Sprache nicht.
»Ugo!«, schrie er. »Ugo ist hier!«
Ein oder zwei der Banditen, die nicht so viel getrunken hatten, tasteten benommen nach ihren Gewehren, andere drehten sich einfach um und schliefen weiter oder murmelten etwas vor sich hin.
Aber im nächsten Augenblick wurde auch ihnen klar, was James meinte.
Es gab einen fürchterlichen Knall, dann blitzte es grell. Eine Leuchtgranate war durch die Kuppelöffnung geschleudert worden, und ihr Schein tauchte die Höhle in ein gleißendes gelbes Licht. James hörte Rufe und dann Gewehrfeuer. Er warf sich zu Boden, als die Kugeln um ihn herum einschlugen.
Eine Gruppe Uniformierter stürmte die Stufen im hinteren Teil der Höhle herunter und schoss wild um sich. Einige Dorfbewohner wurden in dem Durcheinander erschossen, manche schafften es gar nicht erst, von ihrem Lager aufzustehen, aber anderen gelang es doch, sich zur Wehr zu setzen, sodass die Luft bald voller Blei war. James hörte, wie die Kugeln an ihm vorbeisausten.

Er versteckte sich im Schutz der nuraghischen Ruinen. Eine Kugel schlug direkt über seinem Kopf in die Wand ein, und Staub und kleine Steinsplitter regneten auf ihn herunter. Weitere Kugeln prallten an den harten Felsen ab und bohrten sich pfeifend in die Erde.

Ein Soldat, der mit einer Pistole bewaffnet war, führte eine Gruppe durch den Eingang herein. Er wurde mit einer Gewehrsalve empfangen. Der Anführer fiel, und seine Leute zogen sich zurück. Die Dorfbewohner jubelten. Calogero stand auf und rief den Fliehenden einen Schwall schlimmster Beleidigungen nach, aber seine Zuversicht war von kurzer Dauer. Der Angriff diente nur der Ablenkung, denn eine weitere Gruppe war durch den hinteren Eingang eingedrungen. Zu ihr gehörte auch ein Mann mit einer tödlichen Thompson-Maschinenpistole.

Das Gewehr ratterte los und schickte seine Kugeln in jeden Winkel der Höhle.

Calogero schoss zurück. Selbstbewusst stand er da, ohne Deckung, das Gewehr im Anschlag. Sechsmal drückte er ab. Er zielte besser als der gegnerische Schütze. Sein letzter Schuss traf genau ins Ziel. Als der Soldat zu Boden fiel, ließ er die Maschinenpistole fallen.

Ein anderer rannte hin, um die Waffe aufzuheben, aber Calogero hatte schon auf ihn gewartet. Er legte an und drückte ab.

Nichts geschah. Calogero hatte keine Munition mehr. Fluchend warf er das Gewehr beiseite und zog das Messer aus seinem Gürtel. Er warf es genau in dem Moment, als Ugos Mann auf ihn schoss.

Ein Geschoss vom Kaliber 45, aus einer Thompson-Maschinenpistole abgefeuert, fliegt ungefähr zweihundertachtzig Meter in der Sekunde.

Ein Messer, das von einem starken Mann geworfen wird, bringt es dagegen nur auf ungefähr fünfundzwanzig Meter.

Calogero hatte keine Chance.
James war erschüttert. Gerade eben hatte dieser Mann noch vor Leben gesprüht, und jetzt lag er als lebloses Bündel auf der Erde und würde nie wieder lachen.
Sein Messer jedoch hatte sich in die Brust des Schützen gebohrt. Die Leuchtgranate war ausgebrannt, und es war schwer zu erkennen, was vor sich ging. Das Einzige, was die Dunkelheit erhellte, waren die Flammen des Lagerfeuers und das Mündungsfeuer der Gewehre.
James griff nach Calogeros Gewehr. Das Magazin war leer, aber es war ein gutes Gefühl, etwas in den schweißnassen Händen zu halten, damit sie endlich aufhörten zu zittern. Kalte Furcht, die ihm die Kehle zuschnürte und die er früher nie gekannt hatte, lähmte ihn. Er wusste nicht, wohin. Es herrschte Chaos. Um ihn herum knallte es ohrenbetäubend, Lichtblitze blendeten, Menschen schrien oder riefen sich etwas zu.
Ein anderer Soldat hatte die Maschinenpistole an sich genommen und erschoss jeden, der sich ihm in den Weg stellte. Nun war der Weg für die übrigen Angreifer frei, und sie drangen durch den Vordereingang ein. Zum Glück war der Schütze unerfahren, die Waffe in seinen Händen gab unregelmäßige Feuerstöße ab, und er zielte ungenau. Seine Kameraden hatten genauso viel Angst vor ihm wie die Banditen, die in Deckung gegangen waren.
Der Mann mit der Thompson ging langsam in die Mitte der Höhle, er feuerte nicht mehr.
James wurde auf Vendetta aufmerksam, die in den Ruinen kauerte. In der Hand hielt sie ihr *Resolza*, ihr Schäfermesser. Die Klinge war gezückt, und während er noch schaute, sprang sie auf den Maschinengewehrschützen zu.
James stürzte aus seinem Versteck, warf sich wie ein Rugbyspieler auf sie und drückte sie zu Boden. Ein Kugelhagel pfiff nur Zentimeter über ihren Köpfen hinweg.

Sie rollten hinter eine Wand. James blieb auf Vendetta liegen, um sie mit seinem Körper zu schützen. Vendettas Augen waren weit aufgerissen, und sie klammerte sich an James. Er hatte das schreckliche Gefühl, dass sie beide hier sterben würden.
Er spürte eine Hand auf seinem Rücken. Sie waren nicht die Einzigen, die sich hier versteckt hatten. Auch Stefano kauerte im Schutz der Mauer, zusammen mit dem untersetzten, krummbeinigen Hirten, der in Calogeros Begleitung gewesen war, als sie James gerettet hatten. Der Schäfer lächelte. Offensichtlich war er immer noch betrunken.
Plötzlich sprang er auf, rannte aus der Deckung und schoss mit seinem Gewehr. Einer, zwei, drei von Ugos Leuten gingen zu Boden. Der kleine Hirte brüllte triumphierend, da tauchte ein Mann hinter ihm auf und richtete eine Luger-Pistole ganz ruhig auf seinen Rücken.
Es war der Lächler.
Er feuerte seine Waffe nur einmal ab, dann war der Kampf vorbei.
Es waren nur noch wenige Leute aus dem Dorf übrig geblieben, sodass sie keinen Widerstand mehr leisten konnten. Die wenigen Überlebenden ließen ihre Waffen fallen und krochen mit erhobenen Händen aus ihren Verstecken.
Der Lächler bellte Ugos Leuten ein Kommando zu, und die Soldaten in ihren Purpuruniformen versammelten sich in der Höhlenmitte.
Er ging zu der Mauer, hinter der James und die anderen sich versteckt hatten, und befahl ihnen mit einem Wink seiner Pistole herauszukommen. Mit hängendem Kopf standen sie auf und schlurften zum Feuer hinüber, wo Ugos Leute auf sie warteten.
Der Lächler erkannte James und grinste, grinste tatsächlich, sodass man seine gelben Zähne sah. Seine Augen strahlten.
»James Bond!«, sagte er. »So trifft man sich wieder. Ugo wird sich sehr freuen, wenn ich ihm deine Ohren bringe.«

Dann wandte er sich an Stefano. Er schnalzte mit der Zunge, als tadelte er ein ungezogenes Kind. »Stefano«, sagte er, »was warst du doch für ein dummer Junge. Was hast du dir nur dabei gedacht?«

Stefano erwiderte nichts.

Der Lächler richtete seine Luger auf die kleine Gruppe. »Was glaubt ihr? Werdet ihr in den Himmel oder in die Hölle kommen?«, fragte er lachend. »Ich würde euch ja gern ein bisschen segnen«, er zuckte mit den Achseln, »aber ich habe meine Ausbildung zum Priester nie beendet. Nun. Wer möchte als Erster drankommen? Hm? Ich weiß, wer der Letzte sein wird . . . James Bond. Man soll sich das Beste immer bis zum Schluss aufheben. So, Stefano, es ist Zeit, sich zu verabschieden, mein Sohn.«

Er hob die Pistole und zielte auf Stefanos Herz. James sah, wie der Junge leise betete.

»Spar dir deinen Atem«, sagte der Lächler. »Er hört nicht zu.« Wieder lachte er und zielte.

Aber er schoss nicht.

Ehe er den Abzug drücken konnte, stöhnte er plötzlich auf, hustete und sackte auf die Knie. Eine große Walfangharpune steckte in seiner Brust.

Seine Männer wurden von dem Angriff völlig überrascht. In panischer Angst sahen sie sich um.

Oben auf der Treppe stand Baumstark, Zoltans Schiffsmaat aus Samoa.

Eine Sekunde später brach ein Sturm los. Gewehrsalven wurden abgefeuert, und in der Kuppelöffnung tauchten Männer auf und ließen sich an Seilen herunter wie große schwarze Spinnen.

Auch vom vorderen Höhleneingang kamen Schüsse. Und da begriffen Ugos Soldaten, dass das Spiel aus war. Sie warfen ihre Waffen weg und hoben die Hände.

Aus dem Pulvernebel tauchte ein Mann mit einer Beretta in der Hand auf.
Es war Zoltan, der Madjar. Er schaute auf den leblos daliegenden Schotten hinunter.
»Ah«, seufzte er. »Nun ja, wenigstens ist er mit einem Lächeln auf dem Gesicht gestorben.«
Er drehte sich zu James um und begrüßte ihn.
»Immer gerätst du in Schwierigkeiten, Bond«, sagte er. »Was machen wir bloß mit dir?«

Am nächsten Morgen saß James vor der Höhle auf einem Baumstumpf. Er fühlte sich leer und betäubt. Der Kampf war ein kurzer, irrsinniger Ausbruch des Schreckens gewesen, der alle Gefühle in ihm abgetötet hatte.
Er musste im Freien schlafen. Er konnte nicht in der Höhle bleiben. Es roch zu sehr nach Blut.
»Hier, James, das habe ich dir mitgebracht.« James blickte hoch. Vor ihm stand Zoltan, James' abgewetzten Koffer in der Hand. Er ließ ihn James vor die Füße fallen.
»Ich dachte, du könntest etwas zum Anziehen gebrauchen.«
»Danke«, sagte James tonlos.
»Du hast sie nach dem Boxkampf im Umkleideraum des Stadions vergessen«, sagte Zoltan. »Ich habe darauf aufgepasst.«
»Woher wussten Sie, wo ich war?«, fragte James.
»Wir sind Ugos Leuten gefolgt. Es hieß, du wärst entwischt. Ich habe gehofft, vor ihnen da zu sein, aber der Lächler hat uns überlistet. Er hat euch in der Nacht angegriffen, während wir schliefen. Als wir die Schüsse hörten, wussten wir, was passiert war. Leider kamen wir zu spät, wir hätten das Blutvergießen sonst früher beendet. Deine Freunde haben große Verluste erlitten. Das tut mir leid. Zum Glück hatten Ugos Männer nur eine davon . . .«

James bemerkte, dass Zoltan die Thompson-Maschinenpistole bei sich hatte.
»Ugo ist ein solcher Geizhals«, sagte der Pirat. »Ich habe ihm eine ganze Kiste voll davon gebracht, und er gibt seinen Leuten nur eine einzige mit, weil er Angst hat, dass sie sie verlieren.« Er setzte sich hin und strich mit den Fingern über das schwarze Metall und das polierte braune Holz. »Sie ist schön, nicht wahr?«, fragte er. »Schön, aber schrecklich. Eine Maschine zum Töten. Und so einfach. Das Gas, das freigesetzt wird, wenn man eine Kugel schießt, schlägt den Bolzen zurück, wirft die verbrauchte Patrone aus und lädt eine neue. So einfach und so tödlich.«
Er schoss eine Salve in einen Baum in der Nähe und beobachtete, wie zerfetzte Blätter und Zweige zu Boden regneten.
»John T. Thompson aus Amerika hat sie während des Kriegs erfunden. Weißt du, wie er sie genannt hat? Er nannte sie Schützengrabenfeger. Um Schützengräben von Menschen zu säubern. Ein widerliches Ding. Mir ist meine Beretta lieber. Sie ist klein, hat keine große Durchschlagskraft, aber ich mag sie. Sie passt zu mir; sie ist schnell und zuverlässig, und man kann sie leicht verstecken.«
»Was ist mit Ugo passiert?«, fragte James, der genug hatte von Waffen und vom Töten.
»Du hattest recht«, sagte Zoltan. »Ich kann ihm nicht trauen. Nachdem du geflohen warst, kam er zu mir. Er war sehr wütend und behauptete, dass ich dir geholfen hätte. Wir stritten. Ich warf ihm vor, er wäre ein Narr, und er beschuldigte mich, ein Verräter zu sein. Er sagte, dass er mir niemals das bezahlen würde, was er mir schuldete. Es war das, was er schon immer gesagt hat. Er ist ein Dieb. Jetzt stehe ich mit leeren Händen da. Wenn meine Leute nicht bei mir gewesen wären, ich glaube, er hätte mich umgebracht.«
James war in einem Zwiespalt. Die Lüge, die er Ugo aufgetischt

hatte, war der Grund für die Feindschaft zwischen den beiden Männern. Andererseits, ohne diese Lüge wäre er jetzt tot. Abgesehen davon, musste er sich immer wieder ins Gedächtnis rufen, dass Zoltan ein Mörder war und nicht sein Freund.

Der Madjar zündete sich eine Zigarette an. Er sah müde aus und zitterte am ganzen Körper.

»Meine Männer dürfen mich nicht in dieser Verfassung sehen«, sagte er und schaute auf seine unverletzte Hand, die er still zu halten versuchte. »Sie würden denken, dass ich Angst habe. Aber ich kann nichts dagegen tun, jede Bewegung erschöpft mich.«

»Was werden Sie jetzt unternehmen?«, fragte James ohne Umschweife.

»Die Menschen hier verstehen etwas von Rache. Und ich werde mich an Ugo rächen. Ich werde ihn vernichten.«

»Sie wollen allen Ernstes wieder zurück?«, fragte James. »Aber Sie und Ihre Leute sind in der Unterzahl.«

»Die Chancen sind seit letzter Nacht gestiegen«, sagte Zoltan. »Seine Armee ist kleiner geworden. Ich habe noch meine gesamte Mannschaft und dazu die Banditen, die den Angriff überlebt haben.«

»Sie haben trotzdem keine Chance«, sagte James.

»Ich habe einen Plan«, erwiderte Zoltan. »Dein Vetter hat mich darauf gebracht. Wir haben einiges von der Grubenausrüstung aus Ugos Stollen geholt. Ich werde sein Haus über ihm zusammenstürzen lassen.«

»Und was ist mit Amy?«

»Ah, Amy ...« Zoltan schaute zum Himmel und seufzte. »Sie ist an allem schuld. Ich werde versuchen, sie rechtzeitig herauszuholen, aber wenn *ich* sie nicht bekommen kann, wird Ugo sie erst recht nicht bekommen.«

»Darum geht es in Wirklichkeit, nicht wahr?«, sagte James zornig. »Sie und Ugo brüsten sich damit, wer die größere Kanone hat. Sie kämpfen um die Beute wie zwei Hunde um ein Kaninchen. Aber Amy ist nicht irgendeine Jagdbeute. Sie ist ein ängstliches Mädchen von vierzehn Jahren. Sie würden sie töten, nicht wahr? Nur um Ugo eins auszuwischen.«

»Nein«, widersprach Zoltan. »Ich will nicht, dass sie stirbt. Deshalb brauche ich deine Hilfe, James. Du bist der Einzige, der weiß, wo sie ist. Dieser Palazzo ist wie ein Kaninchenbau. Ich würde sie niemals rechtzeitig finden.«

James rieb sich die Schläfen. Er konnte Amy nicht noch einmal diesem Piraten ausliefern.

»Ich kann Ihnen nicht helfen«, sagte er.

»Offenbar sind wir jetzt schon drei, die Amy haben wollen«, seufzte Zoltan. »Und wie du ganz richtig gesagt hast, wenn Männer um etwas streiten, dann kommt es meistens zu einer Katastrophe.« Er stand auf und trat seine Zigarette mit dem Absatz aus. »Denk darüber nach, James. Ich bin Amys einzige Hoffnung. Wenn *du* mir nicht sagst, wo sie ist, dann wird Stefano es tun.«

Zoltan ließ James mit seinen Gedanken allein. Die Lage hatte sich von Grund auf verändert. Er hatte jetzt keine Zeit mehr, zu Viktor zurückzukehren. Er brauchte einen neuen Plan. James öffnete den Koffer und warf einen Blick hinein.

Es war ein Wirrwarr von Sachen, die er gepackt und ohne viel Nachdenken hineingeworfen hatte, als er die Casa Polipo nach dem Einbruch überstürzt verlassen hatte. Seine Waschsachen, ein sauberes Hemd, Unterwäsche und hier, in einer Ecke, fanden sich auch der Schnorchel und die Taucherbrille, die Viktor ihm geschenkt hatte. Schlagartig fiel ihm ein, wie er mit Mauro am Strand gewesen war.

Mauro, den er niemals wiedersehen würde.

Plötzlich überfiel ihn eine grenzenlose Traurigkeit. Alle Gefühle, die er unterdrückt hatte, seit er von Mauros Tod wusste, kamen mit einem Mal hoch, und er weinte still vor sich hin.

Wenig später hörte er Schritte. Es war Stefano, der ihm etwas zu essen brachte. Schnell wischte James die Tränen weg und hielt den Kopf gesenkt, als ordne er die Sachen in seinem Koffer.
»Ich habe mit Zoltan gesprochen«, begann Stefano und gab James etwas Brot und Käse. »Er will, dass ich mit ihm zurückgehe und ihm zeige, wo Amy ist. Ich weiß nicht, was er tun wird, falls ich es ihm nicht sage. Es tut mir leid, James, aber ich glaube, das mit dem Mädchen musst du vergessen.«
»Nein«, sagte James. »Ich habe es ihr versprochen. Ich kann sie dort nicht zurücklassen.«
»Wir haben jetzt keine Zeit mehr, um zu deinem Vetter zu gehen«, gab Stefano zu bedenken.
»Ich weiß«, sagte James. »Ich muss stattdessen zum Palazzo zurück und auf eigene Faust versuchen, sie herauszuholen.«
»Unmöglich«, sagte Stefano. »Das ist viel zu gefährlich.«
»Nicht unbedingt. Einer allein erreicht manchmal mehr als eine ganze Armee. Schließlich weiß ich, wo sie festgehalten wird . . .«
»Aber es gibt keine Möglichkeit, in den Palazzo zu kommen«, wandte Stefano ein. »Es sei denn, man kommt von oben, vom Staudamm, vom Tal aus mit der Bergbahn oder durch die Bergwerksstollen. Und diese Zugänge sind schwer bewacht.«
»Was ist mit dem Aquädukt?«, fragte James.
»Man würde dich sehen.«
»Nicht in der Dunkelheit und wenn ich schwimme.«
»Selbst dann.«
»Nein. Ich weiß einen Weg«, sagte James. »Hör zu. Zoltan plant einen Angriff auf den Palast. Wenn ich noch vor ihm bei Amy bin, hätten wir eine Chance zu entkommen, während alle anderen abgelenkt sind und kämpfen.«
Stefano dachte nach. Schließlich schien er eine Entscheidung getroffen zu haben. »Zoltan kennt den Weg zurück zum Palazzo

nicht«, sagte er. »Im Gebirge kann man sich leicht verlaufen. Ich werde ihn führen. Aber ich werde einen großen Umweg machen. Jemand anderes wird dich auf einem kürzeren Weg zum Aquädukt bringen.«

James lächelte seinen Freund an. »Danke, Stefano«, sagte er nur.

Stefano klopfte ihm auf die Schulter und umarmte ihn. »Du bist ein tapferer Kerl. Es wird mir eine Ehre sein, an deiner Seite zu sterben.«

»Ich hoffe, so weit wird es nicht kommen«, sagte James.

An diesem Abend, während er ein Moskitonetz an einem Baum befestigte, hörte James dem gedämpften Murmeln zu, das aus der Höhle drang; die Männer bereiteten sich darauf vor, am Morgen anzugreifen.

Zoltans Absicht war es, den Palazzo im Morgengrauen zu stürmen. Wenn James vor ihm dort sein wollte, musste er in wenigen Stunden aufbrechen; das bedeutete, er musste sich jetzt ausruhen.

Allerdings bezweifelte er, dass er würde einschlafen können. Er hatte dem Tod in letzter Zeit zu oft ins Auge gesehen, und morgen würde das Töten wahrscheinlich weitergehen.

Er hatte es so satt. Er wollte, dass es endlich ein Ende nahm.

Aber er konnte Amy nicht sich selbst überlassen.

Er hatte ihr ein Versprechen gegeben.

Mit einem beklommenen Gefühl im Magen sah er zu, wie sich der blaue Himmel erst violett, dann purpur und schließlich schwarz färbte. Das Summen der Insekten erfüllte die Nacht. Seit jenem Erlebnis in Ugos Sumpf war er überempfindlich gegen Insekten. Sie waren überall, Millionen davon.

Die Menschen glaubten, dass sie so ungeheuer viel erreicht hatten, so überlegen waren, aber in Wirklichkeit waren es die Insekten, die die Welt beherrschten. Sie waren schon vor den Men-

schen da, und sie würden auch dann noch da sein, wenn der Mensch schon längst vom Erdboden verschwunden war.
James dachte darüber nach, wie wohl einem Riesen die Schlacht gestern vorgekommen wäre. Die vielen zornigen Männer, die kämpften und starben, hätten auf ihn sicherlich nicht anders gewirkt als zwei verfeindete Ameisenvölker.
Er starrte hinauf zum Stück Sternenhimmel, der zwischen den Ästen der Bäume durchschimmerte, und fiel langsam in einen unruhigen Schlaf, in dem er von Gewehrschüssen und grell leuchtendem Blut träumte, das die Luft wie ein roter Nebel erfüllte.
Irgendwann spürte er, wie jemand ihn schüttelte. Er schlug die Augen auf und blickte in das vertraute Gesicht von Vendetta.
Sie war ganz in Schwarz gekleidet. Um die Stirn hatte sie ein Tuch gebunden.
Sie lächelte, dann küsste sie ihn, bevor er sein Gesicht wegdrehen konnte. Mit ihrem dünnen, mageren Finger winkte sie ihm, ihr zu folgen.
James stand auf. Sein ganzer Körper war steif. Wie gern hätte er weitergeschlafen. Stefano hatte ihm einen Rucksack gepackt, in dem ein paar Sachen waren, die er brauchen konnte. James nahm ihn, warf ihn über die Schulter und folgte Vendetta in die Höhle, wo er sich nach dem Mann umsah, der ihn zum Palazzo zurückbringen sollte.
Da war niemand. Zoltans Leute und die Banditen, die ihn begleiteten, waren schon weg.
»Wer zeigt mir den Weg?«, fragte James leise. Statt einer Antwort rannte Vendetta die Treppe hinauf, geduckt und geschmeidig wie eine Katze. James bemerkte, dass sie eine Flasche und einen kleinen Lederbeutel bei sich hatte, und plötzlich wurde ihm klar, wer ihn führen würde.
»Nein«, rief er aus. »Nicht du. Das geht nicht.«

Vor Morgengrauen ist es immer am dunkelsten

Vendetta deutete auf etwas unten am Berg, aber sosehr James sich auch anstrengte, er konnte nichts erkennen. Er warf ihr einen fragenden Blick zu, und sie deutete wieder in die Richtung, diesmal mit noch mehr Nachdruck.

»Zoltan«, flüsterte sie, und jetzt sah auch James die dunklen Schatten, die in einiger Entfernung hinter ihnen durch den Wald huschten.

Der Plan funktionierte also. Sie hatten Zoltan überholt.

Vendetta lächelte James triumphierend zu und ging weiter.

James schätzte, dass sie schon seit mehr als zwei Stunden unterwegs waren, aber Vendetta bewegte sich immer noch schnell. Offenbar waren sie einer Art Pfad gefolgt; Vendetta wusste genau, wohin sie gehen musste, aber ein Fremder hätte nie auch nur die Spur eines Weges erkannt.

Vendetta lief barfuß. James mochte sich gar nicht vorstellen, wie hart ihre Fußsohlen sein mussten. James' Ferse schmerzte immer noch hin und wieder, besonders wenn er müde war. Wenn Vendetta auf einen Seeigel träte, würde sie es vermutlich nicht einmal spüren.

James war erschöpft, er hätte sich gern hingesetzt und ausgeruht, aber Vendettas Hinweis auf Zoltan und seine Männer mahnten ihn, dass sie keine Zeit vergeuden durften.

Bevor sie aufgebrochen waren, hatte James noch versucht, das

Mädchen umzustimmen. Er hatte die Hand auf ihre Schulter gelegt, aber sie hatte sie mit einem verächtlichen Blick weggestoßen und war weiter die Stufen hochgelaufen.
»Bitte«, hatte James ihr nachgerufen, »es ist zu gefährlich . . .«
Er brach ab. Zu gefährlich? Meinte er das wirklich ernst? Vendetta war das Mädchen, das ihn gerettet hatte. Das den Wächter getötet hatte. Das diese Berge so gut kannte wie niemand sonst. *Er* war in Gefahr, nicht Vendetta. Sie konnte sehr gut auf sich selbst aufpassen.
So folgte er ihr achselzuckend.
Der Fußmarsch war eintönig. Nur ein Bergschaf, das plötzlich ihren Weg kreuzte, unterbrach die Monotonie. Vor lauter Angst ging James in Deckung und warf sich auf den Boden. Vendetta lachte ihn aus, was ihn aber nicht störte. Er war froh, dass er noch so wachsam war. Seine Nerven waren so angespannt, dass er unglaublich schnell und präzise reagieren konnte. Es war besser, vorsichtig und lebendig als tollkühn und tot zu sein.
Schließlich hielten sie an, um etwas zu trinken, und Vendetta zog die Reste eines Brotlaibs hervor.
James konnte nicht sagen, wie spät es war. Der dicke, runde Mond stand noch immer am Himmel, und im Osten war kein Lichtschein zu sehen, aber er wusste, dass die Dämmerung hier sehr schnell heraufzog.
Als er sich in der Dunkelheit hinsetzte, um zu essen, fühlte er sich von Vendetta wie von einer Mutter beobachtet, die ihr Kind bewacht. Er kaute ewig auf dem trockenen Brotkanten herum und konnte ihn unter ihren neugierigen Blicken einfach nicht hinunterschlucken.
Sie hörten ein Rascheln im Gestrüpp, und gleich darauf waren sie von einer Herde Wildschweinen umgeben. Sie kamen ganz nahe heran, grunzten und quiekten leise, ohne jede Angst, und schnüffelten mit ihren feuchten Nasen in der Luft.

James fragte sich, welche Verkettung von Umständen, welcher Zufall ihn hierher an diesen sardischen Berghang verschlagen hatte, wo er mitten in der Nacht mit einem seltsamen, gefährlichen Mädchen und einer Herde Wildschweinen trockenes Brot aß.

Und er fragte sich, wie das Ganze wohl enden würde.

Er würde es wissen, bevor der Tag zu Ende war.

Unvermittelt war Vendetta aufgesprungen. James warf die Brotreste den Schweinen zu, seufzte und stand auch auf, aber alle seine Glieder rebellierten. Schon war Vendetta ein großes Stück voraus. Er versuchte, sie einzuholen, doch sie war schneller als er. Und sie konnte anscheinend im Dunkeln sehen. Er dagegen stolperte immer wieder.

Stunde um Stunde liefen sie weiter, und James dachte schon, er könne keinen Schritt mehr gehen, als er einen Berggipfel ausmachte, der ihm bekannt vorkam. Da begriff er, dass sie in der Nähe von Ugos Festung waren. Vendetta ging nun langsamer. Schließlich hielten sie an, und James sah den weit geschwungenen Bogen des Staudamms vor sich.

Sie standen auf einem steilen Abhang unterhalb der Talsperre und gegenüber dem Palazzo. Vendetta versteckte sich hinter einem Felsen und deutete mit dem Kopf zum Aquädukt, das sich ungefähr sechzig Fuß unter ihnen erstreckte.

Wachen patrouillierten auf der Talsperre, und James wusste, dass noch andere in dem Windenhaus stationiert waren, aber er konnte niemanden sehen, der den Aquädukt bewachte.

Das einzige Problem bestand darin, dorthin zu gelangen.

Vendetta löste das Problem. Sie glitt über die Felskante und begann hinunterzuklettern. James blieb nichts anderes übrig, als ihr zu folgen. Er fühlte sich ungeschützt. Wenn einer der Wächter über die Dammkrone schaute, würde er sie erkennen.

Aber das Glück war auf ihrer Seite, und sie schafften den Abstieg ohne Schwierigkeiten und suchten Deckung hinter einigen Büschen. Sie ruhten sich eine Zeit lang aus, dann krochen sie durch das Dickicht, bis sie an den Rand eines Feldwegs kamen; James bemerkte ein Ziegelsteinhaus am Berghang, vor dem ein schläfriger Wachposten in einem Unterstand aus Beton vor sich hin döste.

Was hatte Ugo erzählt, damals, beim Abendessen? Dass das Wasser auf dieser Seite des Bergs herunterkam und über Turbinen zum Aquädukt lief, der zum Palazzo führte. Das Backsteingebäude musste demnach der Eingang zum Turbinenhaus sein, wo der Strom erzeugt wurde.

Vendetta wies mit dem Kinn auf den Wächter. James fragte sich, ob sie versuchen sollten, einzudringen und den Aquädukt von innen zu erreichen. Das wäre viel zu gefährlich; sie wussten ja nicht, was sie dort erwartete und wie sie an der Wache vorbeikommen sollten.

James schaute sich gerade nach einem anderen Weg um, als er sah, wie Vendetta mit einem Messer zwischen den Zähnen aus dem Gebüsch auf die Wache zuschlich.

Er packte sie, zog sie zurück und schüttelte den Kopf. Er wollte alles tun, was er konnte, um weiteres Töten zu verhindern, außerdem hatte er etwas anderes gesehen. Auf den Aquädukt lief ein dickes Eisenrohr zu, das aus genieteten Teilen bestand.

Er deutete darauf und machte sich ohne Zögern auf den Weg. Zuerst schlich er immer entlang dem Feldweg und dann, als er außer Sichtweite des Wachpostens war, überquerte er ihn.

Vendetta folgte ihm widerwillig. Das war nicht ihr Plan gewesen, aber als James ihr zeigte, wie einfach es war, die Röhre hinunterzuklettern, wenn man sich mit den Füßen an den Nieten abstützte, lächelte sie und folgte ihm.

Am Ende des Rohrs schäumte und gurgelte das Wasser aus einer großen Öffnung direkt in die Wasserleitung des Aquädukts.

Die beiden spähten zur gegenüberliegenden Seite. Der Aquädukt war auf seiner ganzen Länge gut einzusehen, aber James war zuversichtlich, dass er, ohne gesehen zu werden, auf die andere Seite gelangen konnte.
Er setzte seinen Rucksack ab und öffnete ihn. Vendetta sah ihm mit ihren funkelnden schwarzen Augen dabei zu. Sie weiteten sich, als sie sah, was er mitgebracht hatte. Noch erstaunter war sie, als er die Tauchermaske aufsetzte und den Schnorchel zwischen die Zähne nahm. Erschrocken wich sie zurück. James lachte und schob die Maske hoch.
»Ich gehe jetzt«, sagte er. »Du wartest hier auf mich.« Er deutete mit beiden Händen auf den Boden. *»Aspetta . . .«*
»Nein«, gab sie zur Antwort und lief auf den Aquädukt zu. *»Vengo con voi.«*
»Du kannst nicht mitkommen«, erwiderte James verärgert. »Ich kann die Verantwortung für dich nicht übernehmen, und ich brauche dich hier, damit du uns hilfst wegzukommen.«
»Vengo con voi«, wiederholte sie.
James schob sie unsanft zurück. »Warte«, sagte er zu ihr wie zu einem Hund. Er wünschte, er könnte ihre Sprache sprechen. Er setzte die Maske wieder auf, nahm die Flossen und ging auf den Aquädukt zu. Da spürte er eine Bewegung hinter sich. Er drehte sich um und sah, dass sie ihm folgte.
»Bitte«, sagte er verzweifelt, »du kannst nicht mitkommen. Das ist *meine* Angelegenheit, nicht deine.« Wieder schubste er sie zurück, sanfter diesmal, und wandte sich ab, aber sie sprang plötzlich auf ihn zu und stieß ihn um. Wegen der Maske konnte er nicht genau erkennen, was vor sich ging. Er stürzte und schlug mit dem Kopf auf dem harten Boden auf.
Schnell drehte er sich um und versuchte, sie abzuschütteln, doch sie war geschmeidig und kräftig. Es war, als kämpfte er mit einem wilden Tier. Er wollte ihr nicht wehtun und hob seine Arme

schützend vors Gesicht, als sie anfing, seinen Kopf mit Faustschlägen zu traktieren.
Dann sah er etwas Metallisches aufblitzen. Sie zog ihr Messer und setzte es an seine Kehle.
Sie verharrten einen Moment lang, dann bemerkte James, dass sie weinte. Eine Träne kullerte herab und fiel auf seine Lippen. Er nahm die Maske ab und hob die Hand, um die Träne abzuwischen.
»Amy«, sagte sie leise, dann ließ sie ihn abrupt los und wandte sich schmollend ab.
»Ja, Amy«, sagte er ungehalten. »Machst du ihretwegen das ganze Theater? Sieh mal, ich werde sie da herausholen, okay? Nicht, weil sie meine Freundin ist, sondern, weil ich es ihr versprochen habe. Ich bin nicht in sie verliebt. Ich bin nicht in dich verliebt. Aber ich brauche dich. Und zwar lebendig. Deshalb bleibst du hier.« Er stand auf. »Ich weiß, du verstehst mich nicht«, sagte er freundlicher. »Ich werde dir dankbar sein, solange ich lebe. Es ist nur so: Wenn du mitkommst, machst du mir das Leben doppelt schwer.«
Er nahm die Flossen und legte seine Hand besänftigend auf Vendettas Rücken. »Ich komme bestimmt zurück«, sagte er. »Warte auf mich.«
James machte ein paar Schritte, dann ging er zurück und küsste Vendetta auf den Mund. Vor Überraschung starr, mit offenem Mund und aufgerissenen Augen stand sie da. Er rannte zum Aquädukt hinunter, ehe sie wusste, was sie tun sollte.
Hastig zog er die Schuhe aus und stopfte sie in den Rucksack, den er sich um den Bauch band, sodass er nicht aus dem Wasser herausschauen konnte, dann legte er die Flossen und die Taucherbrille an und ließ sich in den Kanal hinuntergleiten.
Das Wasser war kalt, aber James war viel zu aufgeregt, um das zu spüren. Er tauchte unter und schwamm mit der Strömung. Im

Mondlicht konnte er gerade genug sehen, um nicht gegen die Wände des Aquädukts zu stoßen. Er schlug kräftig mit den Flossen und kam schnell vorwärts.

Niemand, der in diese Richtung schaute, hätte etwas bemerkt; nur die schmale Spitze des Schnorchels, die lautlos die Wasseroberfläche durchschnitt, war zu sehen.

Er wagte nicht, seinen Kopf aus dem Wasser zu strecken und zu schauen, wie weit er schon gekommen war, aber er brauchte viel länger als erwartet. Schon überlegte er, einen schnellen Blick zu riskieren, da hörte er ein Dröhnen und ein tiefes Donnern. Jetzt sah er, wie das Wasser vor ihm brodelte und wild schäumte. Die Strömung wurde plötzlich reißend, und sie zog ihn mit sich – viel zu schnell, als dass er sich dagegen hätte wehren können. Er versuchte, sich an den Seiten festzuklammern, aber bevor er einen Halt fand, wurde er gegen ein Metallgitter geschleudert. Er steckte fest, von der Gewalt des Wassers gegen das Gitter gepresst. Sein Schnorchel war vollgelaufen. Er unterdrückte die aufkommende Panik und zog sich seitlich am Eisenrost hoch.

Er musste seinen Kopf aus dem Wasser strecken, um Luft zu holen, dabei bemerkte er erleichtert, dass er sich unter einer Art Mauersims befand. Er zog sich aus dem brodelnden Wasser auf die unebene Betonfläche und atmete tief durch.

Dann löste er seinen durchweichten Rucksack, nahm seine Schuhe und zwei Rollen Seil heraus und stopfte Flossen und Tauchermaske hinein. Zuletzt versteckte er den Rucksack in einer dunklen Ecke, zog die Schuhe an und warf sich das Seil über die Schulter.

Vorsichtig kroch er aus dem Schutz des Mauersimses hervor und blickte sich um. Über ihm war die Bergbahn. Wachen waren nicht zu sehen. Vermutlich waren die Leute in ihrer Baracke und spielten Karten.

Er kroch weiter, bis hinter den Bahnwaggon, und vergewisserte sich immer wieder, dass er allein war.

So weit, so gut.

Er schaute die Bahngleise entlang. Der Mond schien hell, und bis zum Tunnel und dem großen Felsvorsprung war es ein weiter Weg, aber die Mauern des Palazzo warfen zum Glück tiefe Schatten über die Gleise.

Er musste es riskieren.

James begann, entlang der Gleise hinunterzusteigen.

Seit jener Nacht wusste er, wie quälend langsam man in diesem Steilhang vorankam, und allmählich begann er, sich Sorgen zu machen, dass er nicht mehr genug Zeit hatte. Er schaute zum Himmel. Noch kein Zeichen von Dämmerung, aber lange konnte es nicht mehr dauern.

Als er am Tunnel angekommen war, hatten seine Körperwärme und die milde Nachtluft seine Kleider getrocknet, aber er war müde. So müde wie noch nie zuvor.

Doch es half nichts. Er musste weitermachen, musste seinen erschöpften Körper antreiben. Er musste Amy erreichen, bevor es zu spät war.

Er kletterte um den Felsen herum, bis zum Sockel der Palastmauer, wo er über das Holzgerüst auf das Dach des Rohbaus kletterte. Hier hatte sich fast nichts verändert: Die meisten Werkzeuge lagen noch da, nur das Seil war weg, wie er nicht anders erwartet hatte.

Egal, er hatte ja sein eigenes dabei. Er löste eine Seilrolle und befestigte an einem Ende eine Spitzhacke. Das zweite Seil sicherte er an genau der gleichen Säule, an der es damals auch Stefano festgebunden hatte, dann band er sich beide Seile um die Taille, holte tief Luft und schob sich über die Dachkante. Die Hacke baumelte unter ihm und schlug gegen die Wand. Am ersten Fenster hielt er an, band die Hacke los und ließ sie leise auf den Boden des leeren Zimmers gleiten.

Eine Minute später saß er auf dem Fenstersims vor Amys Gefängnis und rief leise nach ihr.

»James?« Es war Amy. Gleich darauf tauchte ihr blasses Gesicht am Fenster auf.
»Ich habe dir doch gesagt, dass ich zurückkomme und dich hole.«
»Gott sei Dank«, sagte sie stockend. »Wer ist bei dir?«
James zögerte, ehe er antwortete. »Niemand. Ich bin allein.«
»Oh . . .« Amy versuchte, ihre Enttäuschung zu verbergen.
»Mach dir keine Sorgen«, sagte er schnell. »Ich habe einen Plan. Hör mir zu. Jeden Augenblick kann hier die Hölle los sein. Wenn das passiert, bleib in deinem Zimmer, und warte auf mich. Und falls jemand an die Tür kommt, schrei laut.«
»Einverstanden.«
»Vertrau mir«, sagte James noch, dann kletterte er wieder zu dem oberen Fenster hoch und band das Seil los.
Er nahm die Spitzhacke. Jetzt war er bereit.
Nun konnte er nichts anderes mehr tun, als auf den Sonnenaufgang zu warten.
James setzte sich ans Fenster, beobachtete den Himmel und suchte nach den ersten Strahlen der Dämmerung.
Er hatte Heimweh. Er wünschte sich, wieder in England zu sein. Er hatte genug davon, ständig in Angst zu leben. Und doch. Unter seiner Angst war da noch ein Nervenkitzel, der wie ein elektrischer Strom durch seine Adern floss. Sein Tatendrang war so groß wie nie zuvor.
Schließlich war er Mitglied der Gefährlichen Gesellschaft.
Er dachte daran, was Pritpal und Tommy Chong jetzt wohl machten, und musste lächeln. Aber dann fiel ihm Mark Goodenough ein, er erinnerte sich an dessen Gesichtsausdruck damals im Auto, wahnsinnig vor Schmerz und Kummer.
Und er musste daran denken, wer ihm das angetan hatte – Ugo, Zoltan, Peter Haight.
Er hatte Mark versprochen, alles für ihn zu tun, was er konnte. Jetzt hatte er Gelegenheit dazu.

Auch Stefano beobachtete den Himmel, doch er hoffte, dass der Tag noch nicht anbrach, damit James möglichst viel Zeit blieb, um in den Palazzo zu gelangen. Er hoffte, dass James schon an Ort und Stelle war; er konnte Zoltan und dessen Leute nicht länger hinhalten.

Sie waren auf einem alten Saumpfad von den Bergen heruntergestiegen und dann dem Lauf eines seichten Flusses gefolgt. Nun warteten sie unter ein paar Bäumen in der Nähe des Stolleneingangs. Die Männer unterhielten sich leise, überprüften ihre Gewehre und entsicherten ihre Granaten.

Vor einer Stunde hatten sie Zoltan und Baumstark oben an der Talsperre zurückgelassen; dort hatte er ihnen seinen Angriffsplan erläutert.

Sobald die Sonne über die Berggipfel gestiegen war, sollte Davey Day, der Erste Maat der *Charon,* den Angriff auf das Bergwerk anführen. Mit den Granaten und der Maschinenpistole wollten sie zuerst den Wachposten überwältigen und sich dann ihren Weg durch die Stollen nach oben zum Palazzo frei kämpfen.

Dabei sollten sie so viel Lärm machen wie nur irgend möglich.

»Wenn du den Palazzo erreicht hast . . . Weißt du, was dann zu tun ist, Davey?«, fragte Zoltan.

»Ich nehme zwei Männer mit und hole das Mädchen. Wenn wir die Kleine gefunden haben, bringen wir sie auf demselben Weg, den wir gekommen sind, nach draußen.«

»Guter Mann. Wenn ihr eure Aufgabe erledigt habt, könnt ihr so viel Beute machen, wie ihr tragen könnt.«

Stefano erschauerte. Ihm graute davor, nochmals in den Palazzo zu gehen. Seine Chancen, lebend wieder herauszukommen, waren mehr als gering.

Als jemand eine Hand auf seine Schulter legte, sprang er erschrocken auf. Aber es war nur Davey Day, sein Gesicht sah im Licht des Mondes grau aus.

»Dein Job ist erledigt«, sagte er. »Wir haben ja deine Skizze. Wir wissen jetzt, wohin wir gehen müssen. Du brauchst nicht mitzukommen. Da drin wird es ganz schön haarig werden.«
»Danke«, sagte Stefano, und Tränen der Erleichterung traten ihm in die Augen. Er hätte den Mann umarmen können.
»Viel Glück«, sagte er.
»Das werden wir brauchen«, erwiderte Davey.
Stefano drehte sich um und rannte durch den Fluss zu dem Saumpfad.
Er würde wieder auf den Berg zurückkehren und sich um Vendetta kümmern.
Wenigstens würde er nicht sterben müssen.
Er hoffte, dass James auch so viel Glück hatte.
Er hielt an und schaute zum Palazzo zurück, der hoch über ihm auf dem Berg thronte. Dann schloss er die Augen und sprach ein Stoßgebet für James' sichere Rückkehr.

Wenn die Hölle losbricht

Der Sonnenaufgang war wunderschön. Ein blasses Schimmern durchbrach im Osten die Dunkelheit, und bald darauf war der Himmel von einem blaugoldenen Schleier überzogen. Vom Fenster aus sah James, wie die Konturen der Berge sich im Tal als Schattenriss abzeichneten und die Landschaft sich von einem fahlen Grau in ein zartes Grün färbte. Dann endlich zeigte sich die Sonne am Horizont, und die Vögel in den Bäumen begannen ihr Lied.

Der Tag brach an.

Alles war friedlich und still. Die Luft roch sauber. An einem Tag wie diesem konnte nur Gutes geschehen.

Gleich darauf hörte er ein dumpfes Dröhnen, und im selben Augenblick flog in der Nähe eine Schar weißer Tauben auf.

Es folgten mehrere Donnerschläge, und aus der Ferne drang Geschrei.

Es hatte angefangen.

James verlor keine Zeit. Er nahm den Pickel und schlug damit, so fest er konnte, auf den Fußboden. Er hielt kurz inne und lauschte, aber von Amy drang kein Laut zu ihm herauf, nur das Rattern von Gewehren war zu hören und Lärm im Palazzo. Er holte erneut aus und ließ den Pickel hinuntersausen. Der Beton bekam erste Risse. Wieder und wieder schwang er den Pickel, bis sich endlich ein Betonbrocken löste. Noch zwei Schläge, und das Loch war schon deutlich größer geworden. Durch die Öffnung sah er Amy, die von unten zu ihm hochblickte. Ihre Haare waren voller Staub.

»Alles in Ordnung?«, fragte er.
»Ich denke, schon.«
»Irgendwelche Anzeichen von deinen Bewachern?«
»Nein.«
»Gut. Geh zurück. Stell dich ganz dicht an die Wand.«
James hob den Pickel und setzte seine Arbeit fort. Nach wenigen Minuten war das Loch groß genug. Mit einem Mal krachte es, und die Hälfte der Decke stürzte ein. James ließ das Seil zu Amy hinunter.
»Halt dich daran fest«, rief er und machte sich bereit. Amy kletterte hoch, und schließlich stemmte sie sich durch die Öffnung zu ihm hinauf. Sie war kalkweiß vom Staub. Ihr Blick war glasig vor Angst.
Amy umarmte ihn. Die Berührung tat James gut.
»Wir müssen schleunigst hier raus«, sagte er. »Kannst du schwimmen?«
»Ja.«
»Dann komm.«
James wollte gerade ans Fenster gehen, als er den Schlüssel im Schloss hörte. Geistesgegenwärtig drückte er Amy das Ende des Seils in die Hand und bedeutete ihr, sich auf die andere Seite der Tür zu stellen. Glücklicherweise begriff sie sofort, was er vorhatte. An die Wand gepresst, warteten sie ab.
Die Tür ging auf, und ein Wachmann stürmte in den Raum. James und Amy rissen das Seil gleichzeitig hoch, und der Mann schlug der Länge nach hin. Er rutschte durch das Loch im Boden, stieß mit dem Kopf an die aufgerissene Betondecke und verschwand in der Tiefe.
»Und jetzt nichts wie weg hier«, sagte James. Von Amy kam kein Widerspruch.
Sie rannten zur Tür hinaus in einen dunklen, verwinkelten Korridor, der sie schließlich ins Freie führte.

Überall herrschte Panik. Menschen rannten schreiend kreuz und quer. Die Diener ergriffen die Flucht, und die Wachen stellten sich dem Gegner, wobei nicht ganz klar war, aus welcher Richtung der Angriff kam. In dem Durcheinander stahlen Amy und James sich unbemerkt davon.

Nachdem sie mehrmals in einer Sackgasse gelandet waren, standen sie plötzlich direkt vor der Reiterstatue.

»Da lang«, sagte James und rannte los.

Die Gewehrschüsse wurden immer lauter.

»Wir müssen aufpassen, dass wir nicht zwischen die Fronten geraten«, sagte James. »Sonst sind wir geliefert.«

Amys Gesicht war zu einer grimmigen Maske erstarrt. Ihre Lippen waren blutleer. Sie nickte nur, denn sie brachte vor Angst keinen Ton heraus. James ergriff ihre Hand und zog Amy hinter sich her eine Treppe hinauf. Oben stießen sie fast mit Jana Carnifex zusammen, die in Begleitung von ein paar Dienern in die entgegengesetzte Richtung hastete.

Sie war so überrascht, James und Amy vor sich zu sehen, dass sie gar nicht dazu kam, etwas zu unternehmen. Ehe sie reagieren konnte, rannten die beiden schon weiter.

James stieg der Duft ihres Parfüms in die Nase.

Diesen Geruch würde er den Rest seines Lebens nicht vergessen.

Der Platz vor dem Tempel war menschenleer, abgesehen von einem von Ugos Männern, der ausgestreckt auf dem Boden lag. Er lag da, regungslos, und nichts deutete darauf hin, wie er zu Tode gekommen war. Der Mann war noch jung, und auf seinem offenen, arglosen Gesicht lag ein Ausdruck der Verwunderung.

James verspürte Mitleid mit ihm. Dieser Kampf hatte nichts mit ihm zu tun. Er dachte an die vielen Soldaten, die in zahllosen Kriegen ihr Leben verloren hatten, ohne je zu wissen, warum.

Während er dastand und den Toten musterte, spürte er plötzlich einen Schlag gegen seinen Arm, und einen Sekundenbruchteil später hörte er einen Schuss. Die Kugel zerfetzte zwar den Ärmel seines Hemds, ritzte die Haut jedoch nur leicht. James hatte nicht die geringste Ahnung, aus welcher Richtung der Schuss gekommen war und wer ihn abgegeben hatte, und er nahm sich nicht die Zeit, es herauszufinden. Er packte Amy und ging in Deckung, bevor der nächste Schuss sein Ziel genauer traf.

Schweigend eilten sie durch das Labyrinth aus Gassen, Treppen und Höfen und gelangten schließlich auf die Piazza, wo ein erbitterter Kampf zwischen Zoltans Männern und Ugos Wachen im Gange war.

Auf den ersten Blick erkannte James, dass die Piraten in der Unterzahl waren und sich nicht mehr lange halten konnten.

»Komm weiter«, sagte James. »Und bleib immer in Deckung.«

Er gab Amy erst gar nicht die Möglichkeit, etwas einzuwenden, sondern zog sie mit sich über die Piazza.

Sie rannten bis zu dem großen Brunnen und stiegen hinein. Hinter einem Vorhang aus Wasser verborgen, kauerten sie sich an das Hauptrohr.

»Wir warten ab, bis wir gefahrlos zum Aquädukt gehen können«, sagte James.

»Bitte«, flehte Amy. »Du musst mir sagen, was hier vor sich geht.«

»Zoltan greift Ugos Truppen an.«

»Aber warum?«, fragte Amy. »Er hat nicht die geringste Chance. Was will er damit erreichen?«

»Er behauptet, er hat einen Plan, um den Palazzo zu zerstören. Er sagt, mein Cousin Viktor hätte ihn auf die Idee gebracht.«

»Was für ein Plan?«, fragte Amy. »Was hat dein Cousin denn gesagt?«

»Das weiß ich nicht«, antwortete James. »Ich zerbreche mir die ganze Zeit den Kopf darüber. Wir sind damals alle zusammen in einem Seilbahnwaggon vom Damm zurückgekommen.«

»Und worüber habt ihr geredet?«

»Über den Damm«, sagte James, in dessen Kopf allmählich ein Gedanke Gestalt annahm. »Das ist es. Er wird versuchen, den Damm zu zerstören.«
»Das kann ich mir nicht vorstellen«, sagte Amy. »All die Menschen . . .«
»Was kümmert ihn das?«, gab James zurück.
Aber Amy ließ sich nicht beirren. »So etwas würde er nicht tun.«
»Wir müssen ihn aufhalten«, sagte James.
Einer von Zoltans Leuten rannte an ihnen vorbei. Da ertönte ein Schuss, und der Mann stürzte kopfüber in den Brunnen. Sein Blut spritzte auf den Stein, und die Wasserkaskade färbte sich hellrot. James und Amy wichen zurück. Jetzt wollten beide nur noch eins: so schnell wie möglich von hier weg.
»Was machen wir jetzt?«, fragte Amy.
»Wir könnten mit der Bahn zum Damm hinauffahren«, schlug James vor.
»Dann lass es uns versuchen.« Offensichtlich hatte Amy ihren Mut wiedergefunden.
Das Feuergefecht hatte sich verlagert. Der kümmerliche Rest von Zoltans Truppe war in den Palazzo geflohen, verfolgt von Ugos Soldaten.
»Wir können nicht den ganzen Tag hierbleiben«, sagte James. »Komm mit.«
Sie verließen die Sicherheit ihres Verstecks und rannten über die Piazza. Mit ihren nassen Füßen rutschten sie immer wieder auf dem glatten Marmor aus. James war in Alarmbereitschaft, sein ganzer Körper war angespannt, und er rechnete jeden Augenblick damit, von einer Kugel getroffen zu werden, aber sie gelangten unversehrt auf die andere Seite.
Ein rascher Blick zurück überzeugte James, dass niemand ihnen folgte.
Sie bestiegen den Waggon und machten die Tür hinter sich zu.

Eine Zeit lang lagen sie erschöpft auf dem Boden. Dann setzte sich James auf. Sein Blick fiel auf einen verängstigten Wachmann, der am anderen Ende im Dunkeln kauerte. In der Hand hielt er ein Maschinengewehr, aber seine Hände zitterten, und er schien nicht die Absicht zu haben, die Waffe zu benutzen.

»Raus hier!«, schrie James. »Sofort!«

Der Wachmann überlegte nicht lange. Er sprang auf und hetzte davon wie ein aufgescheuchtes Kaninchen. Das Gewehr ließ er liegen.

James überprüfte das Armaturenbrett, wurde jedoch nicht schlau daraus.

»Wie funktioniert das Ding?«, fragte Amy.

»Es wird mit Gegengewichten betrieben«, erklärte James. »Die beiden Wagen sind über eine Winde miteinander verbunden, die über eine große Trommel läuft. Der Tank des Waggons oben am Damm wird mit Wasser gefüllt, bis er schwerer ist als der Waggon unten. Dann rollt er über die Gleise hinunter und zieht dabei den anderen Wagen bergauf. Unten wird der Tank entleert, und das Ganze fängt wieder von vorne an.«

»Und wie wird der Tank entleert?«

»Mit einem dieser Hebel«, sagte James und fing an, auf alle möglichen Schalter zu drücken. Amy half ihm dabei. Plötzlich hörten sie ein Rauschen, als das Wasser aus dem Tank strömte.

Einer der Hebel war größer als die anderen. Das musste die Bremse sein.

James legte den Hebel um.

Nichts geschah.

»Verdammt.«

»Was ist?«, fragte Amy. »Warum fahren wir nicht los?«

»Offenbar muss erst jemand den oberen Wagen in Bewegung setzen«, sagte James. »Er muss den Tank füllen und die Bremse lösen. Ich fürchte, wir sitzen fest.«

Kaum hatte er das gesagt, fuhr der Wagen plötzlich mit einem Ruck los und rollte bergauf.

Amy lachte erleichtert. »Woher wusstest du das?«

»Ich wusste es nicht«, sagte James. »Es ist ein Wunder.«

Auf der Hälfte des Wegs wurde ihnen die Erklärung für dieses Wunder geliefert, als ihnen der zweite Wagen entgegenkam. Drinnen drängten sich verängstigte Wachleute vom Damm, die anscheinend nur widerstrebend ihren Kameraden im Palazzo zu Hilfe eilten. Sie schauten verblüfft, als sie an den beiden jungen Leuten vorbeifuhren, und es dauerte ein Zeit, bis sie begriffen, was los war, und anfingen zu schießen.

Der Krach war ohrenbetäubend, als die Gewehrkugeln in das Holz des Wagens einschlugen. James und Amy ließen sich auf den Boden fallen, Holzsplitter und Glasscherben regneten auf sie herunter. Glücklicherweise entfernten sich die beiden Waggons schnell voneinander, sodass die Männer nicht mehr richtig zielen konnten, und so blieben James und Amy unverletzt. Als der andere Wagen außer Reichweite war, standen sie vorsichtig auf und wischten den Schmutz von den Kleidern.

Die restliche Fahrt verlief ohne weitere Zwischenfälle. Allerdings vergaßen beide, rechtzeitig die Bremse zu ziehen, sodass der Waggon mit voller Wucht gegen die Puffer krachte und James und Amy der Länge nach hinfielen. James zog sich viele kleine Schnittverletzungen zu, aber er spürte nichts. Adrenalin pumpte durch seinen Körper und verhinderte jedes Schmerzempfinden. Sie kamen wieder auf die Beine und schauten sich um. Kein Mensch war zu sehen. James hob das Maschinengewehr auf. Es war schwer und roch nach Öl.

Dann stiegen sie aus. James ging nach vorne zum Kabel. Er hob das Gewehr, zielte und drückte ab, obwohl er nicht wirklich damit rechnete, dass es geladen war. Aber die Waffe erwachte in seiner Hand zum Leben und zuckte wie verrückt, sodass er zurücktaumelte. Nur mit Mühe konnte James das Gewehr halbwegs ruhig halten. Nach wenigen Augenblicken riss das Kabel mit einem schrillen Knirschen. Der Waggon fing an zu rollen und wurde immer schneller auf seinem Weg nach unten.

»Jetzt kann uns niemand mehr verfolgen«, sagte James.

»Ja«, sagte Amy. »Aber wie kommen wir wieder ins Tal?«

»Darüber machen wir uns Gedanken, wenn es so weit ist.«

Der Gewehrdonner vom Palazzo drang nur noch gedämpft zu ihnen herauf. Er klang so harmlos wie das Krachen von Feuerwerkskörpern. Hier oben am See war alles ruhig und friedlich. Die Sonne spiegelte sich im glitzernden Wasser. Die Berggipfel hoben sich honiggolden gegen den blauen Himmel ab. Aber James wusste, dass irgendwo ein zu allem entschlossener Mann darauf wartete, die Postkartenidylle in ein Inferno zu verwandeln.

»Ist er hier?«, fragte Amy.

»Ich weiß es nicht«, antwortete James. »Vielleicht habe ich mich auch getäuscht.«

Sein Blick glitt über den See. Auf der linken Seite standen mehrere niedrige Gebäude. Er konnte nicht recht glauben, dass Zoltan sich dort versteckte. Aber wo war er dann?

»Was genau hat dein Cousin gesagt?«, fragte Amy.

»Viktor meinte, dass die Felsvorsprünge dort drüben absturzgefährdet sind.«

»Dann wird er dorthin gegangen sein«, sagte Amy.

»Ich nehme es an«, stimmte James zu. »Lass uns nachsehen.«

Ugos Motorboot war direkt neben dem großen, unförmigen Wasserflugzeug am Steg festgemacht. James rannte hinaus auf den Steg und kletterte in das Boot. Amy folgte ihm.

»Kennst du dich mit diesen Dingern aus?«, fragte er.

»Ja«, rief Amy aufgeregt. Sie machte sofort die Leine los. »Ich habe mein halbes Leben auf Booten verbracht.«

Mit Feuereifer machte sie sich am Motor zu schaffen, froh, endlich etwas tun zu können, anstatt nur immer an die Gefahr zu denken, in der sie waren, und an das Blutvergießen, das sie mit angesehen hatten.

Bald darauf durchbrach das Brummen des Motors die trügerische Stille. Das Boot schoss hinaus auf den See und wühlte die glatte Oberfläche auf. Amy saß am Steuer, und James dirigierte sie auf die rechte Seite des Sees. Unmittelbar vor den überhängenden Felsen drosselten sie die Geschwindigkeit. Das Boot glitt nun langsam durchs Wasser, und James und Amy suchten das Ufer ab nach irgendetwas, das ihnen einen Hinweis auf Zoltans Aufenthaltsort gab.

Und dann sah James die schwarze Öffnung einer Höhle.

»Dort drüben«, sagte er. Amy steuerte das Boot darauf zu. Beim Näherkommen stellten sie fest, dass der Höhleneingang verbreitert und zur Sicherheit an den Rändern abgestützt worden war.

Amy manövrierte das Boot durch den Eingang. Dahinter erstreckte sich ein Art Tunnel, der von Glühbirnen an der Decke beleuchtet wurde. Hinter einer Biegung öffnete sich der Gang zu einer kleinen düsteren Höhle. Es war kalt, und die Luft war feucht. Wasser rann von Decke und Wänden, und das Gestein war mit grünem Schleim überzogen.

James erfasste alle Einzelheiten auf einen Blick. Es gab einen kleinen Steg zum Festmachen der Boote und eine verrottete Holzplattform auf Betonpfeilern, von der aus eine Eisentreppe zu einem Felsspalt führte. Modrige Fässer lagerten dort. Als James das Boot festmachte, trat Zoltan hinter den Fässern hervor. Sein Gesicht war mit einem Schweißfilm bedeckt, und die blutunterlaufenen Augen glänzten im Fieberwahn.

»James«, flüsterte er heiser. »Du bist ein cleverer Junge. Du hast mich aufgespürt. Gut gemacht. Und du hast mir Amy gebracht. Danke.«

Amy wirbelte herum und funkelte James wütend an. Hatte er sie betrogen? Hatte er sie mit einem miesen Trick hierher gelotst? James nahm ihre Hand und drückte sie fest. Er konnte nur hoffen, dass sie ihm vertraute.
Sein Blick fiel auf das Maschinengewehr, das im Boot lag. Auch Zoltan hatte es bemerkt. »Falls du mit dem Gedanken spielst, es zu benutzen, muss ich dich leider töten«, sagte er und zog seine Beretta unter der Tunika hervor.
Mit einem Wink der Pistole befahl er ihnen, auszusteigen und zu ihm zu kommen.
Vielleicht, so hoffte James, würde er Amy endlich davon überzeugen können, dass er auf ihrer Seite war.
Als sie die Plattform erreicht hatten, entdeckte James ein Gewirr aus Drähten, das in einem Loch im Felsen verschwand. Baumstark kauerte daneben und rollte noch mehr Draht von einer großen Kabeltrommel ab.
»Was machen Sie da?«, fragte James. Seine Worte hallten von den Höhlenwänden wider.
»Bitte, versucht erst gar nicht, mich aufzuhalten«, sagte Zoltan. »Ich muss das tun.«
»Wollen Sie etwa den Felsen in die Luft jagen?«
»Ich werde Carnifex und sein armseliges Reich dem Erdboden gleichmachen.«
»Das dürfen Sie nicht«, sagte James. »Denken Sie an die Menschen, die dabei sterben. Unschuldige Menschen.«
»Unschuldig? Wer? Das sind doch alles Hunde und Schweine. Abschaum. Ich werde der Welt einen Dienst erweisen.«
»Aber was ist mit Ihren eigenen Männern?«
»Die sind inzwischen sowieso alle tot«, sagte Zoltan achselzuckend. »Sie waren dem Feind hoffnungslos unterlegen. Außerdem war das nur ein Ablenkungsmanöver. Neue Männer zu finden, ist kein Problem.«

James wollte protestieren, aber der hünenhafte Samoaner packte James und zog ihn zu sich heran. Mit der anderen Hand griff er sich Amy. Seine Arme waren wie Eisenklammern.
»Sie kommen mit uns«, wies Zoltan ihn an.
»Nein!«, rief James. »Bitte, tun Sie's nicht!«
»Zu spät«, sagte Zoltan ruhig. »Die Sache läuft schon.«
Zusammen gingen sie die Eisentreppe hoch. Zoltan als Letzter nahm die Kabeltrommel und wickelte hinter sich den Draht ab. James wehrte sich vergebens gegen Baumstark.
Als sie ins Freie traten, waren sie etwas weiter oben über dem See. Sie kletterten noch höher, bis sie zu einer Aussichtsplattform kamen, wo der Sprengapparat schon bereitstand.
Zoltan setzte sich schwerfällig hin. Er war erschöpft. Keuchend rang er nach Luft. Mit zittrigen Fingern befestigte er das Ende der Zündschnur an den zwei Messinganschlüssen des Apparats und fluchte dabei über seine Ungeschicklichkeit. Immer wieder musste er sich den Schweiß abwischen, der ihm übers Gesicht rann.
Fasziniert und angewidert zugleich, beobachteten James und Amy, wie er die Kurbel an der Seite des Apparats drehte und dann die Hand auf den Auslöser legte.
»Carnifex hat einen Fehler gemacht, als er versucht hat, es mit mir aufzunehmen«, sagte er. »Jetzt werden wir sehen, ob Viktor Delacroix recht hatte.«
Er salutierte in Richtung Damm. »Auf Wiedersehen, mein Kaiser.« Dann legte er den Hebel um.
Entsetzt hörte James einen dumpfen Knall vom See herauf. Am liebsten hätte er geweint. Das hier hätte nicht passieren dürfen. Er hatte versagt.
Steine und kleinere Felsbrocken lösten sich und polterten ins Wasser, dann war alles ruhig.
Stille breitete sich über den Bergen aus.

James fasste neuen Mut. Er sah zu Amy und entdeckte auch in ihren Augen einen Hoffnungsschimmer.
Zoltan lachte wie ein Verrückter. »Er hat sich geirrt«, rief er. »Viktor hat sich getäuscht. Carnifex ist ein besserer Ingenieur, als Viktor gedacht hat. Ugos Lebenstraum ist unverwüstlich.« Wieder lachte er und stieß auf Ungarisch irgendwelche Verwünschungen aus.
Genau in diesem Moment spürte James, wie der Boden unter seinen Füßen erbebte. Es war, als stünde er auf dem Rücken eines gigantischen Urtiers, das aus einem langen Schlaf erwachte. Es gab ein lautes Knacken, als bräche eine dicke Eisschicht, doch es kam aus dem tiefen Innern der Berge. Die Luft wurde von einer Schockwelle erschüttert. James glaubte, er hätte einen heftigen Schlag gegen die Brust bekommen, sodass sein ganzer Körper zitterte.
Wieder hörte er ein lautes Knacken, dann nochmals und nochmals, laut wie Donnergrollen. Es war ein furchterregendes Geräusch. Der Untergrund erzitterte, und James stellte sich vor, wie ein Riss durch das Felsgestein ging.
Dann war alles still.
Die Zeit schien stehen geblieben zu sein. Die Welt wartete. Ringsherum war kein Laut zu hören. Kein Insekt, kein Vogel, nichts.
James merkte, dass er den Atem anhielt.

Die Rache des Madjaren

Auch Ugo unten im Palazzo hatte das Donnern gehört und das Beben des Bergs gespürt. Er blickte hinauf zum Staudamm, der riesengroß und weiß im Sonnenlicht lag. Er zog eine blasse Augenbraue hoch und fragte: *»Ita fua cussu?«* Was war das?
Die Frage richtete sich an niemanden, daher bekam er auch keine Antwort.
Ugo runzelte die Stirn. Dann rümpfte er die Nase. Wahrscheinlich nichts von Bedeutung. Es gab so viel zu erledigen. Seine Wachen hatten den kümmerlichen Rest von Zoltans Männern umzingelt und trieben sie auf der Piazza vor der zerstörten Bergbahn zusammen.
Ugo wandte sich an den Wachmann, der für die Exekutionen zuständig war. »Wenn ihr mit ihnen fertig seid«, sagte er, »schafft die Leichen weg und macht den Marmorboden sauber. Reinigt den gesamten Palazzo, ich kann Schmutz nicht ausstehen.« Er trat nach vorne und hob den Arm. »Legt die Gewehre an«, befahl er. »Auf mein Zeichen eröffnet ihr das Feuer.«

Auch Stefano und Vendetta hörten die Explosion, und ihr Instinkt ließ sie unverzüglich die Flucht ergreifen.
»Aio caida!«, schrie Stefano. Komm! So schnell er konnte, zog er das Mädchen den Berg hinauf, weg von der Schlucht.

Perry Mandeville und die anderen Eton-Schüler spielten gerade Fußball, als sie das Donnergrollen hörten. Die Jungen waren auf einem freiem Feld in der Nähe von Ugos Stadion. Das merkwürdige Geräusch ließ sie aufhorchen. Sie schirmten mit der Hand die Augen gegen die grelle Sonne ab und starrten zu Ugos Palazzo hinauf.

Sowohl Peter Haight als auch Cooper-ffrench waren unauffindbar, daher hatte Quintino, ihr italienischer Führer, die Aufsicht übernommen. Sich selbst überlassen, hatten die Jungen das gemacht, was Jungen immer und überall tun, sie hatten angefangen, mit dem Ball zu kicken. Den ganzen Vormittag über waren vom Berg seltsame Geräusche zu ihnen ins Tal gedrungen und sie gingen davon aus, dass dies Teil der Festivitäten im Palazzo war. Doch dieses letzte dumpfe Donnergrollen hatte sich anders angehört.

»Ich frage mich, was dort oben vor sich geht«, sagte Tony Fitzpaine. Er konnte nur sehr undeutlich sprechen, denn seine Nase war dick bandagiert.

»Ach, diese Italiener spinnen doch alle«, sagte Perry. »Sie sind t-total verrückt . . .«

James hielt noch immer den Atem an. Jede Faser seines Körpers war zum Zerreißen gespannt. Die rechte Hand zur Faust geballt, stand Zoltan da und starrte auf den See hinaus.

»Komm schon«, sagte er leise. »Komm schon, verdammt.«

Da sah James eine zarte, feine Wolke vom Felsen aufsteigen, dann eine zweite und schließlich eine dritte. Es sah aus wie der Staub, den ein davonjagendes Tier hinter sich aufwirbelt.

Und dann tat sich ein langer schwarzer Riss an der oberen Kante des Felsvorsprungs auf.

»Oh, mein Gott«, flüsterte Zoltan. »Der Fels bricht ab.«

Er hatte recht. Der riesige Felsvorsprung fing an zu bröckeln, zuerst ganz langsam, dann jedoch brach mit einem Mal fast die Hälfte des Bergs weg.

Es war ein schrecklicher Anblick, als Hunderte Tonnen Felsgestein mit lautem Getöse in die Tiefe stürzten.
Ein Krachen begleitete den Aufprall auf dem Wasser. Die Fontäne, die in den Himmel schoss, war so gigantisch, dass sie für Augenblicke die Sonne verdunkelte. Peitschender Regen, der so dicht war, dass man die Hand vor Augen nicht sah, prasselte auf James und die anderen herunter. Als der Wassernebel sich legte, glaubte James seinen Augen nicht zu trauen: Eine breite, zwanzig Fuß hohe Welle hatte sich aufgetürmt und rollte über den See.
Die Flut schwappte über den Uferrand, entwurzelte Bäume und riss die Gebäudereihe auf der gegenüberliegenden Seite mit sich. Dann erfasste die Welle das große weiße Wasserflugzeug und schleuderte es wie ein Kinderspielzeug über die Krone des Damms.
Das Flugzeug schoss über den Staudamm hinaus, schwebte einen Augenblick in der Luft, bevor es vornüberkippte und in die Tiefe stürzte.

Ugo stand auf der Piazza, den Arm hoch erhoben, um seinen Männern das Zeichen zu geben.
Plötzlich erstarrte er. Verständnislos blickte er zur Talsperre hinauf und konnte nicht begreifen, was da vor sich ging. Er sah seine geliebte Sikorsky über die Dammkrone hinweg direkt auf sich zustürzen. Hinter dem Flugzeug türmte sich eine Wand aus Wasser.
»Nein!«, schrie Ugo und streckte die Hand aus, als wollte er den Fluten Einhalt gebieten. »Nein!«
Aber er war machtlos. Das Flugzeug begrub ihn unter sich und zerquetschte ihn wie eine Fliege. Die nachfolgenden Wassermassen überschwemmten den Palazzo und rissen alle Männer auf der Piazza mit sich.

Die Flutwelle hatte den Damm schwer beschädigt, aber nicht ganz zerstört.
Doch es war noch nicht zu Ende.
Als der riesige Gesteinsbrocken des Felsvorsprungs im Wasser aufschlug, löste er Unterwasserwellen, die von oben nicht zu sehen waren, aber das Mauerwerk der Talsperre in Mitleidenschaft zogen. Die leichteste Erschütterung konnte den Damm zum Bersten bringen.
Tatsächlich kam etwas auf den Damm zu, etwas Großes.
Eine zweite Welle war in entgegengesetzter Richtung verlaufen und am anderen Ende des Sees auf die Felsen aufgeschlagen. Dann änderte die Welle ihre Richtung und flutete zurück.
Sie war kleiner als die erste, aber immer noch ziemlich zerstörerisch. Ihre Wucht reichte aus, um die Staumauer zum Einsturz zu bringen.
Die gewaltige Kraft von zwanzig Millionen Gallonen Wasser sprengte die Mauer. Es war, als habe man den Stöpsel herausgezogen. Der See lief aus und nichts, aber auch gar nichts konnte ihn aufhalten.
Der Aquädukt brach wie ein Kartenhaus zusammen, Gesteinsbrocken und Betonteile stürzten hinunter ins Tal. Auch der Palazzo hielt den Fluten nicht stand. Eine unvorstellbare Menge Wasser, Beton und Steine fegte über ihn hinweg. Säulen und Stützpfeiler wurden weggewaschen wie kleine Zweige. Ganze Gebäude wurden aus ihren Fundamenten gerissen und den Berg hinuntergeschoben. Brüstungen, Gehwege, Innenhöfe, Terrassen und Brunnen wurden zermalmt.
Die Menschen, die noch im Palazzo waren, hatten nicht den Hauch einer Chance. Es gab kein Entrinnen, keinen Fluchtweg, den sie hätten einschlagen können, selbst wenn sie noch die Zeit dazu gehabt hätten. Das Wasser kannte keine Gnade, es füllte jedes Loch, jedes Versteck, nichts wurde ausgespart. Kein Dach,

keine Mauer blieb unversehrt. Die Wandbehänge und Gemälde, die Statuen und kostbaren Möbel, der Silberschmuck und die Kronleuchter, alles wurde weggeschwemmt.
Nach dem Wasser kam der Schlamm – eine Lawine aus Schlick vom Grund des Sees und aus Erdbrocken von den Bergen, eine zerstörerische dunkle, stinkende Brühe. Sie bahnte sich den Weg durch zerborstene Fenster hinein in jedes Zimmer und begrub alles unter sich. In kürzester Zeit war von Ugos Palazzo nichts mehr zu sehen. Es war, als hätte es ihn nie gegeben.

»Was haben Sie da angerichtet?«, sagte James zu Zoltan, der auf das Wasser starrte, das sich von einem ruhigen See in eine reißende Strömung verwandelt hatte.
»Ich habe ihn ersäuft«, sagte Zoltan. »Er hatte immer Angst davor, dass sein kostbarer Palazzo schmutzig wird. Jetzt braucht es tausend Jahre, um ihn sauber zu machen.«

Gräfin Jana Carnifex stand unten im Tal und blickte hoch zu der hässlichen schwarzen Schlammlawine, die den Berg herunterrollte wie kalte Lava. Sie wusste, dass alles verloren war. Ihr Zuhause, ihre wunderschönen Kleider, ihr Gold- und Silberschmuck, alles.
Sie war bettelarm auf die Welt gekommen, und nun war sie es wieder. Sie besaß nichts außer kalten dunklen Rachegelüsten. Sie stammte aus der Barbagia. Sie war aufgewachsen mit den Gesetzen der Blutrache. Es war ihr gleich, ob sie überlebte oder hier und jetzt den Tod fand, solange sie zuvor alle vernichtete, die für das, was geschehen war, die Verantwortung trugen.
Als die Schießerei anfing, hielt sie sich gerade in der Krankenstation des Palazzo auf. Jede Woche suchte sie den Arzt auf und ließ sich untersuchen. Sie hatte ein schwaches Herz, und der Doktor verordnete ihr Pillen und Spritzen. Der Arzt war gerade dabei,

die Injektionsflüssigkeit aufzuziehen und sachte gegen die Ampulle zu klopfen, damit es keine Blasen gab, als sie draußen Schüsse und lautes Geschrei hörten.
Der Arzt hatte aus dem Fenster gesehen und sich dann mit besorgter Miene zu ihr umgewandt. Jana hatte ihn beiseite gestoßen, um selbst nachzusehen.
Im Palazzo herrschte große Aufregung. Männer rannten hin und her, es wurden Schüsse abgefeuert, und Diener liefen schreiend davon. Dann gab es eine furchtbar laute Explosion, woraufhin der Arzt sagte, es sei besser, den Palazzo schleunigst zu verlassen.
Sie waren hinausgelaufen und zum Bergwerk gerannt.
Und da hatte sie den englischen Jungen gesehen, James Bond, zusammen mit dem Mädchen, Amy.
Die beiden gingen ihr nicht aus dem Kopf, während sie inmitten eines Stroms aus fliehenden Dienstboten den Weg durch das Bergwerk nach unten suchte. Im Tal angekommen, trat sie ins Freie und hörte gleich darauf mehrere Explosionen. Sie drehte sich um und blickte genau in dem Moment nach oben, als die Staumauer einstürzte.
Die meisten Bewohner des Tals hatten glücklicherweise genug Zeit, um auf höher gelegene Stellen zu flüchten und so den Fluten zu entkommen, die über Sant' Ugo hinwegschwemmten. Zusammen mit den Menschen, die durch den Bergwerkstunnel geflohen waren, organisierten sie Rettungsaktionen. Unter ihnen entdeckte Jana die Schüler aus Eton – der Schule, in die auch James Bond ging –, und ihr kaltes Herz schlug schneller.
Sie würde nicht eher ruhen, bis sie ihre Rache vollendet hatte.
Und sie wusste auch schon ganz genau, wo sie anfangen würde.
Bei James Bond und seinen Freunden.

Hinter der Maske

Alle Hunde des Tals bellten. Sie spürten, dass etwas Schreckliches geschehen war. Stefano und Vendetta hörten sie in der Ferne kläffen, während sie auf einem Felsen kauerten und nach unten auf den sichelförmigen Krater schauten, den die Wasserflut gegraben hatte.

Vendettas Blick glitt hinüber zu den Ruinen von Ugos Palazzo.

»James Bond«, sagte sie.

»Mortu est«, sagte Stefano. Er ist tot. »Du wirst ihn nie wieder sehen.«

Vendetta weinte nicht. In ihr waren keine Tränen mehr. Mauro war gerächt. Ugo war vernichtet, sein Palazzo zerstört. Sie würde zu ihrem Leben in den Bergen zurückkehren. Sie hatte ein hartes Herz, und von nun an würde es noch härter werden.

Vendetta wandte den Blick ab.

Sie konnte James nicht haben. Es sollte nicht sein. Gott hatte für ihn ein anderes Schicksal vorherbestimmt. Aber auch wenn sie James verloren hatte, so war ihr doch wenigstens Stefano geblieben . . .

James, Zoltan, Baumstark und Amy hatten den Berg umrundet und waren nun auf Pferden in Richtung Tal unterwegs. Ihr Ziel war die Bucht von Orosei. In einem Stall abseits des Staudamms waren sie auf die Reittiere gestoßen. Da es am Berg keine Fahrzeuge gab, waren Ugos Männer auf die Pferde als Transportmittel angewiesen.

James saß hinter dem vierschrötigen Samoaner, und Amy klammerte sich an Zoltan fest.
Zoltan sah sehr schwach und krank aus. Jetzt, wo er seinen Plan ausgeführt hatte, schien er sich aufgegeben zu haben. Er schwankte im Sattel, und sein Kopf kippte immer wieder zur Seite.
James wusste nicht, ob er und Amy Gefangene waren oder ob sie alle gemeinsam flohen. Eines wusste er jedoch ganz genau: Er musste so schnell wie möglich aus diesen verfluchten Bergen heraus und zurück in die Sicherheit und in die Zivilisation.
Er fühlte sich leer und dumpf und wagte es nicht, Amy anzusehen, deren Augen rot geweint waren.
Bei ihrem Rückzug hatten einige von Ugos Männern etwas halbherzig, wie es schien, aus der Ferne auf sie geschossen. Zoltan hatte das Feuer erwidert, um sie in die Flucht zu schlagen, und dabei sein Magazin leer geschossen.
Nachdem die Männer verschwunden waren, hatten sie keine Menschenseele mehr gesehen.
Es war heiß, und James trug keine Kopfbedeckung, um sich vor der Sonne zu schützen. Er saß da, starrte auf die kunstvollen Tätowierungen auf Baumstarks Rücken und lauschte dem endlosen Klappern der Pferdehufe auf dem felsigen Untergrund. *Klack, klack, klack*. Das Geräusch zerrte an seinen Nerven, und selbst als die Pferde stehen blieben, hörte er noch immer das monotone *Klack, Klack, Klack* . . .
Nach ungefähr einer Stunde kamen sie an einen kleinen Flusslauf und stiegen ab. Amy ging zu dem Bach, um zu trinken und sich die schmerzenden Beine zu vertreten, während James sich zu Zoltan gesellte, der sich in den Schatten eines Baums gesetzt hatte und mit der Beretta herumspielte.
»Was haben Sie jetzt vor?«, fragte James.
»Ich werde auf mein Schiff zurückkehren, wo ich hingehöre«, antwortete Zoltan.

»Und was wird aus uns?«

Zoltan schaute ihn mit glasigen Augen an. »Alles ist nur wegen diesem Mädchen passiert«, sagte er ruhig.

»Dann lassen Sie uns gehen«, bat James.

»Das kann ich nicht. Sie ist alles, was ich noch habe.«

»Zur Hölle mit Ihnen«, schrie James.

Ein Ausdruck von Wut trat in Zoltans Augen, verschwand jedoch genauso rasch wieder, wie er gekommen war. Er seufzte und steckte die Waffe weg.

»Ich bin sowieso zur Hölle verdammt«, sagte er. »Ich hatte gehofft, Amy würde mich davor bewahren. Sie war etwas Gutes in meinem Leben.«

»Was man umgekehrt von Ihnen leider nicht behaupten kann«, sagte James.

»Du hast recht«, sagte Zoltan. »Wie üblich.« Er hielt inne und starrte auf seine nutzlose linke Hand. Dann spuckte er aus. James fiel auf, dass der Speichel dick und gelb war.

»Glaubst du an Vergebung?«, fragte Zoltan ruhig.

»Ich weiß nicht.«

»Ich habe viele schlimme Dinge getan«, sagte Zoltan. »Wenigstens ein Mal will ich etwas Gutes tun.« Mühsam stand er auf und ging zu seinem Pferd. »Ich weiß jetzt, dass ich von ihr loskommen muss, sonst wird sie mein Tod sein. Hier, nimm das.« Er warf James einen Beutel mit Münzen zu. »Geht immer weiter nach Osten bis zur Küste. Dort mietet euch ein Boot, und fahrt nach Hause zurück. Gib auf Amy acht. Für mich.«

»Was? Halt, warten Sie . . .«

Aber Zoltan ließ sich nicht aufhalten. Er murmelte Baumstark etwas auf Ungarisch zu, woraufhin beide auf die Pferde stiegen und davongaloppierten.

Amy kam herbeigerannt. »Wohin reiten sie?«

»Jetzt sind wir ganz auf uns allein gestellt«, sagte James.

»Heißt das, wir sind frei?«
»Sieht ganz so aus. Frei, um hier draußen in der Hitze wie Hunde zu sterben.«
Sie kamen sich klein, verloren und einsam vor.
»Was sollen wir tun?«, fragte Amy.
»Wir laufen.«
Nachdem sie etwa eine halbe Stunde durch die intensiv duftende Macchia gegangen waren und sich an den Büschen die Kleider aufgerissen hatten, kamen sie zu einem staubigen Feldweg, dem sie bergab in Richtung Küste folgten.
Schweigend und mit gesenktem Kopf, trotteten sie nebeneinander her, zu erschöpft, um zu reden. Hin und wieder glaubte James, das Klappern von Pferdehufen zu hören, und er fürchtete schon, einen Sonnenstich zu haben und zu fantasieren.
Die Sonne brannte erbarmungslos auf James' Nacken herunter. Auch Amy litt unter der Hitze, der Schweiß tropfte ihr von Nase und Kinn. Irgendwann kam sie auf die Idee, Stoffstreifen von dem verhassten gelben Kleid abzureißen und sich und James um den Kopf zu wickeln. Es war besser als nichts und verschaffte ihnen wenigstens ein klein wenig Erleichterung.
Sie durchquerten eine enge Schlucht, die in eine dürre, steinige Ebene mündete. Auf der einen Seite war ein kleines Wäldchen mit Korkeichen, auf der anderen ging es steil die Klippen hinab. James konnte sich keinen Ort vorstellen, an dem man ungeschützter war.
»Das ist verrückt«, sagte er zu Amy. »Wir müssen einen Unterschlupf suchen und warten, bis es kühler wird, sonst werden wir noch bei lebendigem Leib geröstet.«
Amy nickte, und sie steuerten auf den Eichenhain zu.
Der Weg zum Wald war länger, als sie dachten. Sie gingen und gingen und schienen der dunkel schimmernden Baumreihe doch um keinen Schritt näher zu kommen.

Schließlich ließ Amy sich einfach auf den Boden fallen.
»Ich kann nicht mehr«, sagte sie. »Warum bleiben wir nicht hier und warten, bis es kühler wird?«
»Nein«, beharrte James. »Wir müssen uns einen Unterschlupf suchen . . .«
»Hörst du das?«, unterbrach ihn Amy.
»Was?«
»Es klingt wie Hufeklappern. Vielleicht kommt Zoltan zurück.«
James lauschte angestrengt. Also hatte er sich das Trappeln doch nicht eingebildet. Er schaute sich nach allen Seiten um.
Amy sprang auf und packte seinen Arm. »James, sieh doch!«
Durch das Flirren der Luft sah er die tanzenden Umrisse eines Pferdes mit Reiter.
James kniff die Augen zusammen. Jetzt war er sich sicher, dass er einen Sonnenstich hatte, denn der Reiter trug die traditionelle Tracht wie auf dem Fest von Sant' Ugo, selbst die totenblasse Frauenmaske fehlte nicht.
Und er hielt ein silbernes Schwert in der Hand.
Das Pferd wurde schneller und galoppierte, und zwar, wie James klar wurde, direkt auf sie zu.
Der Reiter hob sein Schwert und zielte mit der Spitze auf James' Herz. James wich unwillkürlich ein paar Schritte zurück.
In der weiten Ebene war eine Flucht unmöglich. James blieb stehen und fixierte die auf ihn gerichtete Waffe. Die Augen des Reiters waren hinter der Maske nicht zu erkennen. Die Pferdehufe trommelten auf den harten Untergrund, die Luft war heiß, kein Windhauch war zu spüren. James wartete, bis das Pferd ihn fast erreicht hatte, bevor er sich mit einem Hechtsprung zur Seite in Sicherheit brachte. Die Schwertspitze stach ins Leere, und James sah die großen, blitzenden Hufe an seinem Kopf vorbeisausen.
Schnell sprang er auf die Füße. Der Reiter machte kehrt, um erneut anzugreifen, aber das Pferd hatte nicht genug Platz, um

schnell heranzugaloppieren, sodass James ohne Schwierigkeiten wegtauchen und der Waffe ausweichen konnte.
Nun lenkte der Mann das Pferd in eine andere Richtung. Anstatt James wieder anzugreifen, ritt er auf Amy zu. Sie stand da und wusste nicht, was sie tun sollte. Der Maskierte galoppierte heran, aber im letzten Moment bückte Amy sich und warf eine Handvoll Staub in die Luft. Das Pferd scheute und wich zur Seite.
James war klar, dass sie dieses Spiel nicht mehr länger spielen konnten.
Der Reiter entfernte sich kurz, um sein Pferd zur Ruhe zu bringen. Dann begann er, James und Amy zu umkreisen.
»Wir müssen uns aufteilen«, sagte James. »Ich werde versuchen, ihn dazu zu bringen, hinter mir herzureiten. Währenddessen rennst du zu dem Eichenwäldchen.«
»Nein«, widersprach Amy. »Wir bleiben zusammen.«
Aus den Augenwinkeln sah James eine unerwartete Bewegung. Er beobachtete, wie zwei Reiter auf ihn und Amy zukamen.
Es waren Zoltan und Baumstark. Der Hüne aus Samoa ritt vorneweg. Seine Harpune hielt er wie einen gezückten Speer, und zwischen seinen Lippen klemmte eine dicke Zigarre.
Der Maskierte spornte sein Pferd an und ritt auf ihn zu.
Baumstark hatte einen deutlichen Vorsprung vor Zoltan; er zögerte nicht lange, sondern ritt dem Angreifer allein entgegen.
Erst im allerletzten Augenblick schleuderte Baumstark seine Harpune.
Der Maskierte duckte sich weg, die Harpune verfehlte ihr Ziel. Blitzschnell richtete der Mann sich wieder auf und stieß in einer schnellen, geschickten Bewegung mit dem Schwert zu, genau in dem Augenblick, als die beiden Gegner aufeinandertrafen. Baumstark wurde aus dem Sattel gehoben, stürzte zu Boden, und das strauchelnde Pferd begrub ihn unter sich.

Das Tier sprang rasch wieder auf die Beine, Baumstark jedoch lag da und rührte sich nicht.
Der Maskierte war zwar im Sattel geblieben, hatte aber alle Hände voll zu tun, um sein Pferd zu beruhigen, das nervös hin und her tänzelte.
Inzwischen war auch Zoltan da. Wortlos ritt er an James und Amy vorbei.
James erhaschte einen Blick auf dessen Gesicht. Es war schmerzverzerrt.
»Nein«, rief er. »Tun Sie's nicht!«
Zoltans Pistole war nutzlos geworden, seit er die gesamte Munition verschossen hatte, um die Wachen am Staudamm in die Flucht zu schlagen. Während der Maskierte noch abgelenkt war, ritt Zoltan zu Baumstark, beugte sich im Sattel vor und zog die Harpune aus der Erde. Dann richtete er sich auf und wendete sein Pferd.
Der Maskierte schaute abwechselnd zu James und Zoltan. Er konnte sich offenbar nicht entscheiden, wen von beiden er attackieren sollte.
Zoltan nahm ihm die Entscheidung ab.
Er klemmte die Harpune unter den rechten Arm und stieß einen Schrei aus. Dann trieb er sein Pferd an und jagte wie ein mittelalterlicher Ritter mit Lanze auf den Maskierten zu.
Der Maskierte hob das Schwert und richtete es auf Zoltan. Auch er stieß einen Schrei aus und ritt Zoltan entgegen.
James hielt Amy fest, als die beiden Männer in hohem Tempo aufeinander zupreschten. Staub wirbelte hinter ihnen auf, und die Pferde hatten Schaum vor dem Maul. Keiner von beiden war gewillt nachzugeben. Es würde ein Kampf Harpune gegen Schwert sein, und James wagte nicht, daran zu denken, wie dieser Kampf ausgehen würde. Zoltans Harpune hatte zwar die längere Reichweite, aber er war krank und geschwächt und konnte

die Waffe nur mit Mühe halten. Der Maskierte hingegen führte das Schwert mit ruhiger Hand. Er hatte den Arm weit ausgestreckt, und die dünne Klinge blitzte grausam im Sonnenlicht.

»Ich kann nicht zusehen«, sagte Amy und schlug die Hände vors Gesicht.

Dann trafen die Männer aufeinander.

Ihre Waffen klirrten laut, und beide wurden aus dem Sattel gehoben. Die Pferde jagten weiter, bevor sie langsamer wurden, schließlich stehen blieben und an den Büschen nagten, als sei nichts passiert.

Der Maskierte war von der Harpune aufgespießt worden. Über dem Heft zusammengesunken lag er da. Eine Hand hatte er in die Erde gekrallt, die andere hielt noch immer das Schwert umklammert, dessen Spitze abgebrochen war. Ein krampfhaftes Zucken durchlief seinen Körper, dann rührte er sich nicht mehr.

James ging zu ihm und nahm ihm die Maske ab.

Es war Peter Haight. Sein früher so schönes Gesicht war starr und ausdruckslos wie die Maske, die er getragen hatte.

Er war tot.

»James, hilf mir!«

Amy kauerte neben Zoltan, die Hand auf seine Brust gepresst. »Er ist verletzt!«

James lief zu ihr und kniete sich neben sie. Er schob Zoltans Tunika hoch. Die abgebrochene Schwertspitze steckte tief zwischen zwei Rippen. Bei jedem Atemzug quoll Blut aus der Wunde hervor.

»Sollen wir sie herausziehen?«, fragte Amy.

»Nein.« Zoltan schlug die Augen auf. Das Weiß der Augäpfel war so dunkelrot gefärbt wie das Blut aus seiner Brust. »Lasst sie stecken.«

Er sah James an.

»Immer gerätst du in Schwierigkeiten, Bond . . .«

»Nicht sprechen«, sagte James. Er riss ein Stück Stoff von seinem Hemd, um die Wunde zu verbinden, aber Zoltan umklammerte seine Hand.

»Bitte«, keuchte er. »Ich will nicht hier sterben. Bringt mich zurück auf mein Schiff. Lasst mich auf See sterben . . .«

Nur ein Junge

Die Sonne brannte auf das winzige Boot herunter, das über die türkisfarbenen Wellen des Mittelmeers glitt. James hielt das Ruder fest, und sein Blick war auf den Horizont gerichtet, der, wie es vom Boot aussah, auf und ab zu schaukeln schien. Sein Hals war trocken, und seine Lippen waren aufgesprungen und verbrannt. Amy ging es noch schlechter, ihre blasse Haut, angegriffen von der langen Zeit, die sie in ihrer dunklen Zelle verbracht hatte, war gerötet und schälte sich. Der Wind stand günstig, aber das Boot kam dennoch nur langsam voran.

Zoltan lag auf den Planken und zitterte. Blut sickerte aus seinem Mund, und seine Augen blickten stumpf. Er murmelte etwas auf Ungarisch, und Amy beugte sich zu ihm hinunter, um ihn verstehen zu können.

»Was haben Sie gesagt?«

Zoltan blinzelte. »Ich dachte gerade, du wärst meine *Anyám*. Meine Mutter.«

»Nein, das bin ich nicht«, sagte Amy.

»Ich dachte, ich wäre zu Hause«, sagte Zoltan, und seine Stimme klang sehr schwach, als käme sie von weit, weit her. »Das Meer ... Es war ein Meer aus Gras. Dir würde es bei mir zu Hause gefallen, Amy. Die weite Ebene hört nie auf. Im Winter ist sie gefroren, im Sommer glüht sie vor Hitze. Wir hatten einen Bauernhof, mitten in der Einöde. Auf den Feldern standen Rinder mit langen Hörnern, im Garten waren Gänse, und ums Haus herum standen Maulbeerbäume. Das war alles. Wohin man schaute, überall nur Rinder und Gras. Das war meine Welt. Für mich war es die ganze Welt. Ich hätte dortbleiben sollen.«

»Sie können wieder nach Hause gehen«, sagte Amy.

»Nein, das kann ich nicht. Ich ertrinke«, sagte Zoltan mühsam. »Ertrinke in meinem eigenen Blut.« Er fasste mit seiner gesunden Hand nach Amys Hand. »Ich habe immer gewusst, dass du mich ertränken wirst«, sagte er. »Ich hätte dich dort lassen sollen, wo ich dich gefunden habe.«

»Es wird wieder gut werden«, sagte Amy, und Zoltan lachte, dann würgte er und spuckte einen Klumpen Blut aufs Deck.

»Es wird nicht wieder gut werden«, schluchzte er. »Ich wollte, ich wäre zu Hause. In den Armen meiner Mutter . . .« Er hörte auf zu sprechen, und James sah, dass er weinte.

Amy nahm ihn in den Arm. »Es wird wieder gut«, sagte sie noch einmal, und James fragte sich, wer wen umarmte.

»Wenigstens bin ich auf dem Meer«, fuhr Zoltan fort, »wenn auch nicht auf meinem eigenen Schiff . . .«

Nachdem sie die Leichen von Baumstark und Peter Haight mit Steinen bedeckt hatten, hatten sie sich zur Küste durchgeschlagen. Zoltan hatten sie auf dem Sattel seines Pferdes festgebunden.

Irgendwann waren sie in ein winziges Fischerdorf gekommen. Keiner der Dorfbewohner hatte ein Fahrzeug, aber ein uralter Fischer hatte ihnen ein genauso uraltes Fischerboot zu einem viel zu hohen Preis verkauft. Sie fuhren los und hielten sich nordwärts. Je länger sie unterwegs waren, desto schlimmer wurde Zoltans Zustand.

»Ich werde es nicht schaffen«, sagte er und schaute mit leerem Blick zum Himmel. »Ich will nicht in meinem eigenen Blut ertrinken.«

»Und ich will nicht, dass noch jemand stirbt«, sagte James heftig.

»Das steht nicht in deiner Macht«, entgegnete Zoltan, »du bist nicht Gott. Du bist nur ein Junge, ein außergewöhnlicher Junge zwar, aber trotzdem nur ein Junge. Du kannst nicht über Leben und Tod bestimmen.«

»Warten Sie!«, rief James zornig. »Sie dürfen nicht sterben.«

Zoltan sprach langsam, jedes einzelne Wort bereitete ihm Schmerzen. »Solange du lebst, werden Menschen sterben, die du liebst«, sagte er. »Und es gibt nichts, was du dagegen tun kannst. Es hilft nicht, deswegen zornig zu werden. Das ist der Lauf der Welt. Wir werden geboren, wir werden krank, wir sterben. Aber, Gott, ich will nicht auf diese Weise sterben. Werft mich ins Wasser.«

»Aber Sie können nicht schwimmen«, sagte Amy.

»Ich will nicht schwimmen«, erwiderte Zoltan. »Ich möchte sterben . . . in Frieden sterben.«

»Das werde ich nicht tun«, sagte James. »Ich werde Sie zu Ihrem Schiff bringen. Wir werden jemanden finden, der Ihnen hilft. Wir werden die Klinge entfernen, die Wunde nähen . . .«

»Das glaubst du doch selbst nicht«, entgegnete Zoltan. »Aber ich danke dir trotzdem. Und nun, werft mich über Bord. Ich habe solche Schmerzen.«

»Nein!« James ballte die Fäuste und schaute zu Boden. Im Boot stand das Wasser knöcheltief, rot gefärbt von Zoltans Blut. Er stank entsetzlich, als ob er bereits tot wäre und verweste. James konnte ihn nicht länger anschauen. Er senkte den Kopf und schloss die Augen.

»É desanyám«, hörte er Zoltan seufzen. »Liebe Mutter. Halte mich fest. Ich habe Angst . . .«

Es folgte ein leises Platschen, und als James aufschaute, war Zoltan verschwunden.

Amy weinte still.

Er fragte sie nie, ob sie den sterbenden Madjaren über Bord gestoßen hatte oder ob er mit einer letzten Kraftanstrengung selbst gesprungen war. Sie sprachen nie wieder über ihn.

Nach einer Weile trocknete sie ihre Tränen.
»Was machen wir jetzt?«, fragte sie.
»Wir fahren nach Hause«, antwortete James. »Zur Villa meines Vetters ... Wir können direkt bis vors Haus segeln.«
Amy kroch zu James und legte schweigend ihren Arm um ihn.

Sie segelten an Terranova vorbei und weiter in nordwestlicher Richtung. Es war schon später Nachmittag, als die Maddalena-Inseln in Sicht kamen und James auf die große Felsnadel von Capo d'Orso und den windzerfurchten Felsen zeigte, der die Gestalt eines kauernden Bären hatte.
Wie tröstlich und vertraut erschien ihm dieser Teil der Insel. Die Feigenkakteen und die niedrigen Schirmfichten, die kleinen Buchten, die rosafarbenen Felsen und über allem der Bär, der schon seit Tausenden von Jahren über diesen Küstenstrich wachte und für den das Kommen und Gehen der Menschen ohne jede Bedeutung war.
Sie steuerten um das Kap herum. Vor ihnen lag der Strand mit seinem sauberen weißen Sand. Der Strand, an dem James und Mauro gemeinsam geschwommen waren.
Wie lange schien das alles her zu sein und wie friedlich war dieser Ort noch immer. Sie waren dem Wahnsinn entkommen und in Sicherheit.
Sie lenkten das Boot in den Schutz eines großen Felsens und refften die Segel. Den ganzen Tag über hatten sie den Wind gehört, wie er mit der Leinwand spielte, jetzt war nur noch das Wasser zu hören, das sachte gegen den Rumpf klatschte.
James' Haar war salzverkrustet und stumpf, und seine Haut fühlte sich an, als hätte er sie mit Schmirgelpapier bearbeitet. Seine Lippen waren spröde und geschwollen. Er wollte nur eins: ins kühle Wasser.
»Komm schon«, sagte er, zog seine zerrissenen Kleider aus und

sprang ins Wasser. Amy folgte seinem Beispiel, keinen von beiden störte es, dass sie nackt waren.

Das Wasser fühlte sich auf James' Haut an wie ein sanfter Kuss, der den ganzen Schmerz und die Hitze der vergangenen Tage vergessen machte. Er genoss es, drehte und streckte sich, tauchte auf den Grund und ließ sich dann wieder an der Oberfläche treiben. Schließlich schwamm er langsam zum Strand, kroch auf den Sand und lag halb im Wasser, halb an Land.

Er hätte tausend Jahre lang hier liegen können und schlafen.

Amy legte sich neben ihn, sie schauten sich in die Augen und teilten schweigend das Wissen um all das, was sie gemeinsam erlitten hatten.

Schließlich raffte James sich auf und hob den Kopf.

»Lass uns das Boot festmachen und zur Villa hinaufgehen«, sagte er heiser.

»Können wir nicht noch einen Moment lang bleiben, James?«, fragte Amy. »Hier ist es himmlisch.«

»Gut, noch fünf Minuten.«

Schließlich schwammen sie zum Boot zurück und kletterten hinein. James merkte, wie ausgelaugt er war, er schaffte es kaum, sich am Bootsrumpf hochzuziehen. Sie zogen sich an und holten die zwei kleinen Paddel unter den Sitzen hervor. Erschöpft, wie sie waren, ruderten sie das Boot zu dem kleinen natürlichen Hafen und machten es fest. Alles sah noch genauso aus wie damals, als James das Haus verlassen hatte.

Viktors kleines Segelboot lag da, zur Ausfahrt bereit.

Viktor. Ob er da war? Ob es ihm gut ging?

Was würde oben in der Villa auf sie warten?

James dachte an den Überfall. Würde die Villa leer und verlassen wirken ohne die vielen Bilder?

Die ganze Zeit über hatte er versucht, nicht daran zu denken. Er hatte sich einfach vorgestellt, wie Viktor und Poliponi auf

der Terrasse saßen, Wein tranken und auf dem alten Grammofon eine Jazzplatte abspielten.
Amy sprang aus dem Boot, und James warf ihr die Leine zu. Sie band das Tau an einem Eisenring fest.
Schweigend stapften sie die in den Fels gehauenen Stufen hoch. James wollte nur noch schlafen und sich erholen.
Nie war der Gedanke an ein Bett für ihn so verlockend gewesen. Eine andere Erinnerung kam ihm in den Sinn. Ein Bild von blütenweißen Betttüchern und einem Fliegennetz, das sanft im Lufthauch schaukelte, der durch das offene Fenster hereinwehte.
Er lächelte.
Bald war es so weit.
Bald hatten sie es geschafft.
Oben auf der Treppe erschien Viktor in einem marokkanischen Gewand. James lächelte.
Aber dann fiel ihm Viktors besorgte Miene auf, und er bemerkte, dass sein Cousin einen schlimmen Bluterguss an der Stirn hatte.
»Viktor«, fragte James. »Ist alles in Ordnung mit dir?«
Bevor Viktor antworten konnte, stöhnte er auf und fiel zur Seite. Jemand hatte von hinten auf ihn eingeschlagen.
Jana Carnifex trat vor, ihre hohen Absätze klackten auf den Steinen. Ihr Make-up war verwischt. Die Perücke saß schief und zottelige graue Haare fielen ihr in wirren Strähnen ins Gesicht. Ihr Goldkleid war schmutzig und staubig. In der braunen, silberberingten Hand hielt sie eine Pistole, ihre Finger mit den langen Nägeln krallten sich um den Griff. Sie musste die Pistole hinter Viktors Rücken gehalten und ihn damit niedergeschlagen haben.
James schaute Viktor an. Seine Hände waren auf dem Rücken gefesselt. Er schien bewusstlos zu sein.
»James Bond«, sagte Jana und sah ihn mit einem irren, wilden Ausdruck an. »Ich habe auf dich gewartet.«
James war klar, dass sie nicht zögern würde, die Waffe zu ge-

brauchen. Aber was konnte er tun? Amy und er waren auf der Treppe gefangen. Wenn sie sich auf Jana stürzten, konnte einer von ihnen sie möglicherweise zu fassen kriegen . . . Trotzdem, die Gefahr war zu groß.
Was auch immer geschah, er musste versuchen, Amy zu beschützen.
Vielleicht könnten sie ins Meer springen? James wusste, dass sich das Licht im Wasser brach; es war deshalb sehr schwer, auf etwas zu zielen, das sich unter Wasser bewegte. War Jana eine so gute Schützin?
Es war eine schwache Hoffnung, doch die einzige, die sie hatten.
Er schaute nach unten. Von hier war es nicht so hoch wie von dem Felsen, von dem er an dem Tag mit Mauro ins Meer gesprungen war, aber er musste sich vor den Seeigeln in Acht nehmen, die überall wie ein schwarzes Tuch auf dem Gestein klebten.
Und wie sollte er es Amy sagen?
Er rückte näher an sie heran. Er sah die Schweißtropfen auf ihrem Nacken. Sie zitterte unmerklich.
»Lassen Sie Amy aus dem Spiel!«, schrie er und versuchte, etwas Zeit zu gewinnen. »Sie hat nichts damit zu tun.«
»Nicht? Nun, auch egal«, sagte Jana höhnisch. »Ich werde euch trotzdem beide töten. Ihr habt mein Leben zerstört, meinen Bruder umgebracht und mein Heim unter stinkendem Schlamm begraben. Ich werde euch erschießen und euch zu Fischfutter machen. Die Fische werden eure hübschen Lärvchen fressen. Danach werde ich deinen Vetter erschießen und die anderen Gefangenen in der Villa.«
In diesem Augenblick bewegte sich Viktor.
Jana drehte sich zu ihm um. »Bleib liegen!«, zischte sie. »Oder ich erschieße dich auf der Stelle.«
Mehr brauchte James nicht. Jana war lange genug abgelenkt. Er

fasste Amy um die Taille und stemmte die Beine gegen den Felsen.
»Spring«, flüsterte er ihr ins Ohr und stieß sich mit aller Kraft ab.
Amy hatte gerade noch Zeit, ihre Beine zu strecken und rückwärts abzuspringen, ehe sie in die Tiefe stürzten, knapp vorbei an den Felsen.
Mit einem Klatschen landeten sie im Wasser und tauchten bis auf den Grund.
Jana heulte vor Enttäuschung auf und gab zwei Schüsse ab, die ins Wasser peitschten, aber ihr Ziel weit verfehlten.
Sie fluchte und rannte die ersten Stufen hinunter, um besser zielen zu können, aber ihre hochhackigen Schuhe behinderten sie dabei. Sie rutschte auf den Felsen aus. Sie knickte um, stürzte auf die Knie und riss sich dabei die Haut auf. Sie streckte eine Hand aus, um sich an dem glitschigen Stein festzuhalten, aber mit ihren langen Fingernägeln glitt sie ab, fiel weiter die Treppe hinunter und rutschte über die Felsen ins Wasser. Ihre Pistole fiel ins Meer.
Jana selbst landete zwischen den Seeigeln, die eine Körperseite über und über zerstachen. Sie schrie vor Schmerz und versuchte, sich aus dem Wasser zu ziehen, aber wo auch immer sie hinfasste, waren Seeigel. Ihre Hände waren im Nu mit den abgebrochenen Stacheln übersät, und es sah aus, als trüge sie schwarze, haarige Handschuhe.
Mit ihren hohen Absätzen konnte sie nicht stehen, und ihre durchnässte Kleidung hatte sich an einem Felsen verhakt. In Panik wollte sie aus dem Wasser steigen, rutschte jedoch ab und fiel kopfüber in ein weiteres Seeigelbett.
James wandte den Blick ab, er konnte nicht mit ansehen, wie sie die Finger in ihre Wangen krallte und versuchte, die Stacheln herauszuziehen, sie dabei aber nur noch tiefer ins Fleisch trieb. Sie

heulte wie ein gefangenes Tier, verschwand für ein paar Sekunden unter Wasser, kam wieder hoch, spuckte und würgte.
James schwamm zu ihr hinüber, um ihr zu helfen, doch sie schrie wirres Zeug, kreischte wie eine Besessene und ließ ihn nicht näher kommen. Er blickte in ihr zerstörtes Gesicht. Ein Auge war von den Stacheln ganz verschlossen.
Er mochte sich die Schmerzen, die sie hatte, nicht vorstellen. Er war nur auf einen einzigen Seeigel getreten und hatte schon Qualen ausgestanden.
Jana stieß einen schrecklichen, erstickten Laut aus und presste die Hände an die Brust. Sie krümmte sich zu einem Ball zusammen, und als sie zurück ins Wasser fiel, stieß ihr Kopf an einen Felsen. Danach lag sie reglos da.
James versuchte, nicht zu ihr hinzusehen, während er Amy aus dem Wasser und auf die Treppe half.
»Danke«, sagte sie und umarmte ihn. Dann zuckte sie vor Schmerz zusammen und stöhnte.
»Was ist los?«, fragte James.
»Ich habe ein Stechen im Fuß. Ich muss auf einen Seeigel getreten sein.«
James sah ihr ins Gesicht, lächelte und strich ihr das kurze Haar aus der Stirn.
»Mach dir keine Sorgen«, sagte er. »Ich weiß genau, was ich tun muss . . .«

Andreas Eschbach

Die seltene Gabe

Lampen zerspringen, Züge bleiben liegen, Dinge schweben durch den Raum … und daneben steht ein Junge, dessen starrer Blick diese unheimlichen Vorgänge lenkt. Armand ist ein Telekinet. Einer der besten. Doch diese seltene Gabe hat ihre Schattenseiten. Das Militär will, dass er seine parapsychologischen Kräfte als Killer einsetzt. Armand bleibt nur die Flucht – die ihn zu Marie und in ein neues Leben führt …

Arena

Auch als E-Book erhältlich

248 Seiten • Kartoniert
ISBN 978-3-401-50371-4
www.eschbach-lesen.de
www.arena-verlag.de

Mirjam Mous

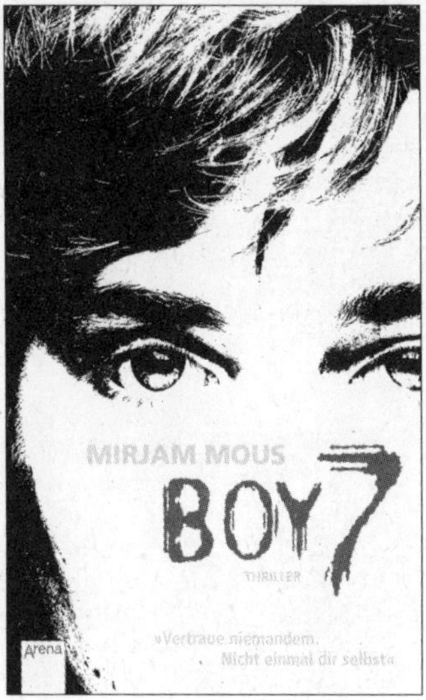

Boy 7

Vertraue niemandem.
Nicht einmal dir selbst.

Boy 7 kommt auf einer glühend heißen, kahlen Grasebene zu sich und weiß weder wohin er unterwegs ist noch woher er kommt. Er weiß nicht einmal mehr, wie er heißt. Die einzige Nachricht auf seiner Mailbox stammt von ihm selbst: »Was auch passiert, ruf auf keinen Fall die Polizei.« Wer ist er? Wie ist er hierher geraten? Und wem kann er noch vertrauen?